루쉰 문학세계의
꿈속에서 노닐며

중국 루쉰연구 명가정선집 04

**루쉰 문학세계의 꿈속에서 노닐며**

**초판 인쇄** 2021년 6월 20일  **초판 발행** 2021년 6월 30일
**글쓴이** 장멍양  **옮긴이** 권도경·이욱연  **펴낸이** 박성모  **펴낸곳** 소명출판  **출판등록** 제13-522호
**주소** 서울시 서초구 서초중앙로6길 15, 2층
**전화** 02-585-7840  **팩스** 02-585-7848  **전자우편** somyungbooks@daum.net  **홈페이지** www.somyong.co.kr

값 24,000원    ⓒ 소명출판, 2021
ISBN  979-11-5905-236-1  94820
ISBN  979-11-5905-232-3  (세트)

중국 루쉰 연구
명가정선집

04

# 루쉰 문학세계의
# 꿈속에서 노닐며

SLEEPWALKING IN THE SEA OF LU XUN

장멍양 지음 | 권도경 · 이욱연 역

중국 루쉰연구 명가정선집

**일러두기**

- 이 책은 허페이(合肥) 안후이대학출판사(安徽大學出版社)에서 2013년 6월에 출판한 중국
  루쉰연구 명가정선집 『中國需要魯迅』을 한글 번역하였다.
- 가급적 원저를 그대로 옮겼으며, 설명이 필요한 경우에는 '역주'로 표시하였다.

'중국 루쉰연구 명가정선집'을 펴내며

린페이林非

100년 전인 1913년 4월, 『소설월보小說月報』 제4권 제1호에 '저우춰周逴'로 서명한 문언소설 「옛일懷舊」이 발표됐다. 이는 뒷날 위대한 문학가가 된 루쉰이 지은 것이다. 당시의 『소설월보』 편집장 윈톄차오惲鐵樵가 소설을 대단히 높이 평가해 작품의 열 곳에 방점을 찍고 또 「자오무焦木·부지附志」를 지어 "붓을 사용하는 일은 금침으로 사람을 구해내는 것이라 할 수 있다", "전환되는 곳마다 모두 필력을 보였다", 인물을 "진짜 살아있는 듯이 생생하게 썼다", "사물이나 풍경 묘사가 깊고 치밀하다", 또 "이해하고 파악해 문장을 논하고 한가득 미사여구를 늘어놓기에 이르지 않은" 젊은이는 "이런 문장을 본보기로 삼는 것이 아주 좋다"라고 말했다. 이런 글은 루쉰의 작품에 대한 중국의 정식 출판물의 최초의 반향이자 평론이긴 하지만, 또 문장학의 각도에서 「옛일」의 의의를 분석한 것이다.

한 위대한 인물의 출현은 개인의 천재적 조건 이외에 시대적인 기회와 주변 환경에서 비롯되기도 한다. 1918년 5월에, '5·4' 문학혁명의 물결 속에서 색다른 양식의 깊고 큰 울분에 찬, '루쉰'이라 서명한 소설 「광인일기狂人日記」가 『신청년新靑年』 월간 제4권 제5호에 발표됐다. 이로써 '루쉰'이란 빛나는 이름이 최초로 중국에 등장했다.

8개월 뒤인 1919년 2월 1일 출판된 『신조新潮』 제1권 제2호에서

'기자'라고 서명한 「신간 소개」에 『신청년』 잡지를 소개하는 글이 실렸다. 그 글에서 '기자'는 최초로 「광인일기」에 대해 평론하면서 루쉰의 "「광인일기」는 사실적인 필치로 상징주의symbolism 취지에 이르렀으니 참으로 중국의 으뜸가는 훌륭한 소설이다"라고 말했다.

이 기자는 푸쓰녠傅斯年이었다. 그의 평론은 문장학의 범위를 뛰어넘어 정신문화적 관점에서 중국 사상문화사에서의 루쉰의 가치를 지적했다. 루쉰은 절대로 단일한 문학가가 아닐 뿐 아니라 중국 근현대 정신문화에 전면적으로 영향을 끼친 심오한 사상가이다. 그래서 루쉰연구도 정신문화 현상의 시대적 흐름에 부응해 필연적으로 일어난 것이고, 시작부터 일반적인 순수 학술연구와 달리 어떤 측면에서는 지난 100년 동안의 중국 정신문화사의 발전 궤적을 반영하게 됐다.

이로부터 루쉰과 그의 작품에 대한 평론과 연구도 새록새록 등장해 갈수록 심오해지고 계통적이고 날로 세찬 기세를 많이 갖게 됐다. 연구자 진영도 한 세대 또 한 세대 이어져 창장의 거센 물결처럼 쉼 없이 세차게 흘러 중국 현대문학연구에서 전체 인문연구에 이르기까지 하나의 큰 경관을 형성했다. 그 가운데 주요 분수령은 마오둔茅盾의 「루쉰론魯迅論」, 취추바이瞿秋白의 「『루쉰잡감선집魯迅雜感選集』·서언序言」, 마오쩌둥毛澤東의 「신민주주의론新民主主義論」, 어우양판하이歐陽凡海의 「루쉰의 책魯迅的書」, 리핑신李平心(루쩌魯座)의 「사상가인 루쉰思想家的魯迅」 등이다. 1949년 이후에 또 펑쉐펑馮雪峰의 「루쉰 창작의 특색과 그가 러시아문학에서 받은 영향魯迅創作的特色和他受俄羅斯文學的影響」, 천융陳涌의 「루쉰소설의 현실주의를 논함論魯迅小說的現實主義」과 「문학예술의 현실주의를 위해 투쟁한 루쉰爲文學藝術的現實主義而鬪爭的魯迅」, 탕타오唐弢의 「루쉰 잡문의 예술적 특징

魯迅雜文的藝術特徵」과 「루쉰의 미학사상을 논함論魯迅的美學思想」, 왕야오王瑤의 「루쉰 작품과 중국 고전문학의 역사 관계를 논함論魯迅作品與中國古典文學的歷史關係」 등이 나왔다. 이 시기에는 루쉰연구마저도 왜곡 당했을 뿐 아니라, 특히 '문화대혁명' 중에 루쉰을 정치적인 도구로 삼아 최고 경지로 추어 올렸다. 그렇지만 이런 정치적 환경 속에서라고 해도 리허린李何林으로 대표된 루쉰연구의 실용파가 여전히 자료 정리와 작품 주석이란 기초적인 업무를 고도로 중시했고, 그 틈새에서 숨은 노력을 묵묵히 기울여왔다. 그래서 길이 빛날 의미를 지닌 많은 성과를 얻었다. 결론적으로 루쉰에 대해 우러러보는 정을 가졌건 아니면 다른 견해를 담았건 간에 모두 루쉰과 루쉰연구의 존재를 무시할 수 없다.

귀중한 것은 20세기 1980년대 이후에 루쉰연구가 사상을 제한해온 오랜 속박에서 벗어나 영역을 확장해 철학, 사회학, 심리학, 비교문학 등 새로운 시야로 루쉰 및 그의 생애와 작품에 대해 더욱 심오하고 두텁게 통일적이고 종합적으로 연구하며 해석하게 됐고, 시종 선두에서서 중국의 사상해방운동과 학술문화업무의 발전을 촉진시키기 위해 불멸의 역사적 공훈을 세웠다. 동시에 또 왕성한 활력과 새로운 지식구조, 새로운 사유방식을 지닌 중·청년 연구자들을 등장시켰다. 이는 중국문학연구와 전체 사회과학연구 가운데서 모두 보기 드문 것이다.

그래서 이 연구자들의 저작에 대해 총결산하고 그들의 성과에 대해 진지한 검토를 하는 것이 매우 필요한 일이 되었다. 안후이安徽대학출판사가 이 무거운 짐을 지고, 학술저서의 출판이 종종 적자를 내고 경제적 이익을 얻을 수 없는 시대에 의연히 편집에 큰 공을 들여 이 '중국 루쉰연구 명가정선집中國魯迅研究名家精選集' 시리즈를 출판해 참으로 사람을 감격하게 했다. 나는 그들의 노력이 수포로 돌아갈 리 없고, 이 저작들이 중국의 루쉰연구학술사에서 틀림없이 중요한 가치를 갖고 대대로 계승돼 미래의 것을 창조해내서 중국에서 루쉰연구가 더욱 큰 발전을 이룰 것을 굳게 믿는다.

이로써 서문을 삼는다.

2013년 3월 3일

# 횃불이여, 영원하라
## 지난 100년 중국의 루쉰연구 회고와 전망

1913년 4월 25일에 출판된 『소설월보』 제4권 제1호에 '저우춰'로 서명한 문언소설 「옛일」이 발표됐다. 잡지의 편집장인 윈톄차오는 이 소설에 대해 평가하고 방점을 찍었을 뿐 아니라 또 글의 마지막에서 「자오무·부지」를 지어 소설에 대해 호평했다. 이는 상징성을 갖는 역사적 시점이다. 즉 '저우춰'가 바로 뒷날 '루쉰'이란 필명으로 세계적인 명성을 누리게 된 작가 저우수런周樹人이고, 「옛일」은 루쉰이 창작한 첫 번째 소설로서 중국 현대문학의 전주곡이 됐고, 「옛일」에 대한 윈톄차오의 평론도 중국의 루쉰연구의 서막이 됐다.

1913년부터 헤아리면 중국의 루쉰연구는 지금까지 이미 100년의 역사를 갖게 됐다. 그동안에 사회적 상황의 변화로 인해 수많은 곡절을 겪었음에도 불구하고, 그러나 여전히 저명한 전문가와 학자들이 쏟아져 나와 중요한 학술적 성과를 냈음은 물론 20세기 1980년대에 점차 중요한 영향력을 지닌 학문인 '루학魯學'을 형성하게 됐다. 지난 100년 동안의 중국의 루쉰연구사를 돌이켜보면, 정치적인 요소가 대대적으로 루쉰연구의 역사과정에 커다란 영향을 끼쳤음을 볼 수 있다. 그래서 우리도 정치적인 각도에서 중국의 루쉰연구사 100년을 대체로 중화민국 시기와 중화인민공화국 시기로 구분할 수 있다.

중화민국 시기(1913~1949)의 루쉰연구는 중국의 100년 루쉰연구의 맹아기와 기초기라고 말할 수 있다. 비공식 통계에 따르면, 이 기간 중국의 간행물에 루쉰과 관련한 글은 모두 96편이 발표됐고, 그 가운데서 루쉰의 생애와 관련한 역사 연구자료 성격의 글이 22편, 루쉰사상 연구 3편, 루쉰작품 연구 40편, 기타 31편으로 나뉜다. 이런 글 가운데 비교적 중요한 것은 장딩황張定璜이 1925년에 발표한 「루쉰 선생魯迅先生」과 저우쭤런周作人의 『아Q정전阿Q正傳』 두 편이다. 이외에 문화 방면에서 루쉰의 영향이 점차 확대됨에 따라 점차 더욱더 많은 평론가들이 루쉰과 관련한 연구에 몰두하기 시작해 1926년에 중국의 첫 번째 루쉰연구논문집인 『루쉰과 그의 저작에 관하여關於魯迅及其著作』를 출판했다.

중국의 100년 루쉰연구의 기초기는 중화민국 난징국민정부 시기(1927년 4월~1949년 9월)이다. 비공식 통계에 따르면, 이 기간에 중국의 간행물에 루쉰과 관련한 글은 모두 1,276편이 발표됐고, 그 가운데 루쉰의 생애 관련 역사 연구자료 성격의 글 336편, 루쉰사상 연구 191편, 루쉰작품 연구 318편, 기타 431편으로 나뉜다. 중요한 글에 팡비方璧(마오둔茅盾)의 「루쉰론魯迅論」, 허닝何凝(취추바이瞿秋白)의 『『루쉰잡감선집魯迅雜感選集』·서언序言』, 마오쩌둥毛澤東의 「루쉰론魯迅論」과 「신민주주의적 정치와 신민주주의적 문화新民主主義的政治與新民主主義的文化」, 저우양周揚의 「한 위대한 민주주의자의 길一個偉大的民主主義者的路」, 루쭤魯座(리핑신李平心)의 「사상가인 루쉰思想家魯迅」과 쉬서우창許壽裳, 징쑹景宋(쉬광핑許廣平), 펑쉐펑馮雪峰 등이 쓴 루쉰을 회고한 것들이 있다. 이외에 또 중국에서 출판한 루쉰연구 관련 저작은 모두 79권으로 그 가운데 루쉰의 생애와 사료연구 저작 27권, 루쉰사상 연구 저작 9권, 루쉰작품 연구 저작 9권, 기타 루쉰연구 저작(주제 연구 및 집록류輯錄類 연구 저작) 34권이다. 중요한 저작에 리창즈李長之의『루쉰 비판魯迅批判』, 루쉰기념위원회魯迅紀念委員會가 편집한『루쉰선생기념집魯迅先生紀念集』, 샤오훙蕭紅의『루쉰 선생을 추억하며回憶魯迅先生』, 위다푸郁達夫의『루쉰 추억과 기타回憶魯迅及其他』, 마오둔이 책임 편집한『루쉰을 논함論魯迅』, 쉬서우창의『루쉰의 사상과 생활魯迅的思想與生活』과『망우 루쉰 인상기亡友魯迅印象記』, 린천林辰의『루쉰사적고魯迅事迹考』, 왕스징王士菁의『루쉰전魯迅傳』 등이 있다. 이 시기의 루쉰연구가 전체적으로 말해 학술적인 수준이 높지 않다고 해도, 그러나 루쉰 관련 사료연구, 작품연구와 사상연구 등 방면에서는 중국의 100년 루쉰연구를 위한 기초를 다졌다.

중화인민공화국 시기에 루쉰연구와 발전이 걸어온 길은 비교적 복잡하다. 정치적인 요소의 영향을 받았기 때문에 여러 단계로 구분된다. 즉 발전기, 소외기, 회복기, 절정기, 분화기, 심화기가 그것이다.

중화인민공화국 '17년' 시기(1949~1966)는 중국의 100년 루쉰연구의 발전기이다. 신중국 성립 이후 당국이 루쉰을 기념하고 연구하는 업무를 매우 중시해 연이어 상하이루쉰기념관, 베이징루쉰박물관, 사오싱紹興루쉰기념관, 샤먼廈門루쉰기념관, 광둥廣東루쉰기념관 등 루쉰을 기념하는 기관을 세웠다. 또 여러 차례 루쉰 탄신 혹은 서거한 기념일에 기념행사를 개최했고, 아울러 1956년에서 1958년 사이에 신판『루쉰전집魯迅全集』을 출판했다.『인민일보人民日報』도 수차례 현실 정치의 필요에 부응해 루쉰서거기념일에 루쉰을 기념하는 사설을 게재했다. 예를 들면「루쉰을 배워 사상투쟁을 지키자學習魯迅, 堅持思想鬪爭」(1951년 10월 19일),「루쉰의 혁명적 애국주의의 정신적 유산을 계승하자繼承魯迅的革命愛國主義的精神遺産」(1952년 10월 19일),「위대한 작가, 위대한 전사偉大的作家 偉大的戰士」(1956년 10월 19일) 등이다. 그럼으로써 학자와 작가들이 루쉰을 연구하도록 이끌었다. 정부의 대대적인 추진 아래 중국의 루쉰연구가 점차 발전하기 시작했다.

비공식 통계에 따르면 이 기간에 중국의 간행물에 발표된 루쉰연구와 관련한 글은 모두 3,206편이다. 그 가운데 루쉰의 생애 관련 역사 연구자료 성격의 글이 707편, 루쉰사상 연구 697편, 루쉰작품 연구 1,146편, 기타 656편이 있다. 중요한 글에 왕야오王瑤의 「중국문학의 유산에 대한 루쉰의 태도와 중국문학이 그에게 끼친 영향魯迅對於中國文學遺産的態度和他所受中國文學的影響」, 천융陳涌의 「한 위대한 지식인의 길一個偉大的知識分子的道路」, 저우양周揚의 「'5·4' 문학혁명의 투쟁전통을 발휘하자發揚"五四"文學革命的戰鬪傳統」, 탕타오唐弢의 「루쉰의 미학사상을 논함論魯迅的美學思想」 등이 있다. 이외에 또 중국에서 출판된 루쉰연구와 관련한 저작은 모두 162권이 있고, 그 가운데 루쉰의 생애와 사료연구 저작은 모두 49권, 루쉰사상 연구 저작 19권, 루쉰작품 연구 저작 57권, 기타 루쉰연구 저작(주제 연구 및 집록류 연구 저작) 37권이다. 중요한 저작에 『루쉰 선생 서거 20주년 기념대회 논문집魯迅先生逝世二十周年紀念大會論文集』, 왕야오의 『루쉰과 중국문학魯迅與中國文學』, 탕타오의 『루쉰 잡문의 예술적 특징魯迅雜文的藝術特徵』, 펑쉐펑의 『들풀을 논함論野草』, 천바이천陳白塵이 집필한 『루쉰魯迅』(영화 문학시나리오), 저우샤서우周遐壽(저우쭤런)의 『루쉰의 고향魯迅的故家』과 『루쉰 소설 속의 인물魯迅小說裏的人物』 그리고 『루쉰의 청년시대魯迅的青年時代』 등이 있다. 이 시기의 루쉰연구는 루쉰작품 연구 영역, 루쉰사상 연구 영역, 루쉰 생애와 사료 연구 영역에서 모두 중요한 학술적 성과를 얻었고, 전체적인 학술적 수준도 중화민국 시기의 루쉰연구보다 최대한도로 심오해졌고, 중국의 100년 루쉰연구사에서 첫 번째로 고도로 발전한 시기이다.

중화인민공화국의 '문화대혁명' 10년 동안은 중국의 100년 루쉰연구의 소외기이다. '문화대혁명' 초기에 중국공산당 중앙이 '프롤레타리아 문화대혁명'을 발동하고, 아울러 루쉰을 빌려 중국의 '문화대혁명'을 공격하는 소련의 언론에 반격하기 위해 7만여 명이 참가한 루쉰 서거30주년 기념대회를 열었다. 여기서 루쉰을 마오쩌둥의 홍소병紅小兵(중국소년선봉대에서 이름이 바뀐 초등학생의 혁명조직으로 1978년 10월 27일에 이전 명칭과 조직을 회복했다-역자)으로 만들어냈고, 홍위병(1966년 5월 29일, 중고대학생을 중심으로 조직됐고, 1979년 10월에 이르러 중국공산당 중앙이 정식으로 해산을 선포했다-역자)에게 루쉰의 반역 정신을 배워 '문화대혁명'을 끝까지 하도록 호소했다. 이는 루쉰의 진실한 이미지를 대대적으로 왜곡했고, 게다가 처음으로 루쉰을 '문화대혁명'의 담론시스템 속에 넣어 루쉰을 '문화대혁명'에 봉사토록 이용한 것이다. 이후에 '비림비공批林批孔'운동, '우경부활풍조 반격反擊右傾飜案風'운동, '수호水滸'비판운동 중에 또 루쉰을 이 운동에 봉사토록 이용해 일정한 정치적 목적을 달성했다. '문화대혁명' 후기인 1975년 말에 마오쩌둥이 '루쉰을 읽고 평가하자讀點魯迅'는 호소를 발표해 전국적으로 루쉰 학습 열풍을 일으켰다. 이에 대대적으로 전국 각지에서 루쉰 보급업무를 추진했고, 루쉰연구가 1980년대에 활발하게 발전하는데 기초를 놓았다.

비공식 통계에 따르면 전체 '문화대혁명' 기간(1966~1976)에 중국의 간행물에 발표된 루쉰 관련 연구는 모두 1,876편이 있고, 그 가운데 루쉰 생애와 사료 관련 글이 130편, 루쉰사상 연구 660편, 루쉰작품 연구 1,018편, 기타 68편이다. 이러한 글들은 대부분 정치적 운동에 부응해 편찬된 것이다. 중요한 글에『인민일보』가 1966년 10월 20일 루쉰 서거30주년 기념을 위해 발표한 사설「루쉰적인 혁명의 경골한 정신을 학습하자學習魯迅的革命硬骨頭精神」,『홍기紅旗』잡지에 게재된 루쉰 서거30주년 기념대회에서의 야오원위안姚文元, 궈머뤄郭沫若, 쉬광핑許廣平 등의 발언과 사설「우리의 문화혁명 선구자 루쉰을 기념하자紀念我們的文化革命先驅魯迅」,『인민일보』의 1976년 10월 19일 루쉰 서거40주년 기념을 위해 발표된 사설「루쉰을 학습하여 영원히 진격하자學習魯迅永遠進擊」등이 있다. 그 외에 중국에서 출판한 루쉰연구 관련 저작은 모두 213권이고, 그 가운데 루쉰 생애와 사료연구 관련 저작 30권, 루쉰 사상 연구 저작 9권, 루쉰작품 연구 저작 88권, 기타 루쉰연구 저작(주제 연구 및 집록류 연구 저작) 86권이 있다. 이러한 저작은 거의 모두 정치적 운동의 필요에 부응해 편찬된 것이기 때문에 학술적 수준이 비교적낮다. 예를 들면 베이징대학 중문과 창작교학반이 펴낸『루쉰작품선강魯迅作品選講』시리즈총서, 인민문학출판사가 출판한『루쉰을 배워 수정주의 사상을 깊이 비판하자學習魯迅深入批修』등이 그러하다. 이 시기는 '17년' 기간에 개척한 루쉰연구의 만족스러운 국면을 이어갈 수 없었고 루쉰에 대한 학술연구는 거의 정체되었으며, 공개적으로 발표한 루쉰과 관련한 각종 논저는 거의 다 왜곡되어 루쉰을 이용한 선전물이었다. 이는 중국의 루쉰연구에 대해 말하면 의심할 바 없이 악재였다.

'문화대혁명'이 막을 내린 뒤부터 1980년에 이르는 기간(1977~1979)은 중국의 100년 루쉰연구의 회복기이다. 1976년 10월 '문화대혁명'이 막을 내렸을 때는 루쉰에 대해 '문화대혁명'이 왜곡하고 이용하면서 초래한 좋지 못한 영향이 여전히 상당한 정도로 존재하고 있었다. '문화대혁명'이 막을 내린 뒤 국가의 관련 기관이 이러한 좋지 못한 영향 제거에 신속하게 손을 댔고, 루쉰 저작의 출판 업무를 강화했으며, 신판『루쉰전집』을 출판할 준비에 들어갔다. 아울러 중국루쉰연구학회를 결성하고 루쉰연구실도 마련했다. 그리하여 루쉰연구에 대해 '문화대혁명'이 가져온 파괴적인 면을 대대적으로 수정했다. 이외에 인민문학출판사가 1974년에 지식인과 노동자, 농민, 병사의 삼결합 방식으로 루쉰저작 단행본에 대한 주석 작업을 개시했다. 그리하여 1975년 8월에서 1979년 2월까지 잇따라 의견모집본('붉은 표지본'이라고도 부른다)을 인쇄했고, '사인방'이 몰락한 뒤에 이 '의견모집본'('녹색 표지본'이라고도 부른다)들을 모두 비교적 크게 수정했고, 이후 1979년 12월부터 연속 출판했다. 1970년대 말에 '삼결합' 원칙에 근거하여 세운, 루쉰저작에 대한 루쉰저작에 대한 주석반의 각 판본의 주석이 분명한 시대적 색채를 갖지만, '문화대혁명' 기간의 루쉰저작에 대한 왜곡이나 이용과 비교하면 다소 발전된 것임을 의심할 여지는 없다. 그래서 이러한 '붉은 표지본' 루쉰저작 단행본은 '사인방'이 몰락한 뒤에 신속하게 수정된 뒤 '녹색 표지본'의 형식으로 출판됨으로써 '문화대혁명' 뒤의 루쉰 전파에 중요한 공헌을 했다.

비공식 통계에 따르면, 이 동안에 중국의 간행물에 발표된 루쉰 관련 연구는 모두 2,243편이고, 그 가운데 루쉰의 생애와 사료 관련 179편, 루쉰사상 연구 692편, 루쉰작품 연구 1,272편, 기타 100편이 있다. 중요한 글에 천융의「루쉰사상의 발전 문제에 관하여關於魯迅思想發展問題」, 탕타오의「루쉰 사상의 발전에 관한 문제關於魯迅思想發展的問題」,

위안량쥔袁良駿의 「루쉰사상 완성설에 대한 질의魯迅思想完成說質疑」, 린페이林非와 류짜이푸劉再復의 「루쉰이 '5·4' 시기에 제창한 '민주'와 '과학'의 투쟁魯迅在五四時期倡導"民主"和"科學"的鬪爭」, 리시판李希凡의 「'5·4' 문학혁명의 투쟁적 격문－'광인일기'로 본 루쉰소설의 '외침' 주제五四"文學革命的戰鬪檄文－從『狂人日記』看魯迅小說的"吶喊"主題」, 쉬제許傑의 「루쉰 선생의 '광인일기' 다시 읽기重讀魯迅先生的『狂人日記』」, 저우젠런周建人의 「루쉰의 한 단면을 추억하며回憶魯迅片段」, 펑쉐펑의 「1936년 저우양 등의 행동과 루쉰이 '민족혁명전쟁 속의 대중문학' 구호를 제기한 경과 과정과 관련하여有關一九三六年周揚等人的行動以及魯迅提出"民族革命戰爭中的大衆文學"口號的經過」, 자오하오성趙浩生의 「저우양이 웃으며 역사의 공과를 말함周揚笑談歷史功過」 등이 있다. 이외에 중국에서 출판한 루쉰연구 관련 저작은 모두 134권이고, 그 가운데 루쉰의 생애와 사료 연구 관련 저작 27권, 루쉰사상 연구 저작 11권, 루쉰작품 연구 저작 42권, 기타 루쉰연구 저작(주제 연구 및 집록류 연구 저작) 54권이다. 중요한 저작에 위안량쥔의 『루쉰사상논집魯迅思想論集』, 린페이의 『루쉰소설논고魯迅小說論稿』, 류짜이푸의 『루쉰과 자연과학魯迅與自然科學』, 주정朱正의 『루쉰회고록 정오魯迅回憶錄正誤』 등이 있다. 전체적으로 말하면 이 시기의 루쉰연구는 '문화대혁명'이 루쉰을 왜곡한 현상에 대해 바로잡고 점차 정확한 길을 걷고, 또 잇따라 중요한 학술적 성과를 얻었으며, 1980년대의 루쉰연구를 위해 만족스런 기초를 다졌다.

20세기 1980년대는 중국의 100년 루쉰연구의 절정기이다. 1981년에 중국공산당 중앙이 '문화대혁명'의 영향을 철저하게 제거하기 위해 인민대회당에서 루쉰 탄신100주년을 위한 기념대회를 성대하게 거행했다. 그리하여 '문화대혁명' 시기에 루쉰을 왜곡하고 이용하면서 초래된 좋지 못한 영향을 최대한도로 청산했다. 후야오방胡耀邦은 중국공산당을 대표한 「루신 탄신100주년 기념대회에서의 연설在魯迅誕生一百周年紀念大會上的講話」에서 루쉰정신에 대해 아주 새로이 해석하고, 아울러 루쉰연구 업무에 대해 새로운 요구 사항을 제기했다. 『인민일보』가 1981년 10월 19일에 사설 「루쉰정신은 영원하다魯迅精神永在」를 발표했다. 여기서 루쉰정신을 당시의 세계 및 중국 정세와 결합시켜 새로이 해독하고, 루쉰정신을 계승하고 발전시킬 중요한 현실적 의미를 제기했다. 그리고 전국 인민에게 '루쉰을 배우자, 루쉰을 연구하자'고 호소했다. 그리하여 루쉰에 대한 전국적 전파를 최대한 촉진시켜 1980년대 루쉰연구의 열풍을 일으켰다. 왕야오, 탕타오, 리허린 등 루쉰연구의 원로 전문가들이 '문화대혁명'을 겪은 뒤에 다시금 학술연구 업무를 시작하여 중요한 루쉰연구 논저를 저술했고, 아울러 193,40년대에 출생한 루쉰연구 전문가들이 쏟아져 나왔다. 예를 들면 린페이, 쑨위스孫玉石, 류짜이푸, 왕푸런王富仁, 첸리췬錢理群, 양이楊義, 니모옌倪墨炎, 위안량쥔, 왕더허우王德後, 천수위陳漱渝, 장멍양張夢陽, 진홍다金宏達 등이다. 이들은 중국의 루쉰연구를 시대의 두드러진 학파가 되도록 풍성하게 가꾸어 민족의 사상해방 면에서 중요한 작용을 발휘하도록 했다. 그러나 1980년대 말에 정치적인 이유로 인해 루쉰은 또 당국에 의해 점차 주변부화되었다.

비공식 통계에 따르면 20세기 1980년대 10년 동안에 중국 전역에서 루쉰연구와 관련한 글은 모두 7,866편이 발표됐고, 그 가운데 루쉰 생애 및 사적과 관련한 글 935편, 루쉰사상 연구 2,495편, 루쉰작품 연구

3,406편, 기타 1,030편이 있다. 루쉰의 생애 및 사적과 관련해 중요한 글에 후펑胡風의 「'좌련'과 루쉰의 관계에 관한 약간의 회상關於"左聯"及與魯迅關係的若干回憶」, 옌위신閻愈新의 「새로 발굴된 루쉰이 홍군에게 보낸 축하 편지魯迅致紅軍賀信的新發現」, 천수위의 「새벽이면 동쪽 하늘에 계명성 뜨고 저녁이면 서쪽 하늘에 장경성 뜨니—루쉰과 저우쭤런이 불화한 사건의 시말東有啓明西有長庚—魯迅周作人失和前後」, 멍수훙蒙樹宏의 「루쉰 생애의 역사적 사실 탐색魯迅生平史探微」 등이 있다. 또 루쉰사상 연구의 중요한 글에 왕야오의 「루쉰사상의 한 가지 중요한 특징—깨어있는 현실주의魯迅思想的一個重要特點—淸醒的現實主義」, 천융의 「루쉰과 프롤레타리아문학 문제魯迅與無産階級文學問題」, 탕타오의 「루쉰의 초기 '인생을 위한' 문예사상을 논함論魯迅早期"爲人生"的文藝思想」, 첸리췬의 「루쉰의 심리 연구魯迅心態硏究」와 「루쉰과 저우쭤런의 사상 발전의 길에 대한 시론試論魯迅與周作人的思想發展道路」, 진홍다의 「루쉰의 '국민성 개조' 사상과 그 문화 비판魯迅的"改造國民性"思想及其文化批判」 등이 있다. 루쉰작품 연구의 중요한 글에는 왕야오의 「루쉰과 중국 고전문학魯迅與中國古典文學」, 옌자옌嚴家炎의 「루쉰 소설의 역사적 위상魯迅小說的歷史地位」, 쑨위스의 「'들풀'과 중국 현대 산문시『野草』與中國現代散文詩」, 류짜이푸의 「루쉰의 잡감문학 속의 '사회상' 유형별 형상을 논함論魯迅雜感文學中的"社會相"類型形象」, 왕푸런의 「중국 반봉건 사상혁명의 거울—'외침'과 '방황'의 사상적 의미를 논함中國反封建思想革命的一面鏡子—論『吶喊』『彷徨』的思想意義」과 「인과적 사슬 두 줄의 변증적 통일—'외침'과 '방황'의 구조예술兩條因果鏈的辨證統一—『吶喊』『彷徨』的結構藝術」, 양이의 「루쉰소설의 예술적 생명력을 논함論魯迅小說的藝術生命力」, 린페이의 「'새로 쓴 옛날이야기'와 중국 현대문학 속의 역사제재소설을 논함論『故事新編』與中國現代文學中的歷

史題材小說」, 왕후이汪暉의 「역사적 '중간물'과 루쉰소설의 정신적 특징歷史的"中間物"與魯迅小說的精神特徵」과 「자유 의식의 발전과 루쉰소설의 정신적 특징自由意識的發展與魯迅小說的精神特徵」 그리고 「'절망에 반항하라'의 인생철학과 루쉰소설의 정신적 특징"反抗絶望"的人生哲學與魯迅小說的精神特徵」 등이 있다. 그리고 기타 중요한 글에 왕후이의 「루쉰연구의 역사적 비판魯迅研究的歷史批判」, 장명양의 「지난 60년 동안 루쉰잡문 연구의 애로점을 논함論六十年來魯迅雜文研究的症結」 등이 있다. 이외에 중국에서 출판한 루쉰연구에 관한 저작은 모두 373권으로, 그 가운데 루쉰 생애와 사료 연구 저작 71권, 루쉰사상 연구 저작 43권, 루쉰작품 연구 저작 102권, 기타 루쉰연구 저작(주제 연구 및 집록류 연구 저작) 157권이 있다. 저명한 루쉰연구 전문가들이 중요한 루쉰연구 저작을 출판했고, 예를 들면 거바오취안戈寶權의 『세계문학에서의 루쉰의 위상魯迅在世界文學上的地位』, 왕야오의 『루쉰과 중국 고전소설魯迅與中國古典小說』과 『루쉰작품논집魯迅作品論集』, 탕타오의 『루쉰의 미학사상魯迅的美學思想』, 류짜이푸의 『루쉰미학사상논고魯迅美學思想論稿』, 천융의 『루쉰론魯迅論』, 리시판의 『'외침'과 '방황'의 사상과 예술"吶喊""彷徨"的思想與藝術』, 쑨위스의 『'들풀' 연구「野草」研究』, 류중수劉中樹의 『루쉰의 문학관魯迅的文學觀』, 판보췬范伯群과 쩡화펑曾華鵬의 『루쉰소설 신론魯迅小說新論』, 니모옌의 『루쉰의 후기사상 연구魯迅後期思想研究』, 왕더허우의 『'두 곳의 편지' 연구「兩地書」研究』, 양이의 『루쉰소설 종합론魯迅小說綜論』, 왕푸런의 『루쉰의 전기 소설과 러시아문학魯迅前期小說與俄羅斯文學』, 진훙다의 『루쉰 문화사상 탐색魯迅文化思想探索』, 위안량쥔의 『루쉰연구사(상권)魯迅研究史上卷』, 린페이와 류짜이푸의 공저 『루쉰전魯迅傳』 및 루쉰탄신100주년기념위원회 학술활동반이 편집한 『루쉰 탄신 100주년기념

학술세미나논문선紀念魯迅誕生100周年學術討論會論文選』 등이 있다. 전체적으로 말하면 이 시기의 루쉰연구는 중국의 100년 루쉰연구사상의 폭발기로 '문화대혁명' 10년 동안의 억압을 겪은 뒤, 왕야오, 탕타오 등으로 대표되는 원로 세대 학자, 왕푸런, 첸리췬 등으로 대표된 중년 학자, 왕후이 등으로 대표되는 청년학자들이 루쉰사상 연구 영역과 루쉰작품 연구 영역에서 모두 풍성한 연구 성과를 거두었다. 아울러 저명한 루쉰연구 전문가들이 쏟아져 나왔을 뿐 아니라 중국 루쉰연구의 발전을 최대로 촉진시켰고, 루쉰연구를 민족의 사상해방 면에서 선도적인 핵심작용을 발휘하도록 했다.

20세기 1990년대는 중국의 100년 루쉰연구의 분화기이다. 1990년대 초에, 1980년대 이래 중국에 나타난 부르주아 자유화 사조를 청산하기 위해 중국공산당 중앙이 1991년 10월 19일 루쉰 탄신110주년 기념을 위하여 루쉰 기념대회를 중난하이中南海에서 대대적으로 거행했다. 장쩌민江澤民이 중국공산당 중앙을 대표해 「루쉰정신을 더 나아가 학습하고 발휘하자進一步學習和發揚魯迅精神」는 연설을 했다. 그는 이연설에서 새로운 형세에 따라 루쉰에 대해 새로운 해독을 하고, 아울러 루쉰연구 및 전체 인문사회과학연구에 대해 새로운 요구 사항을 제기하고 또 새로운 방향을 제시했다. 루쉰을 본보기와 무기로 삼아 사상문화전선의 정치적 방향을 명확하게 바로잡았던 것이다. 이로 인해루쉰도 재차 신의 제단에 초대됐다. 하지만 시장경제의 발전에 따라 시장경제라는 큰 흐름의 충격 아래 1990년대 중·후기에 당국이 다시 점차 루쉰을 주변부화시키면서 루쉰연구도 점차 시들해졌다. 하지만 195, 60년대에 태어난 중·청년 루쉰연구 전문가들이 줄줄이 나타났다. 예를 들면 왕후이, 장푸구이張福貴, 왕샤오밍王曉明, 양젠룽楊劍龍, 황젠黃健, 가오쉬둥高旭東, 주샤오진朱曉進, 왕첸쿤王乾坤, 쑨위孫郁, 린셴즈林賢治, 왕시룽王錫榮, 리신위李新宇, 장훙張閎 등이 새로운 이론과 새로운 연구방법으로 루쉰연구의 공간을 더 나아가 확장했다. 1990년대 말에 한둥韓冬 등 일부 젊은 작가와 거훙빙葛紅兵 등 젊은 평론가들이 루쉰을 비판하는 열풍도 일으켰다. 이 모든 것이 다 루쉰이 이미 신의 제단에서 내려오기 시작했음을 나타냈다.

비공식 통계에 따르면 20세기 1990년대에 중국에서 발표된 루쉰연구 관련 글은 모두 4,485편이다. 그 가운데 루쉰 생애와 사적 관련 글 549편, 루쉰사상 연구 1,050편, 루쉰작품 연구 1,979편, 기타 907편이다. 루쉰 생애와 사적과 관련된 중요한 글에 저우정장周正章의 「루쉰의 사인에 대한 새 탐구魯迅死因新探」, 우쥔吳俊의 「루쉰의 병력과 말년의 심리魯迅的病史與暮年心理」 등이 있다. 또 루쉰사상 연구 관련 중요한 글에 린셴즈의 「루쉰의 반항철학과 그 운명魯迅的反抗哲學及其命運」, 장푸구이의 「루쉰의 종교관과 과학관의 역설魯迅宗敎觀與科學觀的悖論」, 장자오이張釗貽의 「루쉰과 니체의 '반현대성'의 의기투합魯迅與尼采"反現代性"的契合」, 왕첸쿤의 「루쉰의 세계적 철학 해독魯迅世界的哲學解讀」, 황젠의 「역사 '중간물'의 가치와 의미-루쉰의 문화의식을 논함歷史"中間物"的價値與意義-論魯迅的文化意識」, 리신위의 「루쉰의 사람의 문학 사상 논강魯迅人學思想論綱」, 가오위안바오郜元寶의 「루쉰과 현대 중국의 자유주의魯迅與中國現代的自由主義」, 가오위안둥高遠東의 「루쉰과 묵자의 사상적 연계를 논함論魯迅與墨子的思想聯系」 등이 있다. 루쉰작품 연구의 중요한 글에는 가오쉬둥의 「루쉰의 '악'의 문학과 그 연원을 논함論魯迅"惡"的文學及其淵源」, 주샤오진의 「루쉰 소설의 잡감화 경향魯迅小說的雜感化傾向」, 왕자량王嘉良의 「시정 관념－루쉰 잡감문학의 시학 내용詩情觀念－魯迅雜感文學的詩學內蘊」, 양젠룽의 「상호텍스트성－루쉰의 향토소설의 의향 분석文本互涉－魯迅鄕土小說的意向分析」, 쉐이薛毅의 「'새로 쓴 옛날이야기'의 우언성을 논함論『故事新編』的寓言性」, 장훙의 「'들풀' 속의 소리 이미지『野草』中的聲音意象」 등이 있다. 이외에 기타 중요한 글에 펑딩안彭定安의 「루쉰학－중국 현대문화 텍스트의 이론적 구조魯迅學－中國現代文化文本的理論構造」, 주샤오진의 「루쉰의 문체 의식과 문체 선택魯迅的文體意識及其文體選擇」, 쑨위의 「당대문학과 루쉰 전통當代文學與魯迅傳統」 등이 있다. 그밖에 중국에서 출판된 루쉰연구 관련 저작은 모두 220권으로, 그 가운데 루쉰 생애 및 사료 연구와 관련된 저작 50권, 루쉰사상 연구 저작 36권, 루쉰작품 연구 저작 61권, 기타 루쉰연구 저작(주제 연구 및 집록류 연구 저작) 73권이 있다. 그 가운데 중요한 루쉰의 생애 및 사료 연구와 관련된 저작에 왕샤오밍의 『직면할 수 없는 인생－루쉰전無法直面的人生－魯迅傳』, 우쥔의 『루쉰의 개성과 심리 연구魯迅個性心理硏究』, 쑨위의 『루쉰과 저우쭤런魯迅與周作人』, 린셴즈의 『인간 루쉰人間魯迅』, 왕빈빈王彬彬의 『루쉰 말년의 심경魯迅－晩年情懷』 등이 있다. 또 루쉰사상 연구 관련 중요한 저작에 왕후이의 『절망에 반항하라－루쉰의 정신구조와 '외침'과 '방황' 연구反抗絶望－魯迅的精神結構與「吶喊」「彷徨」硏究』, 가오쉬둥의 『문화적 위인과 문화적 충돌－중서 문화충격의 소용돌이 속에 있는 루쉰文化偉人與文化衝突－魯迅在中西文化撞擊的漩渦中』, 왕첸쿤의 『중간에서 무한 찾기－루쉰의 문화가치관由中間尋找無限－魯迅的文化價値觀』과 『루쉰의 생명철학魯迅的生命哲學』, 황젠의 『반성과 선택－루쉰의 문화관에 대한 다원적 투시反省與選擇－魯迅文化觀的多維透視』 등이 있다. 루쉰작품 연구 관련 중요한 저작에는 양이의 『루쉰

작품 종합론』, 린페이의『중국 현대소설사에서의 루쉰中國現代小說史上的魯迅』, 위안량쥔의『현대산문의 정예부대現代散文的勁旅』, 첸리췬의『영혼의 탐색心靈的探尋』, 주샤오진의『루쉰 문학관 종합론魯迅文學觀綜論』, 장멍양의『아Q신론－아Q와 세계문학 속의 정신적 전형문제阿Q新論－阿Q與世界文學中的精神典型問題』등이 있다. 그리고 기타 루쉰연구 저작(주제 연구 및 집록류 연구 저작)에 위안량쥔의『당대 루쉰연구사當代魯迅研究史』, 왕푸런의『중국 루쉰연구의 역사와 현황中國魯迅研究的歷史與現狀』, 천팡징陳方競의『루쉰과 저둥문화魯迅與浙東文化』, 예수쑤이葉淑穗의『루쉰의 유물로 루쉰을 알다從魯迅遺物認識魯迅』, 리윈징李允經의『루쉰과 중외미술魯迅與中外美術』등이 있다. 전체적으로 말하면 루쉰이 1990년대 중・후기에 신의 제단을 내려오기 시작함에 따라서 중국의 루쉰연구가 비록 시장경제의 커다란 충격을 받기는 했어도, 여전히 중년 학자와 새로 배출된 젊은 학자들이 새로운 이론과 연구방법을 채용해 루쉰사상 연구 영역과 루쉰작품 연구 영역에서 계속 상징적인 성과물들을 내놓았다. 1990년대의 루쉰연구의 성과가 비록 수량 면에서 분명히 1980년대의 루쉰연구의 성과보다는 떨어진다고 해도 그러나 학술적 수준 면에서는 1980년대의 루쉰연구의 성과보다 분명히 높았다고 말할 수 있다. 이러한 현상은 루쉰연구가 이미 기본적으로 정치적 요소의 영향에서 벗어나 정상궤도로 진입했고, 아울러 큰 정도에서 루쉰연구의 공간이 개척되었음을 나타내고 있다고 말할 수 있다.

21세기의 처음 10년은 중국의 100년 루쉰연구의 심화기이다. 21세기에 들어서면서 루쉰을 기념하는 행사를 개최하려는 당국의 열의는 현저히 식었다. 2001년 루쉰 탄신120주년 무렵에 당국에서는 루쉰기념대회를 개최하지 않았고 국가 최고지도자도 루쉰에 관한 연설을 발표하지 않았을 뿐 아니라 『인민일보』도 루쉰에 관한 사설을 더 이상 발표하지 않았다. 이와 동시에 루쉰을 비판하는 발언이 새록새록 등장했다. 이는 루쉰이 이미 신의 제단에서 완전히 내려와 사람의 사회로 되돌아갔음을 상징한다. 하지만 중국의 루쉰연구는 오히려 꾸준히 발전하였다. 옌자옌, 쑨위스, 첸리췬, 왕푸런, 왕후이, 정신링鄭心伶, 장멍양, 장푸구이, 가오쉬둥, 황젠, 쑨위, 린셴즈, 왕시룽, 장전창張振昌, 쉬쭈화許祖華, 진충린靳叢林, 리신위 등 학자들이 루쉰연구의 진지를 더욱 굳게 지켰다. 더불어 가오위안바오, 왕빈빈, 가오위안둥, 왕쉐첸王學謙, 왕웨이둥汪衛東, 왕자핑王家平 등 1960년대에 출생한 루쉰연구 전문가들도 점차 성장하면서 루쉰연구를 계속 전수하게 되었다.

2000년에서 2009년까지 비공식 통계에 따르면 중국에서 발표한 루쉰연구 관련 글은 7,410편으로, 그 가운데 루쉰 생애와 사료 관련 글 759편, 루쉰사상 연구 1,352편, 루쉰작품 연구 3,794편, 기타 1,505편이 있다. 루쉰 생애 및 사적과 관련된 중요한 글에 옌위신의 「루쉰과 마오둔이 홍군에게 보낸 축하편지 다시 읽기再讀魯迅茅盾致紅軍賀信」, 천핑위안陳平原의 「경전은 어떻게 형성된 것인가?─저우씨 형제의 후스를 위한 산시고經典是如何形成的─周氏兄弟爲胡適刪詩考」, 왕샤오밍의 「'비스듬히 선' 운명"橫站"的命運」, 스지신史紀辛의 「루쉰과 중국공산당과의 관계의 어떤 사실 재론再論魯迅與中國共産黨關係的一則史實」, 첸리췬의 「예술가로서의 루쉰作爲藝術家的魯迅」, 왕빈빈의 「루쉰과 중국 트로츠키파의 은원魯迅與中國托派的恩怨」 등이 있다. 또 루쉰사상 연구의 중요한 글에 왕푸런의 「시간, 공간, 사람─루쉰 철학사상에 대한 몇 가지 견해時間·空間·人─魯迅哲學思想

芻議」, 원루민溫儒敏의「문화적 전형에 대한 루쉰의 탐구와 우려魯迅對文化典型的探求與焦慮」, 첸리췬의「'사람을 세우다'를 중심으로 삼다－루쉰 사상과 문학의 논리적 출발점以"立人"爲中心－魯迅思想與文學的邏輯起點」, 가오쉬 등의「루쉰과 굴원의 심층 정신의 연계를 논함論魯迅與屈原的深層精神聯系」, 가오위안바오의「세상을 위해 마음을 세우다－루쉰 저작 속에 보이는 마음 '심'자 주석爲天地立心－魯迅著作中所見"心"字通詮」등이 있다. 그리고 루쉰 작품 연구의 중요한 글에 옌자옌의「다성부 소설－루쉰의 두드러진 공헌復調小說－魯迅的突出貢獻」, 왕푸런의「루쉰 소설의 서사예술魯迅小說的敍事藝術」, 팡쩡위逢增玉의「루쉰 소설 속의 비대화성과 실어 현상魯迅小說中的非對話性和失語現象」, 장전창의「'외침'과 '방황'－중국소설 서사방식의 심층 변환『吶喊』『彷徨』－中國小說敍事方式的深層嬗變」, 쉬쭈화의「루쉰 소설의 기본적 환상과 음악魯迅小說的基本幻象與音樂」등이 있다. 또 기타 중요한 글에는 첸리췬의「루쉰－먼 길을 간 뒤(1949~2001)魯迅－遠行之後1949~2001」, 리신위의「1949－신시기로 들어선 루쉰1949－進入新時代的魯迅」, 리지카이李繼凱의「루쉰과 서예 문화를 논함論魯迅與書法文化」등이 있다. 이외에 중국에서 출판한 루쉰연구 관련 저작은 모두 431권이다. 그 가운데 루쉰 생애 및 사료 연구 관련 저작 96권, 루쉰사상 연구 저작 55권, 루쉰작품 연구 저작 67권, 기타 루쉰연구 저작(주제 연구 및 집록류 연구 저작) 213권이다. 그 가운데 루쉰 생애 및 사료 연구의 중요한 저작에 니모옌의『루쉰과 쉬광핑魯迅與許廣平』, 왕시룽의『루쉰 생애의 미스테리魯迅生平疑案』, 린셴즈의『루쉰의 마지막 10년魯迅的最後十年』, 저우하이잉周海嬰의『나의 아버지 루쉰魯迅與我七十年』등이 있다. 또 루쉰사상 연구의 중요한 저작에 첸리췬의『루쉰과 만나다與魯迅相遇』, 리신위의『루쉰의 선

택魯迅的選擇』, 주서우퉁朱壽桐의 『고립무원의 기치-루쉰의 전통과 그
자원의 의미를 논함孤絶的旗幟-論魯迅傳統及其資源意義』, 장닝張寧의 『수많은
사람과 한없이 먼 곳-루쉰과 좌익無數人們與無窮遠方-魯迅與左翼』, 가오위
안둥의 『현대는 어떻게 '가져왔나'?-루쉰 사상과 문학 논집現代如何"拿
來"-魯迅思想與文學論集』 등이 있다. 루쉰작품 연구의 중요한 저작에 쑨위
스의 『현실적 및 철학적 '들풀' 연구現實的與哲學的-「野草」研究』, 왕푸런의
『중국 문화의 야경꾼 루쉰中國文化的守夜人-魯迅』, 첸리췬의 『루쉰 작품을
열다섯 가지 주제로 말함魯迅作品十五講』 등이 있다. 그리고 주제 연구 및
집록류 연구의 중요한 저작에는 장멍양의 『중국 루쉰학 통사中國魯迅學通
史』, 펑딩안의 『루쉰학 개론魯迅學導論』, 펑광롄馮光廉의 『다원 시야 속의
루쉰多維視野中的魯迅』, 첸리췬의 『먼 길을 간 뒤-루쉰 접수사의 일종 묘
사(1936~2000)遠行之後-魯迅接受史的一種描述1936~2000』, 왕자핑의 『루쉰의
해외 100년 전파사(1909~2008)魯迅域外百年傳播史1909~2008』 등이 있다.
전체적으로 말하면, 21세기 처음 10년의 루쉰연구는 기본적으로 정
치적인 요소의 영향에서 벗어났고, 루쉰작품에 대한 연구에 더욱 치
중했으며, 루쉰작품의 문학적 가치와 미학적 가치를 훨씬 중시했다.
그래서 얻은 학술적 성과는 수량 면에서 중국의 100년 루쉰연구의 절
정기에 이르렀을 뿐 아니라 학술적 수준 면에서도 중국의 100년 루쉰
연구의 절정기에 이르렀다.

21세기 두 번째 10년에 들어서면서 중국의 루쉰연구는 노년, 중
년, 청년 등 세 세대 학자의 노력으로 여전히 만족스러운 발전을 보
인 시기이다.

비공식 통계에 따르면 2010년 중국에서 발표된 루쉰 관련 글은 모

두 977편이고, 그 가운데 루쉰 생애 및 사료 관련 글 140편, 루쉰사상 연구 148편, 루쉰작품 연구 531편, 기타 158편이다. 이외에 2010년에 중국에서 출판된 루쉰 관련 연구 저작은 모두 37권이고, 그 가운데 루쉰 생애 및 사료 관련 연구 저작 7권, 루쉰사상 연구 저작 4권, 루쉰작품 연구 저작 3권, 기타 루쉰연구 저작(주제 연구 및 집록류 연구 저작) 23권이다. 대부분이 모두 루쉰연구와 관련된 옛날의 저작을 새로이 찍어냈다. 새로 출판한 루쉰연구의 중요한 저작에 왕더허우의『루쉰과 공자魯迅與孔子』, 장푸구이의『살아있는 루쉰─루쉰의 문화 선택의 당대적 의미"活着的魯迅"─魯迅文化選擇的當代意義』, 우캉吳康의『글쓰기의 침묵─루쉰 존재의 의미書寫沈默─魯迅存在的意義』등이 있다. 2011년 중국에서 발표된 루쉰 관련 글은 모두 845편이고, 그 가운데 루쉰 생애 및 사료 관련 글 128편, 루쉰사상 연구 178편, 루쉰작품 연구 279편, 기타 260편이다. 이외에 2011년 한 해 동안 중국에서 출판된 루쉰 관련 연구 저작은 모두 66권이고, 그 가운데 루쉰 생애 및 사료 관련 연구 저작 18권, 루쉰사상 연구 저작 12권, 루쉰작품 연구 저작 8권, 기타 루쉰연구 저작(주제 연구 및 집록류 연구 저작) 28권이다. 중요한 저작에 류짜이푸의『루쉰론魯迅論』, 저우링페이周令飛가 책임 편집한『루쉰의 사회적 영향 조사보고魯迅社會影響調査報告』, 장자오이의『루쉰, 중국의 '온화'한 니체魯迅─中國"溫和"的尼采』등이 있다. 2012년에 중국에서 발표된 루쉰 관련 글은 모두 750편이고, 그 가운데 루쉰 생애 및 사료 관련 글 105편, 루쉰사상 연구 148편, 루쉰작품 연구 260편, 기타 237편이다. 이외에 2012년 한 해 동안 중국에서 출판된 루쉰 관련 연구 저작은 모두 37권이고, 그 가운데 루쉰 생애 및 사료 관련 연구 저작 14권,

루쉰사상 연구 저작 4권, 루쉰작품 연구 저작 8권, 기타 루쉰연구 저작(주제 연구 및 집록류 연구 저작) 11권이다. 중요한 저작에 쉬쭈화의 『루쉰 소설의 예술적 경계 허물기 연구魯迅小說跨藝術硏究』, 장멍양의 『루쉰전魯迅傳』(제1부), 거타오葛濤의 『'인터넷 루쉰' 연구"網絡魯迅"硏究』 등이 있다. 상술한 통계 숫자에서 현재 중국의 루쉰연구는 21세기 처음 10년에 얻은 성과를 바탕으로 계속 만족스러운 발전 시기에 있었음을 알 수 있다.

마지막으로 지난 100년 동안의 루쉰연구사를 돌이켜보면 중국에서 발표된 루쉰연구 관련 글과 출판된 루쉰연구 논저에 대해서도 거시적으로 숫자적인 분석이 필요하다. 비공식 통계에 따르면 1913년에서 2012년까지 중국에서 발표된 루쉰과 관련한 글은 모두 31,030편이다. 그 가운데 루쉰 생애 및 사료 관련 글이 3,990편으로 전체 수량의 12.9%, 루쉰사상 연구 7,614편으로 전체 수량의 24.5%, 루쉰작품 연구 14,043편으로 전체 수량의 45.3%, 기타 5,383편으로 전체 수량의 17.3%를 차지한다. 상술한 통계 결과에서 중국의 루쉰연구는 전체적으로 루쉰작품과 관련한 글이 주로 발표되었고, 그다음은 루쉰사상 연구와 관련한 글이다. 가장 취약한 부분은 루쉰의 생애 및 사료와 관련해 연구한 글임을 알 수 있다. 루쉰연구계가 앞으로 더 나아가 이 영역의 연구를 보강할 수 있기를 희망한다. 이외에 통계 결과에서 다음과 같은 사실도 알 수 있다. 중화민국 기간(1913~1949년 9월)에 발표된 루쉰연구와 관련한 글은 모두 1,372편으로, 중국의 루쉰연구 글의 전체 분량의 4.4%를 차지하고 매년 평균 38편씩 발표되었다. 중화인민공화국 시기에 발표된 루쉰연구와 관련한 글은 모두 29,658편으로 중국의 루쉰연구 글의 전체 분량의 95.6%를 차지하며 매년 평균 470편씩 발표되었다. 그 가운데 '문화대혁명' 후기의 3년(1977~1979), 20세기 1980년대(1980~1989)와 21세기 처음 10년 기간(2000~2009)은 루쉰연구와 관련한 글의 풍작 시기이고, 중국의 루쉰연구 문장 가운데서 56.4%(모두 17,519편)에 달하는 글이 이 세 시기 동안에 발표된 것이다. 그 가운데 '문화대혁명' 후기의 3년 동안에 해마다 평균 748편씩 발표되었고, 또 20세기 1980년대에는 해마다 평균 787편씩 발표되었으며, 또한 21세기 처음 10년 동안에는 해마다 평균 740편씩 발표되었다. 이외에 '17년' 기간(1949년 10월~1966년 5월)과 '문화대혁명' 기간(1966~1976)은 신중국 성립 뒤에 루쉰연구와 관련한 글의 발표에 있어서 침체기이다. 그 가운데 '17년' 기간에는 루쉰연구와 관련한 글이 모두 3,206편으로 매년 평균 188편씩 발표되었고, '문화대혁명' 기간에 루쉰연구와 관련한 글은 1,876편으로 매년 평균 187편씩 발표되었다. 하지만 20세기 1990년대는 루쉰연구와 관련한 글의 발표에 있어서 안정기로 4,485편이 발표되어 매년 평균 448편이 발표되었다. 이 수치는 신중국 성립 뒤 루쉰연구와 관련한 글이 발표된 매년 평균 451편과 비슷하다.

이외에 비공식 통계에 따르면 중국에서 루쉰연구와 관련해 발표된 저작은 모두 1,716권이고, 그 가운데서 루쉰 생애 및 사료 관련 연구 저작이 382권으로 전체 수량의 22.3%, 루쉰사상 연구 저작 198권으로 전체 수량의 11.5%, 루쉰작품 연구 저작 442권으로 전체 수량의 25.8%, 기타 루쉰연구 저작(주제 연구 및 집록류 연구 저작) 694권으로 전체 수량의 40.4%를 차지한다. 상술한 통계 결과에서 중국에서 출판된 루쉰연구 저작은 주로 루쉰작품 연구 저작이고, 루쉰사상 연구 저작이 비교적 적은 것을 알 수 있다. 학술계가 더 나아가 루쉰사상 연구를 보강해 당대 중국에서 루쉰사상 연구가 더욱 큰 작용을 발휘할 수 있기를 희망한다. 또 이외에 통계 결과에서 중화민국 기간(1913~1949년 9월)에 루쉰연구 저작은 모두 80권으로 중국의 루쉰연구 저작의 출판 전체 수량의 대략 5%를 차지하고 매년 평균 2권씩 발표되었지만, 중화인민공화국 시기에 루쉰연구 저작은 모두 1,636권으로 중국의 루쉰연구 저작 출판 전체 수량의 95%를 차지하며, 매년 평균 거의 26권씩 발표됐음도 볼 수 있다. '문화대혁명' 후기의 3년, 20세기 1980년대(1980~1989)와 21세기 처음 10년 기간(2000~2009)은 루쉰연구 저작 출판의 절정기로 이 세 시기 동안에 루쉰연구 저작은 모두 835권이 출판되었고, 대략 중국의 루쉰연구 저작 출판 전체 수량의 48.7%를 차지했다. 그 가운데서 '문화대혁명' 후기의 3년 동안에 루쉰연구 저작은 모두 134권이 출판되었고, 매년 평균 거의 45권이다. 또 20세기 1980년대에 루쉰연구 저작은 모두 373권이 출판되었고, 매년 평균 37권이다. 또한 21세기 처음 10년 기간에 루쉰연구 저작은 모두 431권이 출판되었고, 매년 평균 43권에 달했다. 그리고 이외에 '17년' 기간(1949~1966), '문화대혁명' 기간과 20세기 1990년대(1990~1999)는 루쉰연구 저작 출판의 침체기이다. 그 가운데 '17년' 기간에 루쉰연구 저작은 모두 162권이 출판되었고, 매년 평균 거의 10권씩 출판되었다. 또 '문화대혁명' 기간에 루쉰연구 저작은 모두 213권이 출판되었고, 매년 평균 21권씩 출판되었다. 20세기 1990년대에 루쉰연구 저작은 모두 220권이 출판되었고, 매년 평균 22권씩 출판되었다.

'문화대혁명' 후기와 20세기 1980년대가 루쉰연구와 관련한 글의 발표에 있어서 절정기가 되고 또 루쉰연구 저작 출판의 절정기인 것은 루쉰에 대한 국가적인 정치 이데올로기의 새로운 자리매김과 루쉰연구에 대한 대대적인 추진과 관계가 있다. 21세기 처음 10년에 루쉰연구와 관련한 글을 발표한 절정기이자 루쉰연구 논저 출판의 절정기가 된 것은 사람으로 돌아간 루쉰이 학술연구의 대상이 되었고 또 중국에 루쉰연구의 새로운 역군들이 대량으로 쏟아져 나온 것과 커다란 관계가 있다. 중국의 루쉰연구가 지난 100년 동안 복잡하게 발전한 역사를 갖고 있긴 하지만, 루쉰연구 분야는 줄곧 신선한 생명력을 유지해 왔고 또 눈부신 발전 가능성을 지니고 있다. 미래를 전망하면 설령 길이 험하다고 해도 앞날은 늘 밝을 것이고, 21세기 둘째 10년의 중국 루쉰연구는 더욱 큰 성과를 얻으리라 믿는다!

미래로 향하는 중국의 루쉰연구는 다음과 같은 중요한 문제 몇 가지에 주목해야 한다.

우선, 루쉰연구 업무를 당국이 직면한 문화전략과 긴밀히 결합시켜 루쉰을 매체로 삼아 중서 민간문화 교류를 더 나아가 촉진시키고 루쉰을 중국 문화의 '소프트 파워'의 걸출한 대표로 삼아 세계 각지로 확대해야 한다. 루쉰은 중국의 현대 선진문화의 걸출한 대표이자 세계적인 명성을 누리는 대문호이다. 거의 100년에 이르는 동안 루쉰의 작품은 많은 외국어로 번역되어 세계 각지에서 출판되었고, 외국학자들은 루쉰을 통해 현대중국도 이해했다. 하지만 부인할 수 없는 현실은 바로 거의 20년 동안 해외의 루쉰연구가 상대적으로 비교적 저조하고, 루쉰연구 진지에서 공백 상태를 드러낸 점이다. 이러한 배경 아래 중국의 루쉰연구자는 해외의 루쉰연구를 활성화할 막중한 임무를 짊어져야 한다. 루쉰연구 방면의 학술적 교류를 통해 한편으로 해외에서의 루쉰의 전파와 연구를 촉진하고 또 다른 한편으로는 루쉰을 통해 중화문화의 '소프트 파워'를 드러내고 중국과 외국의 민간문화 교류를 촉진해야 한다. 지금 중국의 학자 거타오가 발기에 참여해 성립한 국제루쉰연구회國際魯迅研究會가 2011년에 한국에서 정식으로 창립되어, 20여 개 나라와 지역에서 온 중국학자 100여 명이 이 학회에 가입하였다. 이 국제루쉰연구회의 여러 책임자 가운데, 특히 회장 박재우朴宰雨 교수가 적극적으로 주관해 인도 중국연구소 및 인도 자와하랄 네루대학교, 미국 하버드대학, 한국외국어대학교와 전남대학에서 속속 국제루쉰학술대회를 개최하였다. 또한 앞으로도 이집트 아인 샴스 대학교, 러시아 상트페테르부르크 국립대학, 일본 도쿄대학, 말레이시아 푸트라대학교 등 세계 여러 대학에서 계속 국제루쉰학술대회를 개최하고 세계 각 나라의 루쉰연구 사업을 발전시켜 갈 구상을 갖고 있다 (국제루쉰연구회 학술포럼은 그 후 실제로는 중국 쑤저우대학蘇州大學, 독일 뒤셀도르프대학, 인도 네루대학과 델리대학, 오스트리아 비엔나대학, 말레이시아 쿠알라룸푸르 중화대회당中華大會堂 등에서 계속 개최되었다 −역자). 해외의 루쉰연구가 다시금 활기를 찾은 대단히 고무적인 조건 아래서 중국의 루쉰연구자도 한편으로 이 기회를 다잡아 당국과 호흡을 맞추어 중국 문화를 외부에 내보내, 해외에서 중국문화의 '소프트 파워' 전략을 펼치고, 또 다른 한편으로는 해외의 루쉰연구자와 긴밀히 협력해 공동으로 해외에서의 루쉰의 전파와 연구 업무를 추진해야 한다.

다음으로, 루쉰연구 사업을 중국의 당대 현실과 긴밀하게 결합시켜야 한다. 지난 100년 동안의 루쉰연구사를 돌이켜보면, 루쉰연구가 20세기 1990년대 이전의 중국 역사의 진전과 긴밀한 관계를 갖고 있었음을 볼 수 있다. 하지만 20세기 1990년대 이후 사회적 사조의 전환에 따라 루쉰연구도 점차 현실 사회에서 벗어나 대학만의 연구가 되었다. 이러한 대학만의 루쉰연구는 비록 학술적 가치가 없지 않다고 해도, 오히려 루쉰의 정신과는 크게 거리가 생겼다. 루쉰연구가 응당 갖추어야 할 중국사회의 현실생활에 개입하는 역동적인 생명력을 잃어 버린 것이다. 18대(중국공산당 제18기 전국대표대회 – 역자) 이후 중국의 지도자는 여러 차례 '중국의 꿈'을 실현시킬 것을 강조했는데, 사실 루쉰은 일찍이 1908년에 이미 「문화편향론文化偏至論」에서 먼저 '사람을 세우고立人' 뒤에 '나라를 세우는立國' 구상을 제기한 바 있다.

오늘날 것을 취해 옛것을 부활시키고, 달리 새로운 유파를 확립해 인생의 의미를 심오하게 한다면, 나라 사람들은 자각하게 되고 개성이 풍부해져서 모래로 이루어진 나라가 그로 인해 사람의 나라로 바뀔 것이다.

중국의 루쉰연구자는 이 기회의 시기를 다잡아 루쉰연구를 통해 루쉰정신을 발전시키고 뒤떨어진 국민성을 개조하고, 그럼으로써 나라 사람들이 '중국의 꿈'을 실현시키도록 하고, 동시에 또 '사람의 나라'를 세우고자 했던 '루쉰의 꿈魯迅夢'을 실현해야 한다.

마지막으로 중국의 루쉰연구도 창조를 고도로 중시해야 한다. 당국이 '스얼우十二五'(2011~2015년의 제12차 5개년 계획 – 역자) 계획 속에서 '철학과 사회과학 창조프로젝트'를 제기했다. 중국의 루쉰연구도 창조프로젝트를 실시해야 한다. 『중국 루쉰학 통사』를 편찬한 장멍양 연구자는 20세기 1990년대에 개최된 한 루쉰연구회의에서 중국의 루쉰 연구 성과의 90%는 모두 앞사람이 이미 얻은 기존의 연구 성과를 되풀이한 것이라고 말했다. 일부 학자들이 이견을 표출한 뒤 장멍양 연구자는 또 이 관점을 다시금 심화시켰으니, 나아가 중국의 루쉰연구 성과의 99%는 모두 앞사람이 이미 얻은 기존의 연구 성과를 되풀이한 것이라고 수정했다. 설령 이러한 말이 커다란 논쟁을 불러일으켰다고 해도, 의심할 바 없이 지난 100년 동안 중국의 루쉰연구는 전체적으로 창조성이 부족했고, 많은 연구 성과가 모두 앞사람의 수고를 중복한 것이었다고 말할 수 있다. 푸른색이 쪽에서 나오기는 하나 쪽보다 더 푸른 법이다. 최근에 배출된 젊은 세대의 루쉰연구자는 지식구조 등 측면에서 우수하고, 게다가 더욱 좋은 학술적 환경 속에 처해 있다. 그리하여 그들이 열심히 탐구해서 창조적으로 길을 열고, 그로부터 중국의 루쉰연구의 학술적 수준이 높아질 수 있기를 희망한다.

'중국 루쉰연구 명가정선집' 총서 편집위원회

2013년 1월 1일

## 왜 평생 루쉰과 함께 했는가?

T. S. 엘리엇이 장시 『황무지』 서두에서 왜 4월을 "가장 잔인한 달"이라고 했는지 늘 이해가 되지 않았다.

> 4월은 가장 잔인한 달, 죽은 땅에서
> 라일락을 피워내고, 추억과 욕정을 뒤섞고
> 잠든 뿌리를 봄비로 깨운다.

원래 겨울이 가면 봄이 오고, 4월은 시인들이 너나없이 예찬하는 달이다. 새로운 기운이 돋고 만물이 소생하고 온통 초록빛이 되는데 어찌 예찬하지 않을 것인가? 쉬즈모徐志摩의 애정 생활을 다룬 드라마도 『세상의 4월人間四月天』이지 않았는가?

하지만 나는 인생의 4월에 들어서고야 4월이 정말 '가장 잔인한 달'이라는 것을 깨달았다.

저서가 출판되고 직책도 가장 높은 곳에 오르고, 루쉰연구계에서도 일정한 지위와 발언권도 생기고, 말하고 싶은 충동이 간절하여 이를 억누르지 못하는 사람도 아니다. 하지만 동시에 잔인함을 느낀다.

1998년이었다. 베이징 제2고등학교 64학번 4반 동창들이 34년 뒤에 다시 모였다. 다들 불현듯 격세지감을 느꼈다. 그 사이에 문화대혁명

10년 세월이 있었고, 20여 년 동안의 개혁개방이 있었고…… 그렇게 30여 년이 지났다. 인생에 이런 30여 년 세월이 몇 번이나 있을 것인가?

아주 잘 나가는 남학교에서 그중에서도 우리 반은 아주 잘 나가는 반이었다. 동기 40여 명 가운데 십여 명 가량이 정부 중앙 부서의 국장, 처장을 하고 있었고, 사장, 이사장도 여러 명 나왔다. 허리에 수천만 위앤, 심지어 수억 위앤을 차고 비싼 집에 좋은 차를 모는 갑부도 나왔다.

나는 재주가 없는데도 불구하고, 이런 반에서 6년 동안이나 반장을 했다. 지금 만나면 국장과 사장들이 나를 '반장님'이라고 부르는데, 과분한 대우에 몸 둘 바를 모르겠다.

다들 돌아가면서 한 마디씩 하고 30년 동안 살아온 이야기를 했다. 창연함을 감출 수 없었고 감개가 무량했다. 그런데 도서관 관장을 하는 친구가 불쑥 던진 말이 갑자기 내 마음을 긴장시켰다.

"우리가 어제 우리 반장님 장멍양 얘기를 했었잖아. 네가 그랬지, 그 친구 실력과 능력이면 무슨 일인들 못 하겠냐고. 그런데 평생 죽어라 루쉰만 모시고 있잖아! 자네 손해 보았다는 생각 안 들어?……."

순간 오싹해서, 뭐라 말해야 좋을지를 몰랐다. 그 말을 되새기면서 그날 밤 내내 뒤척이며 쉽게 잠을 이루지 못했다. 꼭 이렇게 따지는 것 같았다. "넌 왜 평생 루쉰만 따라다닌 거야?"

주위를 둘러본다. 눈에 보이는 내 누추한 방에는 천장까지 쌓인 책과 자료 말고는 거의 아무것도 없다. 매월 그저 1천 위앤 남짓한 월급뿐이다. 2005년에 은퇴하고 나서는 얄팍한 양로금만 받고 있다. 몇 번 올라서 몇천 위앤이 되었지만 아무리 그래도 물가 오르는 것을 따라잡지 못한 채 영원히 월급쟁이 계층에 속해 있다. '루쉰연구' 책은 출판도 어렵고 출판해도 원고료가 미미하다. 한 푼도 없는 경우도 있다. 꼭 필요한 참고서적을 사려고 해도 살 여유가 없다. 높은 자리에 오르고 갑부가 된 친구들하고 비교하면 나는 정말 처지가 궁색하니 정말 손해 보고 산 건 아닐까? 하지만 사정을 잘 모르는 사람들은 루쉰을 연구하는 우리들이 "루쉰 밥을 먹고 산다"고 말하는데, 그 밥은 정말 엉망이다!

성과를 내지 못할 때도 고생이고, 겨우 성과를 내고 난 뒤에도 여전히 고생이다. 4월, 그…… 날이, 정말 "가장 잔인한 달"이었다.

왜? 왜 이렇게 불공평한가?

가물가물 꿈속에 빠져 든다…….

## 황무지의 꿈

늘 꿈에 끝없이 막막한 황무지를 본다. 황무지를 꿋꿋하게 질주하는 '행인過客'[1]이 꿈에 보인다.

서른 살, 마흔 살 가량, 몹시 지친 상태이지만 의지가 강하고 눈빛은 무겁고 수염은 덥수룩하고 머리카락은 흐트러지고, 검정 저고리와 바지는 다 해지고 맨발에 다 뜯어진 신발을 신고, 자루 하나를 옆구리에 끼고 키만 한 지팡이를 짚고 있다.

---

1 　【역주】 루쉰의 글 「過客」에 나오는 '행인'을 의미함.

그는, 홀로 끝없이 막막한 넓은 황무지를 꿋꿋하게 질주한다. 항상 앞에서 소리가 그를 재촉하는 것처럼 느낀다. 그더러 걸으라고. 그를 쉬지 못하게 하고 노인이 돌아가라고 권거나 쉬라고 충고를 해도, 여자 아이가 그에게 천 조각을 주면서 보시를 베풀어도 그는 다 거절한다. 앞이 무덤이라는 것을 분명히 알면서도 의연히 앞으로 나아간다. 들판을 향해 비틀거리면서 나아가고 밤빛이 그의 뒤를 따른다.

검은 구름이 무너뜨릴 듯이 짓누르고, 바람이 불어 풀이 눕고 황폐한 무덤이 드러난다.

꿈은, 커다란 까만 솜털 같은 먹구름 떼가 창공에서 소용돌이치고, 키 크고 마른 '행인'의 까만 그림자가 먹구름 아래, 거친 풀 사이에서 앞을 향해 걸어간다. 나는 멀리 떨어진 뒤쪽에서 있는 힘을 다해 쫓아간다……

## 시골 숙소를 그리워하며

아주 좁은 누추하기 짝이 없는 북방의 시골 숙소였다.

어두운 밤. 추운 겨울. 좁은 누추한 방에 목조 침대 셋이 벽 쪽에 놓여 있고, 세 사람이 잠을 자고 있다. 담 밑 두 사람은 두꺼운 솜이불을 꼭 낀 채 드르렁 코를 골고 있다. 입구의 다른 한 사람은 이불에서 머리를 내밀고 침대 머리 앞에 있는 판자에 엎드린 채 풀병으로 만든 작은 등잔불에 의지해 책을 본다. 읽고 있는 책은 『루쉰전집魯迅全集』이다. 넘기는 페이지는 벌써 누렇게 색이 바란 채 너덜너덜해졌다.

그 한 사람이 바로 나다.

1970년대 초, 나는 베이징 명문대학을 졸업한 뒤 허베이河北의 한 시골 초등학교로 배치를 받았다. 그 느낌은 산 정상에서 단번에 도랑으로 굴러 떨어진 느낌이었다. 한동안 적응이 되지 않았다. 하지만 어쨌든 어쩔 수 없이 현실의 진흙을 딛고 나를 단련시켜야 했다. 내 짐 가방은 아주 작아서, 이불 속에 『루쉰전집』 한 질을 넣자 몹시 무거웠다.

그곳 자연환경은 외딴 한적한 곳이자 평평하였지만 내 정신은 짓눌리고 메말랐다. 우리 교사들은 충분히 개조되지 않은 '냄새 나는 지식인'[2]으로 간주되어 새벽 해가 뜨기 전부터 등을 들고 똥을 주었고, 일요일이면 파견 나가서 '네 부류 인간들四類分子'[3]과 함께 노동을 했다. 특히 고통스러웠던 것은 학교에 아무런 책이 없는 데다가 책을 읽는 것을 개조 되지 않았다는 증거로 간주한다는 것이었다. 사실 책을 읽고 싶어도 장소를 찾을 수 없었다. 낮에는 여러 사람들의 주시 속에서 노동을 하고 수업을 해서 책을 볼 틈이 없었다. 밤에는 사무실과 숙소가 사람들로 가득했고, 불을 켜고 책을 볼 곳조차 없었다. 그래서 하는 수없이 풀병으로 작은 등잔불을 만들어서 침대 앞 작은 선반에 걸어 놓고 깊은 밤 다른 사람들이 꿈속에 들어갔을 때 이불에서 고개를 내밀고 콩알만 한 불빛 아래 『루쉰전집』을 판자에 펴놓고 한 자 한 자 읽었다.

이른 아침부터 시작된 노동은 밤이 되어서야 끝났고 말할 수 없이 피곤하였다. 겨우 따뜻한 이불 속으로 들어가면 누군들 얼른 잠에 빠

---

2  【역주】 문혁 때 지식인을 비판하던 말.
3  【역주】 '四類分子' : 지주, 부농, 그리고 사회주의 혁명에 반대하고 사회 안정을 해치는 반혁명분자, 악질분자를 가리킴.

져 유일하게 자신에게 속한 자유와 행복을 누리고 싶지 않을 것인가? 하지만 꿈에 그 황무지가 보이고, 그 황무지를 질주하는 '행인'이 보이면 나도 모르게 깊은 꿈속에서 깨어나고, 나도 모르게 고개를 내밀어 등잔불을 켜고 『루쉰전집』을 펴고서 말없이 힘겹게 읽어 나갔다.

'행인'의 고생과 인내, 집요한 끈질긴 정신이 나를 감동시켰다. 나는 자주 그의 깊은 고난과 나를 대조해 보고는 그에 비해 내 처지가 훨씬 낫지만 그보다 훨씬 강인하지 못하다고 여겼다. 그렇게 상황을 비교해 보자 눈앞의 어려움도 더 이상 아무것도 아니었다.

물론 나는 결코 선각자가 아니다. 도리어 아둔하다. 늘 사람들이 눈썹을 휘날리며 자기가 얼마나 일찍 문혁의 문제점을 간파했고 어떻게 사인방의 극좌 노선을 막았는지를 말하는 것을 듣지만, 나는 솔직히 매우 늦게야 깨달았다. 문혁이 다시 한 번 나를 불행에 처하게 했지만, 나는 줄곧 마오쩌둥과 그를 지도자로 한 무산계급 사령부를 지극히 존경하였고, 그야말로 '세 가지 충성과 네 가지 무한함'[4]에 빠져 있었다고 할 것이다. 그때 탄압을 받기는 했지만 시종 나를 반혁명 분자라고 말하는 사람이 없었고, 대중의 눈은 결국 밝아서, 다들 나를 마음속 깊이 당 중앙의 정신을 따라 길을 가고, 반발심이나 의심이 추호도 없다고 여겼다. 문득 회의가 들기도 했지만, '사私적인 것'[5]과 단호히 투쟁해야 한다는 생각이 스치면 의심을 누르게 되었다. 다른 사람이 회의

---

4   【역주】문혁 때 유행한 정치용어. 세 가지 충성이란, 마오쩌둥 주석에 대한 충성, 마오쩌둥의 무산계급혁명노선에 대한 충성, 마오쩌둥 사상에 대한 충성을 말하고, 네 가지 무한함이란 마오쩌둥과 마오쩌둥 혁명노선, 마오쩌둥 사상에 대한 무한 숭배, 무한 열애, 무한 신앙, 무한 충성을 말한다.
5   【역주】문혁 때 주요 목표 가운데 하나가 '사적인 것의 비판과 투쟁'이었다.

하는 이야기를 들으면 더 열심히 일을 하려고 했고, 심지어 논쟁을 벌이기도 했다. 그래서 당시에 나는 완전히 마오쩌둥의 생각에 따라 루쉰을 읽고, 당시의 정책에 따라 루쉰을 선전하는 글을 썼다. 여기에는 내가 반성한 적이 있는 나의 사심도 들어 있었는데, 문장을 발표하여 농촌에서 전출되어 내 힘든 상황을 바꾸고 싶었다. 나는 지금도 그때 발표했거나 발표하지 않은 작은 산처럼 쌓인 원고 더미와 격렬한 논쟁으로 동지에게 준 상처와 일에 끼친 손실에 부끄럽고, 깊이 반성한다.

그 당시 나의 루쉰관은 모순적이었고, 인격도 모순적이다. 계급투쟁의 관점에서 루쉰을 부각시키려고 노력하는 한편, 루쉰의 깊이와 굳건함, 그리고 사물을 융통성 있고 전면적으로 관찰하는 점을 깊이 느끼고 있었다. 또한 글을 발표하여 여건을 바꾸려고 하면서도 다른 한편으로 부정한 방법과 인간 관계를 이용하는 비열한 행위를 몹시 천박하게 생각하였고, 나 스스로의 각고의 노력과 진정한 재능으로 열심히 공부하여 마땅한 대우를 받아야 했다. 그래서 노력을 기울였던 과제는 루쉰의 변증법 사상 방면의 기초적인 연구였는데, 『루쉰전집』을 진지하게 통독하는 과정에서 이루어진 것이었으며, 전적으로 루쉰의 단편적인 말을 가지고 선전에 복무하는 것이 아니었다. 그러기에 루쉰의 투쟁철학을 높이 평가하는 글 속에서 루쉰의 진실과 소중한 변증법적 사상을 드러냈다. 예를 들어 1972년 10월 19일『인민일보人民日報』에 발표한「'나뉨分'－루쉰 후기 산문의 변증법을 배우자談分－學習魯迅後期雜文辨證法札記」라는 글에서, 마오쩌둥의 '하나에서 둘로 나뉜다'는 사상을 말하면서 루쉰의 사과의 썩은 부분을 도려낸다는 말[6]을 인용하였다. 이것은 당시에 루쉰의 이 말을 처음으로 언론매체에 드러낸 것으로서, 의심할 바 없이, 사람이든 사물이든 모든 것은 완전무결해야 한다는 극좌 사상적 흐름에 대한 가장 생동적이고 실감나는 비판이었고, 혁명 간부와 문화유산을 정확히 대하는 문제에 암시를 주었다. 들은 바에 따르면, 1975년 5월부터 9월까지 베이징대학 중문과 강사 루후어盧獲가 마오쩌둥에게 시강侍講을 할 때, 루후어에게『루쉰전집』에서 '썩은 사과를 도려낸다'는 말이 어느 글에 있는지 찾으라고 했고, 루후어가 애를 쓴 끝에 원문을 찾았다고 한다. 1972년에『인민일보』에 실렸던 말이라는 것을 몰랐던 것이다. 그 말을 실을 수 있었던 것은 그 당시 인민일보 편집자이자, 원로 산문가, 장서가인 장더姜德 동지가 중요한 역할을 했다. 내가 일반인으로 투고를 하여 루쉰의 '썩은 사과 도려내기'라는 말을 거론했을 때, 그는 연신 옳다고 말하면서 꼭 쓰라고 당부하였다. 그의 사심 없는 마음과 열정, 편집자로서의 혜안은 나를 영원히 감격시키고 존경하게 했다.

지난 일을 이야기하다 보니 말하지 않으면 안 될 것이 비록 문혁 시대에도 사람들은 루쉰을 받아들일 때 두 가지 측면이었다. 극좌적인 왜곡된 측면도 있었고, 루쉰에게서 정확한 사상과 끈질긴 정신이라는 또 다른 측면도 취했다.

여기까지 이야기 하고보니, 나는 내가 기층에 있을 때 만났던 좋은 분들에게 진심으로 감사를 드려야겠다. 그들은 당시 현에서 가르치던 진지한 벗이자 유명한 작가인 탕지에湯吉夫, 문화관 관장 리쥐파李巨發, 한 학교에서 선생을 했던 자오화위앤趙華遠, 쑨펑잉孫鳳英 선생이다.

---

6    【역주】루쉰이「번역에 관하여關於翻評」하(下)란 글에서, 문학 비평의 기능을 비유하여 한 말.

그들은 유치하고 무지하고 천방지축이던 내게 차례로 따뜻한 손을 내밀어 주어 나를 파멸에서 구했다. 인재를 아꼈던 랑팡廊坊 지역 교육국 천하오산陳浩山 국장과 우바오허吳寶和 부국장, 랑팡지역 교육학원 판수쩡潘樹增 원장, 류쥔티엔劉俊田, 치후이언齊惠恩, 왕바오린王寶林 등 지도자와 지역 위원회 간부인 커쯔장可志江 동지 등의 이해와 지지가 내가 중국 사회과학원 문학연구소 루쉰연구실에서 일할 기회를 놓치지 않게 하였고, 마침내 꿈을 이루어 내가 좋아하는 루쉰연구에 비교적 오랜 기간 종사할 수 있게 한 것에도 감사를 드린다.

인생의 중요한 순간에는 꼭 친구의 진정한 도움이 필요하다. 그렇지 않으면 자기가 아무리 노력하여도 결과를 보기 어렵다. 양심이 있는 사람이라면 영원히 자신을 도와 준 훌륭한 사람들을 영원히 잊지 말아야 한다.

## 『회편滙編』의 고통

세상만사는 변한다. 문혁이 끝나고 나는 다행히 린페이林非, 류짜이푸劉再復, 장주어張琢 선생 등의 노력으로 가장 밑바닥에서 가장 높은 곳까지 오를 수 있었고, 중국사회과학원의 높은 빌딩에서 전문적으로 루쉰을 연구했다. 그때 나는 더욱더 루쉰의 필요성을 느꼈다.

기층에서 생활은 힘들었지만 사람과 사람 사이의 관계는 친하게 하나가 되었다. 하지만 그처럼 높은 학술 기관은, 환경은 크게 좋아졌지만 사람과 사람 사이의 관계는 소원하고 삭막했고, 정이 넘치는 베이징 쓰허위앤四合院 주택이나 시골 조그만 동네에서 고층 아파트로 이사

온 것처럼 단번에 인간관계가 멀어졌다. 다들 자기 일을 하고, 교류와 왕래가 적었고, 고독한 생활에 습관이 되어 있지 않거나 건조한 학술연구에 빠져들지 않는 사람이라면 정말 답답해 죽을 것이다. 여기서는 끝없이 망망한 넓은 황무지에서 그저 아무 생각 없이 질주하고 그 결과를 따지지 않는 '행인'정신을 지녀야만 학술에서 최종적으로 작으나마 진정 가치 있는 성과를 거둘 수 있었다.

아마도 루쉰의 학문 스타일과 청대 고증학이 스며들어 체화된 영향으로 나는 충분한 자료를 섭렵하지 않은 채 공론을 늘어놓는 '학문 유행'에 몹시 반감을 가지고 있었고, 그래서 루쉰연구 학술사라는 연구 프로젝트에 참여한 뒤 지금까지 나온 루쉰에 관한 전체 연구와 평론, 반응 등에 관한 자료를 모두 수집할 결심을 하고, 『1913~1983 루쉰 연구 학술 논저 자료 회편1913~1983魯迅研究學術論著資料匯編』 편찬 작업을 추동했다.

이번에는 더 깊이 망망한 황무지에 떨어진 것처럼 느껴졌다.

당시에는 하룻강아지 범 무서운 줄 모른다고, 이 작업이 얼마나 어려운 일인 줄을 분명히 모른 채 시작했다. 사실 이 일은 지극히 어렵고 작업 과정이 엄청났다. 전국 각지의 큰 도서관과 연락하여 수천 개 원문의 복사나 사진 자료를 수집하고, 사람을 불러 원문대로 베끼게 하고, 그런 뒤 직접 원문을 대조하고, 원고를 추리고, 편집하였다. 동시에 전국의 거의 2천여 예약자와 연락을 취하고, 문제를 설명하였는데, 작업이 끝났을 때 보니 편지를 3천 통 가량 보냈었다. 출판 계약과 인쇄, 출판 등의 일도 전부 내가 담당했고, 원고 검토, 송고, 인쇄, 교정, 제본, 장정, 발송, 우편발송 등등 갖가지 번거로운 일도 하나하나 관장하고, 직접 했다. 각 단계마다 가장 단시간 내에 200만 자 분량의 교정을 질과 양을 확보하면서 해내야 했고, 세 차례 교정한 후 수 천리나 떨어진 현의 인쇄 공장으로 가서 제본했고, 그 공장에 없는 십여 근이 넘는 활자를 가지러 가야 했다. 책을 엮는 사람이 이렇게 엄청난 작업을 담당한 것은 책 편집 역사상 기네스 기록을 수립한 것일 것이다. 이러한 과중한 부담으로 나는 늘 몇날며칠 동안 계속하여 일을 했고, 잠도 제대로 자지 못했다. 자연히 정상적으로 가정생활을 돌볼 수도 없었다. 가장 힘들었던 것은 순조롭게 갖가지 난관을 넘기 위해 모든 방법을 강구해야 하고 모든 조치를 취해야 하는 것이었다. 나는 이런 데 재주가 없었고, 인간관계와 사회생활의 갈등을 잘 처리할 줄 몰라서 늘 안팎으로 시달리고, 앞뒤로 공격을 받고, 골머리가 아팠다. 그때 다른 사람들은 한편한편 거대한 논지를 펴면서 가볍게 세상에 이름을 날리고 돈도 많이 버는 것을 보면서, 나는 몇 년 동안 자료와 일 더미에 파묻혀 고생 고생하는데 효과는 미미하고 늘 사람들에게 '자료 광'이라고 경멸조차 받으니 마음도 중심을 잡기가 어려웠고, 특히 다른 사람에게 오해를 받고, 바빠서 다른 사람과 내왕할 수도 없고 인간관계에 응할 수도 없어서 갈등을 빚을 때는 더욱 불만스러워서 계속 해나갈 수가 없었다. 하지만 그때 린페이 선생과 그의 부인 샤오펑炘鳳의 깊은 이해와 지지 덕분에 평정을 회복할 수 있었던 것 말고도 정신적인 버팀목이 되어 주었던 것은 바로 망망한 황야를 거침없이 걸어가는 '행인'이었다.

나는 또다시 늘 황야를 꿈에 보았다. 고난과 견인불발의 '행인'을 꿈에서 보았다. 바로 그 '행인'이 내가 9년 동안 고생하면서 간 고난의 역정을 보내도록 이끌었고, 5권에 부록 1권, 1천만 자의 정장본 대작이 세계 유명 도서관의 서가에 드디어 꽂히게 되었다. 지금도 일부 젊은 루쉰연구자들은 이것이 나의 가장 큰 공로이고, 이 덕분에 그들이 편히 연구할 수 있게 되었다고 여긴다. 왜냐하면 지금은 아무리 노력해도 그 귀한 학술자료를 찾을 수 없기 때문이다. 나는 다행히도 그 어려운 기회를 잡았고, 만일 당시에 기회를 놓쳤다면 아무리 고생해도 그러한 대작은 편찬할 수 없을 것이다. 9년 동안의 고생이 헛되지는 않은 셈이다.

## 아Q에 빠지다

『1913~1983 루쉰연구 학술 논저 자료 회편』을 편찬하는 힘든 작업을 하면서 아Q 연구 논저 자료를 수집하고 정리하는 일은 힘든 일 중에서도 가장 힘들었고, 나는 정말 아Q에 빠졌다. 그것은 나와 아Q 사이의 깊은 인연 때문이었다. 40년 전인 1972년, 문혁 때 박해로 숨을 거둔 허치핑<sup>阿</sup>其芳 동지에게 가르침을 청할 때, 그의 깨우침 속에서 아Q 전형 문제에 대한 사고와 연구가 싹트기 시작하였다. 전면적이고 체계적으로 루쉰연구 자료를 수집하는 마당에 어떻게 그런 아Q를 잊을 수 있겠는가? 그래서 가지고 있던 자료를 망라하여 『루쉰연구 학술사 개술<sup>魯迅研究學術史概述</sup>』 중의 「「아Q정전」 연구사<sup>阿Q正傳」研究史</sup>」를 썼다. 1991년 9월, 루쉰 탄생 110주년 학술토론회에서 「아Q와 세계문학 속의 정신 전형 문제<sup>阿Q與世界</sup>文學中的精神典型問題」라는 논문을 발표했고, 펑샤오링<sup>彭小苓</sup>, 한아이리<sup>韓藹麗</sup>가 엮은 『아Q-70년<sup>阿Q-七十年</sup>』[7]이란 책에 수록되었다. 그 후 2년간 심혈을 기울여 논문을 27만 자의 전문 저작 『아Q 신론<sup>阿Q新論</sup>-아Q와 세계문학 속의 정신 전형 문제』로 확대하였고, 1996년 9월 산시陝西인민교육출판사에서 정식 출판되었다. 40년 동안 부지런하게 힘을 쓰지 않았다고 할 수 없고, 성과도 많지 않다고 할 수 없다. 하지만 어쩔 수 없이 아쉬움을 느끼는 것은 일부 진전이 있었지만 아Q전형성 문제라는 루쉰연구계 내지는 문학이론 영역의 골드바흐의 추측을 완전히 풀지 못하고 학술 왕관의 구술을 따지 못하였고, 그에 속한 많은 진지한 정리와 성찰이 필요한 많은 학술적 문제를 남겨두게 되었다는 점이다.

당연히 정리와 성찰을 진행하는 것이 30년 동안의 내 각고의 노력을 완전히 부정하는 것을 의미하지는 않는다. 내가 30년 동안 걸어온 고생의 길이 성과가 있다는 것은 마땅히 인정해야 한다. 다만 『아Q신론』이란 책으로 보자면, 연구에서 아래와 같은 특징이 있었다.

자료가 비교적 충실하다. 나는 학술연구에서 자료 작업부터 시작하지 않거나 일시적인 영감에 의지하여 성공을 얻는, 이른바 '재기'를 줄곧 믿지 않았고, 오직 내가 충심으로 존경하는 스승이자 함께 근무하는 동료였던 판쥔樊駿 선생의 명언을 인정할 뿐이다. "학술연구의 모든 개척과 돌파구는 원래 있던 성과와 결론에서 시작하며, 초월도 있고, 계승도 있으며 이렇게 모여서 학술 발전의 큰 물결을 이룬다."[8] 그래서 내가 전형문제를 연구할 결심을 하였을 때 앞선 사람들의 연구 성과를 수집하고 정리하는 데서 시작하여 『1913~1983 루쉰연구 학술 논저 자료 회편』의 편찬을 담당한 9년 동안 애써 아Q 연구 자료를 수집하였고, 작은 언급 하나 빠뜨리지 않았다. 그런 뒤 논저 자료를 시

---

7    北京十月文藝出版社, 1993.12.
8    『論中國現代文學硏究』의 속표지. 上海文藝出版社, 1992.11.

간 순서에 따라 배열하고, 반복하여 읽고 반복하여 음미하고, 반복하여 가지고 놀고, 반복하여 사고하고, 마침내 아Q 전형 연구의 학술 발전의 일련의 고리를 정리해 내고, 그중에서 중요 연결점을 찾아냈다. 평쉐펑馮雪峰의 사상 전형설, '정신 기식설'과 허치팡의 '공동 이름설共名說'이 그것이다. 이러한 연결점에서 출발하여 학술 고리를 따라 조정과 정리, 해석을 진행하고 발전시켜서 앞선 사람의 학술성과를 꼼꼼하게 계승한 바탕 위에서 내 자신의 독창적인 견해를 제기하였다. 내 관점에 동의하지 않을 수도 있겠지만, 내가 연구 작업에 종사한 모든 단계마다 꼼꼼하고 견실하며, 언제나 허공에 뜬 점이 없다는 점은 부인할 수 없을 것이다.

시야가 비교적 넓다. 아Q 전형 연구에 힘쓴 것은 아Q 평가에만 한정하는 것이 아니라 시각을 세계문학이라는 넓은 영역으로 확대하는 것이었고, 아Q와 돈키호테, 햄릿, 오블로모프, 그리고 도스토옙스키 작품 속 인물과 교차 비교 연구를 진행하여, 이러한 세계적인 예술 전형 사이에 존재하는 깊은 공통점과 다른 개성을 발견하였다. 여기에서 출발하여 아Q의 문학적 후예를 고찰하였고, 중국 당대 문학의 전형 창조 문제에 대해서도 내 생각을 밝혔으며, 심지어 우주의식을 지닌 우주의 지혜로운 생물의 정신발전에 나타나는 깊은 공통점을 연상시키고, 태초시대와 신비로운 공간에서, 아Q, 돈키호테, 햄릿에 잠재된 무궁한 철학적 계몽 의의까지 연상시켰다. 고금과 동서양, 상하좌우를 오가는 가운데 넓은 연구 시각과 사고의 깊이를 보여주었다.

사고가 비교적 깊다. 충실하고 엄밀한 자료를 바탕으로 삼았지만 사료의 재탕이나 나열에 한정하지 않았고 과거 관점을 되풀이하지도 않았으며, 낡은 관점을 답습하지 않고 탄탄하게 발굴을 진행했다. 마르크스주의 기본 원리를 파악하고 활용하여 헤겔과 프로이드, 융, 에릭 프롬의 유익한 견해를 받아들여 마르크스주의 정신 현상학의 주장을 건립할 것을 제기하였고, 정신현상학을 시각으로 삼아 시도하였고 보다 집중적으로 아Q를 투시하여 인류 정신현상을 집중 반영한 변이적 예술전형(혹은 정신 전형이라고 약칭할 수 있다)에 속한다는 앞선 사람들이 언급한 적이 없는 관점을 획득했다. 또한 이를 통해 루쉰이 아Q라는 정신 승리 전형을 창조한 것은, 세르반테스가 돈키호테를 창조하고 셰익스피어가 햄릿을 창조한 것과 같은 인류 영혼의 새로운 발견이라고 설명하였다. 이것은 바로 그들이 전 세계적 의의를 지니는 이유다. 추상과 변형이라는 장에서는 또한 「아Q정전」의 예술 특색에 대해서, 특히 인도 『백유경百喩經』의 예술 기원 차원의 관계에 대해 독특한 분석을 했다. 이러한 관점과 분석에 대해 각자 자신의 의견이 있을 수 있겠지만, 앞 사람들의 기초 위에서 보다 깊이 있는 발굴과 사고를 진행한 점, 최소한 뒷사람의 진일보한 연구에 참조를 제공한 것을 인정하지 않을 수 없을 것이다.

때문에 『아Q신론』이 출판되고 나서 이견도 있었지만 기본적으로는 호평을 받았다. 여러 가지 비평 가운데, 내가 가장 중요하게 생각하는 것은 공개적으로 발표되지 않은 것으로, 현대 중요 작가인 펑지차이馮驥才 선생이 1997년 4월 1일 내게 친필 편지를 보낸 것이다. 그는 편지에서 『아Q신론』에서 "정신 전형을 탐구한 것은 문학 연구의 중대한 주제이자 루쉰연구의 고 층차의 심입"이라고 여겼다.

여러 가지 원인으로 발표를 하지는 못하고 계속 소년시대에 꿈꾸었던 '작가의 꿈'을 실현하지 못하였지만, 아마도 내가 꽤 많은 창작을 한 때문에 내 학술이론 연구를 의식적으로 창작 실천에서 출발하여 작가가 예술 창조할 때 겪는 갖가지 즐거움과 고통, 필요 등을 생각하게 되고, 그래서 연구 결과가 늘 작가들의 이해를 얻었다. 이 점에 대해 나는 다행이라고 생각하고, 작가들에게 감격과 감탄의 마음을 갖고 있다.

『아Q신론』 출판 후 나는 여기서 내 연구를 그치지 않고 계속 해 나갔다.

1998년에 발표한 논문 「아Q정전, 루쉰 인학, 계급론阿Q正傳, 魯迅人學, 階級論」에는 다시 새로운 관점을 내놓았다. 첫째, 철학인류학, 즉 인학人學의 높이에서, 인류의 전체 역사 발전의 범주에서 인류의 근본적인 생존 환경과 정신상황에서 출발하여 아Q에 대해 보다 깊은 층차의 학술적 조명과 철학적 성찰을 진행하였고, 그리하여 과거 장기간에 걸쳐 사람들의 사상을 속박하던 계급론의 틀을 의식적으로 돌파하였다. 둘째, 「아Q정전」을 통해 루쉰 인학의 주요 측면을 투시하였다. 사람의 개체 정신 자유는 집단적 각성의 전제이다. 아Q는 '막다른 인간末人'의 모습으로, 부정적인 면을 통해 사람들에게 거울을 제공한다. 사람의 정신 메카니즘 속으로 들어가 정신 승리법이라는 인류의 보편적 약점을 추출하여 인류가 스스로를 인식하는 데 독특한 공헌을 했다는 점을 지적하였다. 마지막으로, 인류의 어둠과 고난에서 파고드는 특수한 사유 방식과 비억압자의 비참한 운명에 대한 절실한 동정으로 루쉰의 「아Q정전」 등의 작품이 종교적 철학 깊이와 수난을 겪는 자를 위해 희생하는 고상한 인격적 매력을 지니도록 하였고, 그리하여 영원히 사라지지 않는 '루쉰 인학' 특유의 현대적 의미를 드러냈다는 점을 지적하였다.

『문학평론文學評論』 2000년 제3호에 발표한 「아Q와 중국 당대문학의 전형문제阿Q與中國當代文學的典型問題」는 근 1년 동안 심혈을 기울인 결정結晶으로, 정말 책 한 권 쓰는 것보다 더 많은 정력을 쏟았다. 그 글은 실질적으로 장기간 힘을 쏟아 온 아Q 전형 연구의 연장이자 심화였다. 연장이라고 한 것은 루쉰의 아Q 전형 창조 경험을 중국 현대문학으로 연장하여, 이를 통해 루쉰의 아Q에서 위화余華의 허삼관許三觀⁹까지, 20세기 중국문학을 대표하는 참신한 창작 태도와 사유 방식을 대표하는 심층에서 관통하는 맥락을 찾았다. 이것은 바로 비관례적으로 '진실에 접근하는 것'이었다. 더 이상 세밀하게 인물 외모와 주위 환경을 묘사하는 효과 없는 일에 빠지지 않고, 가장 주요한 사물을, 즉 사람의 속마음과 의식을 파악하는 것이며, 더 이상 인물 성격 창조에 힘을 쓰는 것이 아니라 인물의 욕망, 즉 정신에 보다 관심을 기울이는 것이다. 왜냐하면 정신이 성격보다 높고, 욕망과 정신이 성격보다 더 개인의 존재가치를 대변할 수 있기 때문이다. 상식에서 벗어나 현상 세계가 제공하는 질서와 논리를 버리고, 그리하여 자유롭게 진실에 접근하는 것이다. 이러한 참신한 문학의 방향은 중국에서, 루쉰 작품에서, 특히 「아Q정전」에서 시작하였다. 루쉰은 본질 차원에서 위화를 각성시켰고, 위화는 새로운 시각에서 아Q 전형 창조의 비밀을 언급하였다. 허삼관의 함축적 의미는 중국인의 '안에서 구하고자' 하는 전통 심리 성향과 정신기제

---

9    【역주】중국어 표기법에 따르면 쉬싼구안이지만, 국내 번역본이 허삼관인 점을 감안하여 편의상 한자음으로 표기함.

를 이미지적으로 반영하였다. 전형 창조는 반드시 '정도'를 파악해야 하고, 인물 성격의 다원성과 인물 사이의 대비에 주의를 기울여야 하고, 철학적 높이에서 전면적이고 깊이 있게 사회역사의 진실을 반영해야 한다. '인물 제일' '서술 혁명', 그리고 문체의 혁신은 반드시 인물과 '밀접하게' 진행되어야 한다. 소설의 돌파는 주로 철학의 돌파에 있고, 철학은 반드시 개성화된 인물 형상 속에 체현되어야 한다. 전형 창조의 어려운 점은 형이상학과 형이하학의 결합지점에 있다. 요컨대, 아Q 전형 연구의 성과로 현실 문학 창조에 이론적 참고를 제공한 것이다. 뒤집어 말하자면, 중국 당대 문학 작품의 창작 경험과 위화라는 우수한 작가의 탈속적인 각성이 아Q정전 이론 연구를 심화시켰다. 위화는 회의에서 여러 번 이 논문에 지극히 찬성을 표했다.

나는 이렇게 위화의 창작 방법과 루쉰을 같이 연결시켰다. 그것은 1999년 3월 14일 오후였다. 나는 『문학평론』에 실을 아Q와 중국 당대 문학 전형 창조에 관한 논문을 쓰고 있었고, 위화는 그중 중요한 부분이었다. 그래서 여러 번 그의 모든 작품을 통독했다. 글을 쓰던 틈에 산책을 하러 외출할 때 우연히 길가 신문 열람대에서 베이징 『천바오晨報』에 위화에 관한 대담이 실린 것을 보았다. 「나는 내 실력을 믿는다我相信自己的實力」라는 제목이었다. 처음으로 20세기 새로운 창작 방법이라는 견해를 읽고, 불현 듯 눈이 확 뜨였고, 즉시 루쉰이 창조한 아Q 전형의 역사 경험과 연결시켰다. 바로 베이징 『천바오』를 구입하려고 이리저리 뛰어다녔지만 주위 가판대에서 사지를 못했고, 하는 수 없이 신문 열람대로 돌아와 다시 읽었다. 당시에 정말 유리를 깨고 신문을 훔쳐가고 싶은 마음이 순간적으로 스쳤지만, 당연히 이성이 내가 그렇게 하는 것을 용납할 리 없었다. 다급한 가운데, 그때 베이징일보에서 일하던 절친인 쑨위孫郁가 떠올랐고, 얼른 그에게 찾아달라고 편지를 썼다. 그가 재빨리 『천바오』를 보내주었고, 지금도 나는 감사하게 생각한다. 나란 사람은 아둔하지만 어쨌든 일을 했다 하면 온 정신을 쏟는 끈질김이 있고 목적을 이룰 때까지 그만 두지 않고 파고든다. 그 논문 발표 이후 매우 많은 매체에서 그 글을 요약하여 소개하였다. 내 동료이자 당대 유명 학자인 왕후이汪暉가 내게 말하길, 위화가 그러는데 그에 관한 여러 평론 가운데 당신의 그 글이 가장 좋다고 했다면서, 나를 아Q 연구의 최고 전문가라고 불렀다. 이것은 나를 부끄럽게 했지만 몹시 기쁘기도 했고, 나는 이로 인해작가들에 대한 감격과 존경의 마음이 더욱 충만해졌다. 위화는 내가 다년간 연구 해 오던 아Q 전형 문제를 불현 듯 깨닫게 해주었고, 정신이 성격보다 높다는 이론적 지지를 찾아 주었다.

내 연구가 이러한 성적을 거두었지만 전반적으로 말하자면 뜻하는 결과를 다 얻은 것은 아니다. 아Q 전형성이라는 난제를 해결하는 것도 아직 요원하다. 이것 역시 자기반성을 해야 할 부분이기도 하다.

우선, 우리 세대 학자의 지식구조와 사유방식은 5,60년대 형성되어서, 소련 문예이론 틀에 심하게 속박을 받고, 6,70년대에 문혁과 극좌 사상의 영향을 받았다. 그리하여 억압당하고 개조되어 교조적이고 공식적이며, 극좌적 이념의 기형적인 문예관이 때때로 드러난다. 이러한 문예관은 거의 무의식적이고 잠재적인 본능이 되었고, 80년대 사상해방운동에서 말 그대로나 형식적으로 재삼, 재사 그러한 것을 비판하고 억제하였지만, 문예이론 문제를 분석할 때면, 특히 아Q라는 뿌리 깊은 난제와 직면할 때면 자신도 모르게 흘러나오고, 늘 새롭게 변화해야 한다는 생각을 하게 하지만 오래된 터전을 벗어날 수가 없고, 시종 전형과 비전형을 둘러싼 원 속에서 사상의 감옥을 벗어나 다른 길을 개척하지 못한다. 시대가 만든 이러한 이론적 '기괴한 둥근 원'은 아마도 개인의 재능과 학식으로는 벗어날 수 없는 것이다. 예를 들어 허치팡의 재능과 학식은 출중하였지만, 그는 공전의 이론적 용기를 통해 계급론의 속박을 벗어나 '공동 이름설'을 주장하는 동시에 아Q 전형 연구의 중요한 어려움과 모순을 "아Q는 농민이지만 아Q 정신은 부정적이고 부끄러운 현상이다"라고 정리하였다. 지금 시각으로 보면, 이러한 정리는 정말이지 약간 우습다. 농민에게는 부정적이고 부끄러운 현상이 없다는 말인가? 왜 원래는 모순이 아닌 일을 모순으로 만들었는가? 그런데 생각을 바꾸어 보면, 5,60년대에 빈농과 하층 농민에게 나쁜 말을 절대로 할 수 없었던 환경으로 돌아가 보면, 허치팡 동지를 이해할 수 있다. 아Q 전형 연구의 중요한 어려움과 모순은 80년대 중반에야 거중이萬中義가 정확하게 정리할 수 있었다. "아Q 전형 연구의 진정한 어려움과 모순은 아Q라는 구체적 인물 자신의 성격의 복잡성에 있다. 이러한 복잡성은 아Q 사상의식과 언어 및 행동에 뚜렷한 비상식성으로 드러났다. 아Q 성격의 비상식성은 객관적 사회 생활의 복잡성 및 작가의 아Q 성격과 운명에 대한 평가, 감정 태도에서 왔다. 아Q 전형 연구의 어려움을 해결하는 길은 아Q의 비상식성을 두고 사회생활의 논리에 부합하는 해석을 하고, 전체 사회 현실의 각도에서 아Q 성격이 사회생활 논리에 부합하는 본질적 의미를 인식하는 데 있다."[10] 거중이의 이러한 견해는 큰 이론적 가치를 지니며, 이후 아Q 전형 연구에 정확한 사고의 길을 제시하였다. 그러한 시대 환경과 지식 구조의 한계로 인해 그는 진일보한 해석과 검토를 진행하지 못하였다. 시대 환경과 지식 구조의 제약은 정말 몹시 크다! 우리는 20세기 학술발전사를 되돌아보면, 후반기 50년은 루쉰, 후스胡適, 차이위앤페이蔡元培, 궈머뤄郭沫若 등과 같은 대가가 나타나지 않았고, 천인거陳寅恪, 탕융퉁湯用彤 등과 같은 다방면을 아우르는 인재도 세상에 나오지 않았고, 대부분 교과서 편찬자와 정책의 해석자였는데, 이것은 구 소련의 이론틀과 계급투쟁을 중심으로 삼는 극좌 노선이 인재 성장과 학술에 미친 해악의 탓이 아닐 수 없다.

그 다음으로 내 지식 구조가 낡았다는 것을 느끼고 애써 새로운 이론과 새로운 방법을 취하려고 하였고, 그래서 채소밭에 들어간 소처럼 결사적으로 프로이트와 융, 프롬의 책을 읽고, 헤겔의 『정신현상학』이라는 '난해한 책'도 죽을힘을 다해 읽었다. 이것이 연구 시각의 새로운 개척과 이론 사유의 심화에 그래도 상당히 큰 역할을 했다고 말할 수 있다. 하지만 시간이 짧고 이들 이론 서적 자체가 난해하고 이해하기 어려워서 모종의 서양의 것을 흡수하고 소화시키지 못하였고, 철저히 의미 파악을 하지 못하는 현상이 나타났으며, 진일보 소화시키고 통달하고 다듬지 못하여서 일부 논법과 논지가 생경하게 되었다. 예를 들어, '정신 전형'이라는 정리는 분명 너무 광범위하여 『아Q신론』이란 책에서 다시 보다 자세하게 정의를 하였고, 인류정신현상의 반영에 중점을 둔 변이성 예술 전형이며, 문학 전형 가운데 한 지류이고, '정신 전형'이라고 약칭할 수 있다고 설명하였다. 이전보다 다소 분명해졌지

---

10　『「阿Q正傳」研究史稿』, 靑海人民出版社, 1986.1.

만 여전히 선명한 개성적 색채가 부족하였는데, 결국 어떻게 총괄하는 것이 좋았을까? 생각해 보면 이미 내 재능이 생각할 수 있는 바가 아니어서 그저 후세 사람이 새로운 견해를 내놓기를 기다릴 뿐이다.

다음으로, 비록 노력을 기울였지만 충분히 깊이가 없었고, 세밀하지 못하였다. 허치팡은 「아Q론에 관하여－『문학예술의 봄』 서문關於論 阿Q-文學藝術的春天序」에서 전형 문제 연구의 길을 제시했다. "각양각색의 전형 인물을 연구하고, 다른 유형의 전형 인물의 차이와 특징을 분명히 하며, 그들의 공통 법칙을 추출한다." 나는 애써 돈키호테, 햄릿, 오블로모프, 도스토옙스키 작품 속의 인물 등의 전형 인물을 연구하였지만 허치팡의 요구와 비교하면, 너무 부족하고, 연구한 전형 인물을 놓고 보더라도 세밀하거나 철두철미하게 진행하지 못하여 보다 높은 학술 경지에 도달할 수 없었다.

넷째, 책의 많은 장과 절의 문장이 충분히 매끄럽고 순조롭지 못하여 다소 생소하고, 잡다하고, 비대하고, 명쾌하지 않고, 선명하지 않고, 적잖이 에돌기만 하고 핵심에 이르지 못하였다. 당연히 이런 현상이 나타난 근본 원인은 많은 문제에 대해 나 자신도 아직 완전히 생각을 정리하지 못했기 때문이었다. 진정으로 완전하게 생각을 정리하였다면 자연히 그렇지 않았을 것이다.

성찰할 것은 이밖에도 많지만, 이 네 가지만 주로 이야기하였다.

이러한 성찰을 통해 한편으로는 나 자신을 향상시키고 이후의 책과 글을 더욱 잘 쓰도록 할 수 있다. 하지만 보다 중요한 다른 측면은 뒷사람이 내 교훈을 받아서 덜 에돌러 가고, 아Q 전형 문제라는 루쉰연구계와 문학이론 영역의 골드바흐의 추측을 조속히 풀고, 그 학술 왕관 위의 구술을 따게 하기 위해서다. 인생은 유한하다. 우리 세대 학자는 자신의 부족함을 알지만 이미 보완할 수 없었고, 그저 후대 사람들이 초월하길 기대할 뿐이다.

당연히 우리에게도 다른 사람이 대신할 수 없는 나만의 것이 있었다. 그것은 바로 우리 세대 학자들은 사상의 감옥에서 벗어난 지난한 정신 역정이다. 『아Q신론』이란 책에서 진정으로 읽을 만한 부분은 바로 이 점이다. 문예이론 부분을 읽고 싶지 않다면, 『오성론悟性論』 중의 철학적 각성 부분 「자신을 인식하고 세계를 인식하지認識自己與認識世界」와 후기 「루쉰연구 역정의 세 차례 연옥魯迅研究歷程上的三次"煉獄"」을 읽어도 무방하다. 여기에는 우리 세대 학자의 고통과 침중한 생명 체험, 그리고 인생 각성이 포함되어 있다. 그 속에서 아Q의 진수를 느낄 수 있고, 아Q라는 거울을 통해 우리는 자신의 병의 뿌리를 깨달을 수 있고, 참 루쉰의 진실한 사상을 차츰 이해하게 될 것이다.

진정 소득 있는 루쉰연구 논저를 쓰는 데는 장기간의 꾸준한 노력이 필요하고, 그런 논저가 학술계에 받아들여지는 데도 마찬가지로 긴 시간이 필요하다. 이 선집에 실린 「아Q와 세계문학 속의 정신 전형 문제」는 2만 5천 자로 내가 꼬박 반년 걸려 썼다. 1992년 『아Q-70년』이 출간되고, 거의 아무런 반응이 없었으나, 2011년이 되어서야 왕리리王麗麗 교수가 「루쉰 해석사의 지난 일을 다시 평함-경융의 「아Q정전 연구」의 평쉐펑의 「아Q정전론」에 대한 비평重評魯迅闡釋史上的一件往事-耿庸的『阿Q正傳』研究對馮雪峰論『阿Q正傳』的批評」에서 이렇게 지적하였다.

「아Q정전론」의 이론적 잠재력에 대한 인식이 가장 깊었던 사람은 아마도 장명양일 것이다. 학술사의 고찰을 통해 장명양은 이렇게 단언하였다. "펑쉐펑의 사상 전형설과 '정신 기식설'은 실질적으로 70년 아Q정전 연구사에서 가장 소중하고 가장 아Q 전형의 의미와 루쉰 창작 본의에 접근한 이론적인 성과이다." 그가 '사상성 전형'이라는 견해는 사람들의 오해를 불러일으킬 수 있고, '정신 전형'이라는 개념을 바꿔 사용하는 것이 낫다고 지적하기는 했어도 그렇다. 여기서 출발하여 장명양은 전면적으로 밀고 나가서 펑쉐펑이 남긴 난제를 기본적으로 해결하였다.

이 글을 읽고 나서 나는 분명 일종의 마음이 통하는 느낌을 받았다. 이렇게 마음이 통하는 사람을 나는 20여 년 후에야 만났다.

## 『중국인의 기질中國人氣質』 번역

나 개인은 어리석고 무슨 총명한 사람은 결코 아니지만 학술에는 마음이 있었다. 1980년 루쉰 탄생 백주년 기념 활동 준비 작업이 정식으로 시작되었고, 3월 30일부터 4월 5일까지 베이징에서 루쉰 탄생 백주년 학술 토론회 준비 회의와 원고 작성 좌담회를 열었으며, 전국 각지의 루쉰연구 학자들이 베이징 노동자 체육관에서 대규모 모임을 거행했다. 회의 첫날 새벽 5시 30분에 나는 차를 가지고 왕야오王瑤 선생을 모시러 베이징 대학으로 갔다. 쑨위스孫玉石 위앤량쥔袁良俊 선생도 왕야오 선생 집으로 와서 차를 탔다. 가는 길에 베이징 대학 서문으로 나와 황주잉黃莊으로 갈 때 위앤량쥔 선생이 왕야오 선생에게 스미스A. H. Smith의 『중국인의 기질』[11]에 관해 물었고, 나는 귀 기울여 들었다. 이내 마음속에 새겨두고, 회의가 끝나자마자 중국사회과학원 도서관에 가서 영문 원판『중국인의 기질』을 빌렸고, 영한대사전에 의지하여 영문 원서를 읽는 일을 시작했다. 먼저 「루쉰과 스미스의 '중국인의 기질'」이란 글을 쓰고, 린페이, 왕더허우王得後 선생의 추천을 거쳐, 1983년 1월에『루쉰연구자료魯迅研究資料』11집에 발표했다. 그 뒤 바쁜『회편』작업 틈틈이 틈을 내서 책 전체를 번역하였다. 당시 내 영어 실력으로는 혼자서 이 어려운 번역 작업을 완성할 수가 없었는데, 마침 장주어張琢 선생이 중국 인민대학 사회학과 사롄샹沙蓮香 교수와 '중국인의 사회심리'라는 연구 프로젝트를 공동으로 하고 있었는데, 나를 끌고서 그 회의에 참가시켰다. 회의에서 막 인민대학에 부임한 왕리쥔王麗娟을 만났다. 그녀는 난카이 대학 대학원 영어과 졸업생으로 책 번역에 적임자였고, 단번에 의견이 투합하여 나와 공동으로『중국인의 기질』을 번역하기로 했다. 이렇게 힘든 노력을 거쳐 1988년 말에 번역을 마쳤다. 작가출판사 장이링張懿翎에게 넘겨 편집했는데, 그녀는 아주 빠르게 편집을 마쳐, 1989년 5월에 지형을 뜨고 인쇄준비를 했다. 하지만 다들 아는 이유로 출판사가 일을 멈추었고, 지형도 편집실 주임이 오스트레일리아로 떠나기 전에 몰래 팔아버려서 수 년간의 고생이 물거품이 되었다. 장이링이 이 책을 구하려고 당시의 장수江蘇 문예출판사 사장 장쿤화張昆華 선생에게 추천서를 썼고, 장쿤화 선생이 원고를 읽어 보고서 내게 붓으로 쓴 장편의 편지를 내게 보냈다. 이 책은 매우 훌륭하다고 생각되지만 현재 상황이 출판을 할 수 없고, 나중에 분명 출판할 날이 있을 것이고,

---

11 　『Chinese Characteristics』, New York, 1894.

중국인의 관심을 불러일으킬 것이라고 믿는다고 했다. 이 편지는 지금까지 내가 소중하게 보관하고 있다. 1995년 시베이西北 민족학원 중국어과 이푸후李伏虎 선생이 사회과학원 문학연구소의 내가 있는 곳으로 방문학자로 왔고, 1995년 여름 떠날 때 나와 그 책 이야기를 나누었다. 그는 일부를 가지고 란저우에 가서 둔황敦煌 문예출판사의 허우룬장侯潤章 선생에게 말하겠다는 뜻을 밝혔고, 머지않아 허우룬장 선생이 편지를 보내와, 책 원고가 아주 좋고, 왜 베이징에서 책을 내지 않는지 이상할 따름이라면서 다른 데서도 낼 수 있다는 점을 걱정했다. 나는 답신에서 사정을 설명하였고 그가 바로 답을 하여 말했다. 가장 빠른 속도로 출판하도록 어서 전체 원고를 보내길 바란다는 것이다. 그때, 장이링이 이 일을 알고, 바로 전화를 해서 작가출판사도 낼 수 있다면서, 원고를 되찾거나 그 사람들더러 돈을 내고 되사길 바랐다. 허우룬장 선생이 다시 답장을 보내서 원고는 절대 다시 되돌려 줄 수 없고, 만일 되산다면, 지불해야 할 막대한 돈도 그들은 감당할 수 없다고 했다. 이렇게 해서 둔황문예출판사에서 출판하기로 했다. 하지만 원고를 정리할 때 제6장을 못 찾은 것을 발견했다. 그래서 나와 왕리첸은 폭염 속에서 밤낮으로 다시 번역에 매달려서 전체 원고를 완성했다. 그 뒤 나는 며칠 밤을 새워 「번역 후기 및 분석 평가」를 썼다. 5일 동안 4만 자를 썼는데 쓸수록 속도가 빨라졌고, 마지막 날은 1만 3천 자를 썼다. 그때 아버지가 계실 때여서 나는 아버지를 돌보면서 원고를 썼다. 원고를 마치던 날 나는 아버지에게 오늘은 밥을 안 할 테니 식당에 가서 좋은 걸 먹자고 했다. 밥을 먹고 나서 다시 이튿날까지 날을 세웠고, 요컨대 금요일 새벽 네 시가 되어서야 마지막 글자를 완성했다. 조금 쉬고 나서 젠궈먼建國門 우체국에 가서 속달로 부쳤다. 그 다음 주 월요일에 허우룬장 선생이 받자마자 빠르게 읽은 뒤 퇴근 전에 편집장에게 넘겼다. 편집장은 다시 밤을 새워 검토 한 뒤 화요일 출근하자마자 인쇄에 넘겼고, 1개월이 안 되어 1995년 말에 정식으로 책이 나왔다. 책이 나온 뒤 사회의 반응은 강렬했다. 저명 작가인 쑨위 선생은 「'중국인의 기질' 출판을 축하하며」라는 수필을 써서, 『루쉰연구월간魯迅硏究月刊』에 발표하였다. 『루쉰연구월간』은 아주 드문 일인데도 많은 지면을 할애하여 내가 쓴 「번역 후기 및 분석평가」를 연재하였다. 다른 매체에서도 많은 서평을 실었다. 현실적으로 보면, 『중국인의 기질』은 중국의 번역과 출판사에서 중국인이 점차 다른 나라의 자신에 대한 비판을 듣고 자신을 반성할 필요가 있다는 것을 인식하는 과정을 반영한 것이었다. 루쉰은 죽기 14일 전에 「훗날 증거로 삼기 위하여立此存照 3」에서 말하길, "나는 지금도 누군가 스미스의 『중국인의 기질』을 번역하길 바란다. 이런 것을 읽으면서 자성하고 분석하고 어떤 점을 옳게 말했는지를 알고, 변혁하고 투쟁하고 노력하되 다른 사람의 양해나 칭찬을 구하지 않으면서 대관절 어떤 사람이 중국인인지를 증명하길 바란다"고 했다. 나는 결국 몇 차례 우여곡절을 겪은 끝에 루쉰의 당부를 실현한 것에 기쁘고 위안이 되었다.

이후 여러 판본의 『중국인의 기질』 중국어 역본이 잇달아 나왔다. 하지만 톈진사범대학 중문과 교수이자, 유명한 루쉰연구자인 왕궈쉬王國綬 선생이 『중국인의 기질』의 100년 동안의 번역본을 회고하는 글에서 나의 책이 기존의 몇 가지 번역본 중 가장 좋다고 지적하였다. 나는 매우 감사하게 생각한다. 하지만 그가 이렇게 말한 것은 번역본 자체 때문이라기보다는 책 뒤에 실린 「번역 후기 및 분석 평가」 때문일

것이다. 왜냐하면 다른 역자는 루쉰이나 루쉰과 스미스의『중국인의
기질』사이의 관련성에 대해 나처럼 자세하고 깊이 있게 이해하지 못
하기 때문이었다.

　『중국인의 기질』은 1995년 말에 출판된 뒤 2005년 10월에 세계출
판사에서 다시 출판되었다. 2010년 10월에는 성다盛大문학의 중개를
거쳐 허베이대학출판사에서 3판을 출판했고, 2014년 11월에는 다시
베이징 지우징究竟 문화 전파 회사와 장안출판사가 공동으로 4판을 출
판했다. 내가 낸 책 가운데 판수도 최다이고, 인쇄 량도 가장 많은 책
이 바로 이 책이다.

## 『오성과 노예성悟性與奴性』

　『아Q신론』을 완성한 뒤 나는 다시 쉬멍許明 선생에게서 과제 하나
를 받았다. 루쉰과 중국 지식인 사이의 관계를 연구하는 것이다.

　이 책은 사실 순수한 학술 저서가 아니라 다년 동안의 내 자아반성
의 결정이다.「서문 '자기가 노예인줄을 모르다'에서 시작하다」에서
는 루쉰이 언급한 두 가지 이야기, 즉「격막隔膜」에 나오는 펑치옌馮起炎,
「『소학대전』을 산 이야기買『小學大全』記」에 나오는 인쟈취앤尹嘉銓 이야기
에서 시작하여, '자기가 노예인 줄 몰라서' '후평胡風 일파'라는 큰 화
를 입은 것, 빠진巴金의 '정신 노예'에 대한 반성, 그리고 첸리췬錢理群의
'온 몸에 식은땀이 흐르는' 각성, 마지막으로 내 자신까지를 다루었다.
'자신이 이미 노예가 된 적막을 느낄 때', 큰 적막 속에서 문득 나 자신
을 인식하지 못한 것을 이야기 할 때는 온 몸에 '첸리췬이 말한 식은

땀'이 흘렀다. 어느 옛 친구가 내게 탄스퉁<sup>譚嗣同</sup>의 「망해조, 자제소영<sup>望海潮, 自題小影</sup>」을 내게 적어 주었다.

바다를 건너 다시 사막에 왔다. 사천리 떨어진 곳에. 관상이 빈말이 아니어서, 이곳저곳을 떠돌았고, 돌아보니 18년이다. 봄꿈에서 깨어, 봄바람과 가랑비를 마주하고 혼자서 읊조린다. 오직 꽃병의 꽃 몇 가지만 나를 동무하고, 많을 필요 없다.

친구가 편지에서 해석하여 말했다. "내가 거론하는 것은 끝 두 구인데, 자기 사진을 보면서 문득 말하는 거지. 이 사람이 나인가? 이런 마음은 정말 사람을 깊은 생각에 빠지게 하지."

나는 여기서 문득 깨달았다. 스스로를 아는 것은 결코 쉬운 일이 아니다. 로버트 번스<sup>Robert Burns</sup>라는 시인은 이렇게 썼다.

아아! 나는 우리에게 이런 신비한 재능을 내려주시기를 얼마나 바랐던가?
참으로 우리에게 다른 사람의 눈으로 자기를 성찰할 수 있기를.

"다른 사람의 눈으로 자기를 성찰하는" 신비한 재능을 내려주는 능력은 지극히 어렵다는 것을 알 수 있다. 사실 신비함은 신비한 재능은 바란다고 해서 오는 것이 아니라 자신의 반성을 통해 자신을 인식할 수 있을 뿐이다. 그래서 이 책은 사실 나 자신을 투시하여 중국 지식인을 인식하고 루쉰의 중국 지식인의 국민성에 대한 비판을 사고하는 것이었다.

그런데 나는 이런 사고를 하는 과정에서 사상을 사랑하게 되었고, 그 책 후기에 나의 좌우명을 제시했다.

사상의 즐거움이 바로 인생 최대의 즐거움이다
사상가의 생활이 바로 인생 최고의 경지다
평생 버릴 수 없는 사상과 사상가에 대한 꿈

이어서 말했다. "나는 나 자신에 대해 정확이 알고 있다. 나는 영원히 사상가가 될 수 없다는 것이다. 하지만 나는 반드시 '평생 버릴 수 없는 사상과 사상가에 대한 꿈'을 꿀 것이다."

이렇게 나 자신을 놓고 진행하는 서술 때문인지 몰라도 독자의 환영을 받았다. 눈에 쉽게 들어오는 작은 책이 아닌데도 중부 남부 지역 5개 성 인민출판사가 선정한 우수 사회과학 저작상을 받았다. 몇 차례 대학 강연을 할 때마다 대학생들이 읽은 지 오래 된 『오성과 노예성』을 들고 와서 사인을 청했다. 이는 내가 이 책을 쓸 때 예상하지 못하던 일이다.

### 루쉰 잡문과 영국 수필의 비교 연구

나는 1968년에 문득 깨달았다. 오직 공부에만 전념하고, 어떤 정치적 운동에도 더 이상 참여하지 않을 것이며, 죽도록 문학과 역사, 철학 책을 읽는 동시에 영어를 보충하는 데 온 힘을 쏟기로 한 것이다. 베이징 2중학에서 루팅둥陸庭棟 선생에게서 배운 영어 기초 덕분에 영중 사전에 기대 영문 원서를 그런대로 읽을 수준으론 훈련받았고, 그래서 영국문학에 대해서, 특히 영국 수필에 많은 관심을 가지고 있었다. 1973년 시골 초등학교로 배치되고 나서 영중 대조본『마오 주석 어록毛主席語錄』과 양셴이楊憲益, 따이나이데戴乃迭가 영역한『루쉰 소설선魯迅小說选』을 가지고 가서 되풀이하여 묵독하였고, 영문「쿵이지孔乙己」를 한 알파벳도 틀리지 않고 종이에 쓸 수 있을 정도였다. 이렇게 해서 이전에 배운 영문 지식을 잊지 않을 수 있었고 사회과학원에 배치되자마자 영어와 영국 수필을 애써 공부하였고, 중국사회과학원 도서관에서 두꺼운『영국 수필가』를 빌려서 사전을 들고 꼼꼼히 읽었다. 그 가운데「장미에 대하여」란 스미스의 글이 내게 가장 깊은 인상을 주었다. 자유롭고 아름다운 글이 나를 빠지게 했다. 1980년대『중영 산문 비교 미학 소론中英散文比較美學芻議』와『중국 명말 소품과 영국 낭만파 수필中國晚明小品與英國浪漫派隨筆』등의 글을 발표하였다. 그리고 1996년부터『루쉰 잡문과 영국 수필의 비교연구―루쉰 잡문의 세계 산문사의 지위를 아울러 논함魯迅雜文與英國隨筆比較研究―兼論魯迅雜文在世界散文史上的地位』을 발표하였다. 루쉰 잡문을 숙지해야 할 뿐만 아니라 영국 수필도 이해하고 이 둘을 비교하는 것은 얼마나 어려운 일인지 상상 할 수 있을 것이다. 논문은 2만 5천자 분량으로, 꼬박 반년이 걸렸고, 1996년 루쉰 서거 60주년 국제학술회에 발표하기 위해서 섰다. 그 회의에서는 이 논문을 전체 논문 가운데 "학술적 품위가 가장 높다"고 인정했다. 하지만 그 이후 어떤 논평도 없었다. 찬성하는 사람도 없고 반대하는 사람도 없었다. 나는 일찍이 루쉰이『외침吶喊』「자서自序」에서 말한 느낌이 들었다.

내가 일찍이 겪어 보지 못한 무료함을 느끼게 된 것은 그 일이 있고 나서다. 그 당시에는 까닭을 몰랐다. 뒤에 이런 생각이 들었다. 한 사람의 주장이 남의 찬성을 얻으면 전진하는 데 힘을 얻고, 반대를 받으면 분발이 촉진된다. 그러나 낯선 사람들 속에서 홀로 외쳤는데 아무 반응이 없으면, 즉 찬성도 반대도 없다면, 마치 끝없는 벌판에 홀로 버려진 듯 자신을 어찌해야 좋을지 모르게 된다. 이 얼마나 큰 비애인가! 그 당시 내가 느꼈던 것은 적막이었다.

나도 마찬가지로 적막을 느꼈다. 중국 루쉰연구계에 영어를 이해하는 사람이 너무 적어서 이 글에 반응을 할 수 없을 것이라고 생각했다. 그러나 14년 뒤에 지음知音을 만났다. 서우두首都 사범대학 문학원의 천야리陳亞麗가 이 글을 보자마자 찬동을 표하고, 나를 자기학교로 초청해 그 제목으로 강의를 해달라고 했다. 나는 뜻밖에 기뻐서 수십 권을 직접 인쇄하여 선생과 학생에게 나누어주면서 감사를 표했다. 이 논문을 알아보는 사람들이 늦게 나타날수록 더욱 귀해진다는 생각이 들었다. 사실 문화인류학의 시각에서 수필과 잡문이라는 문체가 탄생한 연원에서 루쉰 잡문의 문학적 가치를 해석해야 루쉰 잡문의 문학성이라는 장기간의 난제를 근본적으로 해결할 수 있고, 해외 학계의 인정을 받을 수 있다.

### 『중국 루쉰학 통사中國魯迅學通史』

『중국 루쉰학 통사』는 지금 보면, 내 학술저서 중 가장 두꺼운 책이다. 나는 평생 많은 불행을 겪었지만, 다행인 일도 많았다. 그것은 바로 좋은 편집자를 만나서 책을 내는 게 순조로웠고 고생고생 쓴 책이 출판할 곳을 찾지 못하는 일이나 좋지 않게 책을 내는 일은 없었다는 것이다. 이것은 학술과 사상을 모든 것보다 높게 생각하고 글과 책을 목숨 줄로 생각하는 학자에게는 가장 큰 행운이다.

그런데 이런 훌륭한 편집자 가운데 같이 일 할 때 말없이도 가장 잘 통하고 나를 가장 감동시키는 사람이 광둥 교육출판사의 책임 편집자이자, 현재 광둥 인민출판사 편집자인 루쟈밍盧家明 선생이다.

나와 쟈밍은 그때까지 만난 적이 없고 서로 알지 못했으며, 아무 관계도 없었다. 그저 1999년 가을에 쿤밍에서 루쉰 학술 토론회를 할 때, 나는 9년 동안『1913~1983 루쉰연구 학술 논저 자료 회편』을 편찬을 책임진 경험을 합쳐서 중국 루쉰연구사에 대한 생각을 이야기 했다. 회의가 끝나고 나서 녹음이 우거진 가로수 길을 걷고 있는데 쟈밍이 나를 찾아와 무슨 저작 계획이 있는지 물었다. 나는『중국 루쉰학 통사』의 대체적인 구상을 이야기 했고, 그는 집중적인 관심을 보이면서 들었다. 이야기를 마치자, 나더러 돌아가면 그 책의 대체적인 구상과 요지를 써서 보내달라고 했고, 그가 출판사 사장에게 요청하여 출판을 따내겠다고 했다. 그 이후 우리는 같이 관람하고, 여행하며 붙어 다녔고 여러 이야기를 주고받았다. 정말 오랜 친구를 만난 것 같았고 서로 다 터놓고 조금도 거리낌 없는 친한 친구가 되었다.

베이징에 돌아온 뒤 나는『중국 루쉰학 통사』를 정식으로 구상하기 시작했다. 이 책은 문헌 자료를 토대로 하였고 어떤 자료는 이 책에서 처음으로 소개하고, 달리 출판된 적이 거의 없었다. 그래서 반드시 완전하고, 정확하고, 많이 다루더라도 빠뜨려서는 안 되고, 전부 다루더라도 누락하면 안 되었다. 그러다보니 아주 긴 분량이어야 이 목표를 실현할 수 있었고, 만약 어떤 출판사처럼 30만 자 이내로 제한하면 내가 『회편』 때 발견한 수많은 진귀한 자료를 전부 버릴 수밖에 없었다. 그렇게 되면 이 책도 응당 지녀야 할 가치를 잃게 되고, 20여 년 동안 애써 고생한 것도 헛수고가 되는데 어찌 안타깝지 않겠는가! 동시에 루쉰연구도 이미 80여 년의 역사를 지니고 있고, 관련 저작도 매우 많아서 다 헤아릴 수가 없다. 책 한 권에 담기에는 용량이 작아서 절대 다 담을 수가 없었다. 게다가 나는 비교적 광범위한 정신문화적 배경으로 확대시켜 많은 이성적 성찰을 쓸 생각이어서 상당한 분량이 아니면 근본적으로 불가능했다. 이렇게 내가 대체로 계산을 해 보니 적어도 100만 자는 필요했다. 하지만 모든 출판사가 긴 책을 꺼리는데 이유는 말을 안 해도 알 수 있다. 길이가 길수록 손해 보는 돈도 많아지고, 특히 분명히 많이 팔릴 리가 없는 학술서는 대부분 압축할 수 있으면 압축을 하고 절대 봐주는 게 없었다. 그래서 길이 문제는 내가 가장 걱정하는 일이었다. 하지만 내 예상과 달리 쟈밍은 내 저술 구상을 받은 뒤 바로 전화를 걸어 회사에서 출판에 동의하였고 3권, 100만 자로 내기로 허락을 했다고 했다. 이것은 당연히 내가 희망하던 거여서, 계약을 바로 체결하였다.

지금 생각하면 이 일은 분명 다소 마음에 걸리는 일이었다. 정식 원고 한 자도 보지 않고 작자도 권위가 있거나 유명하지도 않는데 만약 쓰지 못하거나 쓴 원고가 별로이면 어떻게 할 것인가? 과감하게 이렇게 결정하는 데는 담력과 식견이 필요한 일이었다. 현실은 쟈밍이 편집자로서, 광둥 교육출판사 사장, 총 편집인 등 그의 상사들은 출판인으로서 분명 대단한 담력과 식견이 있다는 것을 증명했다.

집을 지으려면 우선 틀을 세우는 게 필요하다. 책을 쓸 때도 먼저 틀이 있어야 한다. 쟈밍은 1만 자 3권 분량을 준 것만이 아니라 전체 책을 구성하는 데도 도움을 주었다. 1권의 기본 틀은 서론, 거시적 서술, 이성적 성찰, 결론이었다. 2권을 쓸 때 나는 1권과 대칭이 되도록 하되 틀은 여전히 서론, 미시적 투시, 이성적 성찰, 결론 이렇게 하려고 했다. 그런데 쓰기 시작하자마자 힘이 들었다. 1권 서문에서 전체 책의 요지를 대체로 다 썼기 때문에 2권에는 그저 미시적인 투시를 쓸 수밖에 없었고, 이렇게 하면 필연적으로 단순해져서 이론적 측면이 부족했다. 둘을 비교하면 1권과 대칭을 이루기도 어려웠다. 어떻게 할 것인가. 집필을 시작하자마자 장벽이 느껴졌고 진행하기가 어려웠다.

어느 날 새벽 6시에 나는 꿈속에서 문득 전화벨 소리를 듣고 꿈속에서 전화를 받았는데 쟈밍의 목소리가 들려왔다.

"장 선생님, 제 생각은 1권, 2권의 서론 둘을 하나로 합쳐서 가장 앞에 두고, 1권의 이성적 성찰과 2권을 합쳐서 뒤로 옮기고, 결론도 뒤로 옮겨서 전체 책의 총 결론으로 하는 것입니다."

나는 눈이 번쩍 뜨였고, 좋은 생각이라고 느꼈다. 이렇게 하면 전체 책이 완전해지고, 조화를 이루게 된다. 하지만 그렇게 1권을 하게 되면 다시 필름을 다시 떠야 하고, 출판사는 더 큰 투자를 해야 한다.

"좋은 생각입니다! 하지만 출판사는 돈이 더 들고, 필름을 다시 떠야 하는데요."

"상관없습니다. 전체 책이 완전해지기만 하면 필름을 다시 떠도 괜찮습니다. 이렇게 하면 제1권의 불합리한 부분을 수정할 수 있고요.

동의하신다면 제가 출근하여 사장과 상의하겠습니다."

나도 동의를 표하고, 왜 이렇게 일찍 전화를 했느냐고 물었다. 그가 마음에 이 일이 계속 걸려서 밤에 잠을 못 잤고 새벽녘에 문득 이 방법이 생각나서 잊을 까봐 바로 내게 말했다는 것이다. 이것은 참으로 나를 감동시켰고, 쟈밍처럼 이렇게 직업의식이 투철하고, 이렇게 성심성의를 다하며 방법이 풍부한 편집자는 정말 만나기 어렵다. 그는 사실 작자와 함께 생각하고 걱정한다.

오전 10시 전후에 쟈밍이 전화해서 말했다. 사장과 총 편집인이 완전히 그의 방법에 동의하여 그렇게 하기로 했고, 1권, 2권을 상권으로 하고, 하권에 색인권을 붙여서 완전하고 체계적인 책이 되게 한다는 것이다. 1권에서 여의치 않은 부분이 발견되면 최대한 수정하고 책의 질을 중요하게 생각하고 비용은 고려할 필요가 없다는 것이다.

그렇게 해서, 나는 바로 그대로 따라 이내 집필을 했고, 훨씬 체계가 있게 되었다.

이런 장편 학술 저서를 쓰는 것은 길고 긴 길에서 어려운 걸음을 가는 것 같아서 어떤 때는 산을 넘고 어떤 때는 강을 넘고 어떤 때는 산길에서 무거운 짐을 지고 오르고, 어떤 때는 또 질퍽한 작은 길에서 고생을 하고, 더구나 정해진 시각과 정해진 장소를 지켜야 하는 간난의 여정으로 촌각도 멈출 수 없어서 정말 힘들다. 1권을 쓸 때 1/3을 썼을 때 다소 지겨워서 앉아서 쉬고 싶었다. 그래서 쟈밍에게 전화를 걸어 의논했다. 먼저 제1권 상책을 내고, 하책은 나중에 내면 안 되겠느냐고 했다. 쟈밍은 바로 반대하면서, 이렇게 6, 7권으로 나누게 되면 너무 파편화되고 완정성이 떨어지며 꼭 제1권을 같이 내야 좋다고 했다. 또한 나를 격려하면서 말했다. "지금까지 쓴 부분이 좋아요. 이렇게 써나가면 성공입니다. 낙심하면 안 됩니다!" 그 순간 나는 다시 용기를 얻어서 이를 악물고 계속 써나갔다. 그리고 나를 재촉하는 동시에 샤밍은 시기각각 내 건강에 관심을 가졌고 건강에 유의하라고 쉽없이 당부했다. 어려운 문제가 생기면 바로 갖은 방법을 찾아내 해결하고 정말 일마다 마음을 썼다. 3년 동안 우리는 거의 매일 통화를 하고 어떤 때는 하루에도 십여 차례 통화를 했다. 나는 1장을 다 쓰고 나서 바로 전자 메일을 그에게 보냈는데, 그가 바로 보고 전화로 그의 의견을 말하고 수정해야 할 것을 의논한 뒤 바로 편집에 착수하였다. 이 책은 구상과 쓰기, 편집, 원고검토, 조판, 인쇄, 발행이 일괄공정으로 진행되었고, 편집자와 작자가 어깨를 맞대고 일하고 같이 진행하였다. 모든 단계마다 샤밍과 광둥 교육출판사 사장, 총 편집인의 심혈과 아이디어가 들어 있다. 2001년 7월 말 1권 교정을 완료하고 18일 후에 책이 인쇄되어 나온 것으로 기억한다. 샤밍이 베이다이허北戴河에서 열리는 회의에 가면서 베이징에서 차를 갈아타는 틈에 샘플을 내게 전해주었다. 나는 베이징 역에서 아름다운 표지를 한 두꺼운 책이 마술처럼 탄생한 것을 보고는 정말 기쁨과 감격에 말을 잃었다. 일생에 접한 갖가지 불공평한 일과 불우, 불만이 순식간에 연기처럼 사라지는 것을 느꼈다.

샤밍은 정말 드물게 보는 '좋은 재촉'을 하는 훌륭한 편집자이다. 그의 격려가 아니라면 나는 벌써 손을 놓고 걸음도 멈추었을 것이다. 이 대작도 어느 세월에 세상에 나올지 몰랐을 것이다.

진정 좋은 친구는 친구 귓가에 듣기 좋은 말만 할 수는 없고 중요한 순간에 거리낌 없이 직언을 하며 친구의 결점을 지적하여 친구가 잘못된 길에서 벗어나 바른 길을 가게 해야 '쟁우爭友'가 될 수 있다. 좋은 편집자는 작자에게는 쟁우여야 한다. 작자가 다른 것에 상관하지 않고 글을 쓰도록 격려할 뿐만 아니라 수시로 결점과 잘못을 지적하여 작자가 "마음대로 하여도 도리에서 어긋나지 않도록" 해야 한다. 쟈밍은 내게 바로 그런 쟁우다.

『아Q학사阿Q學史』를 쓸 때, 난제를 만났다. 나 자신은 아Q 전형 연구에도 크게 노력을 기울였고 일부 책도 출판했기 때문에 회피하고 쓰지 않으면 현실적으로도 맞지 않는 일이었다. 그래서 초고에서 마지막에 '필자의 아Q 전형 연구의 총정리와 성찰'이라는 절을 마련하여 자신의 아Q 연구에 대해 자기 평가를 했다. 쟈밍이 보고 정중하게 고려한 끝에 타당하지 않다고 여겼다. 역사 저서를 쓰는 작자는 응당 다른 사람을 평하는 것을 위주로 해야 하고 자기를 너무 얘기하는 것은 적절하지 않고 자기에게는 목소리를 낮추고 깊은 겸허한 태도를 지녀야 한다고 여겼다. 그렇지 않으면 담론 권력을 쥔 것을 명예로 여긴 혐의를 받게 된다는 것이다. 당연히 객관적으로 존재하기에 언급을 하지 않을 수는 없지만 가장 좋은 것은 자술 부분에 넣는 것이라고 했다. 나는 듣고서 놀랐고, 일리가 있다고 느꼈고, 쟈밍의 의견에 동의하여 그 절의 이름을 '아Q에 빠지다阿Q迷'로 바꾸고 이 절을 '발문을 대신하여(2)'인 『대 황원에서 '행인'을 쫓다大荒原上追過客』에 넣어 목소리를 낮추어 처리하고 서술했다. 지금 돌아보면, 이런 수정은 아주 옳았다. 쟈밍은 부끄럼 없는 작자의 '쟁우'다.

고대에 '일자 스승一字師'라는 말이 있었다. 누가 자기 저작의 관건이 되는 곳의 글자 한자를 고칠 수 있으면 그를 스승이라 불러야 한다는 말이다. 쟈밍은 내 원고에 많은 고귀한 수정 의견을 내놓았고 절대 한, 두 자가 아니다. 어떤 관건이 되는 글자를 바꾼 재미난 이야기가 있어서, 소개할 만하다.

후기의 제목은 원래 '다시 한 해 가을바람이 차다又是一年秋風寒'였다. 쟈밍이 출판사 상사들에게 보인 후 전화를 해서 말했다. 총 편집인이 너무 무겁다고 했다면서 내용 가운데도 삭제할 부분이 있고 제목에 있는 '한寒'자를 고쳐야 한다고 했다. 나는 그래서 여러 가지 대체할 글자를 생각했다. '량凉', '광狂', '취吹' 등등. 모두 적합하지가 않았다. 정말 골치가 아팠다. 어느 날 오후 쟈밍이 갑자기 전화를 해서 흥분해서 말했다. "사장이 찾았습니다. '경勁'으로 바꿔야 한다고 했습니다."

쟈밍은 대학 학부와 대학원에서 역사학을 전공해서, 역사학과 고문의 기초가 탄탄했고, 붓글씨를 아주 잘 썼다. 원고에서 고서나 옛말을 인용하는 곳이 있으면 그는 꼭 일일이 원서를 찾아서 자세하게 바로잡았고, 잘못 쓴 글자도 꼼꼼하게 교정하였다. 나중에 노련한 교열원 몇 명이 반복하여 6교도 넘게 보았고, 그래서 이 책의 오자가 비교적 적다. 지금은 '잘못된 데가 없으면 책이 아니다'고 하는 때이지만 그렇게 187만 자 길이의 긴 책이 이처럼 정확한 정도에 이른 것은 정말 드문 일이다. 작자로서 나조차 경탄하지 않을 수 없다.

샘플이 나오고 나서 어느 토요일, 나는 쟈밍의 전화를 받았다. 목소리가 가라앉아 있었다. 나는 속으로 놀란 채 그의 말을 들었다. 휴일에 출판사에서 특근을 하면서 샘플을 넘겨보다가 잘못된 곳을 발견했다는 것이다. 나는 놀라서 서둘러 물었다. 어디가 잘못되었는데? 그는

「필자의 아Q정전 연구의 총정리와 성찰」이라는 원고 가운데 펑치차이 선생이 내게 편지를 보낸 때가 1997년 4월 1일이어야 하는데, 내가 1977년이라고 써서 그가 고쳤다고 했다. 그런데 내가 그 절을 「발문을 대신하여(2)」에서 「아Q 수수께끼」로 조정하고 나서 다시 고치는 것을 잊어먹은 것이다. 그래서 1977년으로 책이 인쇄되어 나왔고 이제 고칠 방법이 없다는 것이다. 쟈밍이 깊이 한숨을 쉬면서 말했다. "그렇게 반복하여 애써 교정을 보았는데, 결국 잘못된 데가 있으니 ⋯⋯." 거의 울먹이는 소리였다. 나는 연신 그를 위로하면서 말했다. "괜찮아요. 이걸로도 훌륭해요. 정말 어려운 일이에요! 더구나 잘못된 게 내가 잘못 써서 그런 건데, 당신 책임은 다 한 거예요."

그러나 쟈밍은 여전히 힘들어 했다. 그의 손에서 편집되어 나간 책은 마치 자기 자식처럼 더없이 사랑스러운데 오자가 있으면 아이 몸에 상처자국이 있는 같아서 어떻게 마음이 편하겠느냐고 말했다.

학술과 사상을 모든 것보다 높다고 생각하고, 글과 책을 목숨 줄이라고 여기는 학자와 쟈밍이라는 이렇게 훌륭한 편집은 대체 어떤 관계여야 하는가?

두 가지 작은 에피소드를 더 이야기하겠다.

2001년 6월, 『통사』 1권을 거의 다 써가던 어느 날 밤에 나와 두 학생은 베이징 역 앞에서 길을 건너다가 길 중간에 이르렀을 때 내가 갑자기 머리 부분이 반쯤 떨어져 나간 철 기둥에 내 뒷머리가 걸려서 찻길에 세게 넘어졌다. 다행히 당시에 차가 지나가지 않아서 망정이지, 그렇지 않았으면 분명 차에 치어 귀신이 되었을 것이다. 두 학생이 얼른 나를 부축해 일으켰고 정말 놀랐다. 나는 찬 공기를 들이 마시며 속으로 생각한 것은 이번에 만약 정말로 차 사고가 났으면 책도 완성하지 못하고, 쟈밍도 책을 다 편집하지 못할 뻔했다.

2003년 4월 15일 내가 호주 쿤스란 대학에 학술 목적으로 방문하면서, 그 전날, 즉 출발이 임박한 4월 14일 오후 4시에 『통사』의 『색인권』 마지막 교정을 완료하였다. 나는 전화로 쟈밍에게 말했다. "이후 일은 자네에게 다 맡길 게. 나는 힘이 없어." 쟈밍이 대답했다. "그럼 제가 알아서 다 처리할게요." 나는 위인들이 잘 쓰는 말로 말했다. "자네가 하니, 내가 안심일세." 한 젊은 친한 친구가 헤어질 때 내게 비행기에서 다른 일이 일어나지 않도록 조심하라고 여러 번 당부했다. 내가 시원하게 말했다. "비행기에서 일이 터지고, 죽더라도 여한이 없어. 책 전부 원고를 루쟈밍에게 넘겼고, 교정도 다 봤거든. 내 일생 가장 주요한 일을 무사히 마쳤거든."

정말 그랬다. 교정을 마친 원고 전부를 쟈밍에게 넘겼는데 무엇을 안심하지 못할 것인가?

쟈밍이라는 이렇게 훌륭한 편집자의 격려 속에서 나는 『중국 루쉰학 통사』의 전권 출판에 힘든 노력을 기울였다. 2001년 늦은 가을 하권을 쓰기 시작할 때도 가을바람이 차가운 때였다. 베이징에서 100년 만에 가장 추운 가을날이었는데, 아직 난방이 공급되지 않아서 실내는 썰렁하기 이를 데 없었다. 이렇게 견디기 힘든 환경 속에서 책을 쓰는데, 지난 해 거시적 서술을 진행한 것보다 훨씬 힘들었다. 한편으로는 미시적 투시는 보다 더 깊이 들어가야 하고, 직면하는 어려운 문제도 훨씬 많았다. 다른 한편으로 지난 해 62만 자의 거대한 작업량을 완성하자마자 지금 다시 더 큰 부담을 바로 짊어졌다. 운동선수가 전력을 다해 마라톤을 완주한 다음에 숨도 돌리지 않고 다시 바로 달리는 셈이었다. 이렇게 다시 한 번 뛰는 것은 분명 생명의 유희였다. 그러나 인생에 이런 박투가 몇 번이나 있을 것인가? 세 권의 대작을 연속으로 내 줄 출판사가 또 있을 것인가? 뭐라고 해도 제때 완성해야한다! 그래서 죽어라고 억지로라도 할 수밖에 없었다.

매번 컴퓨터를 켜고 돋보기를 쓰고 모니터를 마주할 때면 눈동자가아팠고, 형구를 찬 것 같았다. 한 단락을 완성하면 얼른 돋보기를 벗어버리고 잠시 숨을 돌렸다. 쉬는 시간 조금 길어지면 또 자책감을 금할수 없었고 바로 떨쳐 일어났다. 가장 난감했던 것은 겨우 한 단락을 썼는데 갑자기 컴퓨터가 고장이 나서 순식간에 모두 사라진 일이다. 이것이 내게 준 타격은 귀중품을 잃은 것보다 더 컸다. 물건을 잃으면 도둑을 욕할 수 있지만 컴퓨터 원고를 잃으면 그저 스스로를 원망할 수밖에 없다. 심지어 어떤 때는 자신을 원망할 수도 없다. 왜냐하면 전혀알 수 없는 가운데 갑자기 고장이 나기 때문이다. 특히 심야 시간에 몹시 피곤한데 고생하며 쓴 것이 사라졌을 때 정말 웃을 수도 울 수도 없었고, 울려고 해도 눈물이 나지 않았다. 그때는 성질을 억누를 수밖에없고, 다시 시작할 수밖에 없었다. 루쉰이 말한 '문학을 가지고 노는' 3원칙, 즉 인내와 진지함, 끈질김이 이때 효과를 발휘하였다. 이렇게거의 날마다 오전부터 한밤중까지 고역을 치렀고, 추위와 더위를 가리지 않고 휴일이나 명절도 없이 섣달 그믐과 설날조차도 중단하지 않았다. 특별한 일이 있어서 밖에 나가더라도 '몸은 조조 군영에 있어도마음은 한나라에 있는' 격으로, 마음을 커다란 돌이 누르고 있는 것 같았다. 늘 이 책을 생각하였고 만남이 끝나면 꼭 집에 돌아와서 아무리

늦더라도 컴퓨터 앞에 앉으려 했다. 사상과 학술이 모든 것보다 높고, 책과 글이 바로 목숨이었다. 이 책을 위해 나는 분명 가장 힘든 노력을 쏟았고, 심지어 나의 극한을 넘어선 데까지 이르렀다고 말 할 수 있다. 응당 분배받아야 할 더 큰 집도 거절하였고 모든 이 책과 무관한 왕래도 사절하고 사람의 정상적인 생활을 희생하였고, …….

　나는 작가 루야오路遙가 「새벽은 낮에 시작되었다-『평범한 세계』창작 수필早晨從中午開始-平凡的世界創作隨筆」 중에서 그는 『평범한 세계』를 쓸 당시에 매일 낮부터 한밤중까지 책상에 엎드려 힘들여 창작한 상황을 썼는데, 사람들에게 이렇게 말했다. 매번 책상에 엎드리기 전에 벌을 받는 느낌이었고, 조금 지나서야 천천히 좋아졌다. 루야오가 말한 상황은 내 느낌과 비슷했다. 나도 친구에게 내가 류야오보다 몸이 좋고 성취가 루야오보다 적은 것 말고는 다른 측면은 아주 비슷하다고 말한 적이 있다. 몸을 기울이고 눈살을 약간 찌푸리고 두 눈동자는 검정 테 안경을 통해 아래를 응시하고 깊은 사고에 빠져 있고, 오른손에서는 담배가 타고 겹겹이 푸른 연기가 맴돌고 보아하니 생각이 너무 깊어서 담배를 뺄 생각도 하지 않고 담배가 이내 손끝까지 태울 때까지 느끼지를 못한다. 그때, 나는 루야오의 창작할 때의 심경을 정말 흠모했다. 나는 어려서부터 창작 특히 장편소설 창작을 선망했는데, 인생을 노래하고 인생을 표현하는 그런 경계에 들어가기만 한다면 얻는 게 하나도 없더라도 인생의 큰 즐거움이라고 늘 생각하였으니, 루야오가 장편소설을 구상할 때의 그런 흡족함을 볼 때마다 어떻게 흠모하지 않았겠는가? 안타깝게도 나는 그처럼 훨씬 재미있는 장편소설을 쓸 수 없었고 그저 건조한 학술저작만 쓸 수 있었다. 하지만 나는 최대한 인생의 의미를 표현하는 글을 쓰려고 했고, 어느 날 내가 루야오처럼 완전히 자유자재로 장편소설을 창작하는 즐거움 속에 빠질 수 있기를 기대하였다. 그래서 내가 루쉰학과 20세기 중국 정신 해방의 관계를 되돌아보고 루쉰 학계의 동인을 추억할 때 훨씬 더 격정과 생명의 체험을 느꼈다.

　사람은 각기 추구하는 바가 있다. 어떤 사람은 식과 색을 최대의 즐거움이라 여기고 어떤 사람은 위엄을 최대의 행복이라고 여긴다. 하지만 나는 루야오처럼 거대한 문학적 구상 속에 빠져서 펜으로 이렇게 자신이 처한 세계를 표현하고 형형색색의 사람들을 묘사하고 자기 내심의 갖가지 느낌을 표현하고 깊은 인생철학을 정리하고, 그것을 모아서 거대하고 문체가 아름다운 대작을 써서 후세에 남기는 것이, 자기에게 정신의 묘지를 세우는 것과 같아서, 이것이야말로 인생의 가장 즐거운 일이라고 생각했다. 내가 가장 즐겨 보는 신문의 코너는 『중화 독서보中華讀書報』의 왕샤오치王小琪와 진위晉瑜 여사가 편집하는 「집 뜰家園」이다. 2001년 9월 5일 이 코너에 실린 진루핑金汝平의 「작가는 왜 문학을 천시하는가作家爲何鄙視文學」라는 글이 나의 관심을 끌었다. 두 단락을 스크랩하여 잠언록 삼아서 내 책상 앞 벽에 붙여놓았다.

　소수의 엄숙 작가들은 고독을 참거나 고독을 즐기며 문학을 생명의 방식이자 정신의 꿈을 기탁하는 장소라고 여긴다. 그들은 자신의 개성과 재능을 소모하면서 대량의 문학 쓰레기를 만들고자 하지 않으며, 문학의 고귀한 품격을 희생하여 어떤 독자들의 저급한 취미에 영합하려고도 하지 않는다. 반대로 그들은 보다 깊고 보다 고독한 동시에 보다 드넓은 정신 내부로 숨어 들어가 그곳에서 계속 인성을 탐구한다. 그들이 큰 성취를 얻는지와는 상관없이 그러한 굳세고 세속에 아부하지 않는 정신은 우리가 존중하기에 족하다.

나는 문학에 종사하면서도 늘 문학을 조롱하는 사람이 슬프게 느껴진다. 그는 창작에서 보람도 자신감도 찾지 못하고, 그것을 느낄 수는 있어도 말로 채 표현할 수 없는 정신적인 거대한 쾌감을 찾을 수도 없다. 그는 창작에서 사유가 하늘에 오르고 땅에 파고드는 자유를 누릴 줄도 모르고, 언어로 다른 신기한 세계를 창조하는 은밀한 즐거움을 누릴 줄도 모른다.

이 두 단락 잠언은 늘 루야오를 모범으로 삼기로 한 내 결심을 격려해주고, '창작에서 사유가 하늘에 오르고 땅에 파고드는 자유를 누리고, 언어로 다른 신기한 세계를 창조하는 은밀한 즐거움을 누리는 즐거움'을 그리워하게 한다.

생명은 이렇게 소모되어 가고, 참으로 나 자신의 생명으로 글을 썼다. 8월에서 10월 두 달간 뒤쪽에 실린 두 편의 논문, 「루쉰학과 20세기 중국의 정신해방魯迅學與20世紀中國的精神解放」과 「루쉰학과 20세기 중국의 사상변혁魯迅學與20世紀中國的思想變革」을 썼다. 가장 어려운 단계였고, 쓰기 시작할 때 충만한 활력을 느꼈지만 다 쓰고 나자 힘이 다 소진되어, 길을 조금만 가도 피로감을 느꼈고, 생명이 무척 많이 소모되었다는 것을 느꼈다. 하지만 그래도 이를 악물고 끝까지 분투했다. 나는 「연옥의 깊은 곳에서 혈서를 만들다—아Q신론 집필 회상煉獄深層鑄血書—

阿Q新論寫作追憶」라는 글에서 이렇게 말한 적이 있다. "나는 루야오가 「새벽은 낮에 시작되었다」에서 말한 한 마디를 명언으로 여겼다. '나는 힘든 것에 투신하기를 갈망했다. 더할 수 없이 힘든 노동 속에서만 사람은 충실하게 살 수 있다. 이것이 나의 기본적인 인생관이다.' 그렇다. 대작을 쓰지 않으면 가슴에 쌓인 울분을 펼치기 어렵고 힘든 것에 투신하지 않으면 충실하게 살 수 없다." 힘이 들었지만 생명이 계속되는 한 한 번, 또 한 번 무거움에 투신할 것이다…… 사마천司馬遷은 『보임안서報任安書』에서 이렇게 말했다. "예부터 부귀를 누렸지만 이름이 사라진 경우는 수없이 많았고, 오직 남다르고 비상한 사람만이 후대에 이름을 남겼소. 주周 문왕은 감옥에 갇혀서 『주역周易』을 풀이하여 썼고, 공자는 고초를 겪으면서 『춘추春秋』를 썼고, 굴원屈原은 추방을 당하고 나서 『이소離騷』를 지었고, 좌구명左丘明은 실명하고서 『국어國語』를 썼고, 손자孫子는 슬개골을 도려내는 형벌을 당하고서 『병법兵法』을 남겼고, 여불위呂不韋는 촉蜀 나라로 쫓겨나고서 세상에 『여씨춘추呂覽』를 남겼고, 한비자韓非는 진나라 감옥에 갇혀서 『세난說難』과 『고분孤憤』을 지었고, 『시경詩』 3백 편도 무릇 성현이 발분發憤하여 지은 것이오." 사마천 본인이야말로 남다르고 비상한 사람이었다. 궁형을 당한 뒤 발분하여 역사를 썼고, 인생 최대의 치욕이 도리어 분투하는 동력이 된 것이다. "그 치욕을 생각할 때마다 땀이 옷을 적시지 않은 적이 없었다!" 그리하여 가슴에 쌓인 모든 울분을 『사기』라는 불후의 명작 속에서 쏟아낸 것이다. 부유한 아이들이나 잘 나가는 사람들, 좀스럽고 비루한 각종 소인들은 화려하고 부유한 생활을 하고 훌륭한 서재가 있을지라도 평범하고 무료한 일생을 살고 영원히 '뛰어난 사람'이 될 수 없다. 하느님의 형벌이자 하느님의 은총이기도 한데, 현실생활에서 우리를 역경에 처하게 하고 반드시 발분의 처지를 바탕으로 연옥의 갖가지 괴로움을 견디면서 장하이디張海迪의『절정絶頂』에 나오는 인물 안췬安群처럼 '오직 사상만 남아' '순수한 정신생활을 영위하고' 청빈하고 적막한 물질생활 속에서 자신의 정신적 결과물을 참담하게 산출해내는 것이다. 그런데 물질의 청빈은 정신적 추구를 촉진시킬 수 있고 나는 이런 생활에 안심하였을 뿐만 아니라 보다 순수한 사상가 생활을 갈망했다.

나는 내 자신이 사마천과 같은 고대의 뛰어난 인물들을 본받길 격려하여, 외부의 상과 벌, 비방과 칭찬, 영욕의 득실, 세속적 공리를 잊고 공적과 이름, 이익, 돈, 권력, 흐름, 존경, 자리의 속박을 깨고 사랑을 받거나 모욕을 당해도 놀라지 않고 처지에 만족하면서 정신적 활동을 유유자적하며, 구애받지 않는 경지에 두고서 세속을 초탈하고 자아를 벗어나 천지 정신과 왕래하고 정신적 성자와 대화하고, 사욕을 줄이고, 맑고 고요한 상태를 유지하며 공명과 이익을 멀리하고, 비방과 칭찬에 귀 기울이지 않고 한 마음 한 뜻으로 정신을 집중하여 학술의 지극한 경지만을 추구하고 문학의 깊은 속을 탐구하였다. 구체적으로 말하자면 전심전력을 기울였고, 다른 모든 것을 돌아보지 않은 채 이 거대한 저작을 썼다.

인생에서 가장 소중한 것은 생명이다. 생명은 사람에게 오직 한 번뿐이다. 어떻게 자기 일생을 살아야 할까? 파벌을 짓고, 먹고, 마시고, 놀고, 즐기고 파리처럼 구린 데를 찾아다니고 개처럼 구차하게 굴면서 살 것인가? 아니면 학문에 전념하고 각고의 노력을 기울이며 글을 써서 심혈을 쏟은 결과물을 후세에 성과로 남길 것인가? 당연히 단호하게 후자의 길을 갈 수밖에 없다. '그대의 몸과 이름이 다 사라져도 산천이 없어지지 않는 한 영원히 흐르리.' 학술 이외의 활동으로 이익을 얻는 것은 일시적으로는 뜻을 이루었다고 할지 모르지만 오래갈 수 없고, 게다가 아주 무료하며, 오래도록 남는 것은 각고의 학문적 노력으로 얻은 실적이다. 내가 아둔하기는 하지만 이 점만은 아주 총명하다.

『중국 루쉰학 통사』의 마지막 한 자를 마침내 완성했을 때 또 다시 한 해의 가을바람이 차가운 때였다. 마침 내 자상하시던 부친이 돌아가신 지 6주년이 되는 날이었다. 어머니가 1971년 3월 28일 새벽 6시 갑자기 돌아가신 뒤 나와 부친은 서로 의지하면서 25년을 살았고 나는 임종하던 5일 밤낮 동안 부친과 함께 있었다. 부친과 작별한 6년 동안 나는 거의 늘 그를 그리워했다. 그는 내가 어려서부터 정직하고 사람 노릇을 하고, 무엇인가를 이루라고 격려하였고, 이렇게 죽어라고 일을 하고 꼭 책을 쓰려고 하는 것도 구천에서 자애로운 아버님과 어머님을 만났을 때 풍성한 성과로 두 분을 위로해 드릴 수 있길 바라서다.

### 루쉰의 '근본 사상' 연구

루쉰의 근본 사상은 결국 무엇인가? 과거에 선전한 것처럼 '오직 투쟁하고' '끝까지 용서하지 않는 것'인가?

수십 년간 『루쉰전집』을 전심전력하여 연구하고 현실 문제를 깊이 사고하여 나는 이렇게 생각하게 되었다. 홍콩 중문대학에서 2006년 개최한 루쉰연구 학술토론회에서 나는 '행복하게 살고, 도리에 맞게 사람 노릇하는 것-루쉰 근본 사상 탐구幸福的度日, 合理的做人 : 魯迅本原思想探究'라는 제목으로 강연하면서 이렇게 제기하였다. "루쉰은 과연 어떤 사람인가? 그는 후대가 '행복하게 살고, 도리에 맞게 사람 노릇'할 수 있도록 '암흑의 갑문을 지고' 거대한 자기희생을 한 사람이다. 중국인이 '도리에 맞게 사람 노릇'하도록 중국인의 정신에 대해 깊이 있는 반성적 성찰을 한 위대한 사상가이다. 대다수 사람이 행복하게 살 수 있고, '세상에서 자기를 해치고 다른 사람을 해치는 어둠과 폭력'과 역사 이래 가장 용감하고 가장 끈질긴 투쟁을 전개한 두려움을 모르는 투사였다. 바로 이러하기 때문에 루쉰은 결코 투쟁을 위한 투쟁을 한 투쟁광이 아니고, 책략을 생각하지 않는 경솔한 인간이 아니었고, 노동자 셰빌로프처럼 '모든 것에 한을 품고, 모든 것을 파괴하는'[12] 반항자도 아니었으며, 장헌충張獻忠[13]처럼 '자기 것이 아니거나 자기 소유가 안 될 것으로 생각되는 것은 기어이 파괴해야만 즐겁고' '그래서 처음부터 죽이기 시작하고, 죽이고……'[14]를 외치는 모반꾼도 아니었으며, '극좌 경향의 사나운 면모 차림으로 혁명이라도 일어나게 되면 모든 비혁명적가는 다 죽여야 한다'[15]는 좌경 기회주의자도 아니었다. 그는 인민 대오 속의 가장 노련한 선봉 전사였고, 그의 반항은 깊은 성찰을 통한 반항이었다. 인생에 대해서 그 역시 행복과 도리에 맞는 것을 가장 중요하게 생각했다. 후기에 한쪽으로 치우치기도 했지만 그러나

---

12   「記談話」, 『華蓋集續編』.
13   【역주】명말 농민군의 영수. 숭정(崇禎) 연간에 농민봉기를 일으켰다.
14   「晨涼漫記」, 『准風月談』.
15   「上海文藝之一瞥」, 『二心集』.

이것이 그의 근본 사상을 결코 가릴 수는 없다. 루쉰은 대다수의 '행복한 삶과 도리에 맞게 사람 노릇하는 것'을 목표로 삼았기에 그는 '한때를 놀라게 하는 희생보다 깊고 끈질긴 투쟁이 낫다'[16]고 여겼고, "무엇을 사랑하든, 밥, 이성異性, 조국, 민족, 인류 등등, 독사처럼 감기고, 원귀처럼 매달려, 끝없이 노력하면서 그치지 않는 자에게 희망이 있다. 하지만 너무 피곤할 때는 잠시 쉬어도 무방하다. 하지만 쉬고 나서는 다시 돌아가라. 두 번, 세 번…… 혈서, 성명서, 청원, 연설, 통곡, 전보, 회의, 만련,[17] 연설, 신경쇠약, 모든 것은 소용없다"고 주장하였다.[18] 장래가 유망한 청년들은 마땅히 루쉰의 이 가르침을 깊이 기억해야 한다. '끈질겨야 하고' '실력을 중시해야 하고'[19] 기꺼이 '나무 한 그루와 돌 한 조각'[20]이 되어야 하고, 진정으로 자기와 남에게 이로운 혜택을 주는 일을 해야 하고 '행복하게 살아가고, 도리에 맞게 사람 노릇해야' 한다."

오직 투쟁뿐인 루쉰의 왜곡된 이미지를 루쉰 근본 사상으로 환원시키는 것은 지금 중국에서 소강생활小康生活과 조화사회和諧社會를 건설하는 데 중요한 현실적 의의가 있다.

---

16  「娜拉走後怎樣」, 『墳』.
17  【역주】 만련(挽聯), 죽은 자를 애도하기 위해, 장례와 제사를 치를 때 사용하는 대련.
18  「雜感」, 『華蓋集』.
19  「對於左翼作家聯盟的意見」, 『二心集』.
20  「寫在墳後面」, 『墳』.

## 서사 서정 장시 「무명 사상가의 무덤에 삼가 고하다」 <sub>謁無名思想家墓</sub>

거의 반세기에 이르는 나의 글쓰기 인생에서 나, 그리고 나와 같은 생을 산 학자들이 가장 소중하게 생각하는 것은 국영 출판사에서 정식으로 출판한 대작이 아니라 2013년 내가 홀로 설을 보낼 때 쓴 장편 서사시 「무명 사상가의 무덤에 삼가 고하다」이다. 이 장시는 문혁 때 내가 농촌에서 가르치던 당시에 실제로 겪은 경험을 토대로 쓴 것으로, '소크라테스'라는 깊고 독자적인 사상을 지녔지만 유명대학에서 쫓겨난 뒤 귀향한 '무명 사상가'와 그의 연인 '챠오얼倩兒'의 슬픈 이야기이다. 쓰고 나자 반응이 아주 좋았고 중요한 시 잡지에서 실으려고 했다. 하지만 문혁을 직접적으로 다루었다는 이유로 철회되었고, 그래서 내가 자비로 홍콩에 있는 중국신문연합 출판사에서 출판했는데, 2014년 4월에 서거한 원로학자 라이신샤牟新夏 선생이 돌아가시기 얼마 전에 내게 편지를 보내서 말했다.

멍양:

미안합니다. 내가 할 일 없이 한가한 찰나, 보내 준 자비 출판본 「무명 사상가의 무덤에 삼가 고하다」라는 장시를 단숨에 다 읽고 나니 마음이 떨리고 볼에는 나도 모르게 어느새 눈물이 흐르고 있었습니다. 부끄럽습니다. 당신의 시를 모독했습니다. '소크라테스'와 '챠오얼'은 진정한 봉황입니다. 소크라테스의 진실한 마음에 대한 집착과 챠오얼의 선량함과 드넓은 사랑은 그들이 실제 인물인지와 상관없이 당신은 사회의 죄악과 불공정을 겨냥한 양날의 칼을 사람들 양심에 겨냥하였습니다. 나는 진즉 울음을 잊었습니다. 너무 많은 시련을 겪었고, 너무 오랫동안 불공정한 일을 당했기 때문입니다. 하지만 비겁하여 반항하지 못하였고 그저 목을 빼고 "죽여 주십시오"라고 할 뿐이었습니다. 사람들이 내게 무어라고 하면 나는 웃는 얼굴을 하고 받아들였고 눈물을 가슴속으로 흘려보냈습니다. 하지만 당신의 시는 내 가슴 속 빈곳을 파고들었습니다. 기쁘고, 눈물을 흘렸습니다. '송별'의 몇 장에 이르러서, 챠오얼 집안이 무너지는 데서 눈물이 났습니다. 멍양, 당신은 너무 잔인합니다. 갑자기 이렇게 가슴 아픈 지난 일을 쓰시다니요. 이 얇은 자비 출판 시집은 당신의 그 어떤 훌륭한 정식 출판 작품보다 훨씬 소중합니다. 이 장시는 고치실 필요 없습니다. 작품이 이미 마음이 무덤덤해진 채 백살을 향해 천천히 걸어가고 있는 늙은이의 길에 감동을 주었고 발걸음을 멈추고 고개를 돌려 다시 돌아보고 그들을 기억하게 했으니까요. 멍양에게 고맙습니다. 점점 적막으로 들어가는 사람을 다시 일깨워 주어서요. 감사합니다. 눈물을 머금고 두서없이 당신에게 편지를 씁니다.

　이만 줄입니다.

　건승을 기원합니다.

라이신샤

4.3

　장젠즈張建智 선생은 라이신샤 선생 서거를 기념하는 글에서, 라이 선생은 글이 곧 당신이었다고 말했다. 하지만 임종 직전에 「무명 사상가의 무덤에 삼가 고하다」를 읽은 뒤 장멍양 선생에게 보낸 편지야말로 그의 '마음 속 말'이었고, '역사가의 절창'이었다고 말했다.

# 『고난의 영혼 삼부작苦灵鬼三部曲』

　　나는 문학연구에 입문하기 전에 문학, 역사, 철학에 깊은 재미를 느꼈다. 특히 루쉰 저작 같은 깊이 있고 중후한 책을 즐겨 읽었고, 깊이 있는 궁극적 문제를 파고드는 철학적인 탐구를 즐겼지만, 그래도 창작에 기울어 있었다. '문학가의 요람'이라고 불리던 베이징 2중학에서 산문 대가인 한사오화韓少華 선생의 가르침 덕분에 특별한 정서적, 사상적 훈도를 받았고 글쓰기를 단련하였다. 1970년대에는 저명한 감독이자 연출가인 톈청런田成仁 선생의 지도를 받으며 나는 한 친구와 같이 대형 연극『현 위원회 서기縣委書記』를 집필했다. 현 위원회 서기인 샤오춘肖純과 그의 딸 샤오춘쉐肖春雲의 슬픈 이야기였다. 시대적 이유로 끝내 성공하지는 못했지만 매우 엄격하고 몹시 긴장되는 '악마의 훈련'을 받은 것이었고, 생활 속에서 갈등을 처리하고, 장면을 배치하고 대화를 가다듬고, 캐릭터를 구상하는 기본 능력을 쌓았다. 1979년 린페이 등 선생이 힘든 노력 끝에 나는 중국사회과학원 문학연구소 루쉰연구실로 배치되어, 아주 정규적이고, 체계적인 루쉰연구 학술 훈련을 받았고, 루쉰연구에 전심전력할 수 있는 학술 환경이 생겼다. 안타까운 것은 계속 창작할 시간이 없어진 것이지만, 야심은 사라지지 않아서 늘 학술연구와 문학 창작을 결합시키고 뭔가를 쓰고자 했다. 1980년대 초에 문학 장편소설 형식으로 루쉰전을 쓸 생각을 하기 시작했고, 자료를 모으는 데 관심을 기울이고 묵묵히 생각하기도 했다. 중국 루쉰학 연구사라는 건조한 일을 하는 한편 루쉰에 관한 장편소설을 구하였다. 루쉰의 저작과 생애에 관한 사료를 끊임없이 마음속에서 뜸 들이고, 발효시키면서 내가 언제 어디서나 늘 문학의 꿈 속에서 살게 했고, 끊임없이 '마음 속 창작'을 했다. 이른바 '마음 속 창작'은 끊임없이 마음 속으로 글을 쓰는 것이다. 내가 전에 허베이 농촌 중학교에서 여러 해 동안 교사를 할 때, 책상에 원고지를 펴놓고 자신의 것을 쓸 수 없었기 때문에 그저 혼자 구상하고 속으로 원고를 쓸 수밖에 없었으며, 회의를 하고, 노동을 하고, 일상의 자잘한 일을 할 때도 머릿속에서는 사실 문장을 생각했다. '대뇌로는 문장을 생각하고 소뇌로는 세속적인 일을 처리한다'고 말할 수 있을 것이다. 문장이 마음 속에서 뜸이 들고 성숙해질 때를 기다리다가 주말에 그 지방에 사는 선생들이 집에 가고 나 혼자 남았을 때야 원고지를 늘어놓고 한 필 한획 직접 써냈다. 당시 나와 같은 현에서 선생을 하던 친한 친구이자 유명한 작가인 탕지푸湯吉夫 선생이 말했다. "멍양은 구두점과 부호까지 마음 속에서 다 써져야 종이에 펜을 들었다." 이것은 어쩔 수 없이 생긴 마음 속 창작 습관이었는데 나중에 평생의 습관이 되었고, 문학연구소로 온 이후에도 근사하게 원고지를 펼쳐놓고 글을 쓸 수 있게 되었지만 그래도 마음 속 창작을 하고 문장이 가슴 속에서 뜸이 들고 성숙해져야 원고지에 쓰게 되었고, 지금은 컴퓨터를 사용하게 되었다. 글을 쓸 때, 더구나 백만 자의 대작을 쓰더라도 한 번도 초고 작업을 하지 않았다. 글은 자연히 수정을 반복하고 갈고 닦지만, 전체 생각의 틀이나 구상은 크게 바꿀 필요가 없다. 왜냐하면 진즉 마음속에서 몇 번인지 모를 정도로 겪었고, 성숙할 정도로 뜸이 들었기 때문이다. 나라는 사람은 아둔해서 현실 생활에서는 늘 어리석은 일, 멍청한 일을 하고 속아서 손해를 보며 어리석기 짝이 없다. 하지만 60세 이후에도 대뇌는 퇴화되지 않았을 뿐만 아니라 이전에 비해 사용하기도 좋고 기억력과 사유능력도 갈수록 강해졌다. 깊은 사유라든가 명상, 암기, 마음 속 창작 같은 것도 기네스 기록을 세울 정도이다(농담이다). 하지만 일반적인 글을 마음 속으로 창작하는 것은 심장이 그래도 견딜 만하지만『고난의 영혼 삼부작』같은 백만 자의 대작은 머리는 견딜 수 있어도 심장은 견디질 못한다. 특히 여러 해 동안 담배를 피우고 술을 마시는 기호를 지녀왔고, 늘 혼자 술을 마시거나 담배를 피우면서 대작을 구상해 왔다. 오랜 동안 이러다 보니 원래 건강했던 몸도 결국 버틸 수 없게 되었다. 2003년『중국 루쉰학 통사』를 완성하고 나서 정식으로『고난의 영혼 삼부작』에 심혈을 기울이고 갖은 고생을 하면서 생명의 글쓰기를 했다. 2007년 12월 말 어느 날, 다년간 뜸을 들인 끝에 백만 자의『고난의 영혼 삼부작』이 문득 내 머릿속 바다에서 솟아올랐고 화산이 폭발하는 것 같은 기세였다. 삼부작의 각종 장면과 분위기, 세부사항, 루쉰과 그 주변 인물의 용모와 웃는 모습, 행동거지가 칼라 영화처럼 내 눈앞에 어른거렸다. 나 자신이 마치 루쉰 생가가 있는 둥창 東昌坊의 그 당시 옛 거리와 술집, 루쉰이 태어난 신타이먼新臺門의 앞마당을 걷고 있는 것 같았고, 소년 루쉰과 그의 부모, 형제, 친지, 친구와 같이 생활하는 것 같았다. 나는 흥분을 참지 못하였고 문학의 푸른 들판으로 돌아간 쾌감을 느꼈다. 단번에 이 삼부작을 컴퓨터로 치지 못한 것이 유감이었다. 깊은 밤 침대에 누워도 뒤척이면서 잠을 이루지 못하는 것이, 다소 사내가 좋은 배필을 만나 오매불망 그리는 것 같았지만 내가 찾는 것은 요조숙녀가 아니라 훌륭한 책과 훌륭한 문장이었다. 바로 이런 한밤중에 심장에 오랫동안 과부하가 걸려 견디질를 못하면 갑자기 심장판막증이 발병하여 가슴이 답답해지고 질식하여 세상을 떠날 위험이 있다.

절친인 류나劉納 여사가 「탕타오 선생 추억담, 떠나가시던 일과 더불어談唐弢老師, 并談開去」라는 글에서 그런 일을 거론하며 말했다.

지금, 문학연구소의 한 퇴직 연구원이 『루쉰전(魯迅傳)』을 쓰고 있다. 그가 한 밤중까지 글을 쓰다가 심장병이 발작하여 교외 의원으로 옮겨져 응급조치를 해야 했을 때 그는 심장 판막 이식술을 거절하였다. 그는 말했다. "마취를 하면 『루쉰전』 구상을 잊어먹을 것 같아서." 루쉰이여, 루쉰, 얼마나 많은 사람이 당신 때문에 초췌하게 사는가.

『수필隨筆』 잡지의 마이찬麥嬋 편집주간이 이 대목을 보면서 눈물을 흘렸다고 류나가 말하는 것을 들었다.

그렇다! 류나가 말한 것이 절대 진실이다. 『고난의 영혼』은 바로 나의 목숨이다. 위급하더라도 사랑하는 딸과 외손녀는 안심이다. 다들 미국에서 거주하고 있고 생활도 안정되어 있다. 다만 『고난의 영혼』은 마음이 놓이지 않는다. 『고난의 영혼』을 쓰지 못하면 죽어서도 눈을 감을 수 없다!

요양을 한 뒤 몸이 좋아졌고, 목숨과 3년 동안 경주를 하면서 근 30만 자가 되는 『고난의 영혼 삼부작』의 1권인 『회계의 치욕』을 마침내 썼다. 소년 루쉰이 조부의 과거 시험장 부정 사건과 고향집이 몰락하고 아버지가 돌아가시고, 샤오싱紹興을 떠나고, 난징南京에서 공부를 한 뒤 일본으로 유학을 가는 생명의 여정과 정신적 궤적을 묘사했고, 전체 책의 규모와 배치도 드러냈다. 2012년 1월 중국출판집단 화원華文 출판사에서 출판이 되었다. 인쇄가 아주 멋졌다. 현재 제2부『야초의 꿈』도 원고를 완성하였고, 제3부『서리 내린 밤을 그리며』는 진행 중이다. 2016년 루쉰 서거 80주년 기념 이전에『고난의 영혼 삼부작』세트를 낼 생각이다.

장편소설 형식의 루쉰전『고난의 영혼 삼부작』은 내가 루쉰연구에 종사한 40여 년 동안에 가장 어렵고 가장 마음을 쓴 작업이다. 순조롭게 출판할 수 있다면 루쉰연구에 바친 내 한 평생을 정리하는 것이 될 것이다.

## 큰 적막 속에서 루쉰을 깨닫다

도대체 무엇이 루쉰의 진실일까?

80년대 말, 90년대 초 나는 일찍이 없던 크나큰 적막에 빠졌다. 21세기 초까지 많은 저작을 냈고, 학계에서도 널리 인정을 받았지만 나는 깊은 적막감에 빠졌다.

원래 굳게 믿었던 모든 것이 한 순간 홀연히 무너졌고, 머리는 텅 비었고, 그저 한쪽 모퉁이에 웅크린 채 조용히 생각하면서 어떤 사람하고도 왕래하고 싶지 않았다. 심지어 말을 건네는 것조차 길게 하고 싶지 않았다.

당시 나는 멋대로 내 상황에 관한 짧은 시 한 수를 지었다.

힘들게 책상 앞에 앉아 이것저것 책을 본다.

철학 경서 문학 역사 두루 섭렵한다.

홀로 힘들게 드넓은 세상을 여행하며

높고 낮음과 이기고 지는 것을 잊는다.


'이것저것 책을 본' 가운데 가장 많이 본 것이 『루쉰전집』이다. 하지만 그때 루쉰을 읽은 것은 어떤 목적을 가지고 읽은 것도 아니고 어떤 틀을 정하고 읽은 것도 아니며 심심풀이 독서 삼아 한가롭게 읽은 것으로 아무 목적이 없이 읽었다. 그렇게 하자 도리어 루쉰이 내 눈앞에 참모습을 보이기 시작했다.

그렇다. 진실한 루쉰의 모습으로 돌아가려면 반드시 루쉰 자신의 사상에서 출발하여 루쉰 자신의 철학을 정리하여야지, 외부의 원칙에서 출발하여 다른 사람의 일을 가지고서 틀을 정한 뒤 억지로 씌우지 말아야 한다.

그렇다면 루쉰 자신의 사상은 도대체 무엇인가?

루쉰은 아주 분명하게 다른 사람에게 말했었다. "그의 철학은 모두 그의 『야초野草』에 있다"[21]고 했고, 또 다른 사람에게는 "「행인過客」이란 글은 내 머리 속에서 거의 10년 동안 생각하고 있었다"[22]고 했다. 그래서 루쉰 철학을 가장 대표할 수 있는 작품은 바로 「행인」이다.

나는 갈수록 분명하게 믿는다. 「행인」이야말로 루쉰의 자기 초상이다.

내 머리에 불현 듯 번쩍한다. 루쉰이 바로 '행인'이다.

그렇다. 그가 바로 행인이다. 행인이기 때문에 그는 결코 성전에서

---

21    章衣萍, 『古廟雜談』.
22    荊有麟, 『魯迅回憶斷片』.

추앙을 받는 신이 될 수 없고, 사람들도 결코 그를 신성화할 수 없다. 행인이기 때문에 그는 결코 세속의 통속적인 대우에 안주할 수 없고, 사람들도 마찬가지로 그를 세속화 할 수 없다. 행인이기 때문에 그는 반드시 쉼 없이 각종 세속적인 비난을 받고 이해 받지 못할 수밖에 없고, 여러 방면의 적들로부터 공격을 받고 욕을 먹고, 사람들은 이 때문에 크게 놀랄 필요도 없다. 요컨대 행인이기 때문에 그는 시종 영원히 시들지 않는 인격적 매력과 정신의 힘을 지니고 있다.

나는 갑자기 내가 오랫동안 머리를 옥죄고 있던 갖가지 족쇄에서 벗어난 것을 느꼈고 사상이 감옥에서 벗어나 루쉰에게 다가가기 시작했다.

그는, '중간물'을 생명의 바탕으로 삼아 망망한 거친 들판을 분연히 질주하고 사람의 유한성을 확실히 파악하여 모든 궁극적 실체를 해소하고 모든 몸을 숨길 수 있는 피난처와 휴양지를 배제하고 자기 밖에 있는 모든 허망한 의탁과 희망을 모조리 갈기갈기 찢어 버리고 오직 중간물 상태인 나와 어두운 거친 들판만 남겨두었다.

그가 먼지가 없는 천국으로 가지도 않고, 현세를 도피하여 은둔하지도 않은 것은 그가 이른바 황금세계의 신화를 믿지 않았고 일찍부터 '장래의 황금세계에서도 반란자를 사형에 처할 것이라고 의심하였고',[23] '혁명은 고통이고, 그중에는 필연적으로 더러움과 피가 섞이기 마련이고, 결코 시인이 상상하는 것처럼 재미있거나 아름답지 않다'는 것을 알았기 때문이다. 그는 희망을 위해 달리는 것이 아니라 절망

---

23 「對於左翼作家聯盟的意見」, 『二心集』.

에 반항하기 위하여 질주하였다. 루쉰은 1925년 4월 11일 자오치원趙

其文에게 보낸 편지에서 지적한 것처럼, "앞이 무덤인 것을 알면서도

기어이 앞으로 가는 것이 절망에 대한 반항이다. 왜냐하면 절망하지

만 반항하는 것은 어렵고, 이것은 희망으로 인해 전투를 하는 사람보

다 더 용맹하고 더 비장하다고 생각하기 때문이다". 그래서 그가 분연

히 질주한 것은 고통에서 벗어나기 위한 도피가 아니라 번뇌를 멀리하

지 않은 초월이며, 더러움을 초탈한 깨끗함이 아니라 더러움을 멀리

하지 않은 본래의 참다움이다.

그는 어떤 자비도 받지 않았고 어떤 의지할 것도 찾지 않았다. 왜냐

하면 노인의 권고는 늘 '보통 사람들'의 '독재'였고, 여자 아이의 연민

도 앞길에 부담이 되기 마련이기 때문이다. 그는 어떤 의지할 것도 원

하지 않았고, 최종 판결권과 재판권을 모든 사람들의 말이나 황제의

권력, 재판관에게서 회수하여 자기에게 귀속시켰다. 그래서 그는 펑

치옌馮起炎, 인쟈취앤尹嘉銓같은 황제에게 간청을 한 이들이 화를 당한

원인은 "자기가 노예인 것을 모르고" 학생들에게 "다시는 청원을 하지

말라"[24]고 경고한 데 있다고 말한 것이다.

그가 말한 그 '앞쪽의 소리'는 무엇인가? 어디서 오는가? 그렇다.

그것은 '앞서 가는 장군의 명령'도 아니고 무슨 책임이나 의무 같은 것

도 아니다. '소리가 마음에서 나와 내게로 돌아가는 것'으로, '앞쪽의

소리'는 '나'의 소리로 이해해야 한다. 이는 행인이 자신의 이성과 지

혜를 독립적으로 사용할 용기를 지니고 있고, 그는 다른 사람에게 길

---

24    『兩地書 4』.

을 묻지 않기 때문이고, 그들이 모를 것이기에 그가 의지할 필요가 없고, 독립적으로 버텨야 하기 때문이다. 그는 끝까지 우리에게 '앞쪽의 소리'가 그를 어디로 가라고 하는지는 말하지 않았다. 그저 '가는 것이 좋다'라고 말했을 따름으로, 이러한 자유와 자율의 삶의 태도로 전체 글을 끝냈다. 많은 사람들이 이러한 결말이 너무 어둡다고 여기지만 실은 아직 궁극적인 진리를 아직 얻지 못한 것으로, 만약 결말에 밝은 면이 출현했다면 행인은 더 이상 행인이 아니게 된다. '앞쪽의 소리'는 자아의 내심에서 나오는 것이고 사람들에게 '그래도 가는 것이 좋다'고 말할 뿐이며, 바로 '진정한 인간'의 개성의 자각이다.

무엇이 개성의 자각인가? 루쉰은 일찍이 이렇게 말했다. "먼저 자기를 성찰하고, 다른 사람도 반드시 알아야 하며, 비교하여 타당해야 자각이 생긴다."[25] 이 뜻은 이렇다. 먼저 자신을 성찰하고 반드시 다른 사람을 이해해야 하며 서로 비교하여 온전히 들어맞아야 자각이 생길 수 있다는 것이다. 현대 철학 언어로 해석하자면 이렇다. 자기를 인식하고 세계를 인식하며 주도면밀한 비교 속에서 주관세계와 객관세계의 통일에 이르고, 정확하게 세계 속에서 자신을 위치지우고 자신이 무엇을 해야 하고 무엇을 하지 말아야 하는지를, 또한 어떻게 해야 하는지를 분명하게 알고, 그리하여 맹목성을 버리고 자각을 키우고 몽매한 노예상태에서 벗어나서 정신적인 자주성을 실현하고 각성하고 맑은 상태로 승화시키는 것이다. 이를 달성하는 것은 결코 쉬운 일이 아니고, 돈키호테는 죽기 직전에야 자기가 아무것도 아니라는 것을

---

25    「摩羅詩力說」, 『墳』.

알았고, 아Q는 죽을 때까지 몰랐다. 루쉰이 아Q와 같은 전형 인물을 창조하고 사람들에게 성찰을 불러일으키는 많은 잡문을 창작한 것은 바로 자신의 동포들에게 심각한 민족적 자성을 촉구하고, 중화민족의 약점이 어디에 있는지, 어떤 세계에 처해 있는지, 세계에서 중국의 위치가 어떠한 지 알도록 일깨우기 위한 것이었다. 그리하여 민족적 개성의 자각에 이르는 것이 루쉰이 평생 바라던 중국인이 도달해야 할 인격의 경지였다. 이것이 바로 루쉰이 아Q를 창조한 참뜻이고, 그의 사상의 진정한 본질이다. 20세기 초에 열강의 침략과 연전연패의 거대한 좌절 속에서 중국의 양식 있는 인사들은 앞을 다투어 강국이 되기 위한 길을 사고했다. 어떤 이는 '다투어 무력을 말하'면서, 반드시 국가의 군사역량을 강화해야 한다고 여겼고, 어떤 이는 상업을 발전시키고 입헌 국회를 세워야 한다고 주장하였다. 루쉰은 이런 주장에 단호히 반대하여 1907년에 「문화편향론文化偏至論」에서 '사람을 세워야 한다立人'는 사상을 제기하고, '상업'과 '무력', '입헌'은 그저 '하찮은 재주와 적은 지혜를 지닌 무리'의 천박한 주장이며, 근본의 방책이 아니라고 지적하였다. 또한 '근본은 사람에게 있고' '먼저 사람을 세워야 하고, 사람을 세운 뒤에 다른 일을 거론할 수 있다'면서 '사람을 세워야 한다'고 주장하였고, 『마라시력설魔罗詩力說』의 끝부분에서는 '정신계의 투사'가 나타나기를 큰소리로 부른 것이다. 이제 벌써 104년이 지났다. 나는 '백년의식'으로 그 가치를 이해하지 말아야 하고 '천년의식'으로, 보다 긴 시간, 요컨대 인류가 존재하는 한 루쉰의 '사람을 세워야 한다'는 사상은 사라질 수 없는 중대한 의의를 지니고 있다고 생각한다. 갈수록 상품의 물결이 크게 밀려오고 시장경제가 밀려드는 때에, 갈수록 '사람을 세워야 한다'는 입인 정신을 강조해야 하고 사람의 정신을 강조해야 한다. 루쉰은 청년 시대에 '사람을 세워야 한다'는 깃발을 들었고, '나라 사람이 자각에 이르고, 개성이 펴지면 모래의 나라가 사람의 나라로 될 것'이라고 생각했다. 당연히 이른바 '사람의 나라'는 유토피아적인 성격을 지니고 있다. 하지만 개성의 자각은 결국 어떤 현대국가라도 반드시 실현해야 할 인격의 경지이고, 루쉰이 시종일관 힘쓴 목표가 이것이었다. 그는 실제 사회의 운영에 종사하는 정치가는 아니었고 사람의 정신을 바꾸고 인성을 비판하고 다시 건설하는 인생의 사상가였으며, 그가 관심을 가진 것은 '개인의 특수한 본성'과 '주관의 내면 정신' '정신을 펼치는 것' 같은 생명 철학 문제였다.[26] 그는 중국의 역사와 사회, 특히 인성의 인식에 더없이 깊이가 있었고, 인간 정신 영역의 제반 문제를 탐색하는 데 지극히 깊이가 있었으며, 이 방면의 가치는 다른 사람과 비교할 수 없고, 의미심장하다. 이것이 바로 아Q라는 문학 전형이 거대한 정신적 깊이를 지니는 근본 원인이다. 우리가 루쉰의 정신본질을 배우고, 아Q의 참뜻을 이해하는 것도 이런 측면에 맞추어져야 한다.

사람 개성에 대한 자각을 바탕이자 전제로 삼아 국가를 안정시키고 튼튼하게 할 것인지, 아니면 개체의 정신자유의 박탈과 억압으로 '대중 정치'의 획일적 정돈과 국가의 통일을 취할 것인지는 진정한 의미의 현대국가를 건설할 것인지, 아니면 봉건 전제 정치체제를 건설할 것인지를 가르는 분수령이자 인류가 노예상태를 벗어나서 자주적 경

---

26   「文化偏至論」, 『墳』 참조.

지에 들어설 수 있는지를 가르는 시금석이다. 개성의 자각은 결코 이기심이나 사심과 같지 않고, 개성주의를 이기주의와 혼동하는 것은 개념 혼란의 논리 유희로, 개체 정신 자유를 압살하는 일종의 음모이다. 사람은 개성 자각을 실현하고 나서야 이성적으로 개인과 집단, 자연의 관계를 대할 수 있으며, 필요할 때 프로메테우스처럼 용감하게 자신을 희생할 수 있다. 그리고 이러한 희생은 고도로 이성적이고 자각적인 것으로 결코 맹목적이고 피동적인 것이 아니다. 루쉰이 청년 시대에 말한 것과 같다. "사람은 자기됨이 있어야 사회의 큰 각성이 이루어진다."[27] 이러한 정신 자유, 개성의 자각으로 이루어진 집단이라야 진정 단결할 수 있고, 안정적일 수 있다. 몽매와 맹목적 노예로 이루어진 집단은 어떻게 통일을 강행하든 모두 슬픈 노예집단일 뿐이고, 진정으로 강대하고 안정적일 수 없다. 이런 의미에서 루쉰은 20세기 중국 유일의 진정한 현대적 의미를 지닌 사상가이자 문화 위인이다. 루쉰의 최대 가치가 바로 여기에 있고, 최대의 고통도 바로 여기에 있다. 그는 평생 중국인의 정신에서 '자신이 노예라는 것을 깨우쳐서' 개성의 자각을 실현하지 못하는 것에 깊은 고통을 느꼈다. 중국 현대 지식인 가운데 루쉰처럼 인간 세계의 정신 노역의 괴로움과 '자신이 노예라는 것을 깨우치는 것'을 고통스럽게 느끼는 어려움을 직시하고, 또한 그것을 위해 가장 힘든 노동과 가장 깊은 사고를 쏟은 사람은 없다. 루쉰은 바로 중국 정신계의 프로메테우스다! 영원히 현대적 의미를 지닌 정신계의 투사다! 그래서 일찍이 루쉰에 대해 이해하지 못했

---

27    「破惡聲論」, 『集外集拾遺補編』.

던 원이뚜어<sup>聞一多</sup>가 나중에 깨달은 뒤 이렇게 말했다. 오직 루쉰만이 고통을 당했고 우리는 복을 누렸다.[28] 때문에 나는 『아Q신론―아Q와 세계문학 속의 정신 전형 문제』라는 책 후기 「루쉰연구 역정의 세 차례 '연옥'」에서 이렇게 썼다. "그때, 그때부터 시작해서야 나는 루쉰 선생이 그 극도의 끈질긴 강골 정신이 바로 현대 중국인이고, 특히 중국 지식인의 가장 튼튼하고 견고한 정신적 지주라는 것을 절실하게 깨달았다. 루쉰 선생의 지극히 깊이 있는 사상과 저작은 현대 중국인의 건전한 인격과 한 세대를 도야한 신형 지식인의 가장 광대하고 적당한 정신적 용광로를 만들었다."

나는 바로 이렇게 대적막 속에서 나 자신을 읽었고, 내 과거의 갖가지 노예성을 깨닫기 시작했다. 긴 시간동안 다른 사람의 사상이 머리에서 뛰어다녔고 완전히 독립적으로 자기의 이지를 사용할 수 없었고 쓴 글은 대부분 외부 원칙에서 출발하여 해설하고 풀이하였으며 나 자신의 독립적 사고가 적었다. 이런 것을 생각하면 온몸에 식은땀을 금할 수 없다. 인생 천지간에 우선 깨어나고 자각을 지닌 분별 있는 사람이 되어야 하고, 앞으로 한자도 못 쓰더라도 다시는 정신의 노예가 될 수 없고, 다시는 노예적인 주석 문장을 쓸 수는 없으며, 외부의 뜻이나 선험적인 틀에 따라 억지로 지어내고 루쉰을 왜곡할 수는 없다.

이러한 이해를 바탕으로, 나는 『아Q신론―아Q와 세계문학 속의 정신 전형 문제』와 『오성과 노예성―루쉰과 중국 지식인의 국민성』을 썼고, 이어 『중국 루쉰학 통사』와 『중국과 동아시아의 루쉰학』을 썼

---

28    『在魯迅逝世八周年紀念會上的講話』.

으며, 루쉰전인『고난의 영혼 삼부작』을 썼다. 이 책들은 기실 순수한 학술 전문서나 문학작품이라고 할 수는 없고, 만약 학술과 문학 차원에서 평가한다면 쉽게 여러 사람 뜻대로 되지 않은 곳을 발견할 수 있지만, 내가 이를 아주 소중하게 생각하는 것은 이것이 내 정신의 각성과 개성의 자각의 초보적 결정結晶이기 때문이다.

이것은 단지 만 리를 가는 장정 가운데 첫 걸음일 뿐이었고, 쓰려고 하는 책과 하려는 일도 아직 아주 많다.『고난의 영혼 삼부작』전권이 나오고 나서 만약 정력이 남아 있다면 나는『중국 루쉰학 통사』를 수정하여『중국 루쉰학 백년사中國魯迅學百年史(1919~2019)』로 확대할 것이다. 그런 뒤 전력을 다해 훨씬 오래 전에 쓰려고 구상하였던 장편소설『근원적 사고元思』를 써서, 백 년 동안 몇 대에 걸친 중국학자들의 정신적인 투쟁을 그릴 것이다. 최초 제목은『학자의 집안』이었고, 나중에『혼탁한 세상 청결한 꿈』으로 바꾸었다가, 다시『학계의 청결한 꿈』으로 바꾸었고, 다시『깨진 꿈』으로 바꾸고, 최근에는『근원적 사고』로 바꾸었다. 이것은 지구인을 위해 쓴 철학과 문학이 결합된 책으로, 인류가 우주와 지구, 자신의 근원적 사고로 돌아가, 여기서 출발하여 합리적 생활을 시작해야 하며, 그렇지 않으면 인류가 자신의 물욕과 물질화 과정 속에서 멸망할 것이라는 주제다. 최근『2666』과『백년 고독』그리고 도스토옙스키의『카라마조프의 형제들』, 솔제니친의『수용소 군도』,『붉은 수레바퀴』등을 대조하여 읽으며, 이들 작가들에게 한 가지 공통점이 있는데, 그것은 역사 철학적 거대한 깊이라는 것을 느꼈다. 이 점은 중국 작가, 특히 현재 중국 작가들이 지니지 못한 점이다. 그 원인은 문학과 역사, 철학, 학술이론의 수양과 생명의 역사 체험이 부족하기 때문이다. 나는 역사철학적 깊이에서 중국 작가를 위해 생색을 내고 싶다. 만약 그 뒤에 여력이 있다면 나는 문학 창작 실천을 바탕으로 문학과 미학에 관한 책을 쓰고 싶다. 『문학 묘사의 심리 감정 전달 체계』, 『장편소설예술미학』, 『세부묘사연구』, 『문학의 기이함과 카리스마』등등은 벌써 여러 해 동안 생각하고 있다. 하늘이 시간을 더 주어 시간이 더 있다면 『내가 깨달은 중국의 대역사』를 쓸 것이다. 알렉산드르 헤르첸의 『지난 일과 수상』과 에렌부르크의 『인간, 세월, 생활』을 본따서 나의 일생을, 특히 문화대혁명의 경험과 깨달음을 쓸 것이다. 현상을 쓸 뿐만 아니라 역사철학의 깊은 층까지 파고들어 자신의 느낌과 깨달음에서 출발하여 역사가 왜 이렇게 되었는지 철학적 원인을 탐구하는 것이 주된 의도다. 나는 베이징 고등학교와 밑바닥 농촌에서 10년 동안 문혁의 '세례'를 받았고 다시 30년 동안의 개혁개방을 겪어, 어렵게 좋은 창작 조건을 쟁취했는데, 만약에 쓰지 못하면 아마 이후에는 쓰는 사람이 다시는 없을 것이다. 요컨대 못쓰는 것을 걱정하는 것이 아니라 쓰다가 완성하지 못하고 다른 세계로 갈까봐 걱정이다. 나는 생활이 단순한데다가 깨끗해서 평소에는 거의 사람과 왕래가 없고 쓸데없는 일을 하지 않고 집중하여 책을 읽고, 사고하고, 글을 쓴다. 이름과 금전도 남의 일이고 명예나 비난도 바람에 흘려버린다. 과거의 공과와 득실, 은혜와 원한은 모두 지나갔고 유일한 바람은 바로 가슴 속에서 뜸을 드린 책과 글을 기본적으로 다 쓰는 것이고, 다른 바람은 없다. 이러한 최고 목표를 실현하기 위하여 담배도 끊고 술도 줄이고 잉타오꺼우櫻桃溝로 산책을 가고, 쉬고, 다시 건강하게 20년에서 30년까지 쓸 수 있다면 쓰고 싶은 것을 써내고, 표현하고 싶은 것을 토해낸다면 죽어서 눈을 감지 못하지는 않을 것이다.

오랜 학교 친구가 내가 루쉰을 평생 동안 따라다닌 것이 손해라고 생각한 것은 그가 진지하게 루쉰의 책을 읽지 않았고 루쉰에 대한 인상이 여전히 문혁 시기에 머물러 있어서이다. 도서관장인 그가 하물며 이러하니 일반인들은 더욱 루쉰에 대한 합당한 이해가 부족하고, 이를 통해서 우리 민족이, 위다푸郁達夫가 『루쉰을 추억하며懷魯迅』에서 한탄한 것처럼, 여전히 '위대한 인물이 있어도 옹호하고 섬기고 숭앙할 줄을 모르는 국가'라는 것을 알 수 있고, 우리 루쉰연구학자들의 임무가 얼마나 막중한 지를 알 수 있다. 정신문화 사업의 의의는 무시하지 말아야 하는데, 이러한 사업은 무형인 듯 하고 보답도 미약하지만, 만약 우리가 정신 영역의 건설을 소홀히 한다면, 설사 언젠가 물질이 온 대지에 넘치고 과학기술이 고도로 발달하고 생활이 상상을 초월하여 편안해 진다고 하더라도 정신문화가 쇠락하여 사람들은 그저 욕망만 팽창하고 탐욕에 차서 개성의 자각이 조금도 없어져서, 그 결과는 그저 자원낭비와 환경파괴일 뿐 인류는 결국 자기파멸의 길을 갈 것이다. 그런데 정신문화 영역에서 루쉰은 의심할바 없이 중국인의 사상적 주춧돌이다. 한 학자가 일생동안 수호한 것은 훌륭했으며, 다행히 일생 동안 루쉰과 같이 할 수 있었던 것은 나의 자부심이다. 나는 그저 생명이 꺼지지 않는다면 루쉰연구도 그치지 않고 진지하게 앞으로 갈 것이고 원망도 없고 후회도 없고 아무것도 부럽지 않고 꿈쩍도 하지 않으며, 루쉰을 연구하며 가난하고 고생하게 됨은 물론 설사 어느 날 감옥에 가고 목이 잘리더라도 견지해 나갈 것이다, 그것도 더욱 단호하게! 이번 생, 이번 세상은 그저 이럴 뿐이다! 이것 역시 내가 루쉰에게서 얻은 조그만 개성의 자각이다.

끝없이 망망한 대황원을 꿈에서 다시 본다. 대황원을 분연히 질주하는 행인을 꿈에서 본다, 어서 쫓아 가자……

# 차례

# 루쉰과 취치우바이 잡문의 비교

◦◦◦◦◦◦

1.

　금강석과 철광석은 서로 부딪혀야 그 단단함이 드러나고, 바다와
강은 서로 대보아야 그 깊이와 넓이를 알 수 있다. 중국 현대잡문사에
서 루쉰과 취치우바이瞿秋白의 잡문은 서로 쌍벽을 이루는 보석으로서,
깊이 있는 비교가 필요하다.

　취치우바이가 쓴 「진짜 가짜 돈키호테眞假堂吉訶德」, 「왕도시화王道詩
話」, 「대관원의 인재大觀園的人才」 등 12편 잡문은 루쉰이 자기가 쓰던 필
명으로 발표하고 루쉰의 잡문집에 수록하기도 했는데, 루쉰의 신랄하
고 풍자적이고 예리하며 신랄한 스타일과 완전히 흡사하다. 이는 중
국현대문학사에서만이 아니라 중국문학사 전체나 세계문학사에서도
보기 드문 현상이다.

　취치우바이의 잡문과 루쉰 잡문의 비슷한 점은 우선 두 사람 잡문

이 모두 '전투적 페이퉁feuilleton'이라는 점, 첨예하고 격렬하였던 신민주주의 혁명 투쟁에 조응하여 나온 문예성 사회평론이라는 점, 시대에 '감응하는 신경이자 공수의 수족'이라는 점에 있다. 마르크스주의 전투 정신과 반박할 수 없는 이론적 논리성은 두 사람 잡문의 공통적인 생명이자, 공통의 사회 내용과 공통의 문장 스타일의 토대이다. 취치우바이가 비교적 일찍 쓴 『문예잡저文藝雜著』, 『난탄亂彈』 등의 잡문에는 이미 루쉰 잡문과 같은 전투 특징이 들어 있었고, 둘 다 적의 심장을 겨누는 '비수'와 '투창'이었다. 다음으로, 취치우바이의 잡문은, 특히 그가 루쉰의 잡문을 열심히 배우고 연구한 이후 루쉰과 같이 절차탁마하며 상의하여 쓴 「왕도시화」 등 12편의 잡문은 루쉰 잡문의 예술적 특징, 요컨대 생동적이고, 형상적인 전고를 빌려 깊이 있고 전형화된 형상을 창조하여 깊이 있는 사상과 추상적 이치를 진술하는 특징을 익숙하게 구사하였다. 예를 들어 「가짜 진짜 돈키호테」는 유명 소설인 『돈키호테』와 『유림외사儒林外史』 속 이야기를 빌어 장제스蔣介石의 매국적인 투항 정책을 풍자하였다. 그런가 하면, 「대관원의 인재」는 대관원에서 공연하는 희곡인 류劉 외할머니가 고함을 지르는 것과 기생 어멈의 신세 한탄을 빌어 우쯔후이吳稚暉와 왕징웨이汪精衛가 인민을 진압하고 일본에 투항하는 위선의 면모를 폭로하였다. 전고와 형상을 새롭고도 기발하게, 적절하고도 딱 들어맞도록 사용하여, 지극히 적절하고, 루쉰 잡문의 형상화 수법의 핵심을 깊이 터득하였다. 아울러, 취치우바이는 루쉰 잡문의 필법에 도통하였을 뿐만 아니라 루쉰 잡문의 예술 표현 형식도 발전시키고 더욱 풍부하게 함으로써 그의 탁월한 재능을 보여주었다. 『곡의 해방曲的解放』을 한번 보라. 희곡 곡조 형식을 사용하여 잡문을 쓰는 독자적인 새로운 방법을 창조하여 생<sup>生</sup>, 단<sup>旦</sup>, 축<sup>丑</sup> 삼각 연희의 방식으로 국민당이 외부 침략자를 치기 위해서는 먼저 내부 평화가 필요하다는 부저항 정책[1]을 풍자하였다. 「왕도 시화」는 시를 잡문에 녹여서 유머와 해학, 문학적 취향이 풍부하며, 루쉰 잡문이 지닌 시적 정론政論, 정론적 시의 예술 스타일과 하나가 되었다. 이는 탁월한 예술 재능의 표현이 아닌가? 다음으로, 취치우바이는 루쉰 잡문의 풍자와 유머 특징에 완전히 정통하여, 잡문에서 창조하였거나 차용한 이미지는 모두 만화화한 것으로, 돈키호테 같은 바보이든 돼지 머리를 가지고서 '나라와 가문의 원수인 자'의 머리라고 속여 귀족자제들에게 수백 냥의 돈을 받아내는 『유림외사』에 나오는 협객이든, '늙은이 거드름이 흘러넘친 나머지 바지 뒤까지 내려온 뒤에야 멈추는' 류 외할머니든, '저항한 척 하지만, 그런들 어쩌리'라고 노래하는 생, 단, 축 배우든 지극히 풍취가 있고 유머가 충만하여 사람들을 포복졸도하게 만든다. 루쉰이 말한 대로, 잡문은 반드시 "생동적이고 발랄하고 유익하고 아울러 사람의 마음을 움직일 수 있어야 하며" "비수이자 투창이며, 독자와 함께 생존의 혈로血路를 열 수 있는 것이어야 한다. 하지만 당연히 사람들에게 즐거움과 휴식을 줄 수 있어야 한다"고 한 그대로다. 그런 모든 점이 바로 루쉰과 취치우바이 잡문의 공통 특징이다. 이런 공통 특징에 대한 결론은 여러 해 동안의 연구를 통해 우리가 비교적 확정한 내용들이다.

하지만 우리가 좀 더 깊이 있고 섬세하게 느끼고 곰곰이 사고하여

---

1    【역주】일본의 침략에 대처하기 위해서는 먼저 국내 안정이 중요하며, 이를 위해 먼저 공산당을 진압해야 한다는 논리.

우리의 예술 감각을 좀더 예리하고 깊이 있게 한다면 취치우바이가 쓴 12편의 잡문과 루쉰의 잡문 사이에 우리의 인식이 채 확정할 수도 없을 정도의 미묘한 차이가 있고, 털끝만한 것이라고 할 수 있지만, 그래도 분명 취치우바이 개인의 잠재적 특징이 있다는 것을 느낄 수 있다. 그러한 특징은 『굶주림의 땅 기행餓鄕紀程』, 『적도심사赤都心史』 같은 화려한 문장과 힘 찬 산문들에 이미 드러나 있고, 아름답고 매끄러우며 정교한 번역에서도 넘쳐나고, 『난탄』, 『문예잡저』 등의 문장에 침투하여 있고, 그 12편의 잡문에서도 깊이 잠류하고 있다. 취치우바이 동지에게 잠재된 그러한 개인적인 특징은 왕안석王安石의 「구양수를 추모하는 글祭歐陽忠公文」의 글을 빌어 표현한다면 '힘이 있고, 강건하며 더할 수 없이 빼어나며 기이하면서도 뛰어나며 아름답고' '거침없는 표현과 달변이 가벼운 수레나 준마처럼 경쾌하게 달린다.' 「진짜 가짜 돈키호테」, 「대관원의 인재」의 발상의 독특함, 「왕도시화」, 「곡의 해방」 같은 구상의 기발함, 전체 문장표현의 힘차고, 뛰어남, 특히 가벼운 수레나 준마처럼 경쾌하게 달리는, 예리하게 이해되고 통쾌할 데이를 바 없는 스타일은 루쉰 잡문의 무겁고 순박한 특징과는 차이가 있지 않은가? 훨씬 더 휘날리는 맛과 화려한 빛남이 있지 않은가?

그러기에 루쉰 같은 문장 대가도 취치우바이 동지의 잡문에 감탄을 금치 못하면서, "예리하고 이해하기 쉽고, 정말 재주가 있다"고 감탄한 것 아니겠는가?

하지만 이것 역시 취치우바이 잡문과 루쉰 잡문 사이의 가장 주된 차이가 아니다.

가장 주된 차이는 무엇인가? 배도裴度는 「이고에게 보내는 편지寄李翺

書」에서 말했다. "그러므로 글의 다름은 격의 높이나 사상의 깊이에 있지 구의 나눔이나 운을 없애는 데 있지 않다"고 했다. 펑쉐펑의 회상에 따르면, 루쉰도 '치우바이 동지의 잡문은 깊이가 충분하지 않고 함축이 적고 두 번 읽으면 남김없이 이해되는 느낌이 든다는 등등의 의견을 표시하였다. 그리고 후자의 측면에 대해서는 취치우바이 동지 자신도 인정하였다.' 펑쉐펑은 뒤에서 다시 "나도 루쉰 선생이 잡담을 하면서 이런 의견을 표한 것이 치우바이 동지의 잡문이나 일반 잡문이 지닌 결점을 지적한 것이 아니라고 생각한다. 왜냐하면 그는 문장이 잘 이해되는 것을 중요하게 생각하였기 때문이다". 하지만 깊이가 충분하지 않다는 것은 루쉰 스스로가 한 말이라고 볼 수 있고, 취치우바이 잡문이 지닌 주된 차이이다. 왜냐하면 쉽게 이해되는 점은 기본적으로 문장 표현의 문제에 속하지만 깊이는 주로 내용에 속하고, 격과 사고의 반영이기 때문이다. 취치우바이 동지의 잡문은, 특히 그가 뒤에 집필한 12편의 잡문은 동시대 다른 잡문가의 작품보다 훨씬 깊이가 있다. 하지만 루쉰의 잡문과 비교하면 깊이가 떨어지는데, 이는 동쪽으로 흐르는 큰 강이 작은 냇물보다 훨씬 깊지만 큰 바다와 비교하면 깊이가 미치지 못한 것과 같다.

그렇다면 취치우바이의 잡문과 비교하여 루쉰 잡문의 깊이는 어디에 있는가? 이는 아직 확고하지 못한 판단이지만 연구할 만한 과제이다.

2.

취치우바이의 잡문과 비교하여 루쉰 잡문의 깊이를 탐구하기 전에 먼저 류따지에劉大杰 선생이 루쉰과 고대 작가를 비교한 것을 회상해 보는 것도 흥미로운 일이다. 류따지에 선생의 회상에 따르면, 위다푸와 같이 내산서점內山書店에 가서 루쉰을 만나, 중국 고전문학의 문제를 이야기하였고, 나중에는 "두보를 두고 이야기를 했는데, 위다푸가 두보의 율시가 그의 고체시보다 낫다고 말했다. 그런데 루쉰은 그렇게 생각하지 않았다. 그가 말했다. '두보의 율시는 뒷사람들이 모방할 수 있지만 고체시는 내용에 깊이가 있고, 기상이 높아서 다른 사람이 모방할 수 없다. 그의 「북정北征」은 한유韓愈의 「남산南山」보다 훨씬 위에 있다. 한유가 애써 그를 배우려고 했지만, 차이가 많이 난다.'"

두보의 「북정」과 한유의 「남산」의 비교는 고대 문학인들이 줄곧 주목한 것으로, 한유의 「남산」 시제詩題 해석에 따르면 이렇다. "구양수는 두보의 「북정」이 한유의 「남산」보다 낫다고 했다. 왕평보王平甫는 「남산」이 「북정」보다 낫다고 했다. 끝내 서로 승복할 수 없었다. 그때 산곡山谷은 아직 어렸는데, 이렇게 말했다. 기교로 논하자면 「북정」은 「남산」에 미치지 못한다. 한 시대의 일을 논하자면, 국풍이나 아, 송과 서로 표리 관계를 이룬다면, 「북정」은 없어서는 안 되지만, 「남산」은 쓰지 않았어도 해로움이 없다. 그리하여 두 사람의 논쟁이 끝났다."

루쉰의 고대 작가 작품에 대한 평가와 비교는 그가 문학 작품의 깊이를 평가하는 미학 기준을 반영하였다. 한유의 『남산』과 두보의 『북정』의 차이는 바로 단어를 구사하는 기교에 있고, 깊이는 중요하지 않다. 두보의 고체시는 "내용에 깊이가 있고, 기상이 높아서 다른 사람이 모방할 수 없다"는 루쉰의 평가는 질박하고 적절하며 형식으로는 모방할 수 없는 깊이에 대한 섬세한 인식을 담고 있다. 이러한 내용의 깊이와 높은 기상, 타인의 모방을 불허하는 한 시대를 상징하는 스타일은 두보 고체시의 거대한 역사적 깊이이자, 루쉰 잡문 깊이의 기본 특징 가운데 하나다.

거대한 역사적 깊이가 루쉰의 전체 저작을 관통하고 있다. 루쉰의 소설과 잡문은 나무랄 데 없는 중국 민주주의 혁명의 서사시다. 하지만 전체적으로 루쉰과 취치우바이의 잡문의 같고 다름을 비교하는 것은 부적절하다. 왜냐하면, 취치우바이는 장년기에 희생당했기 때문으로, 그가 오랫동안 글을 쓰며 계속 역사의 풍운을 기록할 수가 없었던 점은 분명 중국 현대문화사의 유감스러운 부분이다. 우리는 그저 각각의 개별 잡문을 통해 두 사람이 잡문을 쓸 때의 사유 방법과 창작 특징을 비교할 수밖에 없다.

각각의 개별 문장을 보면, 『절강조浙江潮』와 『하남河南』 잡지에 쓴 초기의 논문에서부터 시작하여 루쉰은 공들여 역사적 근원을 탐구하는 사상가의 면모가 진즉부터 두드러졌다. 「사람의 역사人之歷史」에서는 인류의 기원을 탐색하였고, 「과학사 강의科學史敎篇」에서는 과학의 발전사를 추적하였고, 「마라시력설」에서는 '악마파 시인', 즉 정신계의 투사들이 일어난 근원을 탐색하였으며, 「문화편향론」에서는 인류 문화 발전의 경향과 법칙을 종합적으로 논했다. 이러한 초기의 논문은 사람들에게 깊이 있고 장엄한 역사감을 가져다주었고, 루쉰이 어려서부터 야사野史를 즐겨 있고, 역사를 파고들길 좋아하여 점진적으로 형성된 깊이 있고 독특한 스타일이었다. 이러한 스타일은 10년 동안의 옛 비문 베끼기와 고서 정리 등의 적막 시기의 축적과 사고를 거쳐 더없이 두터워지고, 깊이를 얻고, 침전되어, 화산이 폭발하듯이 분출하여 나왔다. 반봉건을 처음으로 선언한 「광인일기狂人日記」에서는 5천 년의 역사를 '식인'이라는 두 자로 요약하여, 등장하자마자 5·4문단에 거대한 역사적 깊이를 보여주었다. 이와 같은 시기에 쓴 잡문 「나의 절열관我的節烈觀」, 「지금 우리는 아버지 노릇을 어떻게 할 것인가我們現在怎樣做父親」, 그리고 『신청년新靑年』에 쓴 「수감록隨感錄」 등에서도 지속적으로 탐색하면서 근원을 추적하였고, 깊은 사고가 충만하고 깊은 역사 감을 지니고 있다. 이러한 거대한 역사적 깊이는 루쉰 사상의 발전과 성숙에 따라 갈수록 깊어지고 분명해져서 그가 만년에 쓴 『차개정잡문且介亭雜文』에 들어 있는 「병후잡담病後雜談」 등의 글에서 천 년 역사를 망라하는 최고로 농익은 특징을 지니게 된다. 애써 거대한 역사적 깊이를 추구하고, 각종 현상의 역사적 근원을 탐구하는 것이 루쉰 전체 저작, 특히 그의 잡문의 한결같은 특징이라고 할 수 있다. 그의 잡문은 전체적으로 볼 때 한 시대의 시사詩史일 뿐만 아니라 각각의 한편 한편으로 보자면 대부분이 거대한 역사적 깊이를 함축하고 있다.

당연히 우리는 루쉰 잡문에 포함된 거대한 역사적 깊이를 탐구해야 하고, 루쉰 잡문에 들어 있는 극히 풍부한 역사 지식이나 역사적 고사, 역사 경험만 나열해서는 안 되며, 감성적 서술에 머물러서도 안 된다. 글에 역사 지식이 충만하다면 역사적 깊이를 지닌 셈이고, 그럴 때 모든 역사 관련 책을 쓴 작자는 역사적 깊이를 지니게 된다. 그런데 루쉰은 일반적인 사료를 다룬 서술자와 다르다. 그는 역사학자가 아니면서도 일반 역사학자가 지니지 못한 거대한 역사적 깊이를 지녔다. 루쉰의 그러한 역사적 깊이에 대해 우리는 이성의 수준에서 분석해야 하고 사유 방법과 창작 특징 면에서 탐구를 진행해야 한다.

레닌은 『철학 노트』에서 "헤겔은 인과성을 통해 역사를 귀납하였고, 그의 인과성에 대한 이해는 현재의 수많은 '학자들'보다 수천 배나 깊이가 있고 풍부하다"고 말했다. 루쉰 잡문의 거대한 역사적 깊이 또한 그가 역사 현상의 내재적 연관관계를 훌륭히 드러내고, 인과성을 활용하여 역사를 귀납하였다는 데 있다. 뿐만 아니라 인과성에 대한 이해는 고대와 당시의 수많은 '학자들'보다 수천 배나 깊이가 있고 풍부하였다. 그러한 예는 루쉰의 잡문에 셀 수 없이 많다. 우리는 다만 「'타마더!'[2]를 논함論他媽的!」이란 글을 통해 간략한 분석을 해 보자.

'타마더'라는 '국민대표 욕'은 많은 중국인들이 입에 달고 산다. 이런 현상은 일반 작가들이 신경도 쓰지 않는 것이지만 루쉰은 깊이 있는 역사적 분석을 진행했다. 그는 이런 '국가대표 욕'에서 외국의 유사한 욕을 떠올리고 그 근원을 추적하여 '타마더'의 유래와 그것이 언제 시작되었는지를 탐구하였고, 역사에 보이는 욕을 추적하여, 『광홍명집廣弘明集』에 북위北魏 형자재刑子才가 성씨가 5대를 지나도 유지될 수 있는지를 의문시하면서, 진晉 나라 때 극히 심하게 문벌제도를 수호하려는 것을 분석하고, '사인士人들은 조종祖宗을 호신부로 이용하기 때문에 억압당하는 서민들은 당연히 그들의 조종을 원수처럼 여기게 되어' '타마더'라는 욕이 발명되었다는 점을 지적하였다. 그런 뒤 당나라 이

---

2    【역주】 '제기랄', '젠장', '니미랄', '네미씹' 등의 뜻을 담은 욕.

후의 등급제도를 해부하여 "중국인은 지금까지 무수한 '등급'을 지니고 있었고, 문벌에 의지하거나 조종에 의지하였다, 만약 이를 고치지 않으면 소리 없는 혹은 소리 있는 '국가대표 욕'은 영원할 것이다"고 결론을 내렸다. '타마더'라는 습관적으로 사용하는 구어의 기원을 중국 고대 문벌 제도 차원의 역사적 원인까지 거슬러 올라가 '타마더'는 전통 중국이 문벌과 조종에 기댄 등급제도가 낳은 결과라고 분석하였다. 이렇게 인과성을 사용하여 '타마더'와 문벌제도라는 역사적 현상을 온전하게 귀납하였고, 역사의 내재적 연관 관계를 깊이 있게 드러냈으며 거대한 역사적 깊이를 표현했다.

평범한 현상을 투시하고 역사적 단서를 찾고 역사적 연원을 발굴하여 인과성을 사용하여 역사를 귀납하는 것은 확실히 루쉰 잡문 창작에서 보이는 사유 방법상의 현저한 특징이다. 그가 성숙한 마르크스주의자가 된 뒤, 이러한 특징은 더욱 뚜렷해지고 깊어졌다. 예를 들어 「병후잡담」에서 루쉰은 명나라 말 장헌충 식의 사람 가죽 벗기는 박피법을 이야기하면서 먼저 명나라에 투항하여 진왕에 봉해지고, 나중에 청나라에 투항하였던 장헌충의 장수 손가망孫可望 식의 박피법을 이야기했다. 그런 뒤 명나라 초에 영락 황제가 건문제에게 충성을 바친 경청의 가죽을 벗긴 것은 손가망 식의 방법이라는 것을 지적하였다. 그런 뒤 이를 한 마디로 귀납하여, "대 명나라 왕조는 박피에서 시작하여 박피로 끝났고, 시종 불변이었다"는 명언을 남겼다.

명나라 초기 봉건 통치자의 박피와 명나라 말 농민 반란의 지도자인 장헌충과 역도逆徒 손가망의 박피는 표면적으로 보면 아무런 관계가 없다. 하지만 루쉰은 두 박피 사이의 역사적인 내재 관계를 한 마디로 드러냈고, 인과성을 사용하여 역사를 귀납하였다. 그는 「병후잡담의 남은 이야기病後雜談之餘」에서 한 걸음 더 나아가 이런 인과성에 대한 이해를 이야기했다.

> 나는 늘 명나라 영락제의 잔인함이 장헌충보다 더 하다고 말했었는데, 이는 송단의(宋端儀)의 『입재한록(立齋閑錄)』의 영향을 받은 것이다. 그 무렵의 나는 아직 변발을 늘어뜨린 만주족 치하의 14, 15세 소년이었지만 장헌충이 어떻게 촉인을 도살했는지를 기술한 것을 읽었었고, 그런 도적떼의 잔인함을 깊이 증오하였다. 나중에 우연히 잡동사니 책더미에서 제대로 다 붙어있지 않은 『입재한록』을 발견했는데, 명나라 때의 필사본으로, 나는 그 책에서 영락제의 '말씀'을 읽게 되었고, 나의 증오가 영락제에게로 옮겨갔다.

명나라 말 이후 봉건문인들은 장헌충의 잔인함을 과장하여 농민 반란을 능멸하였지만 루쉰은 봉건통치자들이 장헌충보다 훨씬 잔인하였다는 흑막을 드러내어, 봉건통치자의 잔인함이 농민 반란에 모종의 잔인한 현상이 나타나게 된 원인이며, 농민 반란에 나타난 이러한 현상은 봉건계급의 잔인한 통치에 대한 보복이자 징벌의 결과라는 것을 드러내고, "박피에서 시작하여 박피로 끝났다"라는 말은 명나라 봉건 왕조 스스로 악을 자초하고 필연적으로 붕괴될 수밖에 없는 법칙이었다는 점을 드러냈다. 당연히 잔인한 형벌로 보복을 하면서 근본적으로 봉건제도를 전복시키지 못한 것은 농민 반란의 한계이자 협애함을 보여주는 것이자, 농민 지도자가 실패하거나 자기 계급을 배반하고 새로운 통치자가 되는 원인 가운데 하나이다. 루쉰은 "5대와 남송 때, 명 말의 일을 떠올리고 지금 상황과 비교해 보면 너무도 비슷하여 놀란다"라고 말했다. 루쉰은 역사의 발전 과정의 시말始末과 고금古今 속에서 유사성을 능숙하게 발견하고 그 내재적 연관관계를 드러내고, 지극히 빼어나고 예리한 경구와 격언을 사용하여 역사의 인과성을 귀납함으로써 그의 잡문이 거대한 역사적 깊이를 지니도록 했다.

취치우바이 동지의 잡문은 당시 다른 사람들의 잡문과 비교하면 분명 역사적 깊이가 있다.『문예잡저』에 실린「더러운 옥중일기浣漫的獄中日記」는 3천 년 후의 고고학자가 당시 한 노동자의 옥중일기를 발견하는 것을 가정하여. 무척 깊고 아득한 역사감이 있으며, 구상이 특출하고 필법이 노련하다.「난탄－서문을 대신하여亂彈'代序'」라는 글은 건륭乾隆, 가경嘉慶 황제 때와 요, 순, 하, 상, 주나라 때까지 거슬러 올라가 평민예술이 자주 신사와 상인계층에게 강점당하여 우민정책에 기여하였던 역사적 법칙을 검토하고는 하층인은 다시 난탄을 노래해야 한다고 주장하면서 유물론적 역사관을 관철시켰다.『루쉰전집』에 수록된「왕도시화」등 12편의 잡문은 의도적으로 루쉰 잡문의 필법을 모방한 결과 앞의 것과 비교하면 확실히 무겁고, 깊이가 있다.「왕도시화」는 어용문인幫忙文人이 맹자에게 배운 허위와 기만이라는 조상 전래의 비방을 들추어내었고,「가장 예술적인 국가最藝術的國家」에서는 중화민족의 중용 근성에서 국민당의 일본에 대한 부저항 정책을 풍자하여 일정한 역사적 깊이에 도달하였다. 하지만 루쉰의 잡문과 비교할 때 철학이 담긴 경구와 격언 몇 구절로 역사의 인과성을 귀납하는 그러한 깊이 있는 개괄력이 부족하고 역사 현상을 늘어놓은 채 역사의 내재적 연관 속으로 한 걸음 깊이 들어가는 감각이 없다. 당연히 이는 취치우바이를 비난하는 것이 조금도 아니며, 다만 루쉰 잡문이라는 거대한 역사적 깊이는 다른 사람이 포착하기 어렵다는 것을 말하려고 할 따름이다. 헤겔은 이렇게 말했다. "똑같은 격언이라도 젊은 사람(그가 그 격언을 완전히 정확하게 이해했다고 치자)의 입에서 나왔을 때는 항상 온갖 풍상을 다 겪은 어른의 지혜 속에 담겨진 의미와 폭이 없다. 어른들은 그 격언이 담긴 내용의 모든 힘을 전달할 수 있다." 취치우바이는 중국 공산당의 탁월한 이론가이자 혁명가이고, 다른 동지에 비해 탁월하다. 하지만 루쉰과 비교하면 훨씬 젊다. 루쉰은 "내 글은 경험이 많지 않은 사람이 이해할 수 있다고는 생각하지 않는다"고 했다. 취치우바이의 경험과 안목은 그를 다른 사람보다 훨신 더 루쉰의 잡문을 잘 이해하도록 했다. 일찍이 30년대에 「『루쉰 잡갑문 선집』 서언魯迅雜感文選集序言」에서 루쉰 잡문에 고도의 평가를 내렸다. 그의 높은 마르크스주의 이론 수준과 탁월한 예술 재능은 다른 사람들이 어려움을 느끼는 루쉰 잡문의 논리적 힘과 예술 기교를 파악할 수 있게 하였지만, 루쉰 잡문의 그러한 비교 불가능한 거대한 역사적 깊이와 같은 완숙한 경지에는 이르지 못하였다. 절벽에 뿌리를 내린 노송이 오랜 연륜과 강인한 단련을 겪으면서 천천히 장성하듯이 루쉰 잡문이 두보 고체시와 같은 거대한 역사적 깊이를 지닌 것은 확실히 루쉰과 같은 폭넓은 경험과 깊이 있는 소질을 지녀야만 지닐 수 있는 것이고, 다른 어떤 사람도 모방하기 힘든 것이다.

## 3.

레닌은 『포이에르 바하의 「종교본질강연록」 노트』라는 글에서 이렇게 평을 달았다. "포이에르 바하는 걸출하지만 깊이가 있지는 않다. 엥겔스는 훨씬 깊이 있게 유물론과 관념론의 차이를 확정했다." 왜 그런가? 포이에르 바하는 당시에 과감하게 헤겔 관념론의 미망을 깨뜨렸고, 정면으로 유물론을 왕좌에 올려서 사상계의 이목을 일신시켰다. 그러나 그는 자연계의 정의를 따라 맴돌면서 단칼에 유물론과 관념론의 근본적인 차이를 잡아내지 못하였다. 엥겔스는 사물의 근본을 한마디로 제시하면서 단순하고 분명하게 사유와 존재의 관계라는 전체 철학의 기본 문제를 파악하고, 철학가들이 그들이 이 문제에 어떻게 답하는지에 따라 관념론과 유물론의 양대 진영으로 나뉘는지를 날카롭게 깊이 있게 지적하였다. 그래서 단순하고도 분명하게 사물의 근본을 파악한 것은 사상의 깊이를 드러내는 지표이다.

루쉰은 초기에 청년 사상가로서 사물의 근본을 파악하는 데 익숙했고, 사상이 지극히 깊이 있었고, 그의 초기 논문은 사상의 깊이에서 확실히 동시 사상가들을 능가했다. 그는 일찍이 「문화편향론」에서 당시에 분분하게 떠들던, 서구 물질문명을 고취하던 그릇된 주장을 깨면서 정곡을 찔러 지적했다. "근본은 사람에 있다. 그것은 현상의 지엽이다. 근본은 원래 깊어서 쉽게 볼 수가 없고, 화려함은 뚜렷하여 쉽게 알 수 있다." '뚜렷하여 쉽게 알 수 있는' 현상과 '깊어서 쉽게 볼 수가 없'는 본질을 통찰하는 것이 바로 루쉰 사상이 깊이가 있는 원인이다. 그는 '근본은 사람에게 있다'고 보았고, 사람의 근본은 정신과 영혼에 있다고 보았다. '사람을 세우려'면 국민성을 개조해야 했다. 그가 문학 창작에 종사한 뜻은 '침묵하는 국민의 영혼을 그려내는 데 있었고', 국민의 영혼을 개조하려는 데 있었다. 그의 소설은 예술 전형을 통해 국민의 영혼을 그렸고, 그의 잡문은 보다 직접적으로 논설의 필법을 동원하여 국민의 영혼을 해부했으며, 특히 그의 후기 잡문은 계급분석의 방법을 습득하여 보다 깊이 있게 계급 대표 인물의 사상 본질을 분석하였다. 그는 "영혼의 깊은 곳을 드러내려면 사람들에게 심리학자로 보여야 한다"라고 말한 바 있다. 루쉰은 사람의 영혼을 깊이 있게 드러낸 심리학자였다. 하지만 사상의 근본을 파악하고 중화민족의 영혼을 드러내고, 중국 사회심리를 해부하는 거대한 사상적 깊이는 루쉰 잡문 깊이의 또 다른 기본 특징이다.

나는 「병후잡담」과 「병후잡담의 남은 이야기」를 예로 들어, 루쉰의 중국 사회심리 분석이 어떤 깊이에 도달하였는지를 설명할 것이다.

명나라 초에 영락황제는 명 혜제惠帝 때의 충신을 참살했다. 경청景清과 철현鐵鉉이 같이 살해되고, 경청은 살가죽이 벗겨지고, 철현은 기름에 튀겨졌고, 철현의 두 딸은 교방敎坊에 넘겨 매춘부가 되게 했다. 이 것이 일부 사대부를 불편하게 했고, 그래서 어떤 사람은 후에 둘째 딸이 신문관에게 시를 바쳐 영락제가 알아서 사면하여 선비에게 출가했다고 말했다. 또 어떤 사람은 철현 처와 딸이 죽음으로써 순절했다고 말했다. 또 다른 사람은 철현은 결코 딸이 없었다고 말했다. 루쉰은 청나라 때 항세준杭世駿의 고증을 인용하여 철현의 두 딸이 시를 바치고 사면을 받았다는 아름다운 말은 속임수라는 것을 증명하여 지적했다.

철현이 정말 딸이 없었거나 실은 자살했다고 하더라도 이런 허구 이야기에서 사회 심리의 일면을 엿볼 수 있다. 수난자의 가족 중에 딸이 있는 것이 딸이 없는 것보다 더 흥미로우며 교방의 구렁텅이에 떨어지는 것이 자살하는 것보다 흥미진진하다는 것이 그것이다. 그렇지만 철현은 어쨌든 충신이므로 그의 딸을 영원히 교방에 떠돌게 하는 것은 마음에 걸렸던 것이다. 그래서 평범한 여자와 다르게 시를 바쳐서 선비의 배필이 되게 했던 것이다. 이는 젊은 선비가 곤경에 빠져 옥에 갇혀서 매를 맞지만 나중에 장원급제하는 공식과 완전히 똑같다.

참으로 예리하다! 영혼 깊은 곳에 숨겨진 봉건 사대부 계급의 지극히 미묘한 사회심리를 남김없이 폭로하였다. 본심이 음탕하다는 것이다. '수난자의 가족 중에 딸이 있는 것이 딸이 없는 것보다 더 흥미로우며 교방의 구렁텅이에 떨어지는 것이 자살하는 것보다 흥미진진하고', 음탕하고 더러운 일을 만들어 저급한 취미를 만족시키려고 했던 것이다. 하지만 철현은 어쨌든 충신이어서 봉건 사회의 충효와 절의의 도덕 기준으로 볼 때 그의 딸을 영원히 교방에 떨어뜨리는 것은 마음이 편치 않았고, 그래서 보통 여자와 다르게 허구로 시를 지어 선비의 자식에 합당한 이야기를 만들어 은연중에 속이고 어둠을 분식한 것이다. 하지만 결국 봉건 사대부 이상이라는 굴레를 벗어나지 못하고 젊은 선비가 곤경에 빠져 옥에 갇혀서 매를 맞지만 나중에 장원 급제하여 잘되는 공식과 완전히 일치하는 것이다. 이렇게 표면적으로는 듣기 좋고 재미있는 것에 대해 루쉰은 흥을 깨뜨리는 결과적 고증을 통해 그 가면을 벗기고, '깊어서 쉽게 드러나지 않는' 근본을 통찰하였다. 이것이 루쉰 잡문 특유의 놀라운 깊이 아닐까? 이처럼 깊이 있게 사람의 영혼과 사회 심리를 분석한 예는 루쉰 잡문에서 너무도 쉽게 찾을 수 있다.

1934년 6월 2일, 루쉰은 정전둬鄭振鐸에게 쓴 편지에서, "이번 달『문학文學』을 봤습니다. 내용이 아주 충실하고, 이를 통해 중국인의 사상의 뿌리를 알 수 있는 글이 아주 많았습니다"라고 말했다. 해당 잡지를 조사해 보면 정말 그렇다. 6월호『문학』은 '중국문학특집호'다. 내용이 충실하고 분량도 꽤 많으며, 고대문학에서 신문학사료까지, 인도문학에서 불교사상이 중국문학에 끼친 영향에서 역사 작가의 사상과 생애에 대한 고증, 모든 것이 망라되어 있고, 깊이와 폭을 두루 갖추었다. 많은 글이 문학 논문일 뿐만 아니라 왕왕 감정이 실려 있어 잡문에 가깝기도 하며, '이를 통해 중국인의 사상의 뿌리를 알 수 있다.' 예컨대, 훙선洪深이 쓴「'장모 장원' 왕도의 고증을 총편찬한 것을 서면 보고하다申報總編纂 "長毛壯元"王韜考證」란 글의 경우, 왕도가 다른 사람에게는 서양인에게 접근하지 말라고 하면서 자기는 늘 서양인의 노복 노릇을 하고, 과거급제를 천시한다고 말하면서도 여러 차례 귀향하여 과거에 응시한 것 등등 자기모순의 심리와 행동을 생동적으로 그려서, 사람들은 이를 통해 일부 중국 봉건 지식인 사상의 뿌리를 알 수 있다. 분명 루쉰의 평가에 비견된다. 루쉰의 이러한 평가는 사실 그 자신이 고심하고 노력한 목표를 반영하고 있다. 당연히 그의 잡문은 훨씬 광범위하고 훨씬 깊이가 있다. 다른 사람들은 많은 말을 하면서도 근본에까지 이르지 못하지만 루쉰은 한 마디로 피를 본다. '내용이 지극히 충실하고' '이를 통해 중국인의 사상의 뿌리를 알 수 있다'는 말로 루쉰 저작, 특히 그의 잡문을 요약하는 것이 오히려 훨씬 합당하다. 초기의 '중국의 뿌리는 모두 도교에 있다.' '사람들은 흔히 스님을 증오하고 비구니를 증오하고, 회교도를 증오하고 기독교도를 증오한다. 하지만 도사는 증오하지 않는다. 이 이치를 이해하면 중국의 태반을 이해하게 된다'와 같은 이러한 귀가 번쩍 뜨이는 분석과 판단부터 후기에 이르러 청대의 문인 탄압과 '많은 중국인이 자신도 모르는 사이에 노예가 된' 사회심리에 대한 해부와 연구에 이르기까지, 내용이 지극히 충실하고 사상이 지극히 깊이가 있으며 늘 몇 마디 단순하고 분명한 경구와 격언을 사용하여 중국인의 사상의 바탕을 확실히 포착하니, 과연 '이를 통해 중국인의 사상의 뿌리를 알 수 있'는 대백과전서이라고 할 만하며, 이는 유일무이한 거대한 사상적 깊이를 지니고 있다. 분명 루쉰 자신이 말한 것처럼 "중국 대중의 영혼이 내 잡문 속에 반영되어 있다"는 것과 같다. 루쉰이 우리에게 남긴 이러한 고귀한 창작 재산은 우리가 더 많은 노력을 통해 발굴하고 이해할 필요가 있다.

이렇게 비교하고 보면, 루쉰이 치우바이의 잡문은 깊이가 깊지 않다고 말하고, 치우바이도 인정하면서 "루쉰은 문제를 정말 깊게 본다"고 말한 것을 이해하는 것이 어려운 일이 아니다. 취치우바이가 루쉰과 같은 점은 둘 다 중국 민족 영혼과 사회 심리를 발굴하는 데 매우 집중한 점이다. 그는 잡문집 『난탄』에 있는 「참회懺悔」라는 글에서 '마음을 해부하는 문학挖心文學'을 제기하고, '노예의 마음을 해부하는 문학'을 주장하였으며, '노예의 마음의 변화와 소멸은 극히 복잡한 양상과 과정을 지닌다. 대중이 필요로 하는 문예는 보다 깊이 있게 "마음을 해부하는" 투쟁을 반영하고 보다 긴장감 있게 영향을 미쳐야 한다'는 관점은 당시든 현재든 상당한 사상적 깊이를 지니고 있다. 주목할 것은 취치우바이 동지가 기이하게 변형된 노예의 마음을 분석하고, 특히 비교적 숨겨진 채 드러나지 않은 형태를 분석한 점이다.

낙담한 학생 청년들은 흔히 이런 달콤한 꿈을 꾸곤 한다. 장래에 나름대로 직업을 갖게 될 것이고, 아주 넉넉하지는 않고, 아주 가난하지는 않더라도 품에 아내가 있고, 따뜻한 가정이 있고…… 이러한 이상은 노동자나 인력거꾼의 이상과는 다소 다르고, 약간 세련되고, 장래의 가정 서재에는 우아한 꽃무늬가 그려진 전등갓이 걸려 있을 것이다. 하지만 현실에서 이러한 두 개의 이상은 마찬가지로 소자산계급의 기회주의적인 이상이다. 이는 기실 노예의 마음이다.

노예의 심리에 대한 이러한 해부는 취치우바이 잡문이 도달한 사상적 깊이를 보여준다. 하지만 이 지점에서 취치우바이 잡문이 루쉰 잡문과 사상 면에서 갖는 차이를 볼 수 있다. 루쉰은 1925년에 쓴 「레이펑 탑의 붕괴 재론再論雷峰塔的倒掉」라는 글에서 훨씬 예리하고 깊이 있게 혁신가와 도둑, 노예의 차이를 지적하면서 말했다.

혁신을 위한 파괴자는 그의 내심에 이상의 빛이 있다. 우리는 그와 도둑, 노예를 구분할 줄 알아야 하고 스스로가 두 후자로 전락하지 않도록 조심해야 한다. 그 구별은 어렵지 않다. 사람을 관찰하고 자신을 성찰하여 모든 말과 행동, 사상에서 이를 기회로 남의 것을 차지하려고 하는 조짐이 있는 자는 도둑이고, 이를 기회로 목전의 조그만 이익이나 얻으려는 조짐이 있는 자는 노예다. 지금 앞에서 들고 있는 깃발이 얼마나 선명하고 아름답든지.

취치우바이는 갖가지 형태의 노예의 마음을 열거하고 또한 비교적 은폐된 형태에 대해서도 파헤쳤는데, 분명 특출하다. 하지만 그는 그들 사이의 구별을 단칼에 포착하지는 못하였고 노예의 복잡한 심리에 대해서 보다 충분하고 깊이 있는 해부를 하지 못하였다. 루쉰은 한 마디로 사물의 핵심을 포착하는 데 능하고, 위의 문장에서는 단순하고 명료하게 혁신가와 도둑, 노예의 근본적인 차이를 포착하였고, 핵심을 포착하고 정곡을 찌른다. '앞에 들고 있는 깃발이 얼마나 선명하고 아름답다고 하더라도' 루쉰은 화려하고 쉽게 알 수 있는 현상을 파고들어 깊어서 파악하기 어려운 본질을 통찰할 수 있었다. 그의 잡문과 소설은 '노예 마음의 변화와 소멸'이라는 극히 복잡한 양상과 과정에 대한 깊이 있는 반영이라고 할 수 있으며, 거대한 사상적 깊이를 표현하였고, 그의 잡문은 취치우바이보다 깊이가 있는 측면을 드러냈다. 레닌은 "사람의 사상은 현상에서 본질로, 1단계 본질에서 2단계 본질로 이렇게 부단히 깊어지며 끝이 없다"고 말했다. 루쉰과 취치우바이 잡문이 사상 깊이 면에서 갖는 차이를 말할 때 취치우바이 잡문의 깊이 결여는 루쉰과 비교하여 말한 것이다. 비교하여 볼 때 취치우바이 잡문은 사건을 흔히 민감하게 반영하고 적을 예리하게 타격하고 거침없지만 표면적 풍자에 그친 듯 하고, 한층 깊이 있게 들어가 본질을 드러내거나 근본을 포착하지 못한다. 예를 들어 『난탄』에 실린 「개 같은 영웅狗樣的英雄」은 중국 민족성에 대한 평가에서 시작하지만 중간에는 그저 민족주의 문학이 국민당군이 포로를 잔혹하게 살해하는 것을 영웅으로 묘사하는 일부 묘사에 대해 공격과 풍자를 하고, 뒤에서는 「광인일기」로 돌아가 버려, 민족주의 문학 내부에 깊숙이 은폐에 숨겨진 영혼과 심리에 대해 보다 철저히 해부하지 못한다. 「고양이 같은 시인猫樣的詩人」에서는 쉬즈모의 애정시에 비판과 풍자를 가하지만, 이러한 부류의 시인을 보다 넓은 사회 배경 속에 놓고서 그 사상 감정과 심리 상태가 탄생한 필연성과 전형성을 분석하지 못한다. 「영혼을 파는 비결出賣靈魂的秘訣」은 루쉰의 훈도와 합작으로 말미암아 앞의 글보다 더 깊이가 있다. 하지만 루쉰 잡문 중 가장 사상 깊이가 있는 글과 비교하면 시사에 대한 풍자로 말미암아 사상의 근본에 대한 깊이 있는 해부와 경구 식의 깊이 있는 정리가 부족하다. 그런데, 이 점이야말로 루쉰 잡문에서 거대한 사상적 깊이를 표현할 수 있는 핵심이 있는 곳이다.

4.

쑨챠오孫樵가 논문에서 말했다. "생각을 축적하는 것에는 깊이가 있고, 단어를 다루는 것은 높이가 있어야 한다." 문장의 내적 함축은 오랫동안 쌓이고 농익어야 거대한 역사적 깊이와 사상적 깊이를 지니게 되며, 반드시 깊이 있고, 숙련되고 함축된 문장 형식을 통해 표현해야 한다. 이러한 문학 표현 수법의 깊이가 바로 루쉰 잡문 깊이의 또 다른 기본 특징이다.

취치우바이 동지는 루쉰 잡문에 깊이 있는 연구를 진행하였고 그 속에서 정신적 자양을 터득했다. 그가 루쉰 선생과 직접 논의하면서 집필한 「왕도시화」 등 잡문과 그 이전의 잡문을 비교하면 취치우바이가 루쉰 잡문을 배운 뒤에 문학 표현 수법에 장족의 발전이 있었다는 것을 볼 수 있을 뿐만 아니라 루쉰 잡문 문학 표현 형식이 지닌 깊이 있고, 노련하고 함축된 특징을 볼 수 있다.

취치우바이 잡문집 『난탄』에 실린 「앵무새 형제鸚哥兒」라는 글에서는 「왕도시화」에서와 마찬가지로 '앵무새가 불을 끄다'는 우화를 통해 후스의 '인권론'을 비판했다. 그런데 「앵무새 형제」는 2천여 자를 거침없이 써내려갔고, 웃음과 욕설, 풍자가 남김이 없다. 내용은 예리하지만 깊이가 있지는 않다. 글은 거침이 없지만 함축이 적다. 「왕도시화」는 일신하여 새로운 경지에 도달하였다. 길이가 몇 백 자로 압축되었고 구상이 신선하여 면모를 일신하였다. 단어가 노련하고 장중하고 축약과 함축미가 있고 여유 있게 이야기를 늘어놓고, 글을 시작하자마자 후스 인권론의 위선적인 가면을 벗겨내고, 마지막에는 다시 출중한 필력을 발휘하여 창의적인 구상으로 7언 율시를 써서 풍자하는데, 참으로 유머스럽고 풍자가 뼈에 파고들고 여운이 길게 남아서 두고두고 음미하게 된다.

루쉰이 말했다.


사람들은 이런 짧은 글을 꽃 테두리 정도로 생각하면서도 내 이런 글들이 짧지만 얼마나 많은 머리를 쥐어짜고 그것을 단련하여 아주 예리한 일격으로 만들었는지, 게다가 수많은 책을 읽고, 이렇게 참고서적을 사는 물질적 역량과 자신의 정신적 역량을 합치는 것이 결코 만만한 일이 아니라는 것을 모른다.

'단련하여 예리한 일격으로 만드는 것'은 바로 루쉰 잡문 창작의 특징이다. 지극히 넓고 지극히 깊이 있는 역사 내용과 사상 내용을 지극히 예리하고 지극히 응축된 문학 형식에 녹이고 정련된 형상 묘사에 담는데, 마치 석탄이 만들어질 때 당시의 수많은 목재가 필요하지만 결과는 조그만 한 덩이에 불과한 것과 같다. 하지만 이 작은 덩이에는 거대한 열량이 함축되어 있어 아무리 많이 읽어도 여운을 느낄 수 있다. 「앵무새 형제」에서 「왕도시화」까지를 통해 우리는 취치우바이의 이전 잡문 및 루쉰 잡문과의 차이를 엿볼 수 있을 뿐만 아니라 취치우바이가 의식적으로 '단련하여 예리한 일격을 만드는' 루쉰 잡문의 창작 특징을 익힌 뒤 그의 잡문의 표현 수법과 창작 수준에 얼마나 큰 발전이 있는지를 볼 수 있다.

'단련하여 예리한 일격을 만드는 것'은 당연히 자구나 문장을 단련하고 정련하는 것만이 아니라 루쉰은 '오랜 폐단 속에서 그 유형을 추출'하였고, 그는 늘 거대한 역사적 깊이와 사상적 깊이를 포함하는 풍부한 내용을 유형 속에 녹여냈다. 그의 잡문은 오랜 옛날부터 전해 오는 수많은 사회유형을 창조하였다. 예를 들면 교태를 부리는 고양이, 사람들 피를 빨아 먹으며, 먼저 윙윙거리면서 연설을 늘어놓는 모기, 윙윙 한참 소란을 피우고는 내려 앉아 땀방울을 핥고 게다가 똥까지 싸는 파리, 목에 방울을 걸고 그것을 지식계급의 휘장으로 삼으면서 양떼를 도살장으로 끌고 가는 산양, 개이면서도 고양이 같고, 절충과 공정, 조화와 공평한 듯한 모습을 만면에 하고 다들 과격하지 않는 게 없다고 유유히 늘어놓으면서 자기만이 '중용의 도'를 아는 것 같은 얼굴을 한 발바리 등등이 그렇다. 이렇게 유형을 취해서 오랜 폐단을 드러내는 루쉰의 잡문은 결코 두 번 읽어서는 뜻이 남김없이 이해되는 느낌을 가질 수 없을 뿐만 아니라 수십 번을 읽고 백 번을 읽어도 의미가 무궁무진하다. 이는 대관절 왜 그러한가? 취치우바이가 「개 같은 영웅」, 「고양이 같은 시인」 등의 잡문에서 취한 고양이 같고 개 같은 이미지는 그 당시의 투쟁에서 보더라도 더없이 통쾌하다. 하지만 왜 루쉰 잡문에 나오는 개와 고양이 같은 이미지처럼 의미가 무궁무진하지 못한가? 더 나아가 적당하지 않은 비유를 하면서, 아이들 싸움에서도 자주 누구는 강아지이고, 누구는 새끼 고양이라고 말하는데, 왜 조금도 의미가 없는가? 결국 이는 별명과 실제 대상이 적절한지, 그 포함된 내용이 깊이가 있는지 여부와 밀접하게 관련 있다. 루쉰은 "한 사람을 평하고 결론을 내리며 간결한 명칭을 부여하는 것은 적은 숫자에 불과하지만 명확한 판단력과 표현력이 있어야 가능하다. 반드시 적절해야 비판 대상과 거리가 발생하지 않고, 그래야 그를 세상 끝까지 따라 다닐 수 있다"고 말했다. 남 욕을 하는 개구쟁이 아이가 강아지와 새끼 고양이이고, 다른 사람들의 웃음을 얻는다고 해도 그 욕하는 대상은 결코 이 때문에 개나 고양이라는 별명을 얻는 것은 아니다. 그 이치는 간단하다. 적절하지 않기 때문이다. 취치우바이의 「개 같은 영웅」, 「고양이 같은 시인」에서 민족주의 문학이 선전하는 이른바 영웅과 유미주의 색정 시인에 대한 비판은 적절하고 그래서 첨예하고 힘찬 전투적 역할을 발휘할 수 있었다. 하지만 그가 취한 유형은 아무래도 루쉰 잡문에서 취하고 있는 유형이 사람들에게 주는 인상보다 깊이가 있지 않아 보인다. 이는 왜 그러한가? 루쉰은 잡문에서 자주 개의 모습을 묘사하였고, 취치우바이도 「개를 그리다畵狗罷」, 「개 같은 영웅」, 「개의 논리狗道主意」 등 잡문에서 개를 묘사하는 데 힘을 쏟았다. 두 사람이 잡문에서 취한 개의 유형을 한번 비교해 보면서 그 원인을 탐구해 보자. 루쉰과 취치우바이가 잡문에서 취한 개가 적을 상징하고 비유한 점, 그리고 인민에게는 험악하고 주인에게는 알랑거리는 본질을 반영하려 한 점은 같다. 하지만 다음과 같은 차이가 있다. 첫째, 루쉰 잡문은 개의 형상적인 특징을 포착하는 데 능란하여 개의 생생한 형상을 그려냈다. 예를 들어 「'페어 플레이'는 아직 이르다論'費厄潑賴'應該緩行」라는 글에서 묘사한 '영리해 보이는 외모 덕분에 귀하신 분들 손에 길러지거나, 중국이나 외국의 여인들이 외출할 때 개고리를 목에 매고서 뒤를 졸졸 따라 다니는' 발바리, '몸을 털어 사람 얼굴이나 몸에 온통 물을 튀기고는, 꼬리를 사리며 달아나는' 물에 빠진 개 등등은 사람들에게 실물을 떠올리게 한다. 당연히 루쉰의 의도는 개를 묘사하는 데 있는 것이 아니라 다른 풍자의 뜻이 있다. 취치우바이의 잡문은 자주 추상적으로 개와 개의 특성을 논하는데 구체적인 형상을 묘사하지 않는다. 둘째, 루쉰 잡문에 나오는 개는 형상도 있지만 각각이 자신의 특징을 지니고 있다. 예를 들어 발바리, 물에 빠진 개, 밤에 돌아다니는 개, 주구 등은 모두 선명한 개성과 특징을 지니고 있다. 하지만 취치우바이 잡문에 나오는 개는 일반적인 개의 특징의 대명사이고, 구체적인 개성이 부족하다. 셋째, 루쉰 잡문에서 창조한 개성이 선명한 개의 이미지 특징과 그것이 상징하는 현실 생활 속의 반동적인 유명인사, 파탄 난 인물 등등의 이미지 특징은 자연스럽고 적절하게 융합되고 있다. 의도가 개를 묘사하는 데 있지 않고, 개를 묘사하였지만 전달하려는 의미가 그 안에 깃들도록 기탁한 것이다. 예를 들어 물에 빠진 개가 둑에 올라와서 사람을 무는 것은 반동적인 유명인사가 배신하여 많은 혁명가를 살해하는 것과 완전히 일치하고, 유사한 이미지 특징을 통하여 서로 통하는 본성을 연상할 수 있고 사상을 이미지 속에 기탁하고 유형을 취하는 방법을 통해 보다 풍부하고 깊이 있는 함의를 표현한 것이다. 하지만 취치우바이 동지의 잡문은 선명한 개성을 지닌 개의 이미지를 묘사하지 못하여 이미지 특징의 융합을 이루지 못하였고, 풍자의 의미를 훌륭하게 유형의 이미지 속에 기탁하지 못하였다. 넷째, 가장 중요한 것은 루쉰 잡문에서 천명하고 있는 '물에 빠진 개' 등의 사상은 고금의 경험이 주는 교훈을 정리한 것이고, 거대한 역사적 깊이와 사상적 깊이를 포함하고 있는데, 취치우바이의 잡문은 이러한 깊이가 결여되어 있다.

함축적이며 모두 다 설명하지 않아서 독자가 스스로 사고할 여지를 남기는 것도 루쉰 잡문 문학 표현 수법의 깊이를 반영한다. 이 점에 관한 루쉰 잡문 자체의 예는 셀 수 없이 많다. 과거 연구에서도 무수히 지적하였기에 여기서 다시 언급하지는 않겠다. 여기서 우리는 다만 루쉰이 취치우바이 잡문을 수정한 것을 통해 그 심오함을 엿보고자 한다. 『취치우바이 문집瞿秋白文集』에 수록된 「왕도시화」 등 잡문의 원고는 『루쉰전집』에 수록된 글과 여러 곳이 다른데, 이로 미루어 볼 때 루쉰은 취치우바이가 쓴 원고를 수정했다. 이렇게 수정한 곳을 통해 루쉰이 함축과 깊이를 잡문 창작의 중요한 원칙으로 삼았다는 것을 알 수 있다. 예를 들어 「대관원의 인재」에 취치우바이가 붙인 원제목은

「인재는 얻기 쉽다才易得」이다. 그리고 「억울함을 호소하다伸寃」는 원제가 「고민스러운 대답苦悶的答覆」이다. 루쉰이 고친 제목이 훨씬 함축적이고, 형상적이며, 훨씬 잡문의 특징을 지니고 있다. 특히 주의할 만한 것은 루쉰이 취치우바이 동지 원고에 있는 지나치게 뜻이 드러난 말을 삭제한 것이다. 예를 들어 「대관원의 인재」 원고 마지막에는 이런 구절이 있다.

오호라, 천하와 사람을 얻기가 참으로 쉽지 않지만 천하를 위해 사람을 얻는 것이 어려운 듯 하여라.

이를 루쉰은 과감히 삭제하고, "노단老旦[3]이 들어서니 완소단玩笑旦[4]이 나가고, 대관원의 인재는 참으로 적지 않구나!"에서 과감하게 끝내서 필묵을 절약할 뿐만 아니라 여운도 있다. 원고 중간에 "아름다운 여성과 아이들이 다년간 겪은 결과 이런 훌륭한 좋은 극을 해냈는가?" 루쉰은 뒤 절반 구절을 삭제하고 "아름다운 여성과 아이들이 다년간 겪은 결과인가?"에서 그쳤다. 『진짜 가짜 돈키호테』 원고에는 이런 구절이 있다. "중화민국 4년의[5] 반일 애국 기금은 당시의 혁명군을 토벌하는 군자금으로 변했다. 지금은 이런 연극은 정말 신선함이 떨어진다는 것을 누가 모를 것인가." 루쉰이 '변했다'를 "증가시켰다"로 바꾸

---

3   【역주】경극에서 나이든 여성 역할을 하는 배우.
4   【역주】경극에서 희극과 우스갯소리를 담당하는 배우.
5   【역주】위앤스카이 정부가 1915년에 일본과 체결한 굴욕적 조약에 반대하여 반일시위가 일어났다.

자 보다 정확해졌다. "지금은 이런 연극……"의 구절은 완전히 삭제했다. 이 구절이 지나치게 직설적이었는데, 삭제하자 글이 함축미를 유지하게 되었다. 소동파蘇東坡는 "늘 마땅히 나아가야할 곳까지 나아가고, 늘 마땅히 멈추어야 할 곳에서 멈추어야 글의 흐름이 자연스럽고 모양이 살아난다"고 말했다. 루쉰의 이러한 삭제와 수정은 문장의 나아가고 멈춤의 묘미를 드러낸 것이다. 그는 소설을 보내 평을 해달라고 한 작자에게 답신을 쓰면서 작품의 한 단어를 고치라고 말했는데 그 이유는 원래 사용한 단어가 너무 분명하게 말해서 글의 '모든 함축'을 깨뜨릴 수 있어서였다. 루쉰이 글의 함축을 얼마나 중요하게 여겼는지를 알 수 있다. 내용에서 수사에 이르기까지 많은 고심을 하고 수천 번 다듬었기에 그의 잡문은 '구에 남는 맛이 있고 글에 남는 뜻이 있'으며, 문학표현 기법이 깊이가 있고 능숙하고, 함축적이고 거대한 깊이를 담고 있다.

  당연히 함축은 의미가 애매하다는 것을 의미하지 않는다. 루쉰은 글이 쉽게 이해되는 것을 중시하는데, 취치우바이가 이 측면에 장점을 지니고 있다고 몇 차례 거론하면서 말했다. "너무도 공들인 문장이 이해하기 쉬우니 정말 감탄스럽다!" 또한 "유창함도 유창함 나름의 장점이 있다 (…중략…) 뜻은 간결한데 자칫 조심하지 않으면 쉽게 애매해진다"고 말했다. 그는 반동 통치 속에서 글을 쓰며 족쇄를 차고 춤을 추듯이 어쩔 수 없이 '곡필'을 하느라 고생했다. 하지만 본의는 최대한 알기 쉽게 쓸 수 있기를 희망했다. 왜냐하면 명확한 것과 깊이가 있는 것은 모순되지 않을 뿐만 아니라 상호 촉진하여, 표현이 더욱 명확해질수록 사상도 더 깊어질 수 있고, 사상이 깊어질수록 표현도 더욱 명확해지고 확실해지기 때문이다. 그래서 그는 취치우바이의 원고를 수정할 때 지나치게 뜻이 드러나는 말을 삭제하였고 일부 필요한 말을 보충하여 문장을 보다 분명하고 보다 정확하게 하였다. 「여성에 관하여關於女人」라는 글은 원고에 이런 부분이 있다.

그래서 문제는 매음의 사회적 근원에 있다. 이 근원이 존재하는 한 음탕과 사치는 소멸되지 않을 것이다.

루쉰은 해설하는 한 구절을 추가하여 이렇게 바꾸었다.

그 근원이 존재하는 한 주동적으로 사는 사람도 존재할 것이고, 이른바 여성의 음탕과 사치도 소멸되지 않을 것이다.

한 마디를 추가하자 매음의 사회적 근원을 보다 분명하게 해석되었고 보다 치밀해졌다. 「영혼을 파는 비결」이란 글에서는 "일본이 폭력을 쓰지 않기 때문에" 뒤에 "부드러운 왕도王道를 써서"를 추가하여 뜻이 분명히 트이게 하였다. 유사한 예는 몇 가지 더 있다. 왕국유王國維는 독특한 경지가 있는 작품을 '불격不隔'이라 칭했는데, '말이 모두 눈앞에 있다'는 말이다. 작품에 대한 요구는 말이 마치 대낮처럼 알아보기 쉬워야 할 뿐만 아니라 언어를 넘어선 의미가 무궁하여야 한다는 것이다. 명확함과 함축은 대립하면서도 통일되어 있다는 것을 알 수 있다. 루쉰은 『한문학사강요漢文學史綱要』에서 고시 19수를 논하면서 "그 가사는 말을 따라서 운을 이루고 운을 따라 시의 맛을 이루고 조탁할 필요가 없었지만 뜻이 절로 깊고 풍기는 운은 『이소』에 가까웠고, 체제와 형식은 실로 독자적이었고, 참으로 '온후함에 신기함이 쌓여 있고, 화평함에 슬픈 감정이 깃들어 있고 뜻은 얕을수록 더욱 깊고 가사는 일상에 가까울수록 더욱 깊어진다'고 말했다. 루쉰의 잡문, 특히 후기에 쓴 『차개정잡문』은 '뜻은 얕을수록 더욱 깊고 가사는 일상에 가까울수록 더욱 깊어'지는 운치를 지니고 있고, 최고 경지에 도달하였다. 그는 취치우바이의 잡문이 "깊이를 결여하고 있다"고 말하면서도 그 '쉽게 이해되는 것'에 찬탄에 마지않았고 취치우바이가 장점을 발전시키고 단점을 보완하기를 기대하였고, 그의 잡문이 길게 여운이 남으면서도 쉽게 알 수 있는 경지로 승화되기를 희망하였다. '평범한 듯 하면서도 가장 기이하고, 쉽게 한 것 같지만 어려운' 이러한 경지는 사상이 깊고 경험이 풍부하고 문학 표현 수법이 지극히 성숙하고 노련하다는 표시이며, 가장 도달하기 어려운 깊이다.

## 5.

일본의 루쉰연구자인 마스다 와타루增田涉는 『루쉰의 인상魯迅的印象』에서 루쉰의 스타일 변화에 대해 이렇게 이야기 했다. "나는 그가 젊어서 이하李賀를 좋아하고 니체를 좋아한 것은 그의 성격과 밀접하게 관련이 있다고 느낀다. 그가 안드레옙을 읽고, 고골리를 모방하고 나쓰메 소세키夏目漱石의 영향을 받은 것과 다르게, 루쉰은 그들의 문학 표현 방법을 배운 것이 아니라 근본적으로 그의 사람됨과 직접 통하는 관계였다. 그의 성격과 기질의 요구에 따라 필연적으로 이하와 니체로 향했다. 만년에 이르러 환경과 경험 때문에 그에게 두보와 하이네 색채가 더욱 두드러졌지만 그래도 이하와 니체에서 완전히 벗어나지 못했다. 그의 본래의 성격과 기질에 뿌리를 내리고 있었기 때문이다.”

　이 말은 일정한 타당성을 지니고 있다. 한 작가의 스타일은 분명 그의 성격과 기질 및 영향 받은 문학과 긴밀한 관계를 맺고 있고, 나이가 들고 경력이 깊어지고 사상이 성숙해지면서 갈수록 심화되는 방향으로 발전하기 마련이지만, 그렇다고 원래의 성격과 기질에서 완전히 벗어날 수도 없다. 루쉰과 취치우바이 잡문의 같고 다름은 그들 각자의 성격과 기질, 그리고 영향 받은 문학과 관련되고, 그들의 서로 다른 나이와 경력과도 중요하게 관련되어 있다. 루쉰은 그가 젊었을 때 이하를 좋아했다고 말했는데, 그가 젊어서 쓴 「동생들과 작별하며別諸弟」, 「연 열매 인간蓮蓬人」 등의 시, 특히 「마라시력설」 등의 논문은 확실히 화려하고 아름다운 이하식의 시 느낌이 있다. 그는 니체 읽기를 좋아했고, 그래서 니체의 『짜라투스트라는 이렇게 말했다』의 깊이와 차갑고 날카로움, 웅건함, 간결하고 힘찬 스타일이 그의 초기 논문에 침투했을 뿐만 아니라 그의 만년의 잡문에도 줄곧 관통하고 있다. 그가 이하와 니체로 기운 것은 그가 소년 시절 곤궁한 처지에 떨어진 가운데 형성된 불굴의 강인함, 세상물정을 깊이 이해하는 성격과 기질이 그들을 필요로 하였기 때문이다. 신해혁명 후, 루쉰이 적막에 처했던 시기에 다시 위진魏晉 시대의 문장에 영향을 받았는데, 위진 문장의 간결하고 엄격하면서도 명확한 스타일, 특히 혜강과 같은 매우 깊이 있는 독특한 견해와 자기 마음에 따라 쓰는 논설들이 루쉰 잡문의 정수에 침투하였다. 루쉰은 어려서부터 독특하고 깊이 있는 자질을 갖추었다고 말할 수 있을 것이다. 이후 나이가 들고 경험이 깊어지고, 신해혁명을 보고 2차 혁명을 보고, 위앤스카이袁世凱가 황제가 되고자 하는 것을 보고, 장쉰張勛의 복벽을 보고, 3·18참사를 보고, 4·12대학살을 보고, 사상이 갈수록 성숙해졌고, 예술에서 간결하고 엄격, 명확하면서도 깊이가 있고, 소박한 스타일로 표현하였고, 더욱 두보가 되고, 더욱 하이네가 되는 방향으로 변화했다. 취치우바이는 소년 시절에 루쉰과 유사한 어려운 경험을 했지만 청년 시절에 들끓는 5·4운동을 경험했고, 1920년에는 10월 혁명의 고향 소련으로 갔다. 그는 주로 5·4시대의 더할 수 없이 통쾌하고 알기 쉬운 논쟁 문장 스타일의 영향과 소련 문학, 특히 고르끼의 열정 넘치고 기운차고 활달한 혁명 시의 훈도를 주로 받았고, 여기에 그 자신의 성격과 기질적인 총명함과 넘치는 재주로 인해 그의 저작은 사람들에게 그의 『적조곡赤潮曲』처럼 사람들에게 '붉은 물결이 밀려들고 아침노을이 솟구치는' 쾌감을 느끼게 했다. 요컨대 취치우바이는 매우 민감하여서, 받아들이는 것도 빠르고 내어뱉는 것도 빨랐다. 반면에 루쉰은 지극히 묵직하여, 받아들이는 것은 느렸지만 깊이 이해하였다. 취치우바이가 성년이 되었을 때 지식인의 의지와 기개가 넘쳤다. 그때 루쉰은 이미 만년에 이르러 온갖 풍상을 겪고 온갖 세상을 통찰하였다. 그래서 취치우바이의 잡문을 루쉰의 잡문과 비교하면, 분명하고 알기 쉽고, 참으로 재능이 있지만 깊이가 부족하고 함축이 적은 차이가 있다. 이는 전진의 길에서 뒤에 가는 사람과 먼저 목적지에 도착한 사람 사이의 차이다. 우리가 오늘 루쉰과 취치우바이 잡문의 같고 다름을 비교하는 것은 루쉰 잡문과 겨눌 수 있는 취치우바이의 글을 통해 루쉰 잡문의 깊이를 비교 파악하고 탐구하여, 지극히 깊이 있는 사상 보물 창고를 더 잘 이해하고 발굴하며, 취치우바이처럼 루쉰 잡문의 특징과 가치를 보다 의식적으로 인식하고, 보다 효과적으로 이 무기를 장악하여 중국을 현대화되고 고도로 민주화되고 고도로 문명화된 사회주의 강국으로 건설하는 데 노력할 수 있기를 바라기 때문이다.

1981년 가을에 씀. 『문학평론』 총간 제12집에 수록.

# 아Q와 세계문학 속의 정신 전형 문제

## 1. 아Q 전형성 연구 속의 곤혹

1950년대 초, 펑쉐펑은 「아Q정전론」이란 글에서 "아Q는 주로 사상의 전형이고, 아Q주의 혹은 아Q정신의 기식자이다"라고 했다. 이것이 바로 유명한 '사상 전형설'과 '정신 기식설'이다.[1] 이 관점은 나오자마자 반박에 직면하였고 펑쉐펑 본인도 이 글이 "너무 공소하고, 어떤 점은 해석에 잘못된 점도 있다"고 느껴서 "『논문집論文集』 재판 때 삭제했다".[2]

하지만 생각해 볼 것은 펑쉐펑이 루쉰 사상과 창작이 어떤 것인지를 잘 아는 탁월한 문예 이론가로서 왜 그런 오류 관점을 제기했느냐는 점이다. '오류'에 원인이 있어 보이고, 아Q 전형성 연구에도 분명

---

[1]  『人民文學』 4卷 6期, 1951.
[2]  馮雪峰, 『論文集』 下, 人民文學出版社, 1981, 309쪽.

어려움과 모순이 존재한다고 본다.

1950년대 중기에 허치팡은 『아Q론論阿Q』에서 그러한 어려움과 모순이 주로, "아Q가 농민임에도 아Q정신이 부정적이고 부끄러운 현상이다"[3]는 데 있다고 지적하였다. 이는 바로 아Q는 특정 계급 지위에 처한 생생한 구체적인 인물로서, 이것과 지극히 보편성을 지닌 아Q정신 사이에 해결하기 어려운 모순이 존재한다는 것을 말한다. 이 모순을 해결하기 위해 연구자는 여러 가지 시도를 했고, 허치팡은 이를 세 가지로 정리하였는데 다음과 같다. ① 아Q가 농민이라는 것을 부정하고 지주계급에서 몰락하였다고 보는 것 ② 앞에서 언급하였듯이, 펑쉐펑이 제기한 아Q는 사상의 전형이고 아Q정신의 기식자라는 것 ③ 아Q정신을 과거의 낙후된 농민의 전형으로 해석하고 그의 몸의 아Q정신은 농민원래의 것이 아니며, 봉건 지주계급 사상의 영향을 받은 것으로 보는 것. 허치팡은 모순을 해결하려는 이런 세 가지 생각에 동의하지 않으면서 시야를 넓은 세계문학 범주 속으로 확장시켜서 중국 고전문학의 제갈량과 외국 고전문학의 돈키호테를 참조대상으로 삼아 유명한 '공동 이름설'을 주장하였다. 이는 어떤 전형 인물의 이름이 그가 지닌 어떤 특출한 특징의 '공동 이름'이 된다는 것을 말한다. 예를 들어 제갈량은 지혜의 공동 이름이고, 돈키호테는 우스꽝스러운 관념론의 공동 이름이고, 아Q는 정신 승리법의 공동 이름이다.

'공동 이름설'이 나온 뒤, 리시판李希凡은 곧바로 「새로운 전형 논의에 대한 질의典型新論質疑」라는 글을 발표하여, 허치팡의 '공동 이름설'

---

3    『人民日報』, 1956.10.16.

은 "현실주의 전형론을 추상적 인성론으로 이끄는 함정"[4]이라고 지적하였다. 그 이후 여러 편의 글에서 아Q의 전형 형상의 계급성과 역사성을 반복하여 논하였다.

아Q 전형성 문제에 관한 이 논쟁은 줄곧 계속되었다. 문혁 10년 기간에 허치팡은 발언권을 잃었지만 이론적으로는 자신의 기본 관점을 계속 견지하였고, 아Q의 전형성 연구에 내포된 모순은 시종 우리를 곤혹스럽게 하고 있다.

1980년대 초, 천융陳湧이 다시 모습을 보이며 깊이 있는 역작의 글을 발표했는데, 바로 아Q전형성 연구였다. 그의 장편 논문인 「아Q와 문학의 전형문제阿Q與文學的典型問題」는 파리에서 루쉰 탄생 백주년 기념회의에서 발표한 논문 「아Q정전이 일으킨 논쟁阿Q正傳引起的爭論」과 함께[5] 지금까지 아Q 전형성 연구의 최고 수준을 대표하고 있다.

「아Q와 문학의 전형 문제」라는 글의 이론적 공헌은 주로 다음과 같은 점에 있다. 첫째, 철학적 깊이를 강화시켰다. 주관 세계와 객관 세계의 각도에서, 아Q가 끝없이 비극을 조성하는 인식론적 뿌리를 드러냈다. '주위의 객관 세계를 정확히 인식할 수 없고 주위의 현실관계를 정확히 평가할 줄 모른다. 형세의 객관적 분석에 근거하여 자기 행동을 결정하는 것이 아니라 왕왕 황당하고 웃기는 편견이나 일시적 감정과 충동에 따라 자기 행동을 결정한다.' 이와 동시에 현실 속 실패의 고통 속에서 허황한 승리를 찾아 스스로를 기만하고 스스로를 마취시킨다. 이는 주관적 맹목성과 정신 승리법이라는 두 가지가 상호 연결

---

4 『新港』, 1956.12.
5 두 편 모두 『魯迅論』, 人民文學出版社, 1984년판에 실려 있다.

된 측면을 통해 아Q정신의 내용을 분석한 것이다. 이 이론의 공헌은 깊은 의미가 있다. 철학적 바탕에서 아Q정신의 인식론적 근원을 사고하도록 하였고, 아Q의 전형 형상이 지극히 보편성을 지니는 근본 이유를 고찰할 수 있도록 했다. 둘째, 문학의 시야를 넓혔다. 세계문학의 시각으로 아Q정신과 돈키호테 정신, 파우스트 정신 사이의 같고 다름에 대해 비교하였고, 이는 훗날 연구자들이 보다 폭넓은 세계문학의 범주에서 아Q와 유사한 문학전형을 고찰하는 데 계시를 주었다. 셋째, 정신현상의 각도에서 아Q 정신의 탄생 근원을 사고하였다. 근대 중국 농민과 기타 소생산자가 제국주의에 수탈당하고, 파산의 길로 갔던 역사적 조건을 수락한 가운데, 아Q정신도 이러한 소생산자의 내부에서 탄생했을 것이라고 보고, 농민에게 있는 아Q 정신은 봉건 통치 계급이라는 외부 영향일 뿐이라는 협애한 관점을 부정하였다. 넷째, 전형성과 계급성의 관계를 진일보하여 다루었다. 전형성은 계급성보다 의미가 더 넓고 훨씬 더 보편적이라고 설명하고, 아Q정신은 개별 계급의 현상이 아니며, 개별 계급의 특징보다 훨씬 넓은 보편적 의미를 지닌다고 설명하였다.

「아Q정전이 일으킨 논쟁」은 한걸음 더 나아가 아Q정신은 다른 계급, 다른 계층에게서도 존재하는 보편성이라고 여기면서, 문제는 주로 이렇게 보편적으로 존재하는 현상을 어떻게 해석할 것이냐에 있다고 지적하였다. 이론의 높이에서 허치팡과 리시판은 아Q의 전형성 문제에 관한 논쟁을 정리하였고, 상당히 공정하게 각각의 득실을 평가하였다. 그런 뒤 끝으로 세계문학의 시야 속에서 햄릿과 돈키호테, 파우스트의 전형 성격 분석을 비교하고, 아Q 전형성 문제는 문학 및 철학, 사회과학에 속하는 근본적인 이론 문제라고 지적하였다.

10년이 지난 뒤 다시 천융의 두 편의 논문을 읽어보아도 여전히 그의 이론의 치밀함과 깊이, 넓은 시야, 거대함, 논지 전개의 진지함과 타당함에 탄복하지 않을 수 없다. 하지만 학술은 시대를 따라 전진하고, 새로운 인식 높이에서 되풀이하여 생각해 보면 천융의 논문에 만족스럽지 못한 곳이 여전하다는 것을 느끼게 된다. 주된 부족한 점은 아Q라는 전형의 성격과 내용을 철저히 지적하지 못하였고, 아Q정신의 철학적 근원을 파헤치지 못하였으며, 세계문학에 있는 아Q와 유사한 전형 인물에 대한 비교 분석도 충분히 전개되지 못하였다는 것이다.

아Q의 전형성 문제는 루쉰연구계 및 문학이론 영역의 '골드바흐의 추측'으로서 여전히 만족할 만한 해결을 얻지 못하고 있고, 여전히 연구자를 곤혹스럽게 하며, 후속 연구자들이 억제하기 어려운 이론적 흥미를 품고서 학술 왕관의 진주를 따려고 한 걸음 더 나아가도록 유인하고 있다.


## 2. 새로운 개념의 제출 필요성 – 정신 전형

세계문학에서는 예술창작에서만 '유사한 재현'이 있는 것이 아니라 이론연구에서도 우연히 일치하는 현상이 있다. 소련의 문학이론가는 도스토옙스키 연구에서 아Q 전형성 연구와 유사한 현상을 만났다. B. M. 잉겔하르트는 도스토옙스키가 소설에서 묘사한 중점은 주인공을 좌우하는 사상이며, 톨스토이와 투르게네프의 일반 유형 소설 같지 않고, 중점이 주인공의 생애에 있지 않아서, '사상소설'이라고 부른다고 했다. M. 바흐찐은 잉겔하르트가 도스토옙스키 창작의 기본 특징에 대해 매우 깊이 있는 이해에 도달하였다고 여겼지만, '사상소설'이라는 용어는 썩 적절하지 않고, 사람들을 도스토옙스키의 진정한 예술 목적에서 멀어지도록 한다고 보았다.[6]

도스토옙스키는 자신의 진정한 예술 목적에 대해 이렇게 설명하였다.

완전히 리얼리즘을 받아들이는 것을 조건으로 사람 속에 들어 있는 사람을 발견한다. (…중략…) 사람들은 나를 심리학자라고 부르지만 이것은 옳지 않다. 나는 가장 높은 의미에서 현실주의자다. 즉 나는 인류 영혼의 모든 감추어진 비밀을 묘사한다.

이른바 '사람 속에 들어 있는 사람'은 기실 '인류 정신의 모든 감추어진 비밀'이며, 인류의 사상 활동과 정신 현상이기도 하다. 도스토옙스키가 소설에서 묘사한 중점은 인물 외부에 유리된 사상이 아니고 인물 정신에 '기식'하는 것도 아니며, 생생한 구체적 인물 자체가 지닌 영혼 깊은 곳의 사상 활동과 정신 현상이며, 특히 사람들 모두가 직면하는 정신세계와 물질세계의 관계 문제, 요컨대 자아의 주관정신이 객관세계를 대하는 근본 태도와 방식 및 자아와 세계에 대한 총체적인 관념이며, '사람 속에서 사람을 발견하는 것'이기도 하다. 정신 활동은 인간과 동물을 구별하는 근본 기준이며, 사람에게 가장 중요하고

---

6    巴赫金, 『陀思妥耶夫斯基詩學問題』, 三聯書店, 1998년 7월판, 51·65쪽.

가장 깊이 감추어진 비밀이자 가장 깊은 층위의 기본 특징이다. 도스토옙스키와 루쉰은 모두 이런 인간 정신의 특징을 훌륭히 묘사하는 데 익숙했던 위대한 작가다. 잉겔하르트와 펑쉐핑 둘 다 연구 대상의 이러한 가장 중요하고 가장 두드러진 특징을 민감하게 포착하였는데, 아마도 그 특징에 대한 인상이 지나치게 깊어서 '사상소설'과 '사상성 전형'이라는 편집적이고 극단적인 결론을 얻었고, 작가의 진정한 예술 목적에 위배되고, 예술 창작의 기본 법칙에 위배되었던 것 같다. 예술은 개별 형상에 기초하는 것이지 개념으로 사상을 드러내는 것이 아니기 때문에 개념화된 것은 어느 것이나 예술과 관련이 없다. 바로 괴테가 말한 것처럼, "독일인은 정말 괴상한 사람들이다! 그들은 도처에서 심오한 사상과 관념을 찾고 그것을 사물 속으로 쑤셔 넣고 이 때문에 생활이 불필요하게 무겁다". "요컨대 시인으로서 내 스타일은 어떤 추상적인 것을 구현하려는 것이 아니다. 나는 어떤 인상을 마음속에 받아들이는데 이러한 인상은 감성적이고, 생동하고, 사랑스럽고, 천태만상이다. 마치 활발한 상상력이 내게 제공한 것처럼 그렇다. 시인으로서 내가 한 일은 예술방식으로 이러한 직관과 인상을 마음속에 녹이고 연결시키고 향상시켜서, 생동하는 묘사로 표현하여 사람들이 내가 묘사한 것을 듣거나 읽을 때 나와 같은 인상을 받기를 희망할 따름이다." 괴테의 이 말은 그 자신의 예술 창작을 생생하게 내비친 것이자 루쉰과 도스토옙스키 등 모든 성공한 작가의 예술 창작 과정을 여실히 반영한 것이다. 이렇게 보자면 '사상성 전형'과 '사상소설'이라는 이런 관점이 나오자 각종 반박을 받은 것은 당연하다!

하지만 결코 아이를 욕조 물과 함께 버려서는 안 된다! 펑쉐핑의

'사상 전형설'은 잉겔하르트의 '사상 소설관'과 마찬가지로 중요한 진리를 포함하고 있다. 실천은 이미 충분히 증명했다. '사상 전형설'에 포함된 중요한 진리를 철저히 부정하고, 아Q를 어떤 특정 계급의 전형으로 한정하여 임의로 성분을 정하고 표식을 붙이는 방법은 더 큰 오류를 낳을 뿐이라는 것을.

'사상 전형설'의 착오는 본말을 전도시킨 데 있고, 사상과 형상, 정신과 전형 사이의 기원과 발전 사이의 관계를 전도시켰지만, 사상정신이라는 중점에 대한 강조는 부정될 수 없다. 루쉰이 아Q를 창조한 것은 사상을 형상에 '쑤셔' 넣고, 정신을 전형에 '기식'하도록 한 것이 아니라 묘사의 중점을 아Q라는 생생한 구체적인 인물 자체가 지닌 영혼 깊은 곳의 사상활동과 정신현상에 두었고, 사람들이 직면한 정신세계와 물질세계의 관계문제 속으로, 요컨대 자아의 주관정신이 외부의 객관세계를 대하는 근본 태도와 방식 및 자아와 세계에 대한 총체적 관념 속으로 깊이 들어간 것이지, 단순히 어떤 사상이나 국부적인 의식 속으로 들어간 것이 아닐뿐더러 사람의 사상, 관념, 성격, 행위를 주재하는 정신적 근원과 철학적 근원 속으로 깊이 파고들어 정신승리법이라는 지극히 보편적인 인류의 정신적 특징을 녹여냈고, 그리하여 '사람 속에 들어 있는 사람을 발견'하였으며, 결코 어떤 특정 계급의 특정 인물의 일반적인 구체 형상 안에 국한되지 않는다. 루쉰이 아Q를 창조한 것처럼 도스토옙스키는 고리오를 창조했고, 괴테는 파우스트를 창조하였고, 셰익스피어는 햄릿을, 세르반테스는 돈키호테를, 이반 곤차로프는 오블로모프를 창조한 것 등등에 이르기까지 그러하다. 예술 방식과 수법이 각기 다르고 그가 녹여 낸 인류 정신 특징은 더없이 다양하지만 정신과 물질, 주관과 객관, 환상과 현실이라는 철학의 바탕 속으로 깊이 들어가 생생하고 구체성을 지닌 데다 인류 보편적인 정신 특징을 표현한 전형 인물을 창조하고 '사람 속에 들어 있는 사람을 발견'하고, 깊이 있고, 투명하고 초월적인 철학 경계에 도달하였다. 이는 일종의 세계적인 문학 현상과 정신 현상이다. 이러한 현상에 대해 진지하고 깊이 있는 연구를 진행하여 보다 적절한 새로운 개념을 제시하고 '사상 전형'설에 내포된 중요한 진리를 유보하는 가운데 그 본말전도의 잘못을 잡고 사상과 형상, 정신과 전형 사이의 기원과 발전 사이의 관계를 바로 잡고, 또한 국부적인 '사상'을 총체적 정신으로 확장시킬 필요가 있다.

그러한 새로운 개념이 바로 정신 전형이다.


## 3. 정신적 환상과 현실 세계

영국 낭만파 셰익스피어 비평의 가장 중요한 대표자인 콜리지Samuel Tylor Coleridge는 일찍이 19세기에 이런 견해를 내놓았다. 햄릿 비극은 주로 상상 세계와 진실 세계 사이의 평형이 교란된 데 있다는 것이다. "그의 사상, 그의 환상의 개념은 그의 진실한 지각보다 훨씬 활발하고", "그의 건강한 관계를 추동하는 두뇌, 영원히 내재적 세계에 점거되고 외재의 세계로부터 전이시켜서 환상으로 실질을 대체하고 모든 평범한 현실에 구름을 덮었다".[7] 그리하여 햄릿의 우울과 망설임이 형성되었다.

구 소련의 셰익스피어 연구 전문가인 아니크스트도 "사상과 의지의 분열, 바람과 실천의 분열, 이론과 현실의 분열이 햄릿의 정신 비극의 최고점을 형성했다"[8]고 여겼다.

명상과 지식인 햄릿이 이러할 뿐만 아니라 돈키호테, 오블로모프, 골랴드킨과 아Q도 모두 그러하며, 모두 다른 형식으로 주관적 명상에 빠져 있고, 정신 환상과 물질 현실의 분열을 드러낸다. 마르크스가 말한 것처럼, "만약 그에게 있어서 감성세계가 적나라한 관념으로 변한다면 그는 반대로 적나라한 관념을 감성적 실물로 변하도록 할 것이다. 그의 상상 속 환영이 유형의 실체가 되는 것이다".[9]

두브로프루포프Nicholas Dubrovlupov는 유명한 「무엇이 오블로모프의 성격인가?」라는 논문에서 다음과 같이 지적하였다.

오블로모프는 자신의 환상 속에서 세계의 운명을 배치했다. 그런데 그는 자기의 환상 속에 있었지만, 당당하고 영웅적인 것을 추구하는 것에 자신을 바치는 것을 좋아하였다. 어떤 때 그는 자기를 무적의 사령관인 것처럼 상상하였고, 그의 앞에 나폴레옹만이 아니라 루스란 나자레비치[10]도 언급할 가치가 없었다. 그는 전쟁이나 전쟁의 원인도 꾸며냈다. 예를 들면 이렇다. 그의 아프리카 민족은 유럽을 침략했다거나 혹은 그가 새로운 십자군을 건립하여 작전을 펴서 민족의 운명을 해결하고 도시를 함락시키고, 용서를 베풀고 징벌을 내리고 선과 관용을 베푸는

---

7    『沙士比亞評論滙編』下, 中國社會科學出版社, 1979, 147쪽.
8    위의 책, 513쪽.
9    『馬克思恩格思全集』 제2권, 235쪽.
10   【역주】 러시아 민간 전설의 주인공으로 말 한 필을 타는 능력으로 무공을 세웠다.

공을 세웠다는 것이다. 혹은 그가 위대한 사상가와 예술가라고 상상하였고, 그의 뒤에는 그를 따르는 어마어마한 사람들이 있고 누구나 그에게 무릎을 꿇고 예를 표한다고 상상했다. 분명히 오블로모프는 순진하고 냉담한 전형이 아니라 생활 속에서 무엇인가를 모색하고, 무엇인가를 사색하는 사람이다.[11]

돈키호테는 훨씬 더 심리로 만들어 낸 정신 환상 속에 살았고, 그는 기사 소설에서 본 모든 환상을 자기 살고 있는 세계의 물질적인 실제 상황으로 만들었다. '그가 생각하고 보고 상상한 사물은 그가 읽은 것과 완전히 일치하지 않는 것이 하나도 없었다.' 그래서 여관을 성이라고 생각하고 주인을 장관이라고 간주하며, 창녀를 명문 귀족의 딸이나 고귀한 기사가 예를 차릴 사람으로 여겼다. 또한 풍차를 거인으로 여기고, 양떼를 적군으로, 상인무리를 떠돌이 기사들이라고 여겼고, 술 자루를 마귀의 머리로 여기고, 비를 내려달라고 비는 조형물을 겁탈당한 귀부인으로 여기고, 인형극에서 싸우는 것을 진짜 전쟁으로 여기는 등, 이런 것들은 수를 셀 수도 없고, 특히 웃기는 것은 외모가 형편없고 가슴에 털이 난 한 번도 본 적이 없는 시골 처녀를 자기 이상형이라고 여기고는 그녀에게 공주나 귀족의 의미를 지닌 매력적이고 부드러운 예쁜 '두르네시아'라는 이름을 지어주고, 자기 마음 속 태양이자 용맹함과 힘의 원천이자 생명과 영예의 수호신으로 받들게 된다. 요컨대 '이런 명백히 허구적인 일을 진실이라고 믿는 것이고', 그래서

---

11    『杜勃羅留波夫選集』 제1권, 上海譯文出版社, 1983, 197쪽.

마르크스, 엥겔스 등 경전 작가들은 흔히 주관적 환상에만 지배되어 행동하는 사람들을 돈키호테에 비유한 것이다.

도스토옙스키의 중편소설 『이중 인격』의 주인공 골랴드킨도 정신적 환상 속에서 그와 이름과 외모가 같고 지위가 같은 사람을 꾸며낸 작은 골랴드킨이라고 부른다. 큰 골랴드킨은 현실 생활에서 상류 사회에 진입하려면 음모도 잘 꾸미고 수단도 좋아야하고, 인간관계도 잘 맺어야 한다는 것 등을 알고 있다. 하지만 이러한 수단들을 그는 전혀 할 줄 모르고 그래서 정신적 환상 속에서 작은 골랴드킨에게 부여하여, 환상 속에서 자신이 현실세계에서 바라면서도 얻지 못하던 것을 얻게 하고, 모든 일에 성공하고 하늘 높은 줄 모르고 잘 나가고, 승리를 거두지 못하는 것이 없게 한다. 하지만 실은 진실한 자아는 현실세계 속에서 번번이 실패하고 끝내 정신병원으로 보내진다.

우리의 아Q는 훨씬 더 정신적 환상 속에서 내달리는 사람이다. 그는 구경꾼들에게 변발을 잡혀서 벽에 네댓 번 머리를 찧고 나서 속으로 생각한다. "아들에게 맞은 셈 치지. 지금 세상은 정말 가관이라니까……." 그래서 정신적 환상 속에서 만족스럽게 우쭐하여 걸어간다. 모든 정신 승리법이 쓸모가 없게 되고 나서는 스스로 뺨을 때리고는 "때린 사람도 자기이고, 맞은 사람도 자기인 것 같았고, 얼마 지나자 자기가 남을 때린 것 같았다. 약간 얼얼하기는 했지만. 만족스럽게 우쭐한 채 누었다". 가장 절정은 혁명이 일어나고 난 뒤의 정신적인 환상이다. 흰옷과 흰 갑옷을 입은 혁명당이 오자, 샤오D, 자오 나리, 수재, 가짜 양놈이 무릎을 꿇고 목숨을 구걸하고 보석과 돈, 비단이든 상자를 연다. 수재 아내의 닝보 스타일 침대를 토지신 사당으로 먼저 가

저간다. 하지만 사실, 아Q는 현실세계 속에서 번번이 실패하며, 마지막에는 영문도 모른 채 총살을 당한다.

속성 면에서 위의 전형과는 다른 파우스트의 경우, 정신 환상과 현실세계 사이를 맴도는데, 하이네가 말한 것처럼, "독일인 자체가 꼭 지식인 풍부한 파우스트 박사로, 이상주의자다. 그는 정신에 의지하여 마침내 정신의 부족한 점을 이해하고, 물질적 향수를 바라며 육체의 고유한 권리를 회복한다……".[12]

정신은 사람을 동물과 구별하는 근본적인 기준이고, 물질 발전의 최고 결정이다. 그러나 우주의 모든 사물은 이율배반적이고, 정신 역시 이율배반의 운명을 벗어날 수 없다. 그 적극적인 면은 사람이 점차적으로 객관적인 외부 현실세계와 자신의 주관세계를 이해할 수 있도록 하고 정신과 물질, 주관과 객관을 서로 통일시켜서 물질세계 속에서 정신의 경계를 향상시키도록 한다. 부정적 측면도 있다. 그것은 정신이 물질세계의 밖에 유리되어 있다고 오해하게 하여 갖가지 환상에 빠뜨리고, 정신과 물질, 주관과 객관을 분열시켜 갖가지 병리적 심리와 병리적 행동을 낳는 점이다. 이는 결코 특수한 일이 아니라 인류에게 보편적으로 존재하는 정신적 약점이다. 중세기에 신 중심의 지구 중심설이 해와 달과 별이 우리를 둘러싸고 돈다고 여기도록 오도한 것이 바로 정신적 환상이다. 이러한 몽매 상태를 깨고 인류를 그릇된 주관적 환상 속에서 벗어나게 하기 위해서 부르노 같은 위대한 과학자들이 종교 재판에서 화형을 당하면서 자신의 고귀한 생명을 바쳤다. 종

---

12    海涅, 『論浪漫派』, 董問樵, 『浮士德研究』, 32쪽에서 인용.

교의 본질도 인류 특유의 정신적 환상에서 기원한다. 성경에 이런 명언이 있다. 부자가 천국에 들어가는 것은 낙타가 바늘에 들어가기보다 어렵고 가난한 사람은 어깨에 힘을 주며 들어간다. 이것이 어찌 현실 물질세계에서는 번번이 실패하여 정신적 환상 속에서 허구의 승리를 찾아 도피하는 일이 아닐 것인가? 불교에서 각고의 수행을 통해 내세에 부처가 된다는 것도 기실 이와 같다. 사회주의 혁명 시기에, 극좌와 우파 기회주의 노선을 가던 지도자들은 사실상 이런 저런 주관 환상에 빠져 있었고, 정확한 노선을 견지한 혁명가가 얼마나 많은 대가를 지불하고서야 사람들을 환상의 미몽 속에서 깨어나게 한 지 모른다. 개인의 경우, 더욱더 보편적이다. 갖가지 자기 허풍과 자기기만, 허영 추구, 체면 추구, 맹목적인 높은 기준 추구와 가짜 승리 등등이 모두 정도와 형식은 각기 다르지만 모두 주관 환상에 빠져 있다는 것을 드러낸 것이다. 햄릿과 돈키호테, 오블로모프, 골랴드킨, 아Q 등등도 물질세계에서 번번이 실패하여 정신적 환상 속으로 도피한 수많은 인물의 전형적인 대표일 따름이고, 인류가 쉽게 마음속으로 도피하는 정신적 특징을 반영하였다. 이러한 약점은 고차원의 정신 활동을 영위하지 않는 동물에게는 존재하지 않는다. 사람에게는 고차원의 정신 활동이 있어서 도리어 이런 보편적인 약점이 생겼다. 이는 사람만이 지니고 있는 정신현상이라고도 할 수 있을 것이다. 때문에 마오둔茅盾이 '아Q의 모습'은 "인류의 보편적 약점의 어떤 점을 반영했다"[13]고 한 것은 극히 타당하다.

---

13 茅盾, 「讀吶喊」, 『1913~1983 魯迅硏究學術論著資料匯編』 第1卷, 中國文聯出版公司, 1985년판, 34쪽. 이하 『匯編』으로 약칭함.

이런 정신 현상에 대해 식견 있는 인사들은 진즉부터 연구를 진행했다. 저명한 아동 심리학자인 들라크루와Delacroix는 많은 연구를 통해 증명하였는데, "어린이의 놀이는…… 세계에 대한 집착이자 도피이다. 그는 세계를 정복하려고 하는 동시에 도피하려고 한다. 그는 이 세계에서 다른 세계를 구축하여 자신이 능력이 있다는 환상을 갖게 한다"는 것이다. 사실, 이러한 환상을 낳는 본능은 어린이만 있는 것이 아니라 성인도 지니고 있다. 다만 성숙한 형식으로 바뀌었을 뿐이고, 그러한 환상을 제거하려면 반드시 본능에서 자각으로 상승할 수 있어야 한다. 레닌이 지적하길, "사람 앞에는 자연 현상의 그물이 있다. 본능적인 사람, 즉 야만인은 자기를 자연계와 구분 짓지 못하고 자각적인 사람은 구분한다"고 했다. 이른바 '본능적인 사람'은 사실 유사시대 이전의 인류이다. 이런 사람은 '자기를 자연계와 구분 짓지 못하고' 매우 쉽게 본능에서 출발하여 정신적인 환상의 잘못된 미몽 속에 빠진다. '자각적인 사람'은 정신적 환상의 주관적 맹목성에서 벗어나서 정신과 물질, 주관과 객관이 서로 통일된 자각적 경지에 이른다. 인류의 선각자들은 철학과 자연과학, 정신현상학, 심리학, 문학예술 등등 여러 각도에서 사람들이 '본능적 인간'에서 '자각적 인간'으로 올라가고, 정신적 환상에서 깨어나 자각적 경계에 도달하도록 각성시킨다. 현재 세계적으로 갈수록 관심을 모으고 있는 선학禪學은 어떤 의미에서 보자면 하나의 생명학이고, 사람들이 이익과 명예, 상벌과 비방, 칭찬이라는 정신적 환상 속에서 벗어나 합리적이고 건강하고 기쁘게 생존하도록 각성시킨다. 세르반테스에서 루쉰에 이르기까지, 돈키호테에서 아Q까지 정신 전형을 창조한 이유도 사람들을 환상에서 벗어나

"행복하게 살고, 도리에 맞게 사람 노릇을 하"[14]도록 각성시키려는 의도였다. 도스토옙스키는 세르반테스의 『돈키호테』를 두고 이렇게 평가했었다.

전 세계에 이렇게 깊이 있고 이렇게 힘 있는 작품은 없다. 이것은 지금 인류가 낳은 가장 새롭고 가장 위대한 글이다. 이것은 사람이 표현할 수 있는 가장 비참한 풍자인데, 예를 들어 지구가 종말에 이르렀을 때 사람들에게 물어보라. '당신은 지구에서 당신들 삶을 알게 되었습니까? 당신은 이 삶을 어떻게 정리할 건가요?' 그때 사람들이 묵묵히 『돈키호테』를 건네주면서 말할 것이다. '이것이 바로 내가 삶에 내린 결론입니다. 설마 이것 때문에 나를 나무랄 것인가요?'[15]

영웅이 영웅을 존경한다고 하듯이, 정신 전형을 창조한 대작가들 간에는 서로 마음이 통한다. 그들은 지구의 종말에 이른 인류사의 총체적 관점에서 정신과 물질, 주관과 객관, 환상과 현실이라는 근본적인 철학 문제에서 출발하여, 지구에서 인류의 삶에 대해 근본적인 정리를 하고 근본적인 차원에서 사람들의 정신을 계몽시키는 것이다. 이것이 바로 햄릿, 돈키호테, 오블로모프, 골랴드킨, 아Q 등 정신 전형이 근본적으로 상통하는 점이다. 루쉰은 아Q라는 정신 전형을 창조한 뒤 후기에는 아진阿金[16]이라는 몽매한 여인 형상을 창조하였는데 모

---

14  「墳,我們現在怎樣做父親」, 『魯迅全集』 1卷, 人民文學出版社, 1981, 40쪽.
15  巴赫金, 『陀思妥耶夫斯基詩學問題』, 182쪽에서 인용.
16  【역주】 루쉰 산문 '아진(阿金)'에 등장하는 인물.

두 근본적인 차원에서 중국인의 생존 방식을 정리하고, 그가 사랑하는 중화 민족이 정신적 환상의 미몽에서 깨어나 '기만과 속임수의 연못'에서 벗어나서 인생을 직시하고, 직면하고 있는 물질세계를 직시하도록 깨우쳤다. 이는 가장 깊이 있고 가장 근본적인 계몽이다.


## 4. 철학 차원의 정신 병리 상태와
##         생리 차원의 정신 병리 상태


어떤 연구자가 아Q를 경증 정신병 환자라고 규정하자[17] 곧바로 다른 사람이 이의를 제기하여 그러한 관점은 실질적으로 아Q 성격의 분열이 가져오는 심미적 가치를 부정하는 것이라고 보았다.[18]

제기한 비판은 매우 정확하다. 아Q와 유사한 정신 전형은 생리적으로는 정상이고 건강하며, 결코 정신병 환자가 아니다. 햄릿은 특별히 미친 척하는 것이며, 정말로 미쳤다면 희곡 전체가 의미를 잃게 된다. 사실 그는 생리적으로도 미치지 않았을 뿐만 아니라 정신이 온전하며 재주가 넘치고 사상가이자 웅변가로서 부끄러움이 없다. 돈키호테는 주위 사람에게 미친놈이라고 여겨지고, 심지어 그의 충실한 시종인 산초도 '머리에 병이 있다'고 여기지만, 그 사람들에게 수준 높은 연설을 하자 그 자리에 있던 사람들은 '그가 여러 가지 문제에 식견도 높고 생각도 분명하고', 생리적으로도 정상이고 건전하다고 여기게 된

---

17    林興宅, 「論阿Q的性格系統」, 『魯迅研究』 1期, 1984.
18    張靜阿, 「試談論阿Q性格系統一文得失」, 『學習與探索』 6期, 1985.

다. '우는 얼굴을 하고 있는 기사' 본인조차도 결코 자기가 진짜로 미친 것이 아니고, 그저 고대 기사의 미친 모습을 배워서 연극을 하고 있다고 여긴다. 왜냐하면 그가 산초에게 마음에 두고 있는 두르네시아 아가씨의 답장을 받지 못하면 "정말 미쳐버릴 것이다"고 말하기 때문이다. 오블로모프는 생리적으로 더욱 미치지 않았다. "그는 결코 다른 사람보다 어리석지 않고, 그의 마음은 유리처럼 맑고 깨끗하고 고상하고, 친절하다." "그는 공부도 했고 세상물정도 알고, ……" "고상한 사상을 이해하는 재미에 대해, 인류의 고난에 대해서도 낯설지 않다." 골랴드킨은 어떤가? 두브로프루포프는 이렇게 분석했다. "이 사람이 왜 미치지 않는가? 그가 세상에 초연한 이치를 여전히 굳게 지킨다면…… 이 사람은 예전의 조용하고 만족스러운 상태에서 삶을 계속 이어 나갈 수 있을 것이다. 하지만 사정은 그렇게 되지 않았다. 영혼 깊은 곳에서 어떤 것이 상승하여 가장 침울한 항의로 표현되었고, 침울한 항의만이 그리 인내심이 없는 골랴드킨이 할 수 있는 것이다. 이것은 바로 미치는 것이다……."[19] 이것은 바로 골랴드킨이 평소에는 미치지 않았다는 것을 말하는 것이고, '침울한 항의'를 억누르지 못하고 표현할 때에 비로소 미쳤다는 것이다. 그러나 바로 이 점 때문에 이 전형 형상의 철학적 의미는 크게 감소했다. 마지막으로 우리의 아Q를 분석하면, 그는 생리적으로도 건전하고, '보리도 베고, 쌀도 찧고, 배도 젓고', '정말 일을 잘한다!' 뿐만 아니라 생각에서 언어까지 보통 사람과 같다. 겁도 많고 도둑질에 가담하여 '담도 넘지 못할 뿐만 아니

---

19    「逆來順受的人」, 『社勃羅留波夫選集』 第2卷, 494~495쪽.

라 집안으로 들어가지도 못하고 그저 집 밖에서 물건을 건네받고', '안이 시끄러우면 재빨리 도망친다.'

그렇다면 이런 인물은 완전히 건강하고, 병들지 않았는가? 그렇지 않다. 만약 그렇다면 이런 인물들은 완전히 의미를 잃게 된다. 그들은 정신적 병리를 지니고 있다. 다만 생리적이 아니라 철학적 차원이고, 정신과 물질, 주관과 개관, 환상과 현실의 철학적 관계에서 병리 상태에 빠져 있다.

철학적 병리 상태와 마찬가지로 구체적인 심리 취향도 다른 점이 있다. 돈키호테는 주관적으로 맹진하는 타입의 정신적 병리 상태로, 루쉰이 다음과 같이 분석한 바와 같다. 본래는 그렇게 복고적 분위기가 넘치는 때가 아니었지만, "기어이 옛날 협객의 길을 가려고 하고 그런 미혹에 집착하여 깨어나지 못하다가 끝내 곤경에 처해 고생을 하다가 죽었다". 그의 정신적 병리 상태는 "불평등을 타도하려 뜻을 세운" 동기에 있지 않고, "싸움 법"에 있고, "세상물정을 모른 것"에 있다.[20] 주관정신과 객관현실이 전혀 부합하지 않을 때 "어두운 밤에 검을 들고 풍차와 싸우고" 그 결과 끊임없이 고통을 겪는 "아주 착실한 책상물림이다".[21] 그가 잘못한 것은 사상이 시대보다 낙후되었고 주관적으로 맹동한 착오다. 그런데 햄릿에서 아Q까지는 내심 위축형 정신적 병리 상태이다. 햄릿의 비극은 괴테가 말한 것처럼 "위대한 일이 그것을 짊어질 수 없는 사람에 지워진 것이다".[22] 벨린스키도 "햄릿의

20  「集外集拾遺, 解放了的堂吉訶德」, 『魯迅全集』 第7卷, 397 · 398쪽.
21  「南腔北調集, 眞假堂吉訶德」, 『魯迅全集』 第4卷, 519쪽.
22  『莎士比亞評論匯編』 上, 196쪽.

분열은 책임을 인식하고 뒤에 나타난 연약함을 통해 표현되었다"[23]고 한 것과도 같다. 그리하여 마음속으로 물러서 우울과 망설임의 정신적 병리 상태에 빠질 수밖에 없다. 오블로모프는, "늘 마음 속 깊은 곳으로 물러서서 자기가 창조한 세계 속에서 산다"는 것을 잘 알고 있었다. 곤차로프는 슈돌츠의 심리 독백을 빌어 분명하게 지적한다. "이 오블로모프의 문제는, 그에게는, 햄릿의 문제보다 더 심오하다." 이는 곤차로프가 오블로모프라는 정신 전형을 창조할 때 셰익스피어가 햄릿을 창조한 예술 경험을 의식적으로 계승하였다는 것을 말해주고, 또한 인물의 내심 위축형 정신적 병리 상태를 더욱 깊이 있게 묘사하여 보다 깊이 있는 필치로 환상 속으로 파고드는 인물의 정신 활동을 그릴 수 있었다. 골랴드킨도 순수한 정신 영역 속으로 물러선다. 허세를 부리면서 근본적으로 살 능력이 되지 않는 고급 물건을 사고 모든 큰돈을 잔돈으로 바꾸어 주머니를 빵빵하게 하고…… 자신의 허구적인 자존감과 승리감의 환상 속에서 자기위안을 찾는다. 아Q의 내심 위축형 정신적 병리 상태는 위의 인물보다 더욱 뚜렷하고 집중되어 있다. 루쉰은 간결하고 힘 있는 발군의 필력을 발휘하여 이러한 정신적 병리 상태를 활발하고 완벽하게 썼고, 가짜 양놈에게 매를 맞을 때를 보면, 아Q는 '몸을 펴고, 어깨를 종긋하면서 기다리며', 더 이상 그럴 수 없을 정도까지 위축되어 있고, 맞은 뒤에는 도시어 '망각'이라는 조상 전래의 소중한 위력에 기대어 유쾌해지는데, 이러한 정신적 병리 상태를 극한까지 쓰고 있다. 이러한 내심 위축형 정신적 병리 상태

---

23    『莎士比亞評論匯編』上, 432쪽.

는 인류 사회에서 보편적이다. 엥겔스는 이렇게 말했다.

> 각 계급에 필연적으로 이런 사람들이 있다. 그들은 물질적인 해방에
> 서 절망을 느낀 까닭에 정신적으로 해방을 찾아 대신하고, 사상에서 위
> 안을 찾아 이를 대신하여 완전한 절망의 처지에서 벗어나려 한다. (…중
> 략…) 설명할 필요도 없이, 이처럼 사상에서 위안을 찾고, 외부세계에서
> 내부세계로 숨어드는 사람들 중 대부분은 필연적으로 노예다.[24]

루쉰은 일생동안 이런 내심 위축형 노예적인 정신적 병리 상태를
비판하였다.

그런 인물의 철학적 정신 병리상태는 자아 이미지의 과대망상으로
표현되기도 한다. 미국의 유명한 성형외과 의사이자 심리학자인 맥스
웰 말츠Maxwell Maltz는 수십 년간의 임상 실험과 이론 연구를 통해 못 생
긴 얼굴 모양을 바꾸는 것이 그 사람의 개성에 급격하고 극적인 변화를
가져온다는 것을 발견했지만, 여전히 수술 후에도 자기 비하감을 갖는
사례도 매우 많으며 여전히 못 생긴 얼굴을 하고 있는 것처럼 살기도
한다는 것을 발견했다. 이것에 암시를 받아 그는 사람들이 외재적 육체
모습과 내재적 '자아 이미지' 사이의 특수 관계를 발견하였고, '육체적
모습의 변화 자체가 개성을 변화시키는 진정한 관건은 아니며', '자아
이미지'라는 '비육체적인 개성의 얼굴'이야말로 '개성을 변화시키는
관건'이라는 것을 관찰하였고, 이를 통해 자아 이미지 심리학이라는

---

24 엥겔스, 「포이에르 바하와 초기 기독교」, 『맑스 엥겔스 전집』 19권, 334쪽.

새로운 학문이론을 정립했다. '자아 이미지'란 자기 스스로에 대한 인식과 평가를 말하는데, 말츠는 그것을 모든 사람들 마음 속 '심리적 설계도'이자 '자아 초상'이라고 알기 쉽게 비유하였다. 사람 마음의 눈 속에 이 설계도와 초상은 사람의 사상, 감정, 행동, 동작에 크게 영향을 미친다. 분명, 적절한 자아 이미지는 자아의 자신감을 강화시킬 수 있고 새로운 능력과 새로운 활력을 가져다주고, 자신의 잠재 영역을 확장시켜 주고, 잠재된 역량을 발휘하여 어려움을 이겨내고 승리를 획득하도록 해준다. 하지만 부적절한 자아 이미지는 사람을 맹목적이게 하곤 한다. 자기의 모습을 완벽하게 생각하면서 의지를 불태울 수 있고, 반면에 너무 초라하게 여기면서 자기 비하감을 가질 수 있다. 돈키호테는 자신의 모습을 더없이 숭고하게 여겼고, 자기가 시대의 영웅이라고 생각하면서 불의를 해결하려고 뜻을 세웠다. 그래서 "그저 웃음거리로 전락했고, 온갖 고생을 다했으며, 결국 속임을 당하고 몸을 다친 뒤 낭패한 처지가 되어 돌아와서 집에서 죽었다. 죽을 때가 되어서야 그가 그저 보통사람일 뿐, 대협객이 아니라는 것을 알았다".[25] 하지만 아Q는 확정적인 '자아 이미지'가 전혀 없었다. 어떤 때는 지나치게 잘난 체를 하지만 어떤 때는 자기 비하감에 빠진다. 이는 완전히 사물을 판단하는 객관적인 기준이 없는 것으로, 오직 심적인 기쁨과 정신적 승리만을 추구해서 그런 것이다. 루쉰은 자기가 하던 『신생新生』잡지가 실패를 한 것을 회고하면서 말했다. "이 경험이 나를 반성하게 했고 스스로를 보게 되었다. 나는 결코 한번 외치면 사람들이 구름처럼 몰려드는 영웅은

---

**25**　「二心集, 中華民國的新堂吉訶德們」, 『魯迅全集』6卷, 352쪽.

결코 아니었다."²⁶ '스스로를 보는 것'은 자기를 영웅으로 보거나 자기를 비하하는 정신적 착각에서 각성하여 정확한 '자아 이미지'를 세우는 것이다. 그래서 '스스로를 보는 것'은 결코 쉬운 일이 아니어서, 래비 번스ᴿᵃᵇᵇⁱᵉ ᴮᵘʳⁿˢ라는 시인은 이런 기발한 시구를 쓰기도 했다. "아아, 나는 내게 이런 능력을 내려 줄 신을 얼마나 희망했던가. 우리가 다른 사람의 눈으로 나를 살필 수 있도록." 돈키호테는 죽을 때가 되어서야 '스스로를 보았고', 아Q는 죽을 때가 되어서도 보지 못한 채 어리석었다. 이런 '자아 이미지'의 과대망상과 어리석음은 실제로는 주관과 객관의 불일치의 정신적 환상이 초래한 것으로, 철학적인 정신적 병리 상태에 속한다. 생리 차원의 정신적 병리 상태를 앓고 있는 사람은 소수이고, 이러한 병을 치료하는 것이 의사의 임무이다. 그런데 철학 차원의 정신적 병리 상태에 빠진 사람은 상당히 보편적이고 많은 사람들이 죽을 때까지 깨닫지 못한다. 이러한 정신적 병리 상태를 치료하고 많은 인민들에게 정신적 계몽을 진행하는 것이 바로 사상가와 문학가, 심리학자의 직책이다.

주인공을 생리 차원의 정신병 환자로 쓸 수 없을 뿐만 아니라 게다가 윤리 도덕 차원에서도 악인이나 나쁜 사람으로 쓸 수 없는 사람은 사람들이 동정할 수 있는 선량한 사람으로 써야 한다. 햄릿이나 돈키호테, 오블로모프, 골랴드킨이나 아Q는 모두 철학 차원의 정신적 병리 상태에 빠진 선량한 사람들로 사람들이 깊이 동정하게 된다. 정신 전형을 창조하는 작가라는 점에서 루쉰과 통한다. 루쉰의 말처럼, 소설

---

26    「吶喊, 自序」, 『魯迅全集』 1卷, 417쪽.

의 "제재를 취한 것은 대부분 병태적인 사회의 불행한 사람들에게서 였고, 그 의도는 고통을 드러내 치료에 대한 관심을 일으키려는 것이 었다."[27] 세르반테스는 『돈키호테』에서 주인공의 입을 빌려 말했다.

키케로에 따르면 희극이란 인생의 거울이어야 하고, 세상의 모습이 자, 진리의 표현이어야 한다.

셰익스피어도 마찬가지로 햄릿의 입을 빌려 이렇게 말했다.

연극의 목적은 자연에 비추는 거울이고, 덕행에게 자신의 모습을 보 이는 것이고, 황당함에 자신의 자태를 보이는 것이고, 시대와 사회에 자 기의 이미지와 인상을 보이는 것이다.

생리적으로는 건강하지만 동정을 일으키는 선한 사람의 철학적인 정신적 병리상태를 써내야만 이런 거울과 같은 세상을 풍자하는 작용 을 일으킬 수 있고, 독자들이 동정심을 느끼면서도 주의력을 정신과 물질, 주관과 객관, 환상과 현실이라는 철학의 근본에 집중하여 근본 적인 정신적 계몽을 받고 사람들은 정신적 환상 상태의 미몽에서 각성 할 수 있게 된다. 그렇지 않고 미치광이나 악인, 삐에로를 쓰게 되면 정신 전형이 마땅히 지녀야 할 심미적 가치와 인식적 의미를 잃게 되 고, 정신적 계몽의 엄숙한 특징을 잃게 된다. 이게 바로 루쉰이 아Q를

---

27    「我怎樣做起小說來, 南腔北調集」, 『魯迅全集』 4卷, 512쪽.

연민을 느끼게 하는 낙후된 농민의 이미지로 쓴 주요 이유이다.

당연히 정신 전형이라고 해서 다 병태적이고, 정신과 물질의 관계에서 착오가 존재하는 것은 아니다. 돈키호테, 아Q라는 병태적 부정성과 풍자적 정신 전형과 다르게 파우스트는 건강하고 긍정적이고 명예를 찬양하는 정신 전형이고, 물질세계 앞에서 자강불식과 끝없이 정진하는 정신을 표현했다. 그리고 단테의『신곡』속의 '나'도 이런 정신 전형에 속하고 신구교체 시대에 타성을 극복하고 굳건한 의지로 미망과 고난을 이기고 진리와 지극한 선의 경지에 이르는 새로운 인물 정신을 표현하였다. 니체의『짜라투스트라는 이렇게 말했다』에 나오는 주인공은 실질적으로는 마찬가지 정신 전형으로, 잠재능력을 크게 발휘시키는 충격 창조형 '초인'정신을 표현하였다. 니체가 세계 문화 유명인에게 미친 큰 영향은 실제로는 구체적인 학술적 전수가 아니라 추상적인 정신적 전수였고, 다른 시대와 다른 사회, 다른 계급의 사람들에게서 완전히 다른 구체적 효과를 내곤 했다.

철학 차원의 정신적 병리 상태의 풍자성 전형 형상으로 소극적으로 사람들을 깨우치고 교육시킨다거나 건강하고 명예를 추구하는 전형 형상으로 적극적으로 사람을 격려하고 감화시키는 것은 정신 전형의 사회 교육 역할의 두 측면이다.


## 5. 정신이 성격보다 높다

두브로프루포프는『무엇이 오블로모프의 성격인가?』에서 루딘[28]

등 '잉여 인간'과 오블로모프를 같은 전형 계열로 열거하고, 오블로모 프가 종합적이고, 가장 성공적이라고 했다.

그렇다. 그러한 '잉여 인간'의 전형 계열에서 오블로모프만이 정신 전형의 경지에 도달하였다. 투르게네프 작품에 나오는 루딘과 대비하 여 말하자면 루딘은 확실히 크로포트킨이 말한 것처럼 "이러한 전형 적 인물의 완전한 예술 표현을 얻었고," "행동은 없이 공언만 있는" 루 딘형의 전형적 성격을 성공적으로 창조했다. 이러한 전형적 성격은 모리Maury가 표현한 인색한 인간과 다르고, 누구를 대하든 어떤 상황에 서든 언제나 인색한 단일한 유형 성격이 아니라 살아 생생한 여러 가 지 열정과 여러 가지 다양한 성격의 예술 전형이다. 그는 낭만주의자 이고 현실에 부합하지 않은 데다 행동 능력도 없는 사람이다. 그러나 공중의 이익에 심취하여 쉬지 않고 일을 하고 기꺼이 희생하고 자기 사상을 위해 산다. 그는 애정 앞에서 위축될 뿐 기꺼이 굴복하고 유약 한 성격을 드러낸다. 그러나 정직하고 이기적이지 않고 자존과 자기 애를 강조하고 진리를 열렬히 사랑하고 세상을 떠돌며, 마지막에는 파리 노동자 봉기 때 시가전에서 생명을 바치는데, 가슴에 큰 뜻이 없 이 그저 현실만 이야기하는 르네예프보다 사상의 경지가 훨씬 높다. 그는 확실히 뛰어나고, 풍성하고, 진실한 예술 전형이라 할 만하다.

그러나 루딘은 어쨌든 정신 전형이라고 할 수 없다.

왜 그런가. 곤차로프가 그린 오블로모프와 비교하면 차이를 알 수 있 다. 곤차로프는 매우 섬세하고 깊이 있게 오블로모프의 정신 활동을 묘

---

**28** 【역주】투르게네프의 장편소설 『루딘』의 주인공.

사했고, 심지어 한 장을 완전히 할애하여 '오블로모프의 꿈'을 아낌없이 길게 묘사하여 그의 환상 세계를 썼다. 이처럼 길게 쓰는 작법은 분명 많은 독자들의 경우 결점이라고 생각한다. 하지만 이것이 바로 특징이다. 두브로프루포프가 말한 것처럼, "곤차로프 재능의 가장 강력한 측면은 그가 대상의 전체 형상을 포착하는 데 능하고 이러한 형상을 가공하고 빚어내는 데 능하다는 점이다. 이것이 바로 그가 동시대 러시아 작가와 특히 다른 점이다". 만약 오블로모프라는 제재가 '다른 작가에게 떨어졌다면 그를 다른 모습으로 썼을 것이다. 그는 아마도 그를 사랑스럽고 우스꽝스럽게 만들었을 것이고, 그의 게으름뱅이 기질은 아마도 조소의 대상이 되고 올가와 슈돌츠를 찬미할 것이고, 그래서 사건은 그렇게 완결될 것이다. 이러한 이야기는 어쨌든 사람들이 싫어하지는 않을 것이지만 어떤 특별한 예술적 의미는 없다. 하지만 곤차로프는 다른 방법으로 이 일을 진행했다'. 그 다른 방법은, 두브로프루포프의 설명에 따르면 다음 세 가지로 정리할 수 있다. ① 눈앞 현상의 원인을 철저히 찾아내서 현상을 둘러싼 모든 관련된 것을 세세하고 분명하게 드러내서 부조하듯이 전달하고 묘사하였고, '그의 앞에서 스쳐 지나가는 우연한 이미지를 전형의 지위로까지 향상시키려 노력하였고 그것에 보편적이고 영원한 의미를 부여했다'. ② '자기 영혼 속 내재적 세계와 외부 현상 세계를 하나로 엮어서 그들의 정신을 통치하는 프리즘을 통해 전체 생활과 자연을 관찰하였다.' ③ 일부 예술가처럼 모든 것을 조형미의 감각 지배를 받게 하여 어떤 대상의 어떤 측면 혹은 어떤 사건의 어떤 순간에 미혹되는 것이 아니라 그 대상을 이리저리 오가면서 여러 측면에서 관찰하고 이러한 현상의 모든 순간이 완전히 드러나기를 기

대하고 그런 뒤에 예술적 가공에 임한다.[29]

곤차로프가 사용한 다른 방법은 투르게네프가 정신 전형을 창조하는 방법과 다르다. 한마디로 말해서 투르게네프가 사용한 것은 성격 조형 식의 부조예술이고, 곤차로프가 사용한 것은 정신 굴착형 투각예술이다. '행동은 없고 빈말만 있는' 루딘의 성격이든 오블로모프의 게으르고 냉담한 것이든 현실 세계와 유리되고 내심 세계로 퇴각한 정신의 밑바탕에서 탄생하였다. 투르게네프는 이러한 밑바탕을 드러내지 않았지만 곤차로프는 특별히 아주 강력하게 발굴해 내어 투각식으로 전달하고 묘사했고, 이 때문에 오블로모프라는 전형이 특별히 정신적인 함축적 의미를 지니게 되었다.

셰익스피어의 『햄릿』, 그리고 아마도 그 극의 원래 제재이었을 최초의 극본과 대조를 해보면 정신 전형과 일반 성격 전형의 차이를 볼 수 있다. 셰익스피어가 『햄릿』을 쓰기 전에, 일찍이 1589년 무렵에 같은 이야기를 제재로 한 비극이 런던의 무대에 출현했다. 그 극본은 진즉에 소실되었는데, 18세기 독일에서 「형 살해범의 징벌기 - 한 덴마크 왕자 햄릿」라는 독일어 극본의 필사본이 발견되었고, 추측에 따르면 이것을 수정하고 압축하여 쓴 것일 수 있다는 것이다. 이 필사본으로 보자면 처음 햄릿에 관한 비극은 그저 일반적인 복수극이었고, 햄릿의 독특한 광기는 조금도 비슷하지 않고 이른바 '지극한 우울'도 그저 공허한 말일 뿐이었다. 하지만 셰익스피어는 이 평범한 복수극을 위대한 사회 비극으로 녹여 냈는데, 그 관건은 햄릿의 복수 행동을

---

**29**　『杜勃羅留波夫選集』 1卷, 185~186쪽.

지연시키는 데 있었다. 현실에 대한 지극히 깊이 있는 인식과 감수성을 지니고 있던 셰익스피어는 햄릿이 매우 미친 사람과 같은 가슴 아픈 말을 하게 했고, 그에게 '지극한 우울'에 극히 심오한 사회 내용과 정신의 함축적 의미를 불어넣어, 그의 의지의 박약, 현실세계를 이탈하고 내심 세계로 후퇴한다는 정신적 바탕을 깊이 있게 드러내고 그래서 햄릿이라는 '당대만이 아니라 만세를 비추는'(벤 존슨) 불후의 정신 전형을 창조했다.

「아Q정전」의 제재가 만약 다른 작가에게 갔다면 다른 모습으로 창작되었을 것이고, 가볍고 오락 목적의 글로 썼을 수 있고 재미있는 코미디로 창작하여, 아Q를 무뢰한으로 보고 조소할 수 있다. 루쉰이 걱정한 것처럼 "그저 골계만 남게 되는 것이다".[30] 결국 어떤 의미를 갖는 게 불가능하다. 1930년대, 상하이에서 코미디극『왕 선생의 비밀王先生的秘密』이 한때 유행하였고, 혹자는 왕선생을 도시의 아Q라고 부르기도 했다. 당시 날카롭게 비판한 글을 쓴 사람도 있는데, 왕 선생은 그저 "삐에로이고, 특정 시대나 특정 사회의 전형이 아니다.『왕 선생의 비밀』은 재미 요소만 있고, 아Q정신이 없고, 당연히 왕 선생은 아Q가 아니다"[31]고 지적했다. 루쉰이 아Q를 쓴 것과 곤차로프가 오블로모프를 쓴 것 사이에는 공통점이 존재하는데, 결코 아Q의 웃기는 언행을 표면적으로 묘사한 것이 아니라 그런 웃기는 언행의 정신현상을 끝까지 찾아서 명확하게 '정리 승리법'으로 정리하고, 상세하고 뚜렷하게 투각 방식으로 돌출시켜 전달하고 묘사하여 그것을 정신 전형의

---

30 『魯迅書信, 301013致王喬南』,『魯迅全集』12卷, 26쪽.
31 爾輯,『王先生的秘密和Q精神』,『匯編』1卷, 1143쪽.

경지로 승화한 점이다. 루쉰이 정신 전형을 창조한 의식은 확실히 이전 사람보다 더욱 자각적이고, 분명해졌다.

쑤쉐린蘇雪林은 「아Q정전 및 루쉰의 창작 예술阿Q正傳及魯迅創作的藝術」이라는 글에서 아Q는 영국의 메레디스George Meredith의 『이기주의자』에 나오는 윌로비와 "함께 대대로 전해질 것이다"고 말했다. 메레디스는 이 소설 속에서 「이기주의」라고 불리는 또 다른 대작을 짓고, 이기주의의 모든 원칙을 써냈고, 주인공 윌로비의 모든 언행과 성격은 모두 이러한 원칙에서 출발하여 이기주의 정신의 주재를 받았다. 이것 역시 정신이 성격보다 높은 예다. 하지만 이 소설은 문체가 난해하고 책 전체가 커다란 수수께끼였기 때문에 독자들이 받아들이기 쉽지 않았고 인물 정신도 철저하게 쓰지 못하였으며, 그래서 그 가치는 『햄릿』, 『돈키호테』, 『오블로모프』, 「아Q정전」과 비교할 게 못된다.

헤겔은 『정신현상학』에서 파우스트 식의 쾌락을 추구하는 정신, 돈키호테 식의 개혁가 정신 및 드니 디드로Denis Diderot의 『라모의 조카』에 묘사된 분열된 정신을 인류의 정신현상의 역사 범주 속에 두고서 분석을 진행하였는데, 일반적인 인물성격은 정신현상의 역사 경지로 상승하기 어렵다. 라모의 조카는 변증법적 방법을 통해 창조된, 고상함과 비루함, 재주와 어리석음이 서로 혼합된 정신 전형에 속하는데, 헤겔에서 마르크스, 엥겔스 같은 사상가의 높은 평가를 받았고, 비교할 수 없는 걸작이라고 여겼다. 하지만 문학 형상성이 비교적 떨어지고 대화체의 창작 방법은 다른 여러 민족의 감상 습관에 적합하지 않아서 돈키호테와 같은 인물처럼 널리 퍼지지 않았다. 헤겔은 인류의 예술품을 '추상적 예술품' '생명이 있는 예술품' '정신적 예술품' 세 종류로 나누었다. 헤겔은 '추상적 예술품'은 본질적으로 "사람의 형식적 존재를 취한 것이 아니며," 단지 사람의 외형적 모습만 지니고 있다고 보았다. '생명이 있는 예술품' 단계에서 사람들의 영웅인물에 대한 숭배는 여전히 직관적이고 감성적 단계에 머물러 있고, 혹은 여전히 이러한 인물의 위대함과 강함, 아름다움을 직관적으로 인식할 따름이다. 그러한 인물의 내심 세계 및 그들의 주변 사람과 일과의 복잡한 관계, 그들의 역사적 지위와 의의는 사고하거나 소화할 수 없다. 때문에 이 모든 것은 바로 예술적으로 재창조해 낼 수 없다. 하지만 '정신적 예술'만이 진정한 고급 예술품으로, 보다 깊은 함축적 의미와 보다 넓은 역사적 배경에서 위에서 언급한 인물 및 그 복잡한 사회관계를 인식하고 파악하고 표현한다. 이러한 진정으로 함축적 의미가 풍부하고 깊은 정신 예술품은 영원한 매력과 가치를 지니고, 특정 민족 정신을 응결시키고 축적하고 있다. 헤겔은 "민족정신 자체에 대해 순수한 직관을 투사하여 보편적 인생을 보여준다"고 지적하였다.[32]

유형화와 개념화된 작품이 헤겔이 말한 '추상적 예술품'이라고 볼 수 있고, 일반적 예술 전형을 창조한 작품은 '생명이 있는 예술품'이라고 볼 수 있다. 그리고 가장 성공적인 예술전형, 그 속에 정신 전형을 포함한 작품을 창조한다면, 이를 '정신적 예술품'으로 볼 수 있다. 정신 전형은 평범한 사람들이 지닌 인류적 공통 특징을 반영할 뿐만 아니라 보다 본질적으로는 정신과 물질, 주관과 객관, 환상과 현실이라는 인간이라면 누구나 직면하는 철학의 근본문제 속으로 깊이 들어

---

32    黑格爾, 賀麟, 王玖興譯, 『精神現象學』 下卷, 商務印書館, 1983, 213쪽.

가서 이러한 철학의 근본에서 갖가지 정신 상태를 표현하고, 그리하여 필연적으로 큰 보편성을 지니게 된다. 투르게네프가 유명한 『햄릿과 돈키호테』에서 말한 것처럼, "모든 사람들은 많건 적건 이 두 유형 가운데 하나이고, 우리는 거의 모든 사람은 돈키호테에 가깝거나 혹은 햄릿에 가깝다".[33] 하이네는 「셰익스피어의 소녀와 부인」이란 글에서 "우리가 햄릿을 아는 것은 마치 우리가 우리 자신의 얼굴을 아는 것과 같다. 우리는 늘 거울에서 그를 보지만 그는 결코 사람들이 믿는 바와 같이 우리가 알려진 것만 못하다"[34]고 말했다. 아Q도 그래서, 마오둔은 "이 소설을 읽을 때면 아Q라는 이 사람이 늘 익숙하다고 느껴진다"[35]고 말했다. 가오이한高一涵도 『아Q정전』이 막 발표되었을 때 많은 사람들이 의심하면서 자기를 욕한다고 생각하던 모습을 생동적으로 묘사했다.[36] 중국인만 이런 느낌을 가진 것이 아니라 외국인도 아Q가 익숙하였다. 인도네시아 작가 르파무디아는 "아Q의 상황은 우리 같은 일반인의 상황이다"면서, 루쉰의 위대함은 "그는 우리들이 아Q의 상황을 ─ 우리의 상황 ─ 인식하도록 하였고, 우리가 그런 상황을 벗어나기 위해 노력하도록, 나아가 우리의 자매와 자손을 위해, 지구상에서, 현재와 미래에 영원히 그런 상황을 해소시키도록 이끈다는 데 있다"고 했다. 과테말라 작가 미겔 양헬 아스쿠리아스는 아메리카의 많은 민족에게도 정신 승리법이 있다. 그것은 "우리가 억압자에게 투쟁할 때 우리가 우리의 상황을 정확하게 보는 것을 방해할 뿐이며,

---

33　『沙士比亞評論匯編』上, 466쪽.

34　위의 책, 340쪽.

35　茅盾, 『通信』, 『滙編』 1卷, 25쪽.

36　涵廬(高一涵), 『閑話』, 『匯編』 1卷 172쪽.

그래서 지금은 그것을 마땅히 버려야 할 때다"라고 했다.[37] 이런 상황이 출현하는 원인은 어떤 계급, 어떤 나라 사람이든지 정신과 물질, 주관과 객관, 환상과 현실이라는 철학의 근본문제에서 벗어날 수 없고 많건 적건 착각과 착오를 지니기 때문이다. 바로 이러한 이유로 정신 전형은 특정 계급 지위에 처한 생생한 구체적 인물로서 동시에 인류의 정신적 특징의 보편성을 반영하는 것이다. 또한 바로 이러한 이유로 정신 전형은 인류 정신에 매우 깊이 있는 영향을 낳고 연구자들이 끝없이 논쟁하고 의견이 분분하도록 하고, 영원히 발굴해도 끝이 없는 정신적 의미가 함축되어 있는 것이다.

허치팡의 '공동 이름설'은 말의 의미 차원에서 구체적 인물과 보편 정신 사이의 모순을 해결하려 하였고, 표면적 의미 해석의 효과를 얻었지만 근본을 포착할 수 없었고, 결과적으로 사람들의 비판에 난파 당할 수밖에 없었다. 왜냐하면 정신은 물질에서 기원하며 다른 정신적 기원은 다른 물질조건과 사회관계 속에서 찾을 수밖에 없기 때문이다. 햄릿의 망설임은 17세기 봉건제와 신흥 자본주의 사이의 모순에서 기원하며, 그런 회의와 깊은 사색의 시대 속의 신흥 자산계급의 연약함을 반영하였다. 돈키호테의 주관적 맹목성은 신구 교체 시대에 기사제도에 미련을 갖는 구 신사계급의 시대에 낙오된 상황을 반영하였고, 오블로모프의 나태함과 냉담함은 러시아 농도제도가 붕괴되기 전야의 지주계급의 몰락과 파멸에 이르는 상황을 표현하였다. 아Q의 정신 승리법은 신해혁명 전후 중국의 낙후된 농민이 각성하지 못하고,

---

37  「魯迅先生逝世二十周年記念大會上的報告和講話」, 『文藝報』 20期 부록, 1956.

우매하고 멍청한 정신을 잘 표현하였고, 1840년 아편전쟁 이후 중국이 제국주의 열강에게 문화를 개방하고 반봉건 반식민지로 떨어지고, 그로 인해 출현한 일종의 실패주의, 노예주의 사회심리를 그리고, 동시에 하느님이나 신에게 복을 기원하지도 내세에 행운을 기원하는 것도 아닌 채 내심으로 퇴영하여 가짜 승리를 구하는 중국 도가 문화 심리의 특징을 반영하였다. 루쉰이 거듭하여 비판한 '체면'을 중시하는 중국정신의 원칙은 기실 중국 식의 정신적 환상에 빠져서 가짜 승리를 추구하는 특징적 표현이다. 당연히 "오블로모프는 지주일 뿐만 아니라 농민이고, 농민일 뿐만 아니라 지식인이고, 지식인 일뿐만 아니라 노동자이자 공산당원이다".[38] 우리 모든 사람의 몸에는 많건 적건 햄릿과 돈키호테, 오블로모프나 아Q의 그림자를 지니고 있다. 하지만 이는 정신과 물질, 주관과 객관, 환상과 현실이라는 철학의 근본 문제 상의 착각과 착오일 뿐으로, 구체적인 표현 형태는 큰 차이가 있다. 같은 정신 승리법이라고 해도 아Q와 자오 나리에게는 완전히 다른 계급 내용과 계급 본질이 반영되어 있다. 구체적인 시대와 구체적인 계급, 구체적인 물질적 환경과 구체적인 사회관계를 모두 벗어난 초월적인 추상적 정신은 존재하지 않는다. 구체적인 역사적 환경과 구체적인 계급 내용을 벗어나서 단지 말의 의미 차원에서 '공동의 이름'을 찾는 것은 추상적 인성론이라는 말을 듣는 것을 피하기 어렵다. 이로 미루어보자면 단지 생물학과 심리학의 각도에서 아Q 정신 승리법의 철학적, 심리적 함의를 분석하고 구체적 사회 역사적 환경과 계급 내용을

---

38    『列寧論文學與藝術』2, 人民文學出版社, 1975, 625쪽.

소홀히 하는 것 역시 잘못에 빠지기 쉽다. 타당한 방법은 구체적 사회 역사적 환경과 계급 내용에서 출발하여 차츰 인류 보편의 정신 분석으로 상승하는 것이다.

하지만 만약 어떤 정신을 낳은 구체적 역사 환경과 특정 계급 범주에 심하게 구속되어 그 보편성을 소홀히 한다면 마찬가지로 구체적 인물과 보편 정신 사이의 모순을 해결할 수 없고, 심지어 보다 더 깊은 수렁으로 빠져들 수 있다.

제3의 사유방법을 택하여, 밖에서 안으로 향하는 '기식' 정신설을 채택하는 것도 본말전도일 수 있는데, 왜냐하면 정신은 인간 내부의 고유한 것이고, 인간이라는 고도로 발전한 물질 실체와 유리된 어떤 정신도 존재하지 않기 때문이다.

정신은 인간의 영혼이고, 사람의 성격 체계의 핵심이자 그것을 주도한다. 인물형상과 성격 체계 속에서 정신적 특징을 취하는 사유법을 지녀야 효과적으로 구체적인 인물과 보편정신 사이의 모순을 해결할 수 있다. 당연히 정신 전형은 풍부한 다방면의 전형 성격을 지녀야 한다. 아Q의 주요 정신적 특징은 정신 승리법이다. 하지만 결코 여기에 국한되지 않는다. 만약 고립적으로 정신 승리법이라는 이러한 주요 특징만 취한 채 전체 성격체계와 사회 역사적 배경을 소홀히 한다면, 전면적으로 아Q의 전형성을 이해할 수 없고, 아Q는 생생한 구체적 인물에서 창백하고, 생명력이 없는 죽은 개념으로 변할 것이다. 그러나 만약 순박하고 우매함에서 자기비하까지 아Q의 성격 체계를 빈틈없이 논하면서도 유독 정신을 소홀히 한다면 핵심을 잃을 수밖에 없다. 왜냐하면, 정신은 성격보다 높기 때문이다.

# 6. 정신 변형과 예술 변형

그렇다면 정신 전형만이 가장 성공적인 예술전형이거나 가장 성공적인 예술전형은 정신 전형에만 국한되는 것인가?

분명히 그렇지 않다. 가장 분명한 실증적인 사례는 톨스토이가 창조한 일련의 예술전형이다. 세계에서 가장 위대한 이 소설가가 창조한 안나, 레빈, 피예르, 나타샤 같은 풍성하고 깊이 있는 전형인물은 가장 성공적인 예술전형의 대열에 속하지만 모두 정신 전형이라고 할 수는 없다.

가장 중요한 이유는 앞에서 말했는데, 톨스토이나 투르게네프의 일반 유형 소설에서 묘사한 중점은 주인공의 인생 경력과 성격발전이고, 도스토옙스키 같은 작가의 작품처럼 묘사의 중점이 주인공을 좌우하는 사랑, 즉 구체인물이 지닌 정신 깊은 곳의 사상활동과 정신현상이 아니다. 당연히 톨스토이 같은 작가의 작품에도 많은 분량으로 인물의 심리활동을 세밀하게 묘사하고 있고, 『전쟁과 평화』에서는 피예르와 레빈 등의 인물의 철학적 사고를 쓰고 있고, 『안네 카레니나』 결말 부분에서 아노는 레빈의 우주의 근원에 대한 철학적 질문이 있고, 『부활』에는 더욱 철학적 논쟁이 가득하다. 하지만 묘사의 중점은 종국에 인생의 경력으로 돌아가고, 정신현상이 아니다. 성격조형식의 부조예술이지 정신탐사식의 투각예술이 아니다.

다른 특별한 원인은 비코가 『신과학』에서 말한 '변형' 때문이다.

시의 기형물질(monsters)와과 변형(metamorphoses)은 원시 인

성의 어떤 필요에서 기원한다. 즉 형식이나 특성을 주체에서 추상해 낸 것이 아니다. 그들의 논리에 따르면 주체를 함께 놓아야만 그러한 주체의 각종 형식을 같이 놓을 수 있고, 혹은 주체를 훼손해야만 이 주체의 주요 형식과 강제된 그와 상반된 형식을 분리시킬 수 있다. 이러한 상반된 관념을 함께 놓으면 시의 기형 괴물이 만들어진다.[39]

인류예술도 나선형으로 상승하며, 원시문화 속에 조야한 상태로 놓인 변형예술은 나중에 고급 정신예술작품 속에 출현한다. 하지만 형식 혹은 특성을 주체에서 추상해 내는 능력이 없는 것이 아니라 그와는 정반대로 이러한 능력이 최고 극한에 이르고, 그러한 정신특징을 인물 주체에서 추상해 낼 수 있는 것에 이르고, 기형적 괴물의 시와 철학이 서로 만나는 경계로까지 상승하는 것이다. 이것이 정신 전형과 기타 예술전형의 또 다른 구별을 낳는다. 톨스토이, 투르게네프 등 작가의 소설은 장엄한 정극正劇이고, 정통 수법으로 장엄한 인물 전형 형상을 창조한다. 도스토옙스키 같은 작가는 변형적인 예술수법을 택하여 주인공의 변형된 정신을 드러낸다.

이러한 정신변형과 예술변형의 특징은 주로 다음과 같은 6개 방면으로 표현된다.

먼저, 인물변형이다. 도스토옙스키 등의 작가는 흔히 '황당한 사람'을 주인공으로 선택한다. 도스토옙스키가 그린 골랴드킨이나 미시킨, 라스콜리니코프, 이반 카라마조프 등의 인물은 거의 '우스운 면을 일

---

**39**　維柯, 『新科學』, 人民文學出版社, 1986, 183~184쪽.

부 지니고 있고' 도스토옙스키는 괴벽이 없으면 가치가 전혀 없다고 여길 정도였다. 세르반테스가 그린 돈키호테나 셰익스피어가 그린 햄릿, 곤차로프가 그린 오블로모프, 그리고 루쉰이 그린 아Q 등도 모두 다소 황당한 면과 웃기는 요소를 지니고 있다. 이는 작가가 특수 수법을 채용하여 인물에 모종의 괴벽스러워 보이는 실제 모습에 깊은 함축 의미가 포함된 정신특징을 과장하고 변형하고 만화스럽게 하고, 비현실화시켰기 때문으로, 지나치게 현실적이거나 지나치게 세밀한 세밀화가 아니라 크게 의미를 그리는 철학적인 만화다.

다음은 관념변형이다. 도스토옙스키 같은 작가는 '황당한 사람'을 주인공으로 선택했을 뿐만 아니라 그런 '황당한 사람'의 정상적인 상태를 벗어난 비정상적 사상관념과 정신현상을 중점 묘사하였다. 예를 들어 돈키호테의 주관주의는 기괴하고 황당한 정도에 이르렀고, 아Q의 정신 승리법도 완전히 황당무계하다. 사실, 이러한 비정상적 사상관념과 정신현상은 사람들 머릿속에 아주 보편적으로 존재한다. 다만 정도만 다를 뿐이거나 우연적일 뿐인데, 왕왕 무의식적이고 비자각적이어서 그렇다. 도스토옙스키 등의 작가는 이러한 비정상적 사상관념과 정신현상을 이러한 정신과 물질, 주관과 객관, 환상과 현실이라는 철학의 근본 문제에 존재하는 착각과 착오로 드러내고 일종의 변형된 시학경계로 상승시켰고, 그리하여 사람들에게 경각심을 갖게 하고, 자성하게 하고 자아의 정신적 병리상태를 치유하게 하였다.

플롯 변형이다. 이러한 인물의 정신과 물질, 주관과 객관, 환상과 현실이라는 철학의 근본 문제에 존재하는 착각과 착오를 드러내기 위하여 작가는 흔히 일부러 황당하고 우스워 보이는 요소를 풍부한 함축을 지닌 플롯으로 허구적으로 구성한다. 예를 들어 돈키호테가 풍차와 싸울 때 인물의 주관적 맹목성을 드러냈다. 아Q가 왕털보와 이를 잡는 경쟁을 할 때는 인물의 미와 추의 경계를 사라지게 했고, 단숨에 허구적 승리를 추구하는 정신특징을 드러냈다. 작가가 세부묘사를 선택하고 플롯을 짤 때 흔히 표면적인 열렬함이나 아슬아슬함, 파란만장함을 추구하는 것이 아니라 인물의 정신특징과 심리기제를 반영하려고 노력하는 것이다. 루쉰이 말한 것처럼 "특별한 하나가 사람을 감동시키고,"[40] 플롯의 단순성과 기이함, 함축적 의미의 심오함과 풍부함을 서로 통일시키는 것이다.

이미지의 변형이다. 『햄릿』에서 「아Q정전」까지 특히 도스토옙스키의 작품에 반복하여 출현하는 이미지는 발광과 질병, 신체의 손상 혹은 악성 종양이나 질병 등으로, 어둡고, 무겁고, 공포스러운 이미지와 분위기가 가득하다.

구조의 변형이다. '황당한 사람'의 비정상적인 정신특징을 드러내고, 플롯 변형 필요에 부합하기 위해서 작품 구조도 일반적인 규칙에서 벗어나 변형이 출현한다. 『햄릿』은 주인공의 우울과 망설임을 부각시키기 위해, 희곡 구조에서 일부러 지연을 진행하였고, 충돌의 고조를 지연시켰다. 그런가 하면 『오블로모프』에서는 한 장 전체에서 줄곧 주인공을 소파에 누워 있게 하여 그의 게으름을 부각시켰다. 「아Q정전」의 앞 4장에서는 집중적으로 아Q의 정신 승리법을 그렸고, 그 묘사가 끝난 다음에야 아Q를 밖으로 나가게 하여 이야기를 발전시켰다.

---

40    「且介亭雜文二集, 什麼是諷刺?」, 『魯迅全集』 6卷, 328쪽.

언어의 변형이다. 이들 모든 작품의 언어는 해학과 골계, 날카로움, 유머를 지니고 있고, 일반 언어 규칙을 초월한다.

미학 변형이다. 이들 모든 작품은 희비극이 뒤섞인 미학 스타일을 지니고 있다. 슬픔 속에 기쁨이 있고, 기쁨 속에 슬픔이 있어서 독자가 눈물을 머금고 미소 짓게 하고, 희비가 교차하는 가운데서 정신적인 깨달음을 얻는다.

여기서 더 나아가, 인물이 허구적인 환상과 추상에서 귀신과 마귀의 방향에 이르는 방향 변형이 있다. 루쉰은, "설사 요괴를 쓰더라도 한 번 공중제비에 10만 8천 리를 나는 손오공이나 고태공의 데릴사위가 된 저팔계와 정신적 면모가 닮은 자가 인류 가운데 꼭 없다고 할 수는 없다"고 말하였다.[41] 중국 고전문학에서 보면, 정신 전형에 접근한 것은 손오공밖에 없다(저팔계는 배경인물이어서, 여기서는 논하지 않는다). 그 신화이미지는 인류의 정신 역량을 반영하였고, 인간세상에서 봉건적인 질곡을 깨뜨릴 수 없으면 하늘로 가 천궁天宮에서 소동을 피우는 것으로, 속세에서 실현할 수 없는 인류의 이상을 신화세계에서 충분히 실현시켰다. 인류정신이 결국 물질세계를 인식하고 그것을 다루어야 한다는 필승의 신념을 표현한 것이다. 제갈량이라는 전형형상은 지혜의 대명사가 되고, 인간의 주관정신이 객관물질세계의 법칙을 정확히 인식하고 파악하고 정확하게 행동을 취하면 기묘한 계책을 써서 승리하고 위험을 제거할 수 있다는 것을 말해주지만, 결국 지나치게 현실적이고 지나치게 바르며, 정신 전형이 응당 지녀야 할 허구적 환

---

41 「且介亭雜文末編, 出關的關」, 『魯迅全集』 6卷, 518쪽.

상과 추상의 철학적 함축을 지니지 못하였다. 자바오위賈寶玉과 린다이위林黛玉[42]의 '넘치는 사랑의 감정'과 '섬세하고 다감함'은 성격특징으로서 보편적이지만 결국 일종의 추상적이고, 허구적 환상의 정신경계에 이르지 못하였고, 형상도 바르고, 정치하고, 구상적이며, 변형이 보이지 않는다. 그래서 성공적 예술전형의 일반 범주에는 속할 수 있어도 정신 전형은 아니다.

요컨대, 모든 성공적 예술전형이 다 정신 전형인 것은 결코 아니다. 정신 전형은 성공적인 예술전형 속의 정신 변형과 예술 변형을 낳은 지류와 변이일 따름이다.

## 7. 정신 전형을 창조하는 작가의 조건

어떤 작가라야 정신 전형을 창조할 수 있는가?

그들은 반드시 대사상가, 대학자, 대작가라는 세 가지 조건을 겸비해야 하고 정신철학과 정신시학을 융합하는 소질을 지녀야 한다. 깊고 두꺼운 삶의 축적이 있어야 하고 마음속에 장기간 키워 온 인물에 관한 '이미지'가 있어야 한다. 또한 장기간의 문화적 축적과 깊이 있는 철학적 두뇌가 있고, 인물의 특정 정신 특징을 단순하고 투명하고 초월적인 철학경계까지 단련, 승화시킬 수 있고 독특하고 괴벽스러운 정신시학의 창조 수법으로 투각식으로 전달, 묘사해 내야 한다.

---

42 【역주】소설 홍루몽의 인물.

하지만 앞에서 말한 것처럼 안나 카레니나와 피예르, 레빈 등의 성공적인 예술전형을 창조한 톨스토이는 대사상가, 대학자, 대작가의 세 가지 조건을 겸비하지 않은 것인가, 왜 정신 전형을 창조해내지 않은 것일까?

그 주요한 이유는 여기에 있다. 변이다. 정신 전형은 성공적인 예술전형 가운데 정신 변형과 예술 변형을 낳은 지류와 변이인 것처럼, 정신 전형을 창조한 작가도 거대한 정신의 고통스러운 연옥에서 특수한 정신적 변이로 출현한 것이고, 천재인물에서 변이되어 나온 특수한 '귀재'이다.

헤겔은 『정신현상학』에서 이른바 '고뇌의식'에 대해 매우 깊이 있는 분석을 진행하였다. 그는 노예주가 갈수록 부패해 가는 역사시기에 거대한 정신적 고통이 자유민과 재야 귀족 등, 세력을 잃은 지식계층에서 발생하였다고 보았다. 이러한 거대한 정신적 고통과 이러한 고통을 지닌 사람을 헤겔은 '고뇌의식'이라고 통칭하였다. '고뇌의식'을 지닌 자는 너무 깨어 있고 너무 사상을 지니고 있어서 속세를 달관하고 현실의 모든 것에 염증을 느끼고, 심지어 역사의 부정적 측면만 보아 더욱 고뇌한다. 하지만 이러한 고뇌과정 중, 지식, 사상과 지혜 또한 점차 승화하여 창조성 정신작품을 낳는다. 헤겔은 고뇌의식을 매우 중시하여, 고뇌의식을 인류 정신 발전의 높은 층차에 두고 고찰했고, 세계 전체를 관찰하고 인식하고 드러내는 것으로서의 세 가지 사유형식, 즉 예술, 종교, 철학 가운데 세상을 뒤흔드는 작품과 이론체계의 탄생은 깊은 고뇌의식이라는 배경을 포함하지 않는 것이 없다고 여겼다. 르네상스 이후 모든 걸작은 깊은 고뇌와 그것의 연마를 담고 있다고 할 수 있다. 그러한 걸작을 창조한 천재들은 깊은 고통과 생사 고난의 옥토에서 성장하였다. 그리고 정신 전형을 창조한 위대한 작가들은 바로 그러한 '고뇌의식'의 가장 대표적인 대표이다. 세르반테스는 감옥에 수차례 갔었고, 여러 번 고난을 겪었다. 『돈키호테』에 나오는 포로의 경험은 그가 직접 겪은 체험이다. 도스토옙스키는 16살에 어머니를 잃었고 가정은 풍비박산이 났다. 2년 후, 성격이 냉혹하고 기질이 난폭한 아버지도 위해를 가했다. 성년이 되고 나서 하마터면 짜르의 사형장에서 사형을 당할 뻔 했고, 사면이 되고 나서 시베리아로 유배되고, 죽음의 방에서 5년 동안 고역의 생활을 했다. 돌아온 뒤 시종 간질과 가난의 위협에 시달렸다. 루쉰도 그러했다. 소년 시절 집에 갑자기 변고가 생겼고, 친척집으로 피난하여 '거지'라고 조롱을 받았다. 그 뒤 아버지가 병을 앓고 죽고, 갖은 모욕과 상처를 입었고, '편안하게 살다가 나락으로 떨어지는' '기로' 속에서, '세상 사람의 참모습을 보았고', 어쩔 수 없이 '다른 길을 가고, 다른 곳으로 도망하여 다른 사람을 찾아갔으며', 민족적 모욕을 경험한 뒤 의학을 버리고 문학을 하기로 결심하고, 문예라는 '정신을 고치기 좋은' 구제약으로 민족의 오랫동안 노예생활을 하여 마비된 정신을 치료하고자 한다. 이어 불행한 혼인으로 '절의 스님 같은' 생활을 하고, 강도 높은 정신노동을 통해 쉼 없이 독서하고 사고하고 창작하고 담배를 피우며 기나긴 밤을 지냈다. 그러한 정신 전형을 창조한 대작가들은 정신적 고통의 연옥 속에서 특수한 정신적 변이가 나타났고, 특이한 '귀재'로 단련되었다.

이러한 변이는 그들을 특히 정신현상의 탐색에 치중하도록 했다.

세르반테스는 기사소설이 사람에게 미친 해독을 연구하였다. 도스토
옙스키는 종교의 정신속박을 직접 받았고, 종교에 대한 정신분석을
자기 창작에 녹여 내었다. 루쉰은 청년시절에 인류 정신의 깊은 탐색
자인 니체의 영향 아래 정신현상이라는 '인류 생활의 정점'에 대하여
지극히 깊이 있는 연구를 진행하여 '정신계의 전사'[43]를 소리쳐 부르
고, '정신을 바꾸는 데 좋은' 문예활동에 투신하였다. 이후『혜강집嵇康
集』을 필사하고, 불교와 도교를 연구하고 실질적으로 정신현상에 몰두
하여 연구하고 중국인의 정신을 바꿀 계기를 찾았다. 그런 가운데 이
런 사실을 발견하였다. "중국의 뿌리는 모두 도교에 있다. 이런 주장
이 근래 널리 유행이다. 이 차원에서 역사를 읽으면 여러 가지 문제가
쉽게 풀린다. 그 뒤 우연히『통감』을 읽다가 중국인이 자고로 식인민
족이라는 것을 알았다. 그래서 이 작품을 썼다."[44] 그 작품이 바로 그
의 첫 소설인「광인일기」다. 이 소설에서 말하는 '식인'은 실질적으로
사람과 사람 사이의 정신적인 식인이다. 이러한 발견은 관련 범위가
매우 넓고 영향이 지극히 깊다. 그러나 광인 형상은 비유적인 성격을
지니고 있는 데다 결국은 최초의 작품이고 다소 '촉급'해서 광인 형상
이 정신 전형의 높이에 도달하지 못하였다. 루쉰의 전체 소설 창작으
로 볼 때 정신 전형이라고 할 만한 것은 아Q밖에 없다. 아Q의 정신 승
리법은 루쉰이 다년간 몰두하여 도교라는 중국의 뿌리를 연구하고 장
기간에 걸쳐 깊이 있게 중국인의 정신현상을 체득하여 중국인에 대해
정신계몽을 진행한 가장 좋은 계기를 포착한 것이다.

---

43   「墳, 摩羅詩力說」,『魯迅全集』1卷, 100쪽.
44   「魯迅書信, 180820 致許壽裳」,『魯迅全集』11卷, 353쪽.

거대한 정신적 고통의 연옥 속에서 탄생한 정신적 변이는 그러한 대작가들에게 광기의 정서가 나타나게 했고, 변이된 기이한 필법으로 변이된 '황당한 사람'의 변이된 비정상적 사상활동과 정신현상을 창작하고, 사람들을 각성시키는 정신 전형을 창조하게 했다.

이러한 거대한 고통 속에서 그 고통을 겪은 뒤 고통을 돌이켜 생각하면서 탄생한 정신 전형은 필연적으로 그 함축하는 바가 깊고 풍부하고 보면 볼수록 의미가 있고 담고 있는 의미가 다양하고, 지극히 파악하기 어렵다.

당연히, 그러한 작가들이 창조한 예술전형이 모두 다 정신 전형은 아니다. 하지만 그들은 정신 전형을 의심할 바 없이 가장 중시하였다. 도스토옙스키는 "골랴드킨은 자기 사회의 중요성의 측면에서 위대한 전형이며" "이 전형은 내가 처음 발견했고, 표현한 것이다"고 말했다.[45] 또한 "골랴드킨은 『가난한 사람들』보다 10배 이상이다"고도 말했다.[46] 또한 "『이중 인격』의 사상은 그가 자신의 오랜 문학 활동을 관철하여 준비한 사상 전부 가운데 가장 진지한 사상 가운데 하나이다"라고 말했다.[47] 『햄릿』은 셰익스피어의 대표작으로, 헤르젠Herzen이 말한 것처럼 "그의 전체 작품의 전형이라고 볼 수 있다".[48] 『돈키호테』, 『오블로모프』, 「아Q정전」은 의심할 바 없이 세르반테스, 곤차로프, 루쉰의 가장 중요한 대표작이다.

정신 전형을 창조하는 대작가는 세계문학사에서도 매우 드물다. 그

---

45　季春林, 『魯迅的阿Q正傳與陀斯妥也夫斯基的兩全人格』에서 인용.
46　위의 책.
47　위의 책.
48　『沙士比亞評論匯編』 上, 458쪽.

런데도 루쉰은 아Q라는 고난도, 고심도의 정신 전형으로 부끄럼 없이 세계 일류 대작가의 반열에 올랐다. 이 점만으로 보면, 루쉰은 중화민족의 정신에 영원히 지워지지 않는 공헌을 하였고, 중국의 가장 위대하고 가장 깊이 있는 사상가이자 문학가이다. 루쉰은 중국인이 영원히 자부심을 가질 만하다.

아Q 등의 정신 전형이 중국 현대문학에 미치는 영향은 매우 크다. 일부 작가들이 루쉰 전통을 계승하겠다는 뜻을 세우고 문화적 성찰이 담긴 소설과 문화적 뿌리 찾기 소설을 쓰려고 하지만 결과적으로 그리 만족스럽지가 못하다. 그 주요 원인은 당대 대다수 작가들에게 충분한 문화적 소양이 부족하고 이론적 토대와 철학적 두뇌, 생활의 축적도 불충분하며, 특히 정신적 대고통의 고난과 단련을 겪지 않아서 생생한 구체적 인물에서 모종의 정신적 특징을 취하여 단순하고 투명하고 초월적인 철학적 경지로 승화시키지 못한 데 있다. 특히 최근 몇 년 동안, 생활로 돌아가고 전형을 폐기하자는 논조가 몹시 유행하고 일반적인 예술전형도 원치 않는데 어찌 창조의 난도가 지극히 높은 정신 전형을 이야기 할 수 있을 것인가! 거대한 고통과 단련이 바로 위대한 작품이 세상에 나오는 정신적 조건인데, 갖가지 반문화, 반이성, 고난의 노동에 대한 거절, 조급한 성공주의적 문화심리로는 오직 천박한 작품만 생산할 뿐이며, 이러한 심리를 극복하고 이성이 있고, 바탕이 있고, 견실하게 열심히 착실하게 냉정하게 지혜를 키우는 정신적 분위기, 그리고 중국문학의 철학적 깊이와 정신적 깊이의 대대적인 강화만이 대작가, 대작품, 대예술의 탄생을 가져올 수 있다.

# 8. 결론

요컨대, 아Q 전형성 연구에서 곤혹스러운 점은 주로 아Q가 지닌 특정 계급의 생생한 인물로서 갖는 구체성과 인류의 정신적 특징을 반영하는 아Q 정신 승리법의 보편성 사이의 모순이다. 이러한 모순을 해결하기 위해서는 새로운 개념, 즉 정신 전형을 제기하는 것이 필요하다. 정신 전형은 '사상 전형'과 달리 어떤 정신이 밖에서 안으로 인물 형상에 기식하는 것이 아니라 생생한 구체적 인물형상에서 보편성을 지닌 인류 정신적 특징을 뽑아내어 깊이 있고, 투명하고, 초월적인 철학적 경지로 승화시키는 것이다. 햄릿, 돈키호테, 오블로모프, 골랴드킨과 아Q, 그리고 파우스트 등 세계문학에서 유명한 인물은 모두 정신 전형에 속한다. 정신과 물질, 주관과 객관, 환상과 현실의 관계문제는 모든 사람이 직면하는 근본적인 철학문제이고, 정신 전형은 주로 각각 다른 각도에서 사람들의 정신 환상과 물질세계 사이의 갖가지 상태를 반영한다. 착각과 착오 상태에 처한다는 것은 일종의 철학적인 정신 병리 상태이지 생리적인 정신 병리 상태는 아니다. 이러한 정신적 병리 상태를 앓고 있는 주인공은 윤리적으로는 선량하고 동정을 유발시키며 그래야만 정신적 계몽의 효과에 이를 수 있다. 마찬가지로 철학적인 정신 병리 상태는 심리적 취향이 다르다. 돈키호테는 주관적인 돌진형 정신적 병리 상태이고, 햄릿, 오블로모프, 골랴드킨과 아Q는 내심 위축형 정신적 병리 상태다. 이러한 병리 상태의 인물은 소극적이고, 풍자적인 정신 전형이다. 하지만 정신적 환상과 현실 물질세계 사이에서 건강한 상태에 처한 파우스트 등의 인물은 적극적이고, 명예를 추구하는 정신 전형으로, 인류가 현실 물질세계를 대면하는 자강불식의 끊임없이 정진하는 정신을 표현하였다. 정신이 성격보다 높다는 것은 인류의 영혼이고 성격체계의 핵심이자 근본이다. 아Q의 성격체계를 빈틈없이 논하면서 정신 승리법을 소홀히 한다면 근본을 잃는 것이다. 정신 전형을 창조한 작품은 헤겔이 말한 '정신적 예술품'으로, 함축하고 있는 의미가 풍부하고 깊이가 있고 특정 민족의 정신을 축적하고 있고, 그 가운에서 보편적 인성을 볼 수 있으며, 그래서 주인공을 사람들이 아는 것처럼 느끼게 되고 인류정신에 매우 깊이 있는 영향을 미치고, 연구자들의 논쟁이 끊이지 않고 논쟁이 분분하고 영원히 파고들어도 끝이 없는 정신적 함축성을 지닌다. 그러나 이러한 정신과 물질 관계에서 표현된 인류의 보편정신은 다른 시대, 다른 조건, 다른 민족, 다른 계급의 다른 인물에게서도 천차만별로, 다양하게 달리 표현되기 마련이고, 다른 민족적 내용과 계급성, 사회적 함의를 지니게 된다. 구체적인 사회 역사 환경과 유리되어 단순히 생물학과 심리학의 각도에서 아Q 정신 승리법을 연구하는 것은 착오에 빠질 수 있다. 정확한 방법은 구체적인 사회 역사 환경에서 출발하여 점차적으로 인류 보편 정신에 대한 분석으로 상승하는 것이다. 모든 성공한 문학 전형이 다 정신 전형에 속한 것은 결코 아니다. 정신 전형은 성공적인 예술전형 가운데 정신 변형과 예술 변형을 낳은 지류와 변이일 따름이다. 정신 전형을 창조한 작가는 대사상가, 대학자, 대학자라는 세 가지 조건을 겸비할 뿐만 아니라 거대한 정신적 고통의 연속 속에서 특수한 정신적 변이를 낳았고, 세계문학에서도 드문 '귀재'였다.

『아Q-70년』에 수록, 베이징문예출판사, 1993.

# 루쉰 잡문과 영국 수필의 비교 연구

## 루쉰 잡문의 세계 산문사적 지위

1.

　루쉰 잡문의 문학적 성격은 루쉰연구에서 학술적 난제 가운데 하나다. 일부 연구자들은 루쉰 잡문의 문학적 성격을 극력 배제하고 이를 문학의 전당 밖으로 배척하여 세계 산문사에서 루쉰 문학의 지위를 낮게 평가했다.[1] 때문에 많은 루쉰연구자들이 줄곧 전심전력하고, 의문을 풀기 위해 고심했으며, '문학적인 논문', '이론적 형상화' '이론적 재미', 논리적 사유와 형상적 사유의 결합, '사회 모습' 유형의 형상,

---

[1]　夏志淸은『中國現代小說史』에서 루쉰 후기에 오직 산문만 쓴 것은 "창작력이 고갈되었다"는 표시라고 여겼다. 司馬長風은『中國新文學史』에서 루쉰의 잡문을 이렇게 평가하였다. "산문 측쪽에서『野草』와『朝花夕拾』은 유미주의적 문학 창작에 불후의 작품을 남겼다. 하지만 그는 '좌련(左聯)'에 가입한 뒤 도덕주의에 지배를 받았을 뿐만 아니라 전투적 외침에 복종하였고, 늘 갑옷을 입고 적진에 뛰어들었고, 쓴 것은 모두 '투창'과 '비수'였고, 순문학 창작과 아무 상관이 없었다."

'감정과 이성, 재미의 융합', 정감태도, 예술특징, 예술 구성 등 여러 각도에서 루쉰 잡문의 문학 속성을 해석하고 정리하였다.[2] 몇 대에 걸친 학자들의 토론을 통해 큰 진전을 이루었다.

하지만 어떤 문체의 출현과 형성은 결코 특정 나라나 민족만의 고유한 독립적 현상이 아니라 깊은 인류문화학적 기제가 안에 숨겨져 있고, 인류의 보편적 규율을 지니고 있다. 인류의 모든 표현형식과 교류 방식은 문학에서 자신의 상응한 유형을 찾아내는 것이 불가능한 것은 없다. 문체의 발생과 변화는 사람의 생활 방식 및 자신과 세계에 대한 사람들의 이해 방식 및 표현수단의 반영이다. 문학에서 각종 문체는 결국 인류의 각종 환경 속에서 다른 생존 상태가 심미적으로 드러난 것이고, 정감과 심리적 상태의 표현형식이며, 생명 체험의 물화 형태이며, 다른 방식으로 표현하고 다른 사상과 감정을 교류하기 위하여 형성된 다른 담론 질서와 문체형식이다. 그래서 어떤 문체의 속성과 특징을 고찰할 때는 단지 국가나 민족의 협애한 범위에 국한할 수 없고, 인류학적인 회귀를 이루어야 하고,[3] 다른 나라의 문학, 문체와 비

---

2 瞿秋白의 『魯迅雜感文選集序言』에서 '문예성 논문'설을 제기하였고, 徐懋庸의 『魯迅 的雜文』에서는 "이론적 형상화"설을 제기하였고, 朱自淸의 『魯迅先生的雜感』에서는 '이론적 재미'설을, 唐弢의 『魯迅雜文的藝術特徵』에서는 논리적 사유와 형상적 사유 의 결합설을, 劉再復의 『魯迅雜感文文學中的'社會相'類型形像』에서는 '사회 모습' 유 형 형상설을, 甘競存의 『魯迅雜文的精, 理, 趣』에서는 감정과 이성, 재미의 융합설을, 許懷中의 『魯迅雜感文學中的情感態度』는 '사회 모습' 유형 형상설의 보충으로서 정 감태도설을 제기하였고, 閆慶生의 『魯迅雜文的藝術特質』에서는 예술특징설을, 王獻 生의 『魯迅雜文的藝術構思』에서는 예술 구상설을 제기하였다. 자세한 것은 졸저, 『魯 迅雜文研究60年』, 浙江文藝出版社, 1986 참조.
3 문체학 연구의 인류학적 회귀라는 견해는 陶東風의 『文體演變給文化意味』에 나온다. 본문은 陶東風의 책과 童慶炳의 『文體與文體的創造』란 책에서 암시를 받았다. 이를 밝히면서 특별한 감사를 드린다.

교 구분하는 가운데 특정 문체의 발생과 발전, 형성과 변화의 공통점과 차이를 찾고, 문체 발생학적 인류학의 근본에서 특정 문체의 속성과 그 문화적 의미를 해석하고 분석해야 한다. 이렇게 해야만 근본적으로 의문을 해명할 수 있다.

때문에 루쉰 잡문 문학의 문학적 속성에 대한 고찰은 시야를 확대하고 근본을 포착하고 비교문학적 방법을 동원하여 다른 국가의 유사한 잡문 문체의 비교 연구 속에서 그 속에 포함된 학술적 의문을 해결해야 한다.

세계 산문사에서 중국 산문과 영국 수필, 일본 소품은 3대 최고봉이다.[4] 특히 영국 수필은 세계가 공인하는 영국문학의 보배이고, 문학 전당의 진품이며, 그 문학적 속성은 의심할 바 없다. 루쉰 잡문의 문학적 속성을 배제하는 논자들은 대부분 영국 문학에 조예가 깊고 영국 수필을 매우 높게 평가하는 인사들이 많다. 영국 수필이라는 문체의 출현과 발전, 형성, 변화의 역사 및 그 문학적 속성, 예술적 특징을 비교 대상으로 삼아 루쉰 잡문에 대한 비교 연구를 진행하는 것은 지극히 의미 있는 일이고, 그 논증도 반박할 수 없는 풍부한 설득력을 지닌다.

물론 루쉰은 거듭 "나는 영국 수필과 소설 같은 것에 문외한이고, 알지도 못한다"[5] "나는 영어도 모르고, 영어책 서점도 별로 알지 못한다"[6]고 말한 적이 있다. 그는 중국의 소품문을 영국식 논문체로 쓰는 것에 반대했다. 루쉰 잡문과 영국 수필 사이에는 분명 직접적인 연원

---

4    졸고, 『季羨林暢談世界散文』, 『世界散文』 9期, 1975.
5    『書信, 27112致江紹原』.
6    『書信, 280725致康嗣群』.

관계가 없고, 량스치우梁實秋, 린위탕林語堂, 특히 량위춘梁遇春의 산문처럼 영국 수필의 영향을 확실히 받지도 않았다. 때문에 루쉰 잡문과 영국 수필의 비교 연구는 평행 비교여야 하고, 그 속에서 어떤 영향을 견강부회하여 발굴할 수는 없다. 하지만 이러한 평행 비교는 도리어 잡문과 수필이라는 문체 자체가 지닌 속성과 특징, 그 형성 법칙을 발견하는 데 유익하다.

글을 짓는 이치는 사람됨의 이치와 같아서 언어 표현은 다르더라도 글의 이치는 서로 통한다. 비교문학의 저명 학자인 프랑스의 르네 이띠엔은 그의 『비교문학의 위기』라는 책에서 비교문학은 바로 인문주의라고 말하면서, 각국 민족문학을 전인류 공동의 정신적 재산이자 상호 의존적인 총체이며, 비교문학은 사람들의 상호이해를 촉진하고 인류 단결과 진보를 돕는 사업이라고 주장하였다. 그는 "문학에서 비교연구는, 심지어 서로 영향 관계가 없는 문학 사이의 비교 연구라고 할지라도 현재 예술의 회복에 공헌할 수 있다"고 여겼다. 예를 들어 조금도 연관되지 않은 시의 구조에 관한 비교 분석은 우리가 시나 소설 자체가 반드시 지녀야 할 특징을 발견하는 것을 도울 수 있다. 미국 비교문학계의 저명한 학자인 웰렉도 비교문학은 언어, 윤리, 정치적 한계가 없는 문학연구라고 여겼다. 그 목적은 세계적 각도에서 모든 문학을 연구하는 것인데, 왜냐하면 모든 문학 창작과 경험은 유기적인 측면을 지니고 있고, 그래서 세계적 각도에서 전지구 문학사와 문학, 학술을 건립하는 것을 전망하는 원대한 이상을 지니고 있다는 것이다. 또한 그것의 연구 범위는 역사적 연원과 영향을 포함할 뿐만 아니라 "역사적으로 조금도 관계가 없는 언어와 스타일 측면의 현상도 포함"하며, "중국, 한국, 미얀마와 페르시아의 서사 방법이나 서정 방식을 연구하는 것은 동양의 우연한 접촉을, 예를 들어 볼테르가 『중국고아中國孤兒』를 연구하는 것처럼 타당하다"[7]는 것이다.


## 2.

미국 유명 문화인류학자 레슬리 화이트는, "모든 인류 행위는 기호를 사용하는 가운데 탄생한다. 기호는 위의 유인원 조상을 사람으로 만들었고, 그들에게 인간성을 부여했다. 기호 사용을 통해서 모든 인류 문명은 비로소 영원한 생존을 얻을 수 있게 되었다. 모든 인류 행위는 기호를 사용하여 이루어지거나 그것에 의지한다. 인류의 행위는 기호 행위다. 기호 행위는 사람에게 속하는 행위이다. 기호는 인간성의 전부다"[8]고 지적했다. 이러한 문화인류학의 눈으로 문학 예술사의 문체 변화를 관찰하면 다음과 같은 결론을 얻을 수 있다. 문체는 일정한 담론 질서에 따라 형성된 텍스트의 스타일로서 실질적으로 인류가 일정한 생존 환경 속에서 자신과 세계에 대한 이해와 상호 교류를 진행하기 위해서 이용하는 기호의 코딩 방식이나 체제라는 것이다. 이러한 코딩 활동은 인류의 생존환경과 정신적 요구에 뿌리를 두고, 풍부한 문화적 의미를 함축하고 있으며, 작가의 고유의 정신적 구조와 체험 방식, 심리 상태, 사유 방법, 기타 사회적 함의, 시대정신을 반영

---

7    樂黛雲, 『比較文學與中國現代文學』, 北京大學出版社, 1987, 4~5쪽에서 재인용.
8    L. A. 懷特, 『文化的科學』 中譯本, 山東人民出版社, 1988, 22쪽.

한다. 따라서 특정한 문체 코딩활동을 최종적으로 좌우하는 것은 처한 시대의 총체적인 문화적 배경이다. 일단 시대 환경에 변화가 일어나면 기존 문체 틀과 언어 체제는 시대정신과 사회심리 상태와의 조응성을 잃게 되고 모순과 반발이 생긴다. 그래서 구문체는 새로운 뜻을 표현할 수 없고 숨어들어 다른 문체가 되고, 문체의 기호 코딩 활동은 필연적으로 변혁이 일어나고 새로운 문체 틀과 언어 체제가 탄생하게 된다.

영국 수필과 루쉰이 문을 연 중국 현대 잡문은 모두 각각의 역사 시대 문화의 모태에서 태어나고 자란 자식들이다.

영국 초기 산문은 고대 로마 라틴 산문 스타일의 중대한 영향을 받았고, 16세기에 이르러서는 키케로 스타일과 세네카 스타일의 고전 스타일을 여전히 벗어날 수 없어서 읽기 힘들고 뻑뻑했다. 특히 대다수 영국 산문가들이 배우는 세네카 스타일은 대구對句를 강조하고 음운을 정교하게 가다듬고, '내용보다 단어를 더 추구하여'(베이컨) 전혀 현실 표현이라는 요구에 부응할 수 없다. 이러한 문체 현상이 조성된 중요 원인은 그 시대가 처한 총체적인 문화 배경이다. 당시는 봉건 귀족왕조의 통치시기로, 중국의 변문騈文과 유사하게 이처럼 대구와 운율을 중시하는 고전 스타일은 그저 황제권력에 대한 아첨으로서, 떠받들고 총애를 받으려는 수단이었고, 귀족여인들과 더불어 서로 모방하는 문자 유희였고, 결코 의사와 감정을 표현하는 데 뜻이 있지 않았다. 따라서 이러한 문장의 기호 코딩 활동은 나중에 한 수필가가 말한 것처럼, "문자로 재주넘기를 한 것이고, 한 글자로 분명히 말할 수 있는 일을 기어이 세 글자를 사용한 것"[9]에 불과했다.

그때 한 줄기 맑은 바람이 영국 수필 문단에 불어왔다. 17세기 초에 수필 문체의 비조인 몽테뉴의 *Essais*가 영어로 번역되어 영국에 들어와서 고대 로마 라틴어 산문의 경직된 모델에 충격을 주었고, 영국 수필에 활력을 불어넣어 주었다. 이러한 활력은 문체 형식 측면에 드러났을 뿐만 아니라 가장 중요한 것은 자유 인격과 개성을 표현하는 인문주의 사상으로 발현되었다는 것이다. 시작부터 수필이라는 이러한 자유 문체는 인류 자유사상의 담지체로서 출현하였고, 인류가 자유의 생존환경에서 자신이 느낀 것과 생명 체험을 자유롭게 표현하는 문학 기호의 코딩 방식이자 담론 형식이었다.

　　영국에서 처음 수필을 쓴 사람은 르네상스 시기의 저명한 사상가 베이컨이다. 1597년, 즉 몽테뉴가 처음 *Essais*를 간행한 지 17년이 지나고, 영역본이 세상에 나오기 6년 전에, 베이컨은 영국에서 처음으로 *Essays*란 이름으로 그의 논설문집을 출판했다. 베이컨의 수필은 인생을 탐구하고 철학적인 주제를 논하며, 논리가 엄밀하고 간결하며, 의미심장하다. 하지만 관료 신분의 속박과 사상, 인격의 한계로 인해 그는 몽테뉴의 정수를 취하여 개방적이고 자유로운 문체로 솔직하고 진솔한 사상을 충분히 표현할 수 없었다. 그래서 사람들은 베이컨은 영국 수필의 창시자라고 여기지 않는다.

　　영국에서 사회 비판 수필의 길을 개척한 걸작은 대시인인 밀턴의『출판 자유론』을 꼽아야 한다. 이 글은 기개가 높고 글이 장엄하고 당당하게 이야기하고 힘 있게 웅변하는 것이 잡문의 분위기를 강하게 지니고

---

9　　王佐良,『英國散文的流變』, 商務印書館, 1994, 16쪽에서 재인용.

있다. 이 문장이 산문가의 손이 아니라 시인의 손에서 나온 것도 다른 예를 찾아볼 수 없다. 이 현상을 통해 다음과 같은 주장을 논증할 수 있다. 각기 다른 문체는 인류가 다른 생존환경 속에서 취한 다른 표현방식과 문체 스타일이며, 시인 기질과 재주와 재능을 지닌 사람이 억압을 당하고 직접적으로 말하기 어려운 환경 속에서 정론을 말하는 방식으로 감정을 표현할 때, 정론에 시적인 요소를 부여하여 일종의 정론과 시가 서로 융합되는 변형 문체 형태와 잡종 형식을 취한다는 점이다.

이러한 변형 문체의 형태와 잡종 형식이 일정한 규모를 이루어 추세가 되려면 반드시 물질적인 담지체와 전파수단, 즉 신문 잡지가 있어야 한다. 영국 수필은 바로 신문 잡지가 흥기하는 것과 더불어 성행하였다.

1704년 『로빈손 표류기』의 작자이자 유명한 작가인 디포는 영국 근대 첫 정기 간행물인 『평론보』를 창간하였다. 그 뒤, 자산계급 계몽주의 운동의 요구에 부응하기 위해 정기 간행물이 우후죽순처럼 출현하였고 그 가운데 가장 유명한 것이 리차드 스틸이 창간한 『수다쟁이 *Tattler*』와 스틸과 에디슨이 공동 창간한 『방관자*Spectator*』이다. 신문의 글은 대부분 두 창간인이 썼고, 에디슨이 더 많이 썼는데, 산문의 예술성도 스틸보다 높았다. 그들은 런던 카페에서 신사들과 잡담을 나누듯이 여유로운 필법과 차가운 눈으로 세상을 보는 '방관자' 신분으로 세상일을 논하고 사회를 평하고 크게는 우주만물에서 작게는 개인의 세세한 일까지 거론하지 않는 것이 없었다. 에디슨 본인의 말로 하면 "재미있게 교육하고, 쓸모 있게 소일하는 것"이자 "재능과 지혜로 도덕을 활성화시키고, 도덕으로 재능과 지혜를 도야하는 것"으로, 주장을 펼치는 것 위주였고, 여기에 사람 이야기와 사건 이야기, 경치 묘사, 서정을 끼어 넣어 수필이라는 자유 문체를 성숙시켰다. 이로 인해 많은 영국 수필 선집들은『수다쟁이』와『방관자』에 실린 글에서 시작된 것들이었다.

그리고 얼마 되지 않아서 이를 계승 발전시켜서 중추적 역할을 한 대가로,『걸리버 여행기』를 쓴 스위프트가 등장했다. 성격으로 보나 기질로 보나 문학 스타일로 보나 스위프트와 루쉰 두 사람은 서로 다른 나라, 다른 시대, 멀리 떨어진 작가임에도 불구하고 서로 밀접하게 통하고 몹시 비슷하다. 5・4시대 저우쭤런周作人이 번역한 스위프트의 명작『온건한 제안』은 아일랜드 가난한 집 자녀는 너무 많은데 키울 능력이 없는 절박한 문제에 대해, 당시 일부 정책 제안자의 말투를 흉내 내서 교양 있고, 재미있으면서도 감동적으로 건의를 했다. 아일랜드 가난한 사람의 아이들은 '씨'만 남기고 모두 영국 지주와 귀부인 식탁의 먹을거리로 팔자는 것이었다. 우아한 외투를 두르고 이렇게 잔인한 건의를 한 것이다. 세상을 놀라게 한 이런 지극히 심한 풍자와 냉소는 아일랜드 지주와 그들의 영국 주인들이 진정 식인을 하는 자들이라는 것을 역설적으로 입증하는 것이었다. 이는 루쉰이「광인일기」에서 4천 년의 역사를 '식인'으로 정리한 것과 마찬가지로 작가가 착취 제도를 오랫동안 깊이 관찰한 뒤 착취자를 향해 그 속마음을 비판한 것이다. 스위프트의『빗자루 위의 사색』『각종 제목의 수상록』등등은 흔히 언급할 만하지 않은 작은 일에서 큰 철학적 논의를 볼 수 있고, 작은 것에서 큰 것을 보고, 풍자와 해학이 있고 날카로우며, 잡문의 냄새가 넘친다. 그의 사상의 날카로움과 예술의 출중함은 에디슨

보다 위이고, 밀턴의『출판 자유론』을 계승하여, 한 걸음 더 나아가서 이처럼 예리하고 발랄한 잡문과 수필은 철학성과 시적 정서를 겸비한 재주 있는 인물이 전제 통치의 중압 속에서 항쟁을 진행하는 문학적인 변형 문체라는 것을 증명하였다. 나라가 각기 다르지만 글의 원리는 비슷한 것이다. 그래서 루쉰은 「소잡감小雜感」에서 영국 철학자 요한 스튜어트 밀의 격언인 "전제 통치는 사람들을 냉소하게 만든다"를 인용했다.

18세기 후반기에 영국 자산계급 혁명이 발전하고 경계가 확장되면서 영국 수필가의 시야도 더욱 넓어졌다. 올리버 골드 스미스는 에디슨처럼 카페의 '방관자'가 아니라 '세계 시민'의 눈으로 영국의 사회생활을 관찰하였고, 그로 인해 문체도 더불어 자유롭게 펼쳐지고 소탈하고 재미있고, 낱말을 빼어나게 운용하고 감정이 진지했다. 영국 수필에 조예가 깊은 중국 현대 수필 전문가인 량위춘이 말한 것처럼 "그의 대표작『세계 시민』은 진정한 동료애가 넘치는 것만이 아니라 세련된 문장"으로, "백 번 읽어도 물리지 않는다".[10]

그러나 이미 크게 확장된 문체 패턴도 새로운 사상과 새로운 감정의 열광적인 조류를 다 담을 수는 없었다. 18세기 말에 프랑스 대혁명의 폭풍이 유럽을 석권하고 영국을 뒤흔들었고, 19세기에 들어서 낭만주의 운동이 봄 물결처럼 밀려들고 영국 수필도 최고 상태에 이르렀고, 절제와 균형이 감정 범람과 대담한 비분강개에 자리를 넘겼으며, 구도 짧아지고 운율도 급해졌지만 문장은 길어져서 봄 물결이 도도하

10    吳福輝 編,『梁遇春散文全編』, 浙江文藝出版社, 1992, 437쪽.

게 끊어지지 않은 것 같았고, 신문에 비해 싣는 양이 크게 많은 잡지에 실렸으며, 글도 크게 발전하였다. 이때 낭만파 4대 수필가가 출현하였다. 찰스 램, 윌리엄 헤이즐릿, 레이 헌트, 토마스 드 퀸시가 그들이다. 그들은 가슴을 열었고, 상상의 날개가 자유롭게 내달리며 더 이상 어떤 폐쇄적인 문체 패턴에도 구속되려고 하지 않았으며, 자유 민주의 사상 감정을 펼치는 데 유리하기만 하면 그대로 썼고, 자유로운 새로운 문체를 개발하였다. 그들의 독자군도 신사계층에서 중하층 사회 평민과 보통사람으로 바뀌었다.

요컨대 영국 수필이라는 자유로운 문체가 탄생한 외부 조건에는 세 가지가 있었다. 첫째는 시대 환경으로, 정치적 이완과 사상의 해방이 필요했다. 저우쭤런이 말한 것처럼, "그것의 유행에는 제약이 느슨해진 시대가 있었다". 둘째는 물질적인 담지체로, 신문 잡지 등 현대 전파 수단이 필요했다. 셋째는 독자대상으로, 독자군이 필요했고, 독자의 층차와 성질이 문장의 격과 스타일을 결정했다.

이 세 가지 점은 루쉰이 문을 연 중국 현대 잡문을 탄생시킨 외부조건이기도 했다. 첫째, 5·4문학혁명의 탄생과 새로운 사상을 선전할 필요성, 둘째『신청년』등 신문 잡지의 창간, 셋째 청년 지식인 독자군의 요구이다.

당연히 다른 점도 있다. 첫째, 영국 수필은 17세기부터 19세기까지 2백 년의 길고 완만한 발전 과정을 거쳤지만, 루쉰이 문을 연 중국 현대 잡문은 5·4전후 3,4년 사이에 빠르게 형성되었다는 점이다. 둘째는 영국 수필의 주요 독자 대상은 영국 신사였고, 가장 낮은 계층이라고 하더라도 도시 시민이었다. 그래서 주로 온화한 '페어 플레이' 경향을 지녔다. 이에 비해 루쉰 잡문의 주요 독자 대상은 진보적인 청년이었고 격렬하게 암흑의 현실을 공격하는 것 위주였고, '페어 플레이'하는 신사적 기질에 반대하였다. 사회 환경과 독자 취향이 달랐고, 이는 루쉰이 중국 소품문을 영국식 논문체로 쓰는 것에 반대한 중요 원인 가운데 하나다.

이런 다른 점은 있지만 다음과 같은 법칙을 벗어날 수는 없다. 문체코딩 활동의 최후 조종자는 처한 시대의 총체적 문화배경이라는 점이 바로 그것이다.

3.

한 가지 문체의 탄생은 외부 조건 이외에 문체 자체 운동의 원인도 있고 적당한 민족 기질의 훈도와 문학 토양의 배양을 갖추어야 하고, 장기간의 축적과 변화를 거쳐야 한다.

왜 몽테뉴의 수필이 프랑스 본토에서는 자라지 않고 도리어 영국 문단에서 꽃을 피우고 열매를 맺었는가? 이것은 영국인의 민족기질, 사유방식, 생활 습성과 관련이 있다. 영국인은 독일인처럼 방대한 체계를 잘 세우거나 체계화된 큰 이론적 대작을 쓰지 않으며, 프랑스인들처럼 열정적이고 자유분방하고 강물처럼 솟구치고 거침없는 장시를 즐겨 창작하지도 않으며, 그들은 자주 편하고 자유롭게 카페에서 천천히 커피를 마시면서 일이나 사물에 대해 의견을 개진하고 때때로 번득이는 유머와 지혜로운 광채를 발하는데, 이것이 수필이라는 자유로운 문체와 특성과 서로 결합하였다. 그래서 사람과 글이 서로 호응하고 서로 촉진하면서 자연스럽게 열매를 맺었다.

영국인의 이러한 사유 방식은 중국인과 서로 통하는 점이 있다. 바런巴人은 『루쉰의 잡문론論魯迅的雜文』이란 책에서 "중국 학자와 문인의 사유 논리는 직감적인 특징을 지닌다"면서 이렇게 말했다.

첫째, 추상적 사유의 학술문자가 지극히 적다. 사상은 대부분 외부 사물에 반응하여 나온다. 둘째, 약간의 추상적 사유는 있지만 단편적이고 파편적이며 하나로 뭉쳐 관통하여 스스로 철학적 체계를 만들지 않는다. 셋째, 사상의 표현 형식은 대부분 감상적인 성질의 기술이다. 때문에 문장의 표현과 수식에 극히 관심을 기울인다.

그래서 중국문화전통의 표현 형식은 산문 위주이고, 주로 사용하는 것은 "그러한 현실적이고 감응적이고 형상적인 수법"이다. 그리고 루쉰은 민족적 각성을 촉발시키기 위해서 이러한 수법을 계승할 수밖에 없었고 "자기의 높은 식견으로 외부 사물에 감응하여 느낀 바를 간단한 말을 사용하여 그들을 깨닫게 하여 전진시킨다."[11] 이것이 바로 루쉰 잡문이라는 문체가 탄생한 민족 문화적 바탕이다. 이 점에서 영국 수필 탄생의 민족적 이유와 서로 통하는 점이 많다. 중국과 외국의 문화적 바탕에 조예가 깊은 지셴린季羨林 선생이 말한 것처럼 "왜 세계 산문은 중국과 영국, 일본 세 나라가 가장 발달했는가? 이것은 아마도

---

11    『匯編』 제3권, 279~281쪽.

각국의 민족성과 사유방식, 생활습관과 밀접하게 관련이 있다. 인류 문화사에서 이는 진지하게 연구할 필요가 있는 역사현상이다".[12]

중국과 영국과 같은 산문 발전에 적합한 국가라도 산문의 시작은 운문보다 늦었다. 먼 고대의 시가는 인류가 숲속에서 바다에서 높은 산에서 감정을 쏟아내던 외침이었고 말로 하는 것이었다. 하지만 산문은 그것으로 이치를 말하고 일을 기록하고 종교 경전을 번역하는 등, 글로 하는 것이었고, 서면 문자가 일정 체계를 갖추고 나서 출현하였다. 특히 개성을 펼치고 자아를 표현하는 데 중점이 있는 수필 스타일의 자유로운 문체는 보다 더 사람의 각성과 자아의식의 소생, 문체 해방이라는 기나긴 과정을 겪고 나서야 점차 형성될 수 있었다.

조상들은 일찍이 옛 희랍의 신전에 후세인에게 경계를 주는 말을 새겼다. "너 자신을 알라." 하지만 사람들은 자기를 연구하려고 하지 않았고 자아를 인식하기도 어려웠다. 그래서 거의 모든 대사상가들이 쉼 없이 조상들의 경계를 되풀이하고 심화시켜 사람들이 자아를 인식하도록 촉구하였다. 몽테뉴 수필의 진정한 가치가 바로 여기에 있다. 자아를 인식하는 것이 가장 훌륭한 계몽적인 독서 거리였다. 당연하게 몽테뉴도 나면서부터 이 진리를 깨달은 것은 아니었다. 그도 마찬가지로 험난한 과정을 겪었다. 몽테뉴의 최초의 시험작도 옛 로마 철학가 어록을 모으는 것이었고, 거기에 그 자신의 말을 끼어 넣었다. 다행스러운 것은 그가 그를 얽매던 공무에서 물러나 자신의 원형탑 같던 한 칸 내실에 묵묵히 홀로 은거하면서 조용히 책을 읽고, 사고하였다

---

12    졸문, 「季羨林暢談世界散文」, 『散文世界』 9期, 1985.

는 것이다. 그때 그는 "완전히 우리 자신에게 속하고, 완전히 자유로운 느낌을 받았는데 그 취지는 우리의 진정한 자유를 실현하는 데 있었다. 처도 없고, 자식도 없고, 물건도 없고, 하인도 없는 그러한 모습 같았다".[13] 이런 한적한 생활에서 그는 마침내 "우리 천성의 가장 심오한 부분을 철저히 깨닫게 되고"[14] "세상에서 어떻게 자신을 스스로에게 줄지를 아는 것보다 더 큰 일은 없다는 것"[15]과 "진정한 철학자는 자기 행복의 주인이라는 것"[16]을 알았다. 그가 수필을 쓴 것은 이러한 자유로운 문체와 자신의 품성이 서로 잘 어울렸기 때문으로, 신발이 자기 발에 꼭 들어맞듯이 고삐 풀린 말처럼 마음대로 거리낌이 없고, "자신의 천성에 도취되었다".[17] 그가 쓴 것은 자신의 생명 체험이었고, "자기 자신의 모습을 드러내려고"[18] 노력하였다. "본질에서부터 파고들어 자신을 성찰하였다."[19] 그 기본 취지는 독자들이 자신을 인식하는 것을 돕고 갖가지 노예상태를 벗어나고, "자기가 자신의 주인이라는 것을 깨닫는 것"[20]이었다. 영국의 탁월한 문학비평가 쿠스타브 랑송이 말한 것처럼, "사람들이 『수필집』을 읽는 것은 그 속에서 작자의 진실한 뜻을 탐색하기 위해서라기보다는 자신이 스스로의 성향을 분명히 알도록 돕는 데 있다".[21]

13   P.博克, 孫乃修 譯, 『蒙田』, 工人出版社, 1985, 77쪽에서 재인용.
14   梁宗岱, 黃建華 譯, 『蒙田隨筆』, 湖南人民出版社, 1987, 220쪽.
15   위의 책, 129쪽.
16   위의 책, 190쪽.
17   『蒙田』, 132쪽.
18   『蒙田隨筆』, 239쪽.
19   위의 책, 240쪽.
20   『方法, 批評及文學史－朗松文論選』, 中國社會科學出版社, 1992, 157쪽에서 재인용.
21   위의 책, 180쪽.

영국의 가장 탁월한 수필가들은 몽테뉴 수필에서 추구한 것, 즉 '자신이 스스로의 성향을 분명히 알도록 돕는 것'이었고, 자신을 인식하도록 하고, 자신의 개성을 표현하는 가장 좋은 스타일을 확정하였다. 17세기 영국에는 몽테뉴를 모방한 두 작품이 출현했는데, 이것은 바로 카울리의 『수필집』과 윌리엄 템플의 『잡담집』이었다. 그러나 아주 성공적이지는 않았다. 진정으로 성공하고, 몽테뉴의 적자로 여겨진 것은 바로 19세기 찰스 램의 수필이었다. 형식적으로는 몽테뉴와 다르게 부유하게 소일하는 여유로운 만담이 아니라 많은 힘든 공무에 치여 힘들게 몸부림치는 말단 직원의 자잘한 수다였고, 램 자신도 "이 거친 글들은 애써 다듬지 않고 급히 쓴 것일 뿐이고, 게다가 옛 문장 격식과 진부한 단어의 화려한 외투를 입고, 지나치게 꾸미고 부자연스러워 혐오감을 자아낸다"고 인정하였다. 그러나 램은 이어 단언하길, "그것들을 이렇게 쓰지 않는다면 내 문장이라고 할 수도 없다"[22]고 했다. 왜냐하면 이것이 바로 그 자신을 표현하는 가장 훌륭한 스타일이기 때문이다. 몽테뉴가 문을 연 자유롭게 쓰는 문체의 진정한 핵심은 바로 자신의 성향을 분명하게 아는 것이고, 자신의 풍부한 개성을 지닌 면모를 드러내는 것이다. 형식을 모방해서는 핵심을 포착할 수 없다. 진정한 핵심을 깨달아야 진정하게 전수할 수 있다. 램은 진정으로 몽테뉴를 계승한 부끄럼 없는 가장 위대한 수필가다. 그는 몽테뉴를 스승으로 삼았지만 스스로 훌륭한 문장을 만들 수 있었고, 글의 스타일이 견고하고 장엄함과 해학을 갖추었으며, 해학 속에 날카로움

---

22    劉炳善 譯, 『伊利亞隨筆選』, 三聯書店, 1987, 264쪽.

숨어 있고, '눈물 머금은 미소를' 드러내고, 슬픔과 유머가 있고, 깊은 의미를 지니고 있다.

　왜 몽테뉴와 램은 단지 몇 권의 수필집으로 세계적인 문학적 명예를 얻고, 평범한 개인 경력에서 시공을 뛰어 넘는 보편적 공명을 획득할 수 있었는가? 몽테뉴의 서재에 붙어 있던 옛 로마의 희극 작가인 토렌스의 명언이 이 문제에 답을 줄 수 있다. "나는 사람이다. 나는 인류의 모든 것은 다 내 혈육과 관련이 있다고 여긴다." 몽테뉴는 여기에 바탕을 두고 이렇게 여겼다. 범칭으로서의 상수리 나무는 결코 존재하지 않고, 그것이 각각 한 그루 상수리 나무로 체현되는 것처럼 "모든 사람의 몸은 사람이 사람인 이유라는 본질을 온전하게 체현하고 있고,"[23] "인류 형태의 온전한 모델을 체현하고 있다."[24] 사람을 가장 잘 아는 것은 자기 자신이다. 자기를 온전히 적나라하게 그려낼 수 있고, 깊이 있고 섬세하게 자신의 독특한 생명체험을 써낼 수 있으려면 반드시 인류의 본질과 온전한 형태를 체현해야 하고, 자기 혈육과 관련 있는 기타 사람들에게 보편적 공감을 일으켜야 한다. 몽테뉴의 『여유론』이 시공을 초월하고 다른 시대, 다른 나라 사람들이 아무리 읽어도 질리지 않는 것은 사람들이 갈수록 강하게 바라는 세속적인 일에서 벗어나서 여유롭게 여가를 지내고 싶은 심리에 호응한 것이다. 램의 『퇴직자』는 강력한 필력으로 퇴직자가 무거운 짐을 벗고 홀가분해 하는 심정을 그렸고, 늙을 때까지 공무에 종사하다 마침내 해방된 퇴직자들의 마음에 공감을 일으켰다. 『가난한 친척』은 가난한 사람의

---

23　『方法, 批評及文學史』, 146쪽.
24　『蒙田』, 86쪽.

곤궁한 처지를 세밀하게 묘사하였는데, 필치가 강건하여 오늘날까지 같은 처지에 처한 사람들이 야박한 세태에 공감을 느낀다. 자기의 개성을 쓰면 쓸수록 보편성을 지니게 되는 것은 진정 문학 창작의 법칙이고, 더더욱 수필 창작의 진정한 의미다. 램과 함께 영국 낭만파 수필의 4대가인 나머지 3명도 자신의 독특한 개성을 출중하게 정립시켰다. 헤이즐릿은 힘찬 기세로 대하처럼 썼고, 레이 헌터는 생기 넘치고 정취가 가득하고, 토마스 드 퀸시는 기세가 넘쳤고, 잠재의식 차원의 시적 경지로 들어갔다. 몽테뉴라는 자기 개성을 펼치는 전통이 20세기까지 계속 관통되어서 재주가 많은 영국 여작가 버지니아 울프는 이렇게 말했다.

> 자기를 이야기 하고 자신의 각종 행위를 좇고, 영혼의 전체 지도를 묘사하고, 무게와 색채, 윤곽선을 포함하여, 혼란스럽고, 변화무쌍하고, 완전하지 않은 영혼, 이러한 예술은 오직 한 사람, 즉 몽테뉴의 것이었다.[25]

몽테뉴 수필 영역본이 먼저 바람을 일으키고 램 등 완전히 성숙한 영국 수필가가 출현하기까지 2백 년의 시간이 걸렸다. 그 동안 영국 산업혁명의 여러 가지 변화가 일어났고, 베이컨에서 조지프 에디슨, 리처드 스틸, 스위프트, 올리버 골드 스미스, 요한슨 등 많은 작가의 창작 경험이 쌓이면서 프랑스 대혁명의 추동 속에서 인간에 대한 각성과 자아의식의 소생에 수반하여 문체의 해방을 실현시켰고 개성을 묘

---

**25** 王佐良, 『英國散文的流變』, 233쪽.

사하고 자아를 표현하는 데 중점을 둔 수필식 자유문체 형성시켰다. 이것이 얼마나 어렵고 길었는가!

중국의 산문전통은 훨씬 기원도 이르고 오래되었고, 개성을 묘사하고 자아를 표현하는 데 중점을 둔 수필 식 자유문체의 형성도 훨씬 어렵고 길었다. 현재 남아 있는 자료로 보자면 3천 년 이전에 상 나라 때 『상서尙書, 반경盤庚』 등의 책의 일부에 최초의 산문이 있었다. 이후 춘추 전국의 제자백가와 한나라 초 사마천이 쓴 "역사가의 절창",[26] 위진 시기의 염결하고 고상한 문장, 그리고 당송 8대가의 길이 전해지는 걸작은 모두 최고 경지의 산문이다. 하지만 거의 무게를 잡고 있는 것 같고, 형식에 구속되었고, 송대에 이르러서야 소동파 등이 자유롭게 쓴 소품이 출현하였지만 그래도 보편적인 유행이 되지는 못했다. 2천여 년에 걸친 우여곡절을 거치고 17세기 초기에야 명말 인문주의 사조의 자극 속에서 공안파, 경릉파 소품이 솟아나서 문단의 주류가 되었다. 명말 소품 작가들은 '오직 성령性靈을 쓰고, 격식에 구애되지 않는다'는 것을 주장하고 옛사람들을 모방하는 진부한 울타리를 깨고 한 줄기 신선한 기운을 불어넣었다. 19세기에 영국에서 출현한 낭만파 수필과 비교해 보면, 중국 명말 소품과 영국 낭만파 수필이라는 두 다른 국가, 다른 시대, 전혀 연관이 없는 문학 현상 간에 문체 운동의 내재 기제 속에서 놀랄만한 비슷한 점이 있다는 것을 발견할 수 있다. 둘 다 인간에 대한 각성과 자아의식의 소생이라는 사상의 흐름 속에서 문체의 해방과 자유롭게 의미를 전달하는 것을 실현하였다는 점이다.

---

26　魯迅, 『司馬相如與司馬遷』, 『汉文學史綱要』.

이러한 원인으로 말미암아 청 나라의 심한 억압과 잔혹한 통치를 겪으면서 문인의 사상이 굳고 경직되었을 때 개성을 펼치고 자아를 표현하는 데 중점을 두는 수필식의 자유문체도 멸절되었다. 1910년대 5·4문학 혁명이 폭발할 때까지 사상해방의 거대한 흐름이 고문의 감옥을 찢고 백화문의 언어 스타일 변혁과 인간의 자아의식의 소생, 각성을 실현시켰고, 이러한 수필식 자유문체가 이에 맞물려 소생하였다.

그래서 루쉰이 문을 연 중국현대잡문은 영국 수필처럼 외부 조건과 내부 기제가 함께 성숙하는 상황 속에서 자기 나라의 민족기질과 문학적 축적에 맞물려 탄생한 특수한 문체이다.

## 4.

이러한 특수 문체는 어떤 특징을 지니고 있는가? 그것을 문학작품이라고 할 수 있는가? 문학작품이라고 할 수 있다면 문학적 속성은 어떤 점에 표현되어 있는가? 이러한 일련의 문제는 중국학술계가 루쉰 잡문을 연구할 때 직면하는 난제일 뿐만 아니라 영국문단이 영국 수필을 토론할 때 늘 발생하는 곤혹이기도 하다.

영국 산문의 역사는 중국만큼 오래되지 않았다. 수필이라는 문체에 관한 이론적 탐구는 중국이 더 빨랐고, 참고할 만한 점이 많다.

1916년에 출판된 『영국수필*The English Familiar Essay*』 서문에서는 전체 책의 요지를 이렇게 밝히고 있다. "이런 견해를 부정할 수 있는 사람은 없을 것이다. Essay의 정의는 산문의 각종 다른 유형을 폭넓게 포괄할 수 없을 뿐만 아니라 아주 엄격하게 Essay의 특징을 구분하여, 그것을 다른 비교적 짧은 문장과 구별시킬 수도 없다. 로크의 『인류 오성론』과 램의 『돼지 바비큐론』, 매콜리의 『월런 헤이스팅스』, 칼라일의 『로버트 번스에 관한 수필』과 매튜 아놀드의 『미와 지의 융합』 등 이렇게 다양한 문학작품이 어떤 하나로 통일되지 않은 문체라는 것을 발견할 수 있지만, Essay라고 통칭된다. 이 작품들이 이런 일종의 분명한 공통점을 지니고 있다는 것을 사람들이 습관적으로 느꼈기 때문이다. Essay의 작자들은 공적인 일이나 체계적인 사상적 자료를 다루지 않고 개성적인 솔직한 태도로 그들의 제재와 독자를 대하고, 임의의 친밀한 태도를 지닌 채 일상생활의 양식과 윤리에 관심을 기울이고 개인의 감정과 경험에 관심을 기울인다는 점이 그것이다. 때문에 Essay는 보다 명확한 정의를 내려야 한다. 혹은 Familiar Essay라고 칭하는 것이 좋을지 모른다."[27]

그런데 1903년 두꺼운 『영국의 수필가 *The English Essayists*』라는 책은 겉표지에 윌리엄 헤즐릿의 Familiar Essay에 관한 지극히 형상적인 묘사를 적었다.

그것은 광석이나 화석을 논하는 것도 아니고 식물의 특징이나 행성의 영향을 연구하는 것도 아니다. 그것은 신앙의 형식이나 철학적 체계를 다루지 않으며 초상적이고 공허한 정신 체계에 열심이지도 않는다. 하지만 그것은 남자와 여자의 세계와 밀접한 관계를 지니고 있고, 그들의

---

**27** William Franx Bryan and Ronald S · Crane, *The Engllish Familiar Essays*, 1916. 필자가 번역함.

행동을 기록하고, 그들의 동기를 추적하고, 그들의 생각을 붙잡고, 그들 개인적인 것과 끝없는 영역 속의 모든 추구를 묘사하고, 그들의 황당함에 조소를 보내고, 그들의 오류를 드러내고, '대자연을 거울로 비추는 것처럼 시대의 변천과 주요 흐름, 형세와 곤궁함을 반영하며', 세심하게 우리의 의복과 면모, 사상과 행위를 표현한다. 우리 스스로의 진정한 면모를 드러낸다. 어떠한지, 혹은 어떠하지 않은지. 우리 앞에 인류생활의 모든 희극을 연출한다. (…중략…) 그것은 가장 훌륭하고 가장 자연스러운 교실이다 . (…중략…) 인류생활이 도대체 무엇인지, 이미 어떠하고, 앞으로 마땅히 어떠해야 하는지를 탐구한다.[28]

이상의 정의 자체가 바로 영국 수필의 맛을 지니고 있다. 큰 이론을 크게 떠드는 것이 아니고 체계적으로 분석하지 않고 그저 임의로 편하게 몇 마디를 하고 넓게 몇 가지 선을 그릴 뿐으로 아주 분명하고 아주 흥미롭게 분명하게 말한다.

이상의 정의를 통해 이렇게 정리할 수 있다. Essay, 즉 영국 수필의 첫째 특질은 이치를 말하는 것이고, 사상자의 식견이며, 일종의 논문에 속한다. 그러나 그 가운데 표현하는 식견은 개인적인 것이지 공적인 일이 아니며, 단편적이지 체계적인 것이 아니고 개성적인 것이며, 공식화된 것이 아니다. 독자와 교류를 진행하기 위한 것이지, 교훈을 주는 데 뜻이 있지 않다. 따라서 작자는 반드시 "개성적인 솔직한 태도로 그들의 제재와 독자를 대하고 편한 친밀한 태도를 가지고서 일상

---

28  Robert Colhrane, *English Essayist*, 1903. 필자가 번역함.

생활의 양식과 윤리에 관심을 기울이고 개인의 감정과 경험에 집중한다." 바로 취미요소, 형상성과 서정성 등의 문학 특징을 언급하는 것으로, 이를 통해 대중들이 자기 사상과 식견을 쉽게 받아들이도록 하는 것이다. 그래서 수필은 여러 가지 문체가 교차하고 침투하여 이루어진 특수한 문체이고, 이론과 문학이 뒤섞인 변형 형태이자 잡종 형식으로 인류가 근대에 진입하여 자아의식이 각성할 때 자연스럽게 자신과 세계에 대한 이해를 표현하고, 자유롭게 서로 교류하기 위하여 택한 개성적인 기호 코딩 방식이자 임의적인 문학 창작 장르이다. 그것은 당연히 문학작품으로 간주해야 하지만, 문학 속의 하위부류에 속하고, 그 문학속성은 주로 이치를 표현하는 것이다.

이러한 정의로 몽테뉴와 영국의 수필을 고찰해 보면 매우 타당한 결론을 얻을 수 있다. 몽테뉴는 대사상가였다. 하지만 그는 자신의 문집을 겸허하게 *Essais*라고 명명했다. 그 프랑스어 원의는 '시험' '습작'의 의미다. 시험 삼아서 비정식적으로 자아를 성찰하고 자기 의견을 개진했다는 것을 말한다. 몽테뉴의 *Essais*가 영국에 들어온 뒤 *Essays*로 번역됐는데, 영어의 원래 의미도 '시험' '습작'이었고, 논설문의 의미도 지니고 있었다. 에디슨은 「*Spectator*의 기본 방침」에서 분명하게 말했다.

소크라테스는 철학을 하늘에서 인간세계로 가져왔다. 나는 주제넘게도, 사람들이 내게 철학을 밀실과 서고, 강의실, 학교에서 클럽으로, 회의실로, 티 테이블로, 커피숍으로 가져왔다고 말하길 희망한다.[29]

실질적으로 이는 철학의 세속화, 문학화를 실현하려는 것이고, 형식적으로는 문학수필의 표현방식을 취하면서 속에는 여전히 독립적 사고 정신을 지닌 철학가와 사상가이다. 나중에 영국 수필은 갈수록 개성화와 친절감을 취하는 방향으로 나아간다. 이전의 선집에는 맥컬리와 칼라일 등의 학자의 거대 담론을 다루는 글들을 실었지만, 이후에는 수록하지 않았고, 엄격하게 Familiar Essay, 즉 수필에 근접한 것만 포함시켰다. 낭만주의 시기에 이르러 램 등 4대 수필가가 이성주의의 속박에서 벗어나 직감에 의지하고 조화를 본받아 더욱 문학 재능에 비중을 두었고 예술의 최고봉에 올랐다. 그러나 사상은 여전히 그들의 영혼이었다. 왜 나중에 애써 램을 모방하는 사람들이 많았지만 호랑이를 그리려다가 결국 개를 그리는 데 그쳤고 그 진지함을 잃고 수다만 늘어놓고 실패를 고하고 마는가? 그것은 램과 같은 독특하고 깊이 있는 사상이 결여되어 있기 때문이다. 『리리아 수필』에서 기술한 것은 그 괴팍하고 기이한 인생 철학자의 생명체험으로, 사상이 없고 영혼이 공허한 자가 어찌 모방할 수 있을 것인가! 량위춘이 말했다.

우리나라 사람들은 세상일에 의견을 말하는 문장을 혐오하고 소품문은 늘 감정에 치우치고, 사상을 이야기하게 되면 아무래도 위엄을 잃을 수밖에 없다고 여긴다. 하지만 사실 Montaigne에서 현재까지 사상은 소품문에서 줄곧 중요한 위치를 차지해 왔다.[30]

---

29  劉炳善 譯, 『英國散文選』 上海譯文出版社, 1985, 35쪽.
30  『梁遇春散文全編』, 555쪽.

실로 핵심을 찌르는 말이다. 사상을 말하되 조금도 위엄을 잃지 않고 도리어 정감이 풍부하고 친근한 유머가 있어야 진정한 수필이다.

영국 수필이 중국에 들어온 것은 5·4문학혁명 시기이다. 1918년 4월 후스는 『건설적 문학혁명론建設的文化革命論』에서 해외 많은 산문양식을 참고할 만하다고 이야기 하면서 그중에 몽테뉴와 베이컨이 창도한 수필을 포함시켰다. 그 뒤 푸쓰녠傅斯年은 「어떻게 백화문을 쓸 것인가怎樣寫白話文」란 글에서 산문 문제를 토론할 때 이렇게 말했다. "잡스러운 문체로 제한할 경우, 영어의 Essay만을 일류로 칠 수 있다." 가장 일찍 'Essay'란 영어 명사를 도입했는데 상응하는 중국어로 번역은 하지 않았다. 1921년 6월 저우쭤런은 처음으로 'Eassay'를 '논문'으로 번역하고, 유명한 글인 「미문美文」에서 이렇게 지적하였다.

외국문학에는 이른바 논문이라고 있는데, 그중에는 대략 두 가지 유형으로 나눌 수 있다. 하나는 비평으로, 학술적인 것이다. 둘째는 기술하는 것으로, 예술적인 것이고, 미문이라고 칭하기도 한다. 여기서 다시 서사와 서정으로 나눌 수 있는데 둘이 뒤섞여 있는 것이 많다. 이러한 미문은 영어를 사용하는 국민 사이에서 가장 발달한 것 같고, 중국이 잘 알고 있는 애디슨, 램, 오웬, 호손 등도 다 훌륭한 미문을 가지고 있으며, 최근에는 고시 웨스트, 지신, 데이튼 등도 미문을 잘 쓴다. 논문은 다 읽고 나면 산문시를 읽은 것 같다. 왜냐하면 그것은 실은 시와 산문 사이에 있는 다리이기 때문이다. (…중략…) 현대 국어 문학에서 이러한 글은 일찍이 보이지 않았다. 신문학을 하는 사람은 왜 실험해 보지 않는 것일까?

저우쭤런의 이 유명한 말은 곱씹을 만하다. 'Eassy'를 '논문'으로 번역하였는데, 비평적인 학술성 Essay에는 타당하지만, 서술적인 예술성의 eassay에는 그리 적합하지 않다. 그러나 그는 앞에서 이렇게 말했을 뿐만 아니라 뒤에서도 "논문을 다 읽고 나면 산문시를 읽은 것 같다"고 다시 강조했는데, 의도는 매우 분명했다. 이것으로 우리에게 Essay는 '논하는 것'을 제일 특징으로 하고, 즉 서술적 예술성의 Essay이고, 안에 잡다한 서사와 서정이 섞여 있고, 그래도 '논하는 것'이 영혼이라는 것을 깨우쳐 주려는 것이었다. 이 글에서 저우쭤런이 강조하려고 한 것은 서술적인 예술성을 지닌 Essay였으며, 이러한 문장을 미문이라고 칭하였고, 거의 2년 뒤, 즉 1923년 2월, 그는 「문예비평잡담文藝批評雜話」이란 글에서 다시 비평적인 예술성 논문은 "잘 쓰면 한편의 미문이 될 수 있고 다른 또 하나의 가치를 지닌다"고 말했다. 저우쭤런은 Essay를 소개하면서 '논하는' 특징을 강조했을 뿐만 아니라 나중에 이 점을 보다 더 확장시켰다는 것을 알 수 있다. 그 뒤에 그는 『어사語絲』에 스위프트의 「노비 지침」, 「육아론」과 앨리스의 「수상록」 등을 번역 소개하였고, 모두 비평적인 예술성 Essay였으며, 그 자신의 글도 대부분 이런 종류로 분류해야 한다.

영국 문학을 전공한 량위춘, 팡충方重, 마오루성毛如升 등은 Essay를 '소품문'으로 번역하고 장편으로 거대 담론을 이야기 하는 그 발전과 변화를 소개하였다. 후멍화胡夢華는 그것을 'Familiar Essay'로 한정하여, '수다 산문絮語散文'이라고 번역하였고, 1926년 3월 『소설월보小說月報』에 이를 제목으로 하여 전문적인 글을 발표하였다. 현재 홍콩 번역 센터 주임인 전 런던대학 교수 플리터 선생 말에 따르면 이는 사실 미국에서 출판한 첫『영국수필』서문의 일부를 번역한 것이었다. 하지만 후밍화는 식견이 있어서, 그가 이 서문의 일부를 번역한 것은 지금도 영국 수필 연구 논문과 저서 가운데 여전히 일류에 속한다.[31] 하지만 후밍화가 Familiar Essay를 '수다 산문'이라고 번역한 것은 정확하지 않다. 왜냐하면 산문은 영어에서 마땅히 prose로, 운문에 상대적인 광의의 산문으로서, Essay는 당연히 prose 가운데 일부이고, 보다 협의로 한정한 산문의 문체다. 요컨대 어떻게 번역하든 이상의 모든 연구자들은 글에서 Essay는 '논하는 것' 위주라는 것을 인정하고, "한 번도 체계적인 근거 없이 어떤 일을 판단하지 않고, 늘 개체에 천착하여 논할"[32] 따름이라고 여겼다.

루쉰은 거듭하여 그는 영국 수필에 문외한이라고 말했지만, 여전히 일본어를 번역하는 방식으로 Essay를 매우 훌륭하게 소개하였다.

> 만약 겨울이라면 따듯한 난로 옆에 놓인 편안한 의자에 앉아서, 여름이라면 수영복을 입고 커피를 마시면서, 되는 대로 친한 친구와 잡담을 나누고 이런 말을 그대로 종이에 옮긴 것이 바로 Essay다. 관심이 가면 골치가 아픈 이치까지 나아갈 수도 있다. 냉소도 있을 수 있고, 경구도 있을 수 있다. 유머도 있고, 분노도 있다. 말하는 주제는 세상과 나라의 큰일에서부터 길거리에 떠도는 잡스런 일이나 책에 대한 비평, 알고 있는 사람의 소식, 그리고 자기 과거의 일에 대한 추억 등 생각나는 무엇이든 다 거론하며, 즉흥적으로 쓴 것이 바로 이러한 종류의 글이다. Essay

---

31  졸고, 「卜立德與中英散文比較研究」, 『散文世界』 8期, 1988.
32  『梁遇春散文全編』, 56쪽.

에서 무엇보다 중요한 것은 바로 작자 개인의 인격적 색채를 농후하게 표현하는 것이다. (…중략…) 그 재미는 전적으로 인격의 노트에 있다.

이 명언은 쿠리야가와 하쿠손厨川白村의 『상아탑을 나오고 나서出了象牙之塔』에서 번역한 것으로, 영국 수필의 특징에 대한 가장 빼어난 정리이다. 원작 자체가 뛰어나고 여기에 루쉰이 생동적인 번역과 그의 거대한 영향력이 더해져서 중국 독자들은 이 번역문을 통해 영국 수필의 특징을 바로 이해했고 그 인상이 다른 어떤 전문가의 긴 논저보다 훨씬 강렬했다.

특히 거론해야 할 것은 번역문에서 쿠리야가와 하쿠손의 Essay에 대한 번역의 탁월한 관점이다.

어떤 사람은 Essay를 수필로 번역하지만 옳지 않다. 도쿠가와 시대의 수필 같은 것은 박식한 학자들의 편지이거나 현학자들의 연구 단상 같은 것으로 지금 학자들의 이른바 Arbeit의 아들일 뿐이다.

그래서 루쉰은 나중에 글에서 램의 *Essays of Elia*를 『엘리아의 잡필雜筆』로 번역했다.

여기서 '잡필' 속의 '잡雜'자는 의미심장하다!

이 '잡'자에는 쿠리가와 하쿠손의 일어 문장의 원래 의미가 들어 있고, 루쉰의 Essay에 대한 이해가 스며들어 있다. 비록 루쉰은 '영어를 모른다'고 겸손해했지만, 사실은 개략적으로 이해하였고, 그런 가운데 Essay에 대한 이해를 직접 느낄 수 있었고, 그 속에 '잡'의 의미가 있다고 여긴 것이다. 그리고 이 '잡'자는 바로 영국 수필과 루쉰이 시작한 중국현대잡문 사이의 중요한 상통점이다.

그러나 '잡필'이란 단어는 지금까지의 습관에 맞지 않았다. 중국 고대문체의 명칭 중에 '수필' '잡문'은 있지만 '잡필'은 없다. 수필이라는 명칭은 남송 홍매洪邁에게서 기원하였는데, 그에게는 『용재수필容齋隨筆』 10권이 있고, 청대 양소임梁紹壬이 그 이름을 이어 『추우암수필秋雨庵隨筆』 8권을 냈고, 유월俞樾이 『춘재당수필春在堂隨筆』 15권을 냈다. '수필'이라는 명칭은 오늘날까지 사용되며, 마음대로 써서 기록하고, 작은 일에 잡담을 하는 특징을 지녔고 어떤 때는 '필기'로 불린다. 설사 Essay를 수필로 번역한다고 하더라도 쿠리가와 하쿠손이 말한 폐단, 즉 흔히 쉽게 그 '잡'과 '논하는 것'의 특징을 빠뜨리고, 얄팍한 지식과 작은 장식 측면을 따라 이해하게 되기는 하지만 결국 내키는 대로 쓴다는 특징을 표현하므로 상대적으로 그래도 비교적 적합하다. 그래서 나중에 대부분 '수필'이라는 말을 사용하게 되었다.

무슨 명칭을 쓰든 Essay와 루쉰이 문을 연 중국현대잡문은 서로 비슷한 문체에 속한다는 것을 부인할 수 없다. 영국 문단이 영국 수필에 대해 규정한 것을 기준으로 루쉰 잡문을 한 번 보게 되면 그 문학적 속성은 말하지 않아도 알 수 있다. 루쉰 잡문은 '개성적인 솔직한 태도로 그것들의 제재와 독자를 대한다'는 점, '자유롭고 친밀한 태도로 일상생활의 양식과 윤리에 관심을 가지며 개인의 감정과 경험에 관심을 쏟는' 점, 지극히 재미적 요소를 지니고 있고, 형상성과 서정성 등의 문학 특징을 지니고 있고, 주로 철학적 주제로 그 문학적 속성을 드러낸다는 점은 조금도 의심할 여지가 없다. 이러한 기준은 정말 너무 기본적인 것으로, 루쉰 잡문은 전적으로 이러한 기준에 도달했을 뿐만 아니라 많은 글의 문학적 요소는 이러한 기준을 훨씬 넘어섰다. 그리하여 중국 학술계가 루쉰 잡문의 문학적 속성을 해명할 때 다소 고난도의 기준을 만들도록 했다.

'사회모습' 유형의 형상설이 바로 그중 하나다. 이 이론은 확실히 아주 강력하게 루쉰의 일부 잡문의 문학적 성과를 입증해주고, 아울러 전형 형상과 구별되는 유형 형상의 개념을 제기하여 그 특징을 상세하게 분석하고 문학 이론의 보고를 풍부하게 하였다. 하지만 이론적인 빈곳도 남아 있어서 사람들이 반문을 하곤 한다. '사회모습' 유형의 형상을 창조한 루쉰 잡문이 문학 전당에 들어가는 것은 실로 마땅하지만, 보다 더 많은 수를 차지하는 루쉰 잡문은 이러하지 않고 다만 재미있게 자신의 사상과 견해를 이야기하고 있는데, 그렇다면 이러한 글들은 배제해야 하는 것 아닌가? 사실 만약 '사회모습' 유형 형상을 기준으로 몽테뉴와 영국의 수필을 평가하면 결과는 더욱 참담할 것이다. 몽테뉴 수필은 소박하고 자연스러우며, 사람들에게 두고두고 음미할 수 있게 하며 철학적 매력을 느끼도록 하지만, 어떤 '사회모습' 유형 형상을 창조한 글은 없다. 왜냐하면 몽테뉴가 '독자에게'에서 묘사한 것은 그 자신이라고 이미 밝혔기 때문이다. 만약 인물 형상을 찾으려고 한다면 작자의 주체적인 형상을 수립하고 작자는 한 인간 세상의 산물로서 인류 형태의 온전한 모델을 체현해내면 된다. 영국 수필에서 토마스 오버베리의 『인물기』와 할리 얼의 『인물세계』 등 17세기 후반에 유행한 인물수필, 램의 수필 가운데 묘사된 가난한 친척과 굴뚝청소를 하는 꼬마 등 아주 생동하는 인물형상이 대중들의 생활세계에 대해 깊이 있는 해설을 했지만, '사회모습' 유형 형상의 기준으로 평가하자면 기준에 도달한 사람은 거의 없다. 수필이라는 문체가 이러할 뿐만 아니라 다른 많은 문체들, 예를 들어 서정시라든가 서사 산문 등등도 인물 형상을 창조했느냐의 여부로 문학 속성을 검증하는 기준으로 삼을 수는 없다. 인물 형상의 창조, 특히 전형 형상은 문학 창작의 중요 임무이지만 모든 문학이 다 그렇게 해야 하는 것은 아니고, 문학에는 다른 의미도 있어서 일률적으로 평가할 수는 없다. 만약 '사회모습' 유형 형상을 창조했느냐의 여부로 문학 전당에 들어갈 수 있느냐를 가르는 기준으로 삼는다면 몽테뉴 수필과 대다수 영국 수필은 대문 밖에서 거절당할 것이다. 이것은 당연히 그 숭배자들이 동의할 수 없을 것이다. 그들은 자신의 기준으로 평가하고, 개성화, 임의성, 재미 이 세 가지 잣대로 검증하여 몽테뉴와 영국 수필의 문학 속성을 전력으로 변호할 것이고, 이렇게 자랑스러운 세계문학의 보물을 대문 밖으로 내모는 것에 절대 동의하지 않을 것이다. 그런데 이렇게 하는 것은 자연스럽게 루쉰 잡문을 문학의 전당 밖으로 배제하는 갖가지 주장을 자연스럽게 반박하는 일이기도 하다. 왜냐하면 루쉰 잡문은 서구가 규정한 수필의 문학 기준보다 훨씬 높기 때문이고, 당연히 밖으로 배제당해서는 안 되고, 역시 세계문학의 보물이기 때문이다.

우리는 여기서 둘 사이의 높고 낮음을 평가하려는 것이 아니고, 다만 과학적 검토를 진행하여 공동의 기준으로 그러한 관점을 다시 확정하려는 것이다. 루쉰 잡문과 영국 수필은 둘 다 이론과 문학이 뒤섞인 변형 문체의 형태와 잡종 형식이며, 인류가 근대에 진입하고 자아의식이 각성하던 때 자신과 세계에 대한 이해를 자유롭게 표현하고 자유롭게 서로 교류하기 위하여 채택한 일종의 개성적인 기호 코딩과 임의성의 문학 창작 유형이다.


## 5.

　루쉰 잡문과 영국 수필의 공통된 특징은 둘이 문체 운동 속에서 몇 가지 공동의 법칙과 공동의 특징을 지니게 되었다는 점이다.

　진정으로 자신의 개성을 드러내고 독자와 자유롭게 교류하는 데 목적을 두었기 때문에 필연적으로 각종 진부한 격식과 필요 없는 수식에 반대하였고, 언어 형식이 쉽고 자연스럽게 되었다. 5 · 4문학혁명 전기에, 후스는 『문학개량에 관한 의견文學改良芻議』에서 문학을 개량하기 위한 '여덟 가지 원칙八事'을 제기하였다. 즉 말에는 내용이 있어야 하고, 옛사람을 모방하지 말아야 하며, 문법을 중시해야 하고, 내용이 없는 감상은 안 되며, 상투적인 표현을 남용하지 말아야 하고, 전고를 쓰지 말아야 하며, 대구를 중요시 하지 않으며, 속어와 속자를 피하지는 않는 것 등이다. 동시에 글이 구어에 다가가야 한다고 정식으로 주장하고, 백화문학을 정통으로 삼아야 한다고 주장하였다. 루쉰은 당연히 후스의 '여덟 가지 원칙'을 단호히 지지하였고, 그의 잡문은 바로 가장 훌륭한 실적 가운데 하나였다. 재미있는 것은 영국 산문의 발전 과정에서도 진부한 격식과 필요 없는 수식에 반대하는 운동이 출현하였고, 유사한 주장이 나왔었다는 점이다. 19세기 초에 낭만주의 운동의 주창자들은 18세기의 요한슨과 애드워드 기번의 스타일을 공격 목표로 삼았다.

시인이자 이론가인 코울리지는 한 연설에서 이렇게 지적하였다.

그러한 스타일의 요소는 허위의 대구, 즉 간단한 운열의 대비이고, 그 밖에 의인화에 몰두하고 추상적인 것을 생명이 있는 것으로 바꾸고 게다가 견강부회의 비유, 기이한 단어, 단편적인 운문, 요컨대 모든 게 다 있지만 진정한 산문만 없을 뿐이다.[33]

자신의 모든 진실한 개성과 견해를 표현하는 데 뜻을 둔 문학가들은 언어의 순결과 자연스러움을 실현하고, 갖가지 찌꺼기를 제거할 것을 요구하지 않는 경우가 없다. 루쉰은 창작 경험을 종합적으로 회고하면서 이렇게 강조하였다.

자기 이외에 누구도 모르는 형용사 같은 것을 억지로 만들지 말아야 한다.[34]

헤이즐릿은 「쉬운 문체론」이란 글에서 이렇게 말했다.

나는 무슨 단어를 새롭게 만든 적도 없고, 아무런 근거 없이 어떤 단어에 새로운 의미를 첨가한 적도 없다.

한 작가로서 나는 평범한 단어와 사람들이 다 아는 언어 구조를 사용

---

33  王佐良, 『英國散文的流變』, 97쪽에서 재인용.
34  「答北斗雜誌社問」, 『二心集』.

하려고 노력하였는데, 내가 장사하는 사람이라면 반드시 모두가 같이 사용하는 도량형 기구를 사용하는 것과 같다.[35]

기호학적인 각도에서 보면 루쉰과 헤이즐릿은 모두 세상에 공인된 가장 쉽고 자연스러운 기호를 사용하는 데 뜻을 두었고, 이를 통해 다른 사람이나 사회와 자유롭게 활발하게 사상과 감정을 교류하려고 했다. 중국 언어와 문자는 5·4 시기에 문언에서 백화로 변화했다. 영어는 16세기에 고영어에서 근대영어로의 전환을 완성했고, 16세기 이후에는 변화가 크지 않았다. 하지만 문명화의 과정 속에서 과거의 난잡하고 거칠고 괴이하며 지식인 스타일, 섬나라의 협애한 특징 등등의 찌꺼기를 제거하였고, 규범적이지 않고 깨끗하지 않던 상태에서 규범화의 길로 나아갔다. 중국과 영국 두 나라 문학운동에서 보이는 비슷한 주장 사이에 당연히 어떤 직접적 관련은 없다. 그러나 인류가 언어로 사상과 감정을 표현하고 기호 코딩 활동을 진행하는 과정에서 공동의 기제와 필요에 의해 형성된 것이 문체 운동을 통해서 드러난 보편적 법칙이다.

이러한 보편적 법칙이 내부에서 작동하는 가운데 루쉰 잡문과 영국 수필이라는 두 가지 비슷한 문체는 다섯 가지 공통점을 보였다. 그것은 '한閑', '수隨', '잡雜', '산散', '곡曲'이다.

먼저 '한閑'이다. 몽테뉴와 영국 수필가들은 모두 자칭 '한가한 사람'이었고, 심지어 '게으름'을 예찬하고, '한량'을 높이 평가하면서,

---

35    『英國散文選』上冊, 208쪽.

세상을 버리고 독립적이고 세상일에 초연한 한가로이 떠도는 구름과 들판에서 자유롭게 노는 학을 찬미하였다. 몽테뉴는 『자화상』에서 솔직하게 선언하였다.

나는 여유로움을 즐기는 성격이고, 구속을 받지 않는 것을 몹시 좋아한다. 나는 이렇게 하고 싶은 마음을 가지고 있다.[36]

그의 수필집의 근본 취지는 바로 "가정 일상사를 말하고, 심경을 표현하는 것이다".[37] 영국 수필가들은 더욱 '한가함'을 자랑으로 삼았는데, 스틸이 창간한 신문은 직접적으로 『한담 신문閒話報』이었고,[38] 요한슨은 직접적으로 『한가한 산책자閒散者』라고 불렀다. 램의 수필예술이 최고봉에 이르렀을 때 그의 '한가함'에 대한 예찬도 최고조에 이르렀다. 량위춘이 말한 것처럼 "램은 게으름을 가장 찬미했다. 그는 인류의 원래 상황은 빈둥거리는 것이고 타락한 뒤에야 이른바 일을 한다".[39] 그는 『퇴직자』에서 한가함을 지닌 '벼락부자'로 자처하면서 공적인을 하면서 고생하는 사람들의 화를 돋우겠다고 선언한다. 램 이후 가장 재능 있는 수필가인 알렉산드리아 스미스는 한가한 한량을 더욱 찬양하여 이렇게 여겼다. "한량 기질이 조금도 없는 사람은 어떤 가치도 없는 사람이다." 심지어, "천재는 한량이다"[40]라고도 말했다.

36 『蒙田隨筆』, 236쪽.
37 『蒙田』, 20쪽.
38 【역주】 원제는 『Tattler』이다.
39 『梁遇春散文全篇』, 55쪽.
40 위의 책, 92·101쪽.

대작가들인 스티븐슨은 「한량을 위한 변호」라는 글을 써서 "한가한 사람들이 생활을 전면적으로 인식하는 것을 배우고, 그의 생활예술을 나눌 필요가 있다"고 사람들에게 권고하였다.[41] 사람들 인상 속에서 루쉰은 가장 부지런함을 찬양한 사람이고 분명 '한가함'을 반대했다고 생각할 것이다. 하지만 정반대로, 루쉰은 '한가함'에 대해 아주 긍정하였다. 그는 「문득 든 생각 2忽然想到二」에서 이렇게 말했다.

평이하게 학술이나 문예를 설명하는 외국 책은 흔히 잡담이나 농담이 섞여 있어서 글의 활기를 더하고, 독자들이 각별히 재미를 느끼고 쉽게 지치지 않는다. 하지만 중국의 일부 번역본은 이런 것들을 삭제하고 오직 어려운 해설만 남겨서 교과서와 가깝게 만든다. 이것이 바로 꽃꽂이를 하는 사람이 가지와 잎은 죄다 없애 버리고 꽃송이만 남기는 것과 같아서, 꽃을 꽂은 것은 맞지만 꽃과 가지의 활기는 다 사라져 버린다. 사람이 여유로운 마음을 잃거나 혹은 자기도 모르게 여유가 하나도 없는 마음을 품게 된다면 이 민족의 장래는 걱정스러울 것이다.

이런 생각은 루쉰 필생동안 관철되었고, 임종 얼마 전에 쓴 「이것도 생활이다這也是生活」에서 다시 강조하여 말했다. "가지와 잎을 꺾어버리는 사람은 결국 꽃과 열매를 얻을 수 없다"면서 수박을 먹을 때도 나라가 분열되는 것을 연상하라는 주장을 비판하면서 "전사의 일상생활은 온통 노래만 부르거나 울음만 울 수는 없다. 그리고 노래와 울음과 관련

---

41    『英國散文選』下册, 149쪽.

이 없을 수도 없다. 이래야만 현실 속의 전사다". 전사도 반드시 여유와 한가함이 있어야 한다. 설사 전사라고 하더라도 루쉰은 '참호전'을 진행하여야 하며, "전사가 참호 속에 엎드려 어떤 때는 담배도 피우고, 노래도 부르고, 카드놀이도 하고, 술도 마시고 참호 안에서 미술 전시회도 열지만 어떤 때는 홀연히 적에게 총을 겨눈다"[42]고 주장하였다. 1927년 창조사創造社를 대표하는 청팡우成仿吾는 이렇게 말했다. "루쉰 선생은 꽃으로 덮인 곳에 앉아서 그의 소설과 이야기를 베꼈다." 이것도 일종의 "재미를 중심으로 한 예술이고," "그 뒤에는 분명 재미를 중심으로 한 생활 기조가 있고," "이러한 재미를 기조로 한 생활 기조, 그것이 암시하는 것은 일종의 작은 세계 속에서 자기가 자기를 속이는 자족감이고, 그것이 긍지로 여기는 것은 한가함, 한가함, 셋째도 한가함이다."[43] 사실 청팡우는 왜곡된 시각으로 급진주의의 시각에서 루쉰 스타일의 일면, 즉 너그러움과 여유, 재미가 넘치는 면을 보는 것이다. 만약 청팡우가 젊었을 때 "지극히 좌경적인 사나운 얼굴을 하고 혁명이라도 도래하게 되면 모든 비혁명적인 것은 죽어야 한다면서 사람들이 혁명에 대해 공포를 갖게 하였다"[44]면, 그리고 책을 보거나 문학예술을 감상할 때도 일종의 압박감과 난처함을 느낀다면, 무슨 문학이 있고 무슨 인생의 재미가 있을 것인가? "혁명은 사람을 죽이는 것이 아니라 사람을 살리는 것"[45]이고, 문학은 반드시 사람들이 삶의 재미를 느끼도록 해야지 사람들에게 죽음의 공포를 가르쳐서는 안 된다. 그래서 이러한

---

42  『兩地書, 二』.
43  『三閑集, 序言』, 주석 16.
44  「上海文藝之一瞥」, 『二心集』.
45  위의 글.

'한가함'은 바로 루쉰 잡문과 영국 수필이 상통하는 핵심이 소재하는 곳이다. 바로 이러하기 때문에 루쉰이 문을 연 중국 현대잡문의 "자유롭게 말하고 거리낌이 없는" 특징이 몽테뉴의 수필이 지닌 "가정 일상사를 말하고, 심경을 표현하는" 특징과 은연중에 맞아들었다. 그 본질을 보면 그들이 찬미한 '한가함'은 결코 나태함이 아니다. 그들은 실제로는 지극히 부지런했는데, 램은 바쁜 가운데 틈을 내서 힘든 공무 속에서 세상을 놀라게 하는 작품을 썼고, 스티븐슨은 44살까지만 살았지만 저작은 그의 삶만큼이나 많아서 전집이 20~30권에 달했다. 루쉰 역시 길지 않은 일생 중에 많은 사람들이 많은 세대를 거쳐서도 완성할 수 없는 업적을 이루었다. 그들이 '한가함'을 찬미하는 것은 실은 도통道通과 교조적 속박에서 벗어나고 정신적 자유와 창작의 영감을 얻기 위해서였다. 때문에 "사람이 일단 일에 얽매이면 그 영감을 잃고,"(램의 말) "사람이 지나치게 열심히 공부를 하면 옛날 이야기 속에서 말하는 것처럼 될 수 있고 사고할 시간이 적게 된다." "서재에서 나오면 올빼미처럼 얼굴에 고루한 멍청한 모습을 띠게 되며," "늘 딱딱하고 멍한 모습을 띠게 되고 아니면 소화 불량증을 앓는 것 같고" '한가한 사람'과 같은 지혜가 없고, 유머와 너그러운 품이 없다(스티븐슨의 말). 이 점은 니체와도 통한다. 니체는 학자의 '어리석은 스타일의 부지런함'을 무시하면서, 다른 사람의 사상에 의지하여 지내고 '모든 교양과 고상한 취미를 죽이고' 진실한 자아를 딱딱하고 창조성이 없고 '정신적 갈망이 없는' '힘든 일'에 길을 잃게 하고 자신의 두뇌를 경마장의 말이 되게 하여 다른 사람의 사상의 말에 유린당하는 것을 비난하였다. 그는 단호하게 '자기의 길'을 가고, 죽더라도 자기가 재미를 느끼지 않는 일은 하지 않는다. 진정한 사상가와 철학자로서, 그는 한가함을 그리워하였고 이를 통해 자유롭게 창조에 종사하고 자신의 사상을 즐기고 그가 아니면 하지 못할 말을 했고, "해학 속에서 진리를 말하고" "10여 문장을 통해 다른 사람이 책 한 권으로 할 말을 했다".[46] 사람이 너무 엄숙하면 세상을 다스리기 어렵다. 그러한 큰 인물들은 품성이 그다지 엄숙하지 않았는데, 왜냐하면 그들은 갖가지 노예상태와 속박과 충돌할 수밖에 없었고, 독창적으로 자기의 개성을 표현해야 했기 때문이다. 당사자는 분간을 못하지만 방관자는 잘 본다. 일상의 번거로운 일의 속박에서 벗어나서 멀리 거리를 두고서 방관적인 '한가한 사람'의 각도에서 냉정한 눈으로 주위 세태를 바라보면 도리어 쉽게 명확하고 객관적으로 인식하고, 선조들이 옛날 희랍 신전에 새긴 그 경구, 즉 "너 자신을 알라"는 말을 인식하는 데도 유리하다. 중국 고대의 이른바 '게으름의 도를 실천하는 사람'이나 '아둔한 늙은이' '어리석은 늙은이', 그리고 노장과 선종 등도 이러한 '한가한 사람'과 같은 맥락을 이룬다. '한'은 참으로 인류 지혜로운 자의 공통적인 특징이고, 잡문과 수필을 잘 쓰는 첫 번째 조건이다. 이러한 '한가한 사람'의 소양이 바로 자유로운 문체의 기초이자 영혼이다.

'수隨'. 한가한 사람이 되려면 반드시 자기 원하는 대로 해야 한다. 몽테뉴의 수필은 자기 마음대로 펜을 휘두르고 고삐 풀린 말과 같고, 이것저것 다루고 경계가 없이 마음대로이다. 영국 수필가들도 쓰면 쓸수록 자기 마음대로 쓰게 되고, 갈수록 자유롭고, 갈수록 수필의 묘미

---

46    周國平, 『尼采－在世紀的轉折點上』, 上海人民出版社, 1986, 68·241쪽.

를 획득하게 된다. 영국 수필에 조예가 깊었던 량위춘이 말한 것처럼, "어떤 작가는 머리를 쥐어짜고 이맛살을 찌푸리며 막대한 힘을 들여 써내지만 어떤 때는 도리어 역량이 좋은 결과를 얻지 못하고, 도리어 자기 멋대로 하는 게으른 사람이 쓴 문장의 담백함이 사람을 감동시키는"[47] 것과 같다. 이는 자기 마음대로 편하게 쓰는 것이 자유로운 문체의 중요한 특징이기 때문이다. 루쉰은 이러한 특징에 무척 주의를 기울인 사람이다. 그는 『「자선집」자서自選集自序』에서 스스로 "산만한 간행물에 글을 쓰는 것을 일러 마음대로 자유롭게 이야기하는 것이라고 한다"고 말하기도 했다. 또한 『어떻게 글을 쓸 것인가怎麼寫』라는 글에서는 "산문의 형식은 기실 크게 마음대로 쓸 수 있고, 허점이 있어도 무방하다"고 강조하여 말했다. 하지만 사람들은 흔히 의식적이든 무의식적이든 산문이라는 자유로운 문체를 억지로 어떤 정해진 틀에 넣으려고 한다. 중국과 영국의 문학사에서도 이런 현상이 있다. 18세기 상반기에 에디슨과 스위프트 등의 노력으로 영국 수필에 일종의 쉽고, 자유로운 스타일이 생겼다. 그러나 18세기 후반기에 이르러 대학자인 요한슨 박사는 애써 영국 산문을 대구와 도미문棹尾文[48]의 틀로 끌고 들어가고, 엄숙함을 추구하고 그럴 듯 하게 보이는 것을 동경하여 그 결과 코울리지가 비판한 것처럼 '진정한 산문'을 잃어 버렸다. 이후 낭만파 수필가들이 이러한 폐단을 극복하고, 마음대로 자유롭게 쓰는 스타일을 발휘하려고 노력하여, 자유로움을 지닌 문체의 고유한 법칙에 따라 창작하여 '진정한 산문'이 다시 돌아오도록 했다. 그들 각각 허점이

---

47    『梁遇春散文全篇』, 29쪽.
48    【역주】 periodic sentence.

있지만, 예를 들어 램의 옛말투와 어조, 헤이즐릿의 군소리, 레이 헌트의 주제와 상관없이 두서없는 이야기들, 토마드 드 퀸시의 번잡스러움 등이 그러하지만 그들은 자유롭게 자신의 개성을 표현하였고, 그래서 수필 예술을 가장 화려한 정상으로 이끌었다. 중국의 자유로운 문체도 그러해서, 마치 틀이나 어떤 무형의 습관적인 힘이 정규적인 궤도로 끌고 들어가는 것 같았고 각종 딱딱한 정해진 틀 속으로 말려들어 자유롭게 마음대로 쓰는 특징을 잃었다. 식견이 있는 평론가와 창작자들은 늘 끊임없이 경종을 울리면서 산문을 원래의 자유롭고 자연스러운 상태로 되돌리려고 노력하였다.

'잡雜'. 앞에서 말한 것처럼 루쉰은 Essay of Elia를 '엘리아의 잡필'로 번역하여, 그의 '잡스러움'에 대한 편애를 드러냈다. 그런데 이것도 램과 서로 만난다. 램은 잡스러운 책을 매우 좋아했고, 17세기 전기의 두 권의 기서奇書인 로버트 버턴의『우울의 해부』와 브라운의『어느 의사의 종교관』을 베개 맡에 두고 애써 배웠다. 버턴은 목사로 원래는 우울증을 치료하는 의학서를 쓸 계획이었는데, 결과적으로 많은 자료를 모으고 잡다한 것을 수록하여 문학적인 재미가 넘치고 박식하고 깊이 있는 철학이 담긴 수필체의 잡다한 것이 뒤섞인 저서를 완성했다. 브라운은 의사였는데, 과학적 지식을 지니고 시인의 상상력이 충만했다. 늘 죽음과 죽은 뒤의 문제를 명상하였고, 그리하여『어느 의사의 종교관』이라는 기이한 잡다한 것이 뒤섞인 저서를 썼다. 그의『풍속의 오류』,『토기장』,『사이러스의 화원』등의 다른 저작도 마찬가지로 내용이 잡다하고 분위기가 해학적이다. 작고한 영국문학 전문가 양저우한楊周翰 선생은 이렇게 말했다. "그의 글은 형상화되어있고(논리적 사고는 엄밀하지 않다), 상상이 기이하고 튀어서 사람들을 즐겁게 한다. 글의 진행에 파란이 많고 펜 가는대로 쓰며, 낭만파 같다(그는 낭만파의 추앙을 받았다). 그의 글은 유머가 있고, 희롱하고, 비꼬는 분위기를 지니고 있다. 요컨대 그의 산문은 시적인 느낌을 지닌 산문이다."[49] 이렇게 잡다한 스타일이 램의 수필에 무척 깊은 영향을 주었다. 램이 좋아한 다른 잡다한 것이 뒤섞인 저서는 월튼의 『낚시 백과』이다. 이 책에는 고기를 낚는 갖가지 지식이 들어 있고, 글이 맑고 투명하고, 물이 흐르듯이 막힘이 없고, 채택하고 있는 대화체 역시 사람들에게 자연스럽고, 친근한 느낌을 준다. 이밖에 램이 좋아한 테이러, 플러 등도 글도 잡다하고 사람들이 눈을 떼지 못하게 하는 것으로 유명하다. 이러한 잡다한 것이 뒤섞인 것이 바로 자유로운 문체의 본래 특색이고, 그 비조인 몽테뉴가 잡다한 색채와 기이한 것을 추구한 선구자였다. 량위춘은 근대 전기문학의 대가인 리튼 스트레이치를 논하는 자리에서 이러한 잡다한 것을 뒤섞는 것을 두고 아주 뛰어난 묘사를 한 적이 있다. "그가 그린 인물은 우리에게 하나의 완전한 인상을 준다. 하지만 그의 문장에는 윤곽이 분명하게 그려낸 사람 모습은 결코 없다. 그저 한 필 한 필 부분들이 모여서 이루어졌고, 그가 Sir Thomas Browne을 비평할 때 말한 것처럼 방대한 여러 가지 색채를 가지고서 떼놓고 보면 조화를 이루지 않지만 아주 기이하고 심지어 황당하기도 한 것들로 한 폭의 인상파의 걸작을 구성한다."[50] 이러한 잡다한 색채는 자유로운 문체가 높은 경지에 도달할 때 드러나는 특징이다. 루쉰 잡문은 바로 이러한 잡다한 색채를 지니고 있

---

**49**    楊周翰, 『十七世紀英國文學』, 北京大學出版社, 1985, 153쪽.
**50**    『梁遇春散文全篇』, 229쪽.

다. 이러한 문체의 '잡스러움'은 '논평'을 영혼으로 하고 잡다하게 시와 소설, 희곡 등 여러 가지 문체 요소가 뒤섞인다. 내용으로서의 '잡스러움'은 크게는 우주에서 작게는 파리까지 모든 것을 가져오며 이야기 하지 않는 것이 없다. 색깔로서의 '잡스러움'은 빨강, 주황, 노랑, 파랑, 녹색, 보라, 짙은 색, 엷은 색, 밝은 색, 어두운 색 등 형형색색 다 뒤섞이고 어울려서 하나를 이루어 독특한 경지를 지닌다. 이러한 '잡스러움'을 잃어버리면 자유로운 문체의 본질적 특색을 잃어버리는 것이고, 이는 이러한 특수 문체의 특수한 필요이다. 바로 이러하기 때문에 루쉰은 모든 문체에 '잡스러운 특색'을 다 포함시키는 것을 주장하지 않았다. 그는, "고증하는 글에 조금 유머가 있고 경박한 글이 들어 있으면 일반 독자들은 쉽게 여기에 빠져 냉정을 잃고 그 속에 빠지게 된다"[51]고 했다. 하지만, 잡문이나 수필 같은 자유로운 문체는 잡스럽지 않으면 안 된다. '잡스러움'의 특징을 제거하고 정화를 추구하여 정형화시키게 되면 루쉰이 반대한 것처럼 "만약 문학 창작이 장르의 속박을 받고, 내용도 말하지 않아야 할 것이 있고 범위도 제한을 받으면 그것은 예술을 만들어내는 것일 뿐이고, 보통 '팔고八股'라고 부른다".[52]

'산散'. '한가한 사람'들이 마음대로 잡담을 하는 글은 자연히 '흐트러질散' 수밖에 없다. 형태만 흐트러질 뿐만 아니라 정신도 그렇다. 정신이 자유롭게 흐트러져야 자연스럽게 형태의 흐트러짐이 드러난다. 형식적인 흐트러짐만 추구하고 정신적인 구속에 얽매인 채 놓지를 못하고 흐트러지지 못한다면 그저 동시東施가 서시西施를 흉내 낼 수는 있

---

51 「關於三藏取經記等」, 『華蓋集續篇』.
52 「做雜文也不易」, 『集外集拾遺補編』.

어도 정반대의 결과를 얻을 뿐이다. 첸구룽錢谷融 선생은 산문의 '산'자는 산담散談의 '산'이라면서, 『공성계空城計』에서 제갈량이 읊은 한 구절로 해석하였다. "나는 본래 와룡풍의 산담을 하는 사람이다." 이것은 산문의 진정한 의미를 포착한 것이라 할 수 있다.[53] 우선 산담을 하는 '한가로운 사람'이 되어야 공적과 이름, 이익, 출세, 권력, 세력, 존경, 자리의 속박을 깨고 상과 벌, 명예와 불명예를 잊고 사심의 잡스런 생각을 버리고서야 자신의 진정한 본질을 지킬 수 있고, 갖가지 허위의 장식과 진부한 틀에 왜곡되지 않고 정신 활동을 자유롭게 하고 거침이 없고, 밝고 텅 빈 고요한 경계로 들어갈 수 있다. 고요함이 곧 비움靜則空이고, '비워야 영혼의 기운이 오고 갈 수 있고' 영감이 높은 경지에 오를 수 있고, 잠재적 능력이 용솟음치고, 마음대로 잡담을 하고 마음 가는 대로 말하는 진심을 말해야 그것이 녹아서 산문의 형태가 되고 산문의 담백한 아름다움을 드러낼 수 있다. 고인이 된 시인 아이칭艾靑은 「시의 산문미詩的散文美」라는 글에서 다음과 같이 여겼다. 운문을 감상하는 것에서 산문을 감상하는 것에 이르는 것은 일종의 발전이다. 운문에는 갈고 닦고, 허위와 인공적인 느낌의 폐단이 있다. 하지만 산문에는 꾸미지 않는 아름다움이 있고, 분을 바를 필요가 없는 것이 본질이고, 건강한 생활의 정취로 가득하다. 산문의 미를 감상하기가 어려운 것은 사람들이 높은 경지에 이르러야만 그 아름다움을 느낄 수 있다는 데 있다. 꼭 서예를 배우는 것과 같아서 처음 배울 때는 해서를 감상하고, 글자와 글자 사이 거리의 평형과 균형을 중시하고 대칭미

---

**53**　錢谷融, 『眞誠自由散談－中國現當代悲情散文精品序言』, 中國社會科學出版社, 1995.

를 좋아한다. 그런데 높은 단계가 되면 점차 행서, 초서와 산장散章의 묘미를 점차 깨닫게 되고, 비대칭의 운치를 알게 된다. 린산즈林散之의 서예 작품은 특수한 비대칭의 흐트러짐의 담백한 아름다움이 있다. 이것은 철학과 미학의 높은 경지로 승화시켜서 드러낸 보다 높고 아름다운 미적 형태이다. 일본 선불교의 대 스승인 스즈키 다이세츠鈴木大拙의 고견 역시 우리가 유사한 경우를 통해 이를 이해하고 깨닫게 한다. 그는『선과 일본문화』에서 이렇게 말했다. '한적閑寂'이 일본인의 문화 생활의 깊은 곳까지 파고들고, 이러한 깊은 곳에 들어와 선적인 경지에 도달하고 형식을 넘어 정신 실체를 추구하는 존재가 된 것을 통해 불완전한 형식과 결함 있는 사물이 훨씬 더 정신을 표현할 수 있고 비대칭성이 실은 일본 예술의 최대 특징이라는 것을 발견할 수 있다. 대칭은 아름답고 장엄하고 중후한 느낌을 낳을 수 있지만 형식주의와 추상적 개념의 축적에 이를 수 있을 뿐이다. 하지만 비대칭성은 텅 빈 정적과 외롭게 멀리 떨어지고, 한적한 고요의 미를 표현할 수 있다.[54] 이를 통해 우리는 중국, 영국, 일본 3국 산문이 발달한 원인을 자연스럽게 떠올릴 수 있고, 3국 산문이 발전하는 과정에서 대칭성을 극복하고 비대칭을 추구하는 과정을 겪었고, 단순한 대구와 압운의 감옥에서 벗어나 산문미의 경계에 들어갔다는 것을 생각할 수 있다. 영어 언어 학자 에드워드 사피어는 중국어의 간결함을 찬양하면서도 영어의 "흐트러진 표현 방식 역시 그 좋은 점을 지니고 있다"고 말했는데, 이러한 흐트러짐의 미가 바로 비대칭성의 산문미이고 임의의 자유로운 문

---

54    童慶炳,『文體與文體的創造』, 235쪽에서 재인용.

체의 핵심이다. 몽테뉴 수필의 자유로운 필체와 번잡함은 흐트러짐과 담백함을 지닌 산담미散淡美의 선례가 되었다. 영국에 들어온 뒤 처음으로 그것을 배운 베이컨은 관료의 틀을 벗어버리지 못하고 지나치게 구속되어 글을 썼고 산담미가 부족하다. 도리어 램이 찬탄한 로버트 버턴과 브라운이 그들이 의식하지 못한 가운데 산담 산문의 전문가가 되었다. 램은 바로 이 장점을 발전시켜서 마르고 껄끄러운 문장에 독특한 맛을 지닌 흩어진 담백함을 드러냈다. 과거의 단편적인 선전으로 인해 루쉰이 사람들에게 눈을 부릅뜨고, 매우 긴박하다는 착각을 주었지만 기실 그의 잡문은, 특히 가장 우수한 글들은, 예를 들어 전기의 「레이펑탑의 붕괴에 대하여論雷峰塔的倒掉」, 「춘말한담春末閑談」, 「등불 아래 쓰다燈下漫筆」, 「여러 가지 추억雜憶」 등과 후기의 「병후잡담」, 「나의 첫 스승我的第一個師父」, 「반하소집半夏小集」, 「이것도 생활이다」, 「여자가 목을 매고 죽은 일女弔」 등은 유장하고 깊은 산담미를 드러내고 있고, 심각하지 않은듯하면서도 깊은 철학적 이치를 말하고 있다. 거리감이 지나치게 가깝고 지나치게 파편적인 이야기를 하는『화개집華蓋集』의 일부 글들과 비교하면 훨씬 승화되어 있다. 쉬마오융徐懋庸은 「루쉰의 잡문魯迅的雜文」이란 글에서 루쉰의 후기 잡문은 모두 '사적인 일'은 없고, 비수에서 대포로 변하였다면서 긍정적으로 평하였다.[55] 산담은 결코 인간세상의 싸움을 알지 못하고 세상일에 관심을 두지 않는 것이 아니라 높은 곳에 서서 세계를 조망하고 경중을 판단하고 하나로서 열을 보며 구름 위에 있는 것처럼 초탈한 채 아침에 연꽃 가득한 호

---

55    『滙編』2卷, 795쪽.

수에 비가 흩뿌리고 빗방울이 추적추적 연이 심어진 호수에 떨어지고 연잎에 물방울이 구르고 반짝반짝 방울방울 도는 가운데서 이루는 특유의 산담미이다.

'곡曲'. 김성탄金聖嘆이 말했다.

문장의 묘미는 곡절을 흘려보내지 않는 데 있다. 백 번을 에돌고, 천 번, 만 번을 에돌고 백 번을 꺾고, 천 번, 만 번을 꺾는 문장에 나는 마음을 풀고 그 시작과 끝을 찾으면서 그 사이에 몸을 두며, 그것이 진정 세상의 지극한 즐거움이다.[56]

자유로운 문체가 임의로, 편하게 이야기를 하는 산담이지만 직설적이어서 평범한 것이어서는 안 되며 반드시 에두르는 표현 방법 속에서 뜻을 표현하는 노력이 필요하다. 『몽테뉴』라는 전기를 쓴 작가인 P. 버크는 이렇게 말했다.

프로이트처럼 몽테뉴는 자기를 고독한 자아탐색가라고 여겼고, 가시가 가득한 길의 개척자이자, 우여곡절이 많은 영혼에 들어가고 속마음의 어두운 깊은 곳을 파고드는 선봉이다.[57]

마음의 곡절이 문장의 곡절을 만들고, 보기에는 쓸 데 없고 지엽적으로 보이고 이것저것 끌어온 것 같은 문체에 깊은 구상과 완곡한 표

---

56    『中國古代文論類編』上冊, 海峽文藝出版社, 1990, 696쪽.
57    『蒙田』, 83쪽.

현이 숨어 있다. 그래서 후대 사람들이 "몽테뉴는 고심하면서 글을 구상한 문체가이며, 그는 내용의 독창성과 형식의 독창성을 함께 융합했다"[58]고 말했다. 램은 문장의 곡절을 더욱 정점까지 발전시켰는데, 루쉰이 번역한 쿠리야가와 하쿠손의 Essay론에서 다음과 같이 한 말과 같다.

처음 보면 쉬운 듯이 보이고 아무렇지도 않게 쭉쭉 재미있게 쓴 것처럼 보이지만 램의 『엘리아의 잡필』 같은 빼어난 작품에 이르면 언어가 엘리자베스 왕조 시대의 기이한 단어를 썼을 뿐만 아니라 글자 안에도 아름다운 시가 있고, 예리한 풍자도 있다. 영락없이 정면에서 한 사람을 욕하고 있다고 생각했는데 저쪽에서 혼자 미소를 짓고 있는 그런 모습도 있다. 그러한 필법은 작가의 사색체험의 세계를 세심하고 깊은 주의력을 지닌 독자에게 다만 암시할 뿐이고 아무렇지도 않게 쓴 졸작의 모양을 하고 있지만 실은 정성을 다해 갈고 닦고 고심한 문장이니, 램과 같은 두뇌가 없는 우리 범인들은 그저 한 번 보고 어떻게 그런 작품을 감상할 수 있을 것인가.[59]

예를 들어 『몽환의 아이들』의 경우, 램은 분명히 두 차례 연애를 실패하고 평생을 혼자 고생하면서 살았는데, 그의 형 요한이 죽은 것에 자극을 받아 소년시절의 연인을 그리워하면서 기발한 생각을 하게 되었고, 그와 연인 사이에 태어난 아들과 딸이 그가 과거 이야기를 하는

---

58    『蒙田』, 115쪽.
59    『魯迅譯文集』3卷, 116쪽.

것을 써서, 후대에 대한 진지한 사랑과 외조부, 형에 대한 추억을 한데 합쳐서 출중한 감정승화를 만들어 내어 독자들이 그 속에서 램 내심의 깊은 비통함을 더욱 느끼게 된다. 루쉰의 잡문은 훨씬 더 극진한 '곡필'의 묘미를 지니고 있다. 그는 잡문의 단어 구사는 반드시 곡절을 지녀야 한다고 반복하여 강조하였고, 그의 문장은 깊은 함의를 지니고, 기복과 리듬이 있고, 몹시 다채로웠다. 특히 임종 얼마 전에 쓴 「나의 첫 스승」과 「여자가 목을 매고 죽은 일」 등은 더욱 우회하여 천천히 진술하고, 깊은 함의가 극에 이르러 '한 번 연주하면 세 번 감탄하고, 흥분 뒤에 슬픔이 남는' 느낌을 준다. '평범해 보이지만 가장 기이하고, 쉽게 완성한 것 같지만 매우 고생하여 쓴 것이다.' 루쉰은 자기의 힘든 글쓰기를 이렇게 말한 적이 있다.

사람들은 이런 짧은 글을 꽃 테두리 정도로 생각하면도 내 이런 글들이 짧지만 얼마나 많은 머리를 쥐어짜고 그것을 단련하여 아주 예리한 일격으로 만들었는지, 게다가 수많은 책을 읽고, 이렇게 참고서적을 사는 물질적 역량과 자신의 정신적 역량을 합치는 것이 결코 만만한 일이 아니라는 것을 모른다.[60]

그렇다면 자유로운 문체가 편하게 되는 대로 말하며, "머리를 틀어쥐고 눈썹을 찌푸리면서 엄청난 힘"을 들여 쓰지 말아야 한다고 말하면서도 다른 한편으로 마음을 각고의 노력으로 고심해야 한다면 이 둘

---

60    許廣平, 『欣慰的紀念, 魯迅先生的死』에서 재인용.

사이의 모순을 어떻게 해석할 것인가? 몽테뉴가 일찍이 좋은 답을 했다. 그는 그가 실행한 것은 '인공의 자연화'이고, "지나치게 미묘하게 쓰고 지나치게 만들어내는" 사람들은 "자연을 인공화"하는 것이고, "통상적이고 자연적인 용법과 너무 멀리 떨어졌다"[61]고 말했다. 여기서 말하는 '자연의 인공화'와 '인공의 자연화'는 임의적인 자유 문체와 억지로 만들어 내는 문체 사이의 구별이고, 전자의 고심은 문체를 자연화하려는 데 의도가 있고, 도끼로 찍고 끌로 파는 흔적이 남지 않는다. 반면에 후자는 원래 자연적인 재료를 인공화하는 것으로 조작의 냄새가 난다. 루쉰은 『한문학사강요』에서 고시 19수를 논하면서 이렇게 말했다.

> 그 가사는 말을 따라서 운율을 이루고 운율을 따라 시의 맛을 이루고 갈고 닦을 필요가 없어도 뜻이 절로 깊고 풍기는 운율은 『이소』에 가까웠으며, 체제와 형식은 실로 독자적이었고, 참으로 '온후함에 신기함이 쌓여 있고, 화평함에 슬픈 감정이 깃들어 있고 뜻은 얕을수록 더욱 깊고 가사는 일상에 가까울수록 더욱 깊어진다'는 것이었다.

이것이 바로 자유로운 문체와 모든 원래의 작품의 '인공의 자연화'의 신비를 말한 것이다.

왜 루쉰 잡문과 영국 수필의 문체 운동에서 상술한 공통의 법칙과 공통 특징이 출현하였는가? 이 문제에 답하려면 서두에서 말한 문체

---

61    『蒙田隨筆』, 298쪽.

연구의 인류학으로 돌아가야 한다. 왜냐하면 임의성을 지닌 자유문체는 인류가 진실하게 자신의 개성을 드러내고 서로 자연스럽게 교류하기 위해서 이루어진 문학 형식이고, 그래서 필연적으로 각종 진부한 격식과 가짜 수식에 반대하고 필연적으로 스위프트가 말한 것처럼 "알맞은 단어를 알맞은 곳에 놓는 것"[62]이고, 램의 말로 하면 바로 "태연자약함"[63]이다. 이렇게 이러한 종류의 문체는 필연적으로 한, 수, 잡, 산, 곡이라는 다섯 가지 형태적 특징을 지닌다.


## 6.


1931년 9월, 영국문학 전문가인 장루어구張若谷 선생은 「루쉰의 『화개집』魯迅的華蓋集」이란 글을 발표하고, 처음으로 Essay, 즉 수필의 문체 각도에서 루쉰 잡문을 논하면서, "웃으면서 욕을 한다"는 말로 그 스타일을 요약하고, "에두름"으로 그 단어 사용을 요약하였으며, 샤오싱 문인 일파의 특수한 성격을 대표하며, 냉소와 경구, 골계, 분노 등 네 가지 차원에서, 일부 사람들은 높게 평가하지 않는 『화개집』을 칭찬하였다. 그런데 그 글 전체에서 이야기한 핵심 관점은 "루쉰 선생은 소설가라기보다는 산문가라고 하는 것이 더 타당하다"[64]는 것이다.

그 글이 발표되고 나서는 반응이 크지 않았다. 그래서 루쉰이 서거하

---

62　『英國散文的流變』, 72쪽.
63　『英國散文名篇選注』商務印書館, 1983, 775쪽.
64　『滙編』3卷, 268~269쪽.

고 거의 4년이 지난 뒤, 즉 1940년 여름에 장루어구 선생은 다시 『중미일보中美日報』의 '집납集納'란에 「문학 수필 쓰기寫文學隨筆」라는 글을 발표하여, 다시 한 번 자신의 관점을 강조하였다. 그 결과 큰 소동이 일었고, 어떤 사람은 「산 장루어구가 죽은 루쉰은 곡해하고 있다活張若谷仍在曲解死魯迅」는 제목으로 글을 써서 공격하였다. 바런은 『루쉰의 잡문론』의 서문에서 글을 시작하면서 그 두 편의 문장을 인용하여, 두 편의 글은 모두 틀렸다고 조소하고 모두 루쉰에 대한 곡해라고 여겼다.

기실, 이는 루쉰연구학술사에서 다시 평가가 이루어져야 할 공안公案이다. 장루어구의 글은 단어 사용에 부족한 점이 있기는 하지만 루쉰에 대해서는 결코 악의가 없고, 자신이 가지고 있던 영국 문학의 소양이라는 좋은 위치에서 출발하여 루쉰의 가장 뛰어난 성취에 긍정적 평가를 했다.

당연히 루쉰은 의심의 여지없이 탁월한 소설 작가이고, 그는 중국 현대소설의 아버지이고, 현대소설은 그의 손에서 시작하였으며, 다시 그의 손에서 성숙하였다. 그의 중편소설 「아Q정전」은 세계소설명작의 숲에 들어갈 수 있는 몇 편 되지 않는 소수 중국 현대소설 가운데 하나이고, 조금도 손색없이 첫손가락으로 꼽을 수 있다. 그가 창조한 아Q라는 전형은 유일하게 세계문학 전형의 전시관에 전시될 수 있는 중국 현대문학의 인물형상이다. 이것은 모두가 부인할 수 없는 사실이고, 중화민족의 영광이다. 하지만 실사구시의 차원에서 인정해야한다. 만약에 소설 작가의 정체성으로 세계 문단에서 순서를 정하면, 루쉰은 자연히 톨스토이나 도스토옙스키에 비할 수가 없고 발자크에 비견할 수 없으며, 심지어 디킨스, 스탕달, 플로베르, 위고와 단편소설의 대가 모파상이나 체홉 등등과도 서로 비교하기 어렵다. 어느 민족이든 그 민족의 문화적 위인을 정확히 인식하고 정당한 자리를 부여하는 것은 아주 어렵고 고통스러운 일이다. 사람들은 흔히 단순하게 민족감정에서 출발하여 자기 민족의 문화적 위인을 최고자리에 놓고 그들을 모든 영역에서 가장 높은 자리에 두고 마치 이렇게 해야 마음이 편할 수 있는 것 같다. 그러나 문학적 지위는 객관적 실적에 바탕을 두어야지, 사람의 의지로써 움직일 수는 없으며, 우리는 루쉰이 중국작가라고 해서, 그리고 소설이 문학에서 중심적 위치를 차지한다고 해서 루쉰을 세계소설 대가들 가운데 일류 그룹에 넣을 수는 없다.

사실, 근본적으로 이러한 견강부회를 진행할 필요가 없다. 루쉰의 가장 특출한 재능으로 보자면 소설가라기보다는 수필가로 보는 것이 더 타당하다.[65] 그리고 수필문학은 한 민족에 대한 영향 면에서 소설에 뒤지지 않는다. 중국 민족문화는 본래 산문이 본령이다.

루쉰이 서거한 뒤에 또 다른 영국 문학 전문가인 예꿍차오葉公超 교수는 량스치우가 편집주간을 맡고 있는 『베이징천바오北京晨報』 『문예』 주간에 「루쉰」이란 제목으로 기념하는 글을 발표하였고,[66] 즉각 좌익 문화인의 반박을 받았다. 리허린李何林 선생은 「예꿍차오 교수의 루쉰에 대한 비방葉公超教授對魯迅的謾罵」라는 글을 써서 비판했다. 지금 보면

---

65　루쉰의 「아Q정전」 등 영향력이 큰 소설은 늘 잡문의 맛을 지니고 있다. 그는 원래 4대 지식인을 반영한 장편소설을 쓰려고 했다. 펑쉐펑의 회상에 따르면, 서사와 의론을 결합하여 자유롭게 말하고 장편소설의 엄격한 형식의 해방을 실현하려고 했고, 사회비평이 되게 하여 직접 해부하여 지적하는 첨예한 무기이게 하려고 했다. 요컨대 루쉰의 가장 특출한 재능 특징은 잡문 창작이다.
66　『滙編』 3卷, 662쪽.

이러한 비판은 정치사상적인 차원에 그 원인이 있었다. 하지만 사건이 지난 시점에서 냉정히 생각해 보면 예꿍차오의 글은 결코 비방이 아니고, 영미파 자유지식인의 루쉰관을 반영한 것이다. 그가 말한 것은 모두 틀린 것이 아니라 영국문학 전문가이자 영국 수필을 몹시 좋아하는 예꿍차오 교수가 자신의 학문과 교양에서 출발하여 루쉰의 문학적 성취를 긍정적으로 평가한 것이다.

　　루쉰이 가장 성공한 것은 역시 그의 잡감문이다. 14권의 책 가운데 비방과 조소, 그리고 자잘한 소품을 제외하더라도 확실히 두고두고 읽을 만한 글이 있다.

많은 논자들이 루쉰 잡문의 문학적 가치를 부정하는 상황에서 세계문학의 보고인 영국 수필에 조예가 깊은 예꿍차오 교수가 이렇게 결론을 내린 것은 학술적 양식을 지니고 있다고 하지 않을 수 없으며, 동시에 루쉰 잡문의 문학적 성취는 확실히 수필 전문가가 두고두고 읽게 만든다는 것을 증명한 것이다. '조소와 비방, 그리고 자잘한 소품'이라는 말을 두고 지나치게 따질 필요는 없다. 왜냐하면 이것은 그저 그의 중요하지 않은 느낌이기 때문이다. 사실 루쉰의 14권 잡문집과 나중에 나온 『집외집集外集』에 들어 있는 글이 모두 다 모범적인 잡문은 아니다. 어떤 것은 논문에 속하는 것도 있다. 예를 들어 「예술론 번역본 서문藝術論譯本序」이 그렇다. 어떤 것은 번역문에 속하는 것도 있다. 예를 들어 「현대 영화와 유산계급現代電影與有産階級」이 그렇다. 어떤 것은 일반적인 기사와 신문 자료를 가져온 것이고, 심지어 일시적인 놀이로 쓴 것도 있다. 우리가 루쉰 잡문 문학의 속성 문제를 연구할 때 이러한 글은 제외하고 '확실히 두고두고 읽을만한' 모범적인 잡문에 대해 학술적 검토를 해야 한다. 이렇게 해야 루쉰의 전반적 모습을 훼손하지 않을 뿐만 아니라 루쉰 문화의 정수를 전파하고 연구하는 데 유익하다.

예꿍차오의 루쉰 잡문의 특징 평가에는 긍정적인 견해도 있었지만 부족한 점에 대한 지적도 있었다. 그는 이렇게 말했다.

> 루쉰은 근본적으로 낭만파 기질을 지닌 사람이다. 어떤 사람은 그를 영국 풍자 작가인 스위프트에 비교하기도 한다. 그들은 분명 비슷한 점을 지니고 있다. 하지만 기질 면에서 그들과 같지 않다. 우리의 루쉰은 서정적이고 거리낌이 없고, 자신의 모든 것을 원고지에 쏟아냈다. 스위프트는 이지적이고 냉정하고, 늘 긍정적 문장이 손에 있었다. 스위프트는 아일랜드로 돌아온 뒤 절망적인 심경 속에서 a Modest Proposal과 같은 차가운 풍자를 쓸 수 있었다. 그가 만약 자신을 제어할 능력을 실로 지니고 있었다면 풍자적인 문장에서 평화와 냉정의 분위기를 유지할 수 있고 풍자 속에서 웃음을 보일 수 있었다. 루쉰은 스위프트와 같은 절제력이 없었고, 그는 순수한 풍자 속에서 배회하는 지속성이 없었다. 바꾸어 말하면 루쉰은 문장에서 비교적 쉽게 화를 내고, 분노하였다. 이 때문에 처음의 냉정한 풍자에서 비방과 해학의 경계로 쉽게 들어갔다. 이것이 루쉰이 스위프트만 못한 지점이며, 그의 풍자 소설이 실패한 원인이기도 하다. 하지만 루쉰에게는 서정적인 글이 있고, 이는 늘 그의 소설과 잡문에 껴 있으며, 영국 스위프트는 이 점이 없었다.

예꿍차오가 루쉰이 냉정하지 않았다고 보는 관점은 분명 착오다. 일찍이 1925년에 장딩황張定璜은 「루쉰 선생魯迅先生」이란 글에서 이렇게 지적하였다.

루쉰 선생은 의학을 어쨌든 특정 경지까지 배운 것이다. 해부실에 들어갔는지 아닌지, 우리는 알 수 없다. 하지만 우리는 그가 세 가지 특징을 지니고 있다는 것을 안다. 그것은 수술에 풍부한 경험이 있는 의사의 특징이기도 하다. 첫째는 냉정이고, 둘째 역시 냉정이며, 셋째도 역시 냉정이다.[67]

이 세 가지 냉정함은 일찍이 루쉰연구사에서 경전적인 평가가 되었다. 1929년 마찬가지로 영국 문학에 정통한 린위탕도 루쉰을 '현대중국에서 가장 깊이 있는 비평가'라고 칭하면서, 루쉰은 청년에게 "충분한 성숙성과 '독특한 점'을 보게 하고 충분한 기백과 그들이 바라는 커다란 힘을 줄 수 있었다. 힘은 진실한 견해에서 나온다. 그리고 진실한 견해는 지식과 고난의 세상 속에서 연마된다"고 했다. 루쉰과 같은 "심오함을 지닌 연로한 중국학자"는 지극히 복잡하고 지극히 어려운 상황에서 나왔다. "그는 중국인의 생활과 생활방법을 깊이 알았고", "중국 역사를 철저히 알았다".[68] 요컨대, 깊이 있고, 냉정하고, 노련하고 중국인의 역사와 현상을 깊이 알고 있고, 중국인의 민족적 기질과 생활상황에 가장 철두철미한 해부를 했다는 점은 루쉰을 두고 일찍이

---

67 『滙編』1卷, 86쪽.
68 위의 책, 441~442쪽.

형성되었던 정평인데, 예꿍차오는 확실히 이와 달랐고, 이는 분명 정확하지 않다. 당연히 사람마다 누구나 오욕칠정이 있고 루쉰도 늘 화를 냈다. 하지만 대부분 분노에는 원인이 있었고, 이는 그가 나쁜 사람을 원수처럼 증오하고, 혈기를 지녔다는 표현이었다. 그 역시 사람들이 모두 지니고 있는 약점을 지니고 있었다. 하지만 결코 예꿍차오가 말한 것처럼 무슨 "비방과 해학으로 흘러들어간 것"은 아니다. 사실, 풍자의 깊이든 성숙함이든 다룬 폭과 작품의 수로 볼 때 루쉰은 스위프트를 능가한다. 예꿍차오가 말한 스위프트가 가지고 있지 못한 서정적인 특징을 지닌 글을 보더라도 루쉰은 족히 서정에 능한 영국 낭만파의 여느 작가와도 견줄 수 있다. 루쉰은 램처럼 감칠 맛 나고 감동적으로 가슴에 깊이 남는 생명 체험과 인간 삶의 다양한 모습을 쏟아냈지만 램처럼 잔소리나 사소한 것을 늘어놓지는 않았다. 헤이즐릿처럼 글의 구상이 파도처럼 드높지만 헤이즐릿보다 장중하고 절제가 있다. 헌터처럼 재미가 넘치고 구상이 기묘하지만 헌터보다 크고 웅대하다. 퀸시처럼 날카롭고 깊이 있는 심리적 통찰력을 지니고 있지만 그처럼 지리멸렬하는 병폐가 없다.

산문은 인류가 자유롭게 식견과 정감을 표현하는 자유로운 임의성을 지닌 문체로서 발전 과정에서 세 가지 지류가 출현하였다. 하나는 '다른 것을 평하는 것'으로, 이는 즉, 루쉰이 말한 사회비평과 문명비평이며, 촉각이 주로 외부 세계로 향하고, 그래서 잡문으로 확장되었다. 다른 하나는 '자신을 서술하는 것'으로, 즉 주로 자신의 인생체험을 서술하고 개인의 사상 감정을 펼치며, 촉각이 주로 내부세계로 향하고, 그래서 정통 예술 산문이나 서정 소품으로 발전하였다. 다른 하나는 '시화詩化로, 보다 시적인 요소를 많이 섭취하였지만, 압운은 없고 산문적 언어 형식을 유지하여 산문시가 되었다. 당연히 이 세 가지 지류는 절대적인 것이 아니고 때로는 서로 교차하고 서로 침투한다. 하지만 한 흐름이 주가 된다. 루쉰은 추호의 의심도 없이 근대 중국에서 가장 위대한 스타일리스트이며, 산문의 세 가지 지류 속에서 창조적인 역할을 하였고 최고의 작품을 창조하였다. '다른 것을 평하는' 잡문에는 서사시라고 칭할 만한 14권의 잡문집과 거기에 수록되지 않은 글들이 포함되는데 여러 말하지 않겠다. '자신을 서술하는' 예술 산문으로는 「외침 자서吶喊自序」와 「아침꽃을 저녁에 줍다朝花夕拾」 등의 글과 만년에 '밤에 쓰다夜記'라는 제목으로 쓴 「나의 첫 스승」과 「여자가 목을 매고 죽은 일」 등이 영원한 매력을 발산하고 있다. '시화' 산문시로는 『야초』가 전무후무하다. 세계 산문사에서 어떤 작가가 루쉰처럼 성과가 있고, 자기 민족과 전 인류의 영혼에게 이처럼 깊이 있고 넓게 영향을 미쳤는가?

루쉰이 세계 산문역사의 제일가는 대가인 것은 당연히 의심의 여지가 없다.


1996년 4~6월 진송勁松, '꾸징자이孤靜齋'에서 쓰다.

# 아Q와 중국 당대 문학의 전형 문제

## 내용 요약

아Q부터 허삼관은 20세기 새로운 글쓰기 방식을 관통하고 있다. 허삼관이 내포하고 있는 의의는 중국인이 '안에서 구하고자' 하는 전통적인 심리 상태와 정신기제를 형상적으로 반영했다는 것이다. 전형을 창조하려면 반드시 '정도程度'에 맞아야하고, 인물 성격의 다원성과 인물 간의 비교에 주의해야 하며, 철학적 높이에서 전면적이면서도 깊이 있게, 사회역사의 진실을 반영해야 한다. '인물 제일', '서술 혁명', 문체의 혁신은 반드시 인물과 '밀접하게' 진행해야 한다. 소설의 돌파는 주로 철학의 돌파에 달려 있고, 철학은 또 반드시 개성화된 인물 형상을 통해 드러나야 하고, 전형을 창조하는 어려움은 '형이상과 형이하학적인 측면이 결합되는 부분'에 있다.

# 1. 아Q-허삼관-20세기의 새로운 글쓰기 방식

아Q가 탄생한 지 70여 년 이래, 문학 이론계는 줄곧 루쉰이 창조한 이 불후의 전형의 예술적 비밀을 탐구하고 있다. 많은 작가들 또한 아Q를 참고하여, 새로운 전형을 열심히 창조하고 있다.

20세기 말에 근접한 몇 년 동안, 청년 작가 하나가 새로운 시각에서 이 비밀을 이야기했으며, 창작 도중에 주목을 끄는 성과를 이뤄내기도 했다.

이 청년 작가는 바로 위화이다. 그는 「허위의 작품虛僞的作品」[1]이라는 글에서 자신의 문학 선언을 발표했다. 그의 친한 벗인 모옌莫言은 이 선언에 완전히 동의했을 뿐만 아니라, "이야기의 의의가 붕괴된 후에, 인생에 대해, 세계에 대해 새롭게 파악할 수 있는 방식이 생겨났다. 그는 이것에 대해 「허위의 작품」에서 다음과 같이 언급했다. '인류 자체의 가벼움은 경험의 한계와 정신에 대한 소원함에서 온 것으로, 상식에서 벗어나서 현재의 세계가 제공하는 질서와 논리를 파기해야만, 비로소 진실에 자유롭게 접근할 수 있다'"라며 더욱 간명하게 전달했다.[2]

이 선언은 20세기 세계 문학에서, 매우 새로운 글쓰기 태도와 사유 방식을 보여주었다. 또한 중국에서 이러한 새로운 문학 흐름의 방향은, 루쉰 작품, 특히 「아Q정전」이 문을 연 것으로, 20세기 말, 위화와 모옌이 다시 그것을 깨닫고 이를 문학 선언으로 삼아 세상에 공개한 것이다. 위화의 깨달음은 아마도 루쉰으로부터 얻은 것이 아닐 수도 있고,

---

1 　「虛僞的作品」, 『我能否相信自己』, 人民日報出版社, 1998.12.
2 　「淸醒的說夢者」, 『會唱歌的墻』, 人民日報出版社, 1998.12.

그에 앞서 카프카, 보르헤스 등 모더니즘 작가의 작품을 몰두하여 읽은 후 얻은 것일 수도 있다. 그러나 그가 세계 최정상의 현대 작가로부터 깨달음을 얻어, 다시 루쉰에게로 돌아왔을 때, 그는 루쉰이 "금세기 가장 위대한 작가 중의 하나로, 그의 이름은 카프카, 마르케스, 프루스트와 함께 놓여야 한다. 그와 보르헤스는 20세기 소설가 중에서 가장 학식이 있는 자들이다"[3]라며 진심으로 인정하게 되었다.

위화가 제공한 새로운 시각에서 출발하여 사고한다면, 루쉰이 시작한 20세기의 중국 문학의 새로운 글쓰기 방식을 어떻게 이해할 수 있을까? 아Q라는 이 불후의 전형의 형성 비밀은 또 어떻게 설명할 수 있을까?

이러한 문제에 대답하기 위해서는, 진실에 대한 위화의 이해를 반드시 분명하게 해야 한다. 위화는 그의 선언에서 "나의 모든 노력은 모두 진실에 더욱더 다가가기 위한 것이다"라고 말했다. 그러나 그의 문학 기본규칙에 대한 견해는 관습에 반하는 것이고, 그가 '진실에 다가가는 것'은 '현 세계가 제공한 질서와 논리를 저버리는 것'이다.

관습에 따르면, '진실에 근접'하기 위해서는 인물의 외모와 주변 환경을 반드시 꼼꼼하게 묘사해야 한다. 위화는 이렇게 생각하지 않았을 뿐만 아니라, 오히려 '20세기의 작가는 다시는 이러한 의미 없는 노동에 종사하지 말아야 하며, 가장 주요한 사물, 즉 사람의 마음과 의식을 포착해야 한다'고 여겼다. 사실, 20세기 중국 문학에서 이러한 서술 혁명을 실현한 것이 바로 루쉰이다. 그의 「아Q정전」은 '인물이 입은 옷

---

3　「余華說－一輩子也趕不上魯迅」, 『魯迅研究月刊』 第11期, 1998.

이 무엇인지 등등을 흥미진진하게 묘사'하지 않았으며, 단도직입적으로 '가장 중요한 사물, 즉 사람의 마음과 의식을 포착하여' 아Q의 정신 승리법을 집중적으로 형상화해냈다. 환경 묘사에서도 '방의 창문 근처에 무엇을 놓아뒀는지' 등등과 같은 자질구레한 설명 없이, 담백한 필치로 간결하게 묘사했으며, 모호하게 처리했다. 웨이좡未庄 마을은 도스토옙스키가『카라마조프의 형제들』중에 '가축우리'라는 이름을 빌린 다른 성의 작은 마을과 매우 흡사한데, 이는 일종의 우언화되고, 상징적인 정신 환경이다. 이러한 모호하면서도 간략한 배경에서, 아Q의 정신 특징과 내면 활동은 오히려 선명하게 두드러졌다.

관습에 따르면, '진실에 근접'하기 위해서는, 반드시 인물 성격 묘사에 전력을 다해야한다. 위화는 이에 대해 더욱 동의하지 않았으며, "사실 나는 직업에 대한 흥미가 부족할 뿐만 아니라, 인물 성격 묘사에 전력을 다하는 방식에 대해서도 불가사의 하다고 생각하고, 이해하기도 어렵다. 나는 소위 성격이 분명한 인물들이 얼마만큼의 예술적 가치를 지니는지 정말 모르겠다. 소위 성격이라는 것을 지니고 있는 인물들은 모두 추상적인 상용어로 개괄할 수 있는데, 즉 명랑, 교활, 너그러움, 우울 등이다. 분명한 것은, 성격이 관심을 가지는 것은 사람의 외관이지 마음이 아니며, 또한 작가가 사람의 복잡한 측면에 한층 더 깊이 들어가려고 하는 노력에 자주 거칠게 간섭한다. 그래서 내가 더욱 관심을 가지는 것은 인물의 욕망이고, 욕망이 성격보다 한 사람의 존재 가치를 더 잘 보여줄 수 있다"라고 도전적으로 말했다. 문학에 대한 통속적인 이해를 뛰어넘은 위화는, 뜻밖에 본의 아니게 아Q 전형 연구의 심층에 진입하여, 그 진리를 밝혔다. 아Q의 복잡한 성격과 정신 승리법의 관계 문제는, 루쉰연구 논쟁의 심층 초점 중 하나이다. 아Q의 성격은 복잡한데, 확실히 어떤 학자가 평하고 분석한 것처럼, 다원적이고 대립되는 체계이다. 그러나 정신 승리법은 이 성격 체계의 핵심 기제와 철학의 중추로, 성격에 대한 '내부통제'의 역할을 했다. 정신은 성격보다 높다. 만약 아Q의 성격을 여러 방면에서 서술한다면, 오히려 정신 승리법의 주요 작용을 등한히 하게 되어 본말이 전도될 수 있다. 확실히 위화가 말한 바처럼, "성격이 관심을 가지는 것은 사람의 외양이지 마음이 아니다". 단지 성격에만 주목하면, 작가가 '인간의 복잡한 측면에 한층 더 깊이 들어가서' 더욱 깊이 있고, 더 보편적이고 초월적인 인물 형상을 묘사하는 것을 방해할 수 있고, 연구자의 시선을 방해하여, 더욱 심층적인 인물의 함의를 캐낼 수 없게 된다. 더욱 심층적인 것은 무엇인가? 여기에서, 위화가 말한 것은 '욕망'이다. 같은 글의 앞 문단에서는 이를 '정신'이라고도 불렀다. 그는 '어떤 개체든지 간에, 진실하게 존재할 수 있는 것은 그의 정신일 수밖에 없다.' '사람은 광활한 정신 영역에 들어가야만 비로소 세계의 무한함을 진정으로 체득할 수 있다'라고 여겼다. 사실 위화가 말하는 '욕망'과 '정신'은 같은 뜻이다. 아Q는 도처에서 승리자가 되고픈 욕망으로 가득했지만, 현실에서는 어디서나 좌절당했기 때문에, 마음속으로 물러나서 정신상의 승리를 구할 수밖에 없었다. 이러한 욕망과 정신의 딜레마로 인해 그는 외면적으로 다원적이고 대립적인 복잡한 성격을 갖게 되었다. 루쉰은 예로부터 중국인의 정신을 개조하는 것을 '첫 번째 주요 저작'으로 여겨, 온 힘을 기울여 아Q의 정신 승리법을 묘사했으며, 때문에 비로소 아Q는 돈키호테, 햄릿, 오블로모프 등

세계적인 수준의 문학 이미지와 상통하는, 인류 정신 현상을 반영하는 데 치우친 변이적인 예술 전형이 되었다. 바로 그렇기 때문에, 아Q는 기괴하고 심오한 영원한 매력으로, 언제나 주목을 끌며, 깊은 깨달음을 주었으며, 영원히 이루 말로 다 할 수 없는 무궁한 의미를 지니게 되었다. 만약 루쉰이 '인간의 복잡한 측면에 깊이 들어가지' 않은 채, 아Q의 정신 승리법을 묘사하는 데 온 힘을 기울이고, 우매, 교활 등의 성격을 묘사하는 데 열심이었다면, 아Q라는 이 불후의 전형은 출현하지 못했을 것이다. 작가 위화 또한 정신이 성격보다 높다는 가치와 의의를 깨달았기 때문에, 「18세에 집을 나서 먼 길을 가다+八歲出門遠行」 이후, 줄곧 고되게 인간의 정신을 추적하고, 인간의 정신을 탐색하고, 인간의 정신을 조각하여, 연이어 파격적인 성과를 얻었다.

관습에 따르면, '진실에 근접'하려면 반드시 '현 세계가 제공하는 질서와 논리'를 따라야 한다. 하지만 위화는 여전히 그렇게 여기지 않았으며, 문학 선언에서 반대로 말하고 행동했다. 그는 질서를 따르지 않았을 뿐만 아니라, 오히려 공개적으로 '위배한다'고 선포했으며, "모든 새로운 발견은 옛 사물에 대한 의심에서 시작되었다. 인류 문명이 우리에게 제공한 일련의 질서 속에 있으면 우리는 안정감을 느끼는가? 이 안정감에 대한 힐문이 의심의 시작이다"라고 단언했다. 위화는 총체적 사고방식에서도 루쉰과 약속이나 한 듯 완전히 일치했다. 루쉰이 항상 다른 사람보다 한층 더 깊게 인물을 평가하고 세상을 논할수 있었던 사고방식상의 이유 중 하나는 바로 구 중국의 일련의 질서에 대해 "지금까지 그래왔다고 해서 옳은 것인가?"라고 대담하게 의심할 수 있었다는 점이며, '상식에서 벗어나, 현 세계가 제공하는 질서와 논리를 어김으로써' '자유롭게 진실에 다가간 것이다.' 위화 또한 바로 '현실의 진실여부에 대한 철학 탐구' 중 허위와 진실 사이의 역설 —형식이 허위면, 본질은 오히려 매우 진실하다. 형식이 진실이면, 본질이 오히려 매우 허위적이다.—을 깨달았다. 통념과 경험의 한계 중, 허위와 진실은 종종 뒤바뀌기 때문이다. 그래서 위화는 "통념이 불가능하다고 여기는 것은, 내 작품에서는 견고한 사실로 묘사되며, 통념이 가능하다고 여기는 것은, 내 작품에서 출현할 수 없다"라며 기어코 한계를 돌파하고자 했다. 그는 형식상 '허위의 작품'에서 본질의 진실을 고집스럽게 표현하고자 했다. 「아Q정전」역시 이러한 작품으로, 웨이촹 마을이 허구일 뿐만 아니라, 아Q와 왕털보가 이 잡는 것을 경쟁하는 묘사도 통념상 불가능하여, 당시에 통념에 얽매인 근시안적인 이가 이를 비평한 적이 있다. 하지만 정신 본질적 측면에서 사고했을 때, 오히려 이 속에 견고한 사실이 담겨 있고, 일부 중국인이 무턱대고 맹목적으로 추구하는, 확실히 존재하는 정신 승리라는 수치스러운 현상을 신랄하게 풍자하고 있다는 것을 인정하지 않을 수 없다. 이러한 거짓된 영예와 승리는 현대 일부 사람들에 의해 힘껏 추구되고 있는 것이 아닌가? 통념에 얽매이면 이 세속을 뛰어넘은 작품인 「아Q정전」을 이해할 수 없다. 이와 동일하게, 위화가 창조한 허삼관을 이해하기 위해서도, 반드시 일반적인 20세기의 글쓰기와 다른 방식에서 출발해야 한다.

## 2. 허삼관의 함의 – '정도' · 다원 · 대비
### – 철학의 경지와 역사의 깊이

당대문학에서 아Q와 닮은 인물 형상을 언급하면, 사람들은 자신도 모르게 가오샤오성高曉聲 붓끝의 천환성陳奐生을 떠올린다. 이 인물의 익살스러움, 강인함과 '정신의 만족'은, 확실히 아Q의 분위기가 있다. 그러나 두 인물 형상의 표면적 유사점 하나만 보고서, 그들이 깊은 층차에서도 서로 일치한다고 확신할 수는 없으며, 천환성의 이미지는 더 깊은 철학적 이치가 부족하기도 하다. 가오샤오성의 이후의 『지갑錢包』, 『낚시魚釣』는 기존과 비교해서 심화되어, 일종의 '철학' 소설에까지 이르렀는데, 철학적 높이에서 생활을 내려다보고, 사람의 영혼을 꿰뚫어 보았으며, 상징적인 수법을 통해 풍부한 철학적 이치를 암시하는 데까지 승화했다. 아쉬운 것은 가오샤오성이 더 큰 성공을 거두지 못하고 세상을 떠났다는 점이다.

지속적으로 탐색하며 전진한 것은 위화이다. 그의 『가랑비 속의 외침在細雨中呼喊』은 인류 성장 과정 중의 각종 생명 체험에 대한 묘사가 정말 최고에 이르렀지만, 인물이 너무 많아서, 더욱 두드러지는 형상을 묘사하지 못했다. 『인생活着』에 이르러, '강한 힘'을 발휘하기 시작하여, 필력을 집중하여 한 인물 — 푸구이富貴를 묘사함으로써 마침내 돌파구를 마련했다. 푸구이는 아Q의 낙천적인 정신을 계승 및 부각시켜, 우리 중국인이 이 몇십 년에서 수천 년을 어떻게 견뎌왔는지, 각종 고난을 어떻게 낙천적으로 참고, 강인하게 '살아내었는지' 설명했다. 바로 이러한 정신에 뿌리를 두었기 때문에 아Q는 미치거나 자살하지 않았고, 푸구이 또한 자신의 가족들을 따라 죽지 않았으며, 중화민족도 매우 강인하게 필사적으로 오천 년을 지속시켜왔다. 위화가 그의 문학 선언의 결말에서, "진정한 소설은 곳곳에 상징으로 충만해야한다. 그것은 우리가 세계에 거주하는 방식의 상징이자, 우리가 세계를 이해하고, 세계와 왕래하는 방식의 상징이다"라고 말한 것처럼, 『인생』은 진정으로 '상징이 충만한' 소설이라고 말할 수 있으며, 푸구이가 낙천적으로 '살아내는' 정신이 곧 '세계에 머무는 방식의 상징'이다. 그는 일정한 전형성을 가지고 있지만, 아Q와 비교했을 때는 그 차이가 매우 크다. 이 문제는 루쉰은 아Q의 정신 승리법이라는, '세계와 왕래하는 방식'에 대해 주로 비판적 태도를 취해, 부정적이고 소극적 작용을 심도 있게 묘사하여, 사람들이 이를 거울로 삼아 이와 유사한 자신의 약점을 극복하도록 했다는 것이고, 위화는 푸구이가 낙천적으로 '살아내는' 정신에 대해 주로 찬양의 태도를 취하여 부정적이고 내재된 소극적 요인을 깊이 있게 발굴하지 않았다는 점에 있다. 적절한 비평은 종종 긍정적인 찬양보다 더 깊은 인상을 남기며, 중화민족에게도 더 유익하다. 위화는 그의 세 번째 장편 소설『허삼관 매혈기許三觀賣血記』에서 중국인이 '살아가는' 방법, 간단히 말해 '사는 법'에 대해 깊이 있게 논의하고 호되게 비판 했다. 이 소설은 결코 간단하게 '주제 중복'이라고만 볼 수 없으며, 이렇게 쉽게 단언하는 것은 평론가의 얄팍함만을 드러낼 뿐이다. 한층 더 깊이 있게 들어가 본다면, 다음과 같은 결론을 내리는 것은 어렵지 않다.『허삼관 매혈기』는『인생』을 심화시킨 작품으로, 위화가 앞을 향하여 내딛은 큰 걸음이며, 작가는 허삼관이라는 이 전형적인 형상을 통해서, 아Q와 같으면서도 다른, 더욱 구체적이고, 더욱 잔혹한 시각으로 중국인이 '안에서 구하는' 전통 심리와 정신적 기제를 비판했다. 이른바 '안에서 구한다는 것'은 바로 외부 현실에 대한 추구와 창조를 배척한다는 것으로, 그저 마음속으로 움츠러들어, 각종 거짓된 이유를 만들어 심리적 평형과 정신 승리를 구하는 것이다. 유교, 도교, 불교가 중국에서 '삼교의 근원이 같아'질 수 있었던 원인 중 하나는 이 삼교가 모두 '안에서 구하는' 심리적 근원을 갖고 있었기 때문으로, 합류 이후 이러한 경향이 더욱 가중되어, 장기간 누적되면서 일종의 완고한 심리 상태와 정신 기제로 굳어져, 중국인의 약점이 되었다. 루쉰은 이에 대해 여러 해 동안 깊이 있게 탐구했으며, 그가 아Q를 창조한 목적 중의 하나 또한 마음으로 되돌아가 정신 승리를 추구하는 보편적 현상을 한 인물에 담아 희극적으로 보여줌으로써, 사람들이 이를 보고 웃는 도중에 이와 유사한 자신의 약점을 숙연히 깨닫고 점차 극복하도록 하기 위함이었다. 위화 붓 끝의 허삼관은 피가 뚝뚝 떨어지는 모습으로 더욱 잔혹한 '안으로부터 구함'—몸속의 선혈을 팔아 자신과 가족의 생존과 발전을 도모하는—을 표현했다. 이 같은 '세계와 교류하는 방식'은 정말 모골이 송연한 느낌을 주며, 끔찍함과 공포감에서 많은 것이 연상된다. 허삼관이 여러 차례 피를 팔게 되는 주요한 원인은 시대 환경 때문으로, 상품 경제가 철저히 금지된 극좌의 시대, 보통 서민은 매혈 이외에는 월급 이외 수입을 얻을 수 있는 방법이 없기 때문에, 이렇게 비참하게 '내부에서 구할 수밖에 없는 것이다.' 그러나 개혁 개방, 경제적 번영, 피를 팔아 생계를 도모할 필요가 없는 시대에 허삼관은 그래도 꾸준히 매혈을 하고, 자신의 피를 팔 수 없다는 사실 때문에 흐느껴 운다. 이는 '안에서 구하는' 이러한 '세계와 교류하는 방식'이 이미 그 자신의 심리 상태와 정신 기제가 되어 되돌리기가 매우 어려움을 형상적으로 설명한 것이다. 허삼관 같은 중국인들은 매우 많다. 당연히 모든 사람들이 정말로 피를 파는 것은 아니지만, 무턱대고 근검절약을 강조하고, 자신의 생활비용을 최저점까지 줄여, 극소량의 탄수화물로 생명을 유지하면서 '사는 법'이 어찌 더욱 보편화된, 형태만 변한 '매혈'이 아니라 할 수 있을까? 그들은 내적으로는 자신의 선혈을 팔 수밖에 없고, 외적으로는 절대적 평등을 요구한다. '그의 생활이 매우 엉망일 때, 다른 사람의 생활 역시 동일하게 엉망이기 때문에, 그는 매우 만족할 수 있다. 그는 생활의 좋고 나쁨은 문제 삼지 않지만, 다른 사람이 그와 같지 않은 것은 용인할 수 없다.' 그러나 '안타까운 것은 허삼관이 일생 동안 평등을 추구하여 결국 발견한 것은 바로 자신의 몸에서 자라는 눈썹과 좆털까지 모두 불평등하다는 사실이다. 때문에 그는 "좆털은 눈썹보다 늦게 나지만, 눈썹보다 길게 자란다"라고 불평했다.'[4] 허삼관은 이때 이미 자신이 '세계를 이해하고, 세계와 교류했던 방식'에 대해 의심했다. 우리 또한 이 형상을 통해 다음과 같이 연상하고 깨닫게 된다. 만약 중국인이 '내부에서 구하고' 절대적 평등을 추구하는 치명적 약점을 근본적으로 바로 잡지 않고, 심리 상태와 정신의 지향점을 외부에서 구하는 것으로 바꾸어 건설 중 생존을 추구하고 경쟁 중 발전을 추구하지 않는다면, 중국의 개혁 개방 사업은 성공할 수 없거나, 잠깐 성공한다하더라도 거대한 관성에 의해 기존의 길을 다시

---

4    『許三觀賣血記』韓文版自序, 南海出版公司, 1998.9.

걷게 될 수 있다는 것이다. 이것이 곧 허삼관이 담고 있는 의미이며, 이 전형적인 형상은 우리에게 철학적 깨달음을 제공한다.

그래서 허삼관이라는 전형의 의의는 확실히 푸구이보다 높은 데 있다. 이러한 효과를 낳은 원인 중 하나는 위화가 전형을 창조할 때 '정도'에 더욱 부합했기 때문이다. 이른바 '정도'는 바로 균형감으로, '정도'에 부합했다는 것은 곧 인물의 포폄을 적절하게 파악했다는 것이다. 루쉰은 아Q를 크게 동정했으며 완전히 배척하진 않았다. 그러나 바로 이 때문에, 오히려 불행을 슬퍼하며, 무기력함에 화를 낼 수 있었고, 아Q의 정신 승리법 등의 병증을 더욱 증오하여, 이에 대해 주로 비판적 태도를 취했다. 다시 말해서 폄하가 칭찬보다 크고, 나쁜 점이 좋은 점보다 많았다. 만약 '정도'에 부합하지 않고, 균형감이 부족했다면, 감상 위주가 되고, 칭찬이 폄하보다 크고, 좋은 점이 나쁜 점보다 많아져, 아Q는 경고의 역할을 상실했을 것이다. 반대로, 만약 완전히 비판하고 철저히 부정하여, 낙천적인 기세와 '정말 일 잘 하는' 노동자의 순박함 조차 없었다면, 아Q는 건달과 절도범이 되어 우리와 거리가 멀어졌을 것이다. 그래서 '정도'는 확실히 전형을 창조하는 중요한 요소이자 준칙으로, 절대 소홀히 할 수 없다. 위화의 『허삼관 매혈기』가 『인생』과 비교하여 심화된 부분은, 허삼관이 '내부에서 구하는' 부정적 측면에 대해 매우 강렬하게 비판하면서도, 배척하거나 비웃는 태도를 취하지 않았기 때문에 사람들은 허삼관의 실패와 고집에서 그가 가여우면서도 귀여운 사람이라는 것을 느낄 수 있었다는 점이다. 이러한 긍정과 부정적 측면, 선악, 찬미와 비판 사이의 '정도'의 부합과 상호침투로 인해 허삼관이라는 이 전형적인 형상은 철학적 이치를 내포할 수 있었다.

진융金庸의 소설 『녹정기鹿鼎記』의 샤오바오小寶는 비록 상당히 생동감 있는 사회적 형상이었지만, 그 가치는 아Q와 비교할 수 없다. 이 인물은 기생집에서 자란 건달로, 도둑질에 유괴에 아첨에 허풍떨기를 좋아하고, 못 하는 짓이 없으며, 그 와중에 속 편하게 살아간다. 그는 요행과 건달 기질에 기대어 성공하며, 뜻밖에도 여러 명의 처첩을 얻었으며, 제후에 봉해지고 작위를 얻어 큰 인물이 되었다. 그러나 현실 생활 중, 샤오바오식으로 성공한 자는 아Q 형의 실패자보다 보편적이지 않으며, 그는 사람들의 요행을 바라는 마음과 건달 기질을 조장할 따름이라 결코 아Q처럼 교훈을 주는 역할을 하지 않는다. 작가는 이 인물에게서 과'도'한 희극적 색채를 덧칠하여 그의 전형적 의의를 희석시켰기 때문에, 샤오바오는 적절한 '정도'의 희극요소가 가미된 비극전형인 아Q를 절대로 대체할 수 없게 되었으며, 또한 허삼관과 같은 중요한 의미도 얻지 못했다.

당연히 '정도'는 장악하기 아주 어렵다. 왜냐하면 그것은 모호하고, 확정된 것이 아니기 때문이다. 이러한 불확실성은 인물 성격에서 다원성으로 나타나며, 하나의 개념으로 포괄하기 쉽지 않다. 왕멍王蒙은 『변신인형活動變人形』에서 일련의 속사포식의 되물음으로 주인공 니우청倪吾誠의 곤혹을 표현했다. "지식인? 사기꾼? 미치광이? 바보? 좋은 사람? 매국노?……" 이러한 왕멍 스타일의 반문은 전형적 인물의 전형적인 성격은 복잡하고 다원적이며, 하나의 어휘와 개념으로 총괄하기 매우 어렵다는 진리를 말한 것이다. 아Q 또한 이와 같아서, 그가 어느 유형에 속하는지 — 농민? 낙후된 농민? 경박한 농업 노동자? 보황파? 혁명당? 투기자?…… ― 간단하게 판단하기 어려우며, 다원성과 모호성은 아Q 성격의 두드러진 특징이 된다. 이와 동일하게, 허삼관의 성격도 한 마디로 정의하기 불가능하다. 그의 고집은 매우 성가시지만, 가족에 대한 사심 없는 헌신은 귀엽다.

인물 성격의 다원성을 만들어내는 내재적 원인은 그 핵심 속에 박동하는 생기발랄한 생명력 때문이다. 1980년대 사람들은 자핑와賈平凹의 『경솔浮躁』 중 진거우金狗 성격의 핵심에 대해 '야성'이라고 말했다. 진거우라는 산간벽지의 재자オ子는 루야오 소설 『인생人生』 중의 가오자린高加林처럼, 농촌에서 현성까지 와서 기자로 있다가, 실의에 빠져 농촌으로 돌아가는 순환을 경험했다. 그러나 진거우는 절대적으로 가오자린이 아니었으며, 비록 가오자린과 같은 경험을 하고 비슷한 재능이 있었음에도 가오자린에 비해 더 심오하고 복잡하다. 가오자린은 도시와 농촌 간의 격차가 농촌 학생 마음 깊숙한 곳에서 대비와 불평등함을 초래했음을 보여주었으며, 사람들에게 강렬한 심리적 동요를 일으켰다. 특히 농촌 아가씨 류차오전劉巧珍의 진지하고 선량한 애정과 이로써 형성된 비극은 깊은 감명을 주었다. 그러나 가오자린의 개인의 기구함은 비록 시대적 요인을 포함했음에도 오히려 시대의 총체적 변혁과 함께 연결되지는 못했다. 시대 변혁과 융합하여, 농민 개혁자의 성격적 특징을 반영하고, 시대의 조급한 심리를 드러낸 전형적 형상은 진거우이다. 그는 언제나 인격의 이중 분열과 영육의 갈등에 처해 있으며, 자신에 대한 농민 의식의 속박과 왜곡을 느껴, 이를 극복하기 위해 노력했음에도 자아를 초월하여, 굴레를 벗어나지 못한다. 오히려 다콩大空의 경제 범죄에 연루되어 수감된 후에야 각성하여, 더 이상 신문사의 직위 회복을 요구하지 않았을 뿐만 아니라, 오히려 주동적으로 무급 휴직을 신청하고, 나아가 명예와 지위를 철저히 포기한 채, 농담조로 시원스럽게 다시 진짜 농민이 되어, '착실하게 저우 강州河에서 능력을 발휘하고, 제대로 해내어, 저우 강 사람들이 모두 진짜로 부유해지도록, 문명화되도록 만들자!'라고 결심한다. 이때 진거우는 철학적으로 승화되어, 1980년대 등장한 가장 성공적인 신시기 농민 개혁자의 전형적 형상이 되었다. 그와 마찬가지로 매우 성공한 장웨이張煒의『고선古船』중의 수이바오퍄오隋抱朴와 비교했을 때, 사람들에게 더 두드러지고 강렬한 인상을 제공할 수 있었던 이유는, 진거우 성격의 핵심인 독특한 '야성' 때문으로, 차분한 수이바오퍄오와 비교할 수 없다.

그러나 자펑와는 진거우의 정신기제에 대한 더욱 심도 있는 탐색은 하지 못했다. 정신기제에 진실로 깊이 파고 든 것은, 펑지차이의 소설『아阿!』의 우중이吳仲義이다. 이 변태적이고 인격이 왜곡된 정신 노예는, 중국 지식인이 전제주의의 억압과 기세 하에서, 정신이 왜곡, 파괴되고, 노예화되는 심각성을 이미지적으로 반영하여, 거대한 정신적 깊이를 지니게 되었다. 우중이가 표현한 전제주의 억압의 깊고 넓음은 다수의 '상흔'문학 작품을 훨씬 초월했는데, 그 원인은 펑지차이가 표층적인 '상흔'에만 붓을 댄 것이 아니라, 주인공이 사상적으로 예리하고, 깊이 있으며, 국가체제에 대해 놀라운 식견을 가졌던 역사과 대학생에서 점점 '찌들어서' 정신 노예로 변해 가는 과정과 정신 기제의 위축 및 비정상이라는 주객관적 원인을 심도 있게 탐구했기 때문이다.

우중이와 안톤 체호프의『관리의 죽음』과 고골리의『외투』의 주인공 사이에는 친연적 관계가 있다. 하지만 펑지차이가 인물의 정신적 깊이를 묘사한 부분에서는 앞선 이들을 초월했기 때문에 우중이는 더욱 깊이 있는 함의를 지니게 되었고, 동시에 그 자체의 의의를 초월하여, 전제주의에 의해 압살되고 왜곡된 정신 노예의 전형이자, 보편적으로 인용되는 본보기로서, 계층, 영역을 초월한 정신적 가치를 지니게 되었다. 때문에 중국 신시기 문학사에서는 물론, 세계 문학사에서도 독특한 자리를 차지하게 되었다.

아쉬운 점은 우중이와 대조적 인물인 자따전賈大眞은 성공하지 못했는데, 아Q와 대조되는 인물인 자오 나리, 가짜 양놈과 같은 개성과 깊이가 없다. 설령 이 인물이 총명하고, 흉포하고, 꾀가 많아 우중이 같은 서생에게 '검은 구름이 성을 뒤덮어 성이 무너지려하는' 식의 정신적 압박을 충분히 줄 수 있었다 하더라도, 명명부터 내적 묘사까지 모두 피상적이고, 다소 도식화 되어, 이러한 인물 유형이 형성한 사회적 원인과 내적 동기를 심도 있게 탐색할 수 없었다. 이때의 펑지차이는 루쉰이 쓴 「아Q정전」만큼 날카롭게 비꼬는, 세련된 대작이 없었을 뿐만 아니라 그가 이후에 쓴 『전족한 발三寸金蓮』만큼 숙련되고 민첩하지 못했으며, 어떤 부분은 다소 어색했기 때문에 우중이라는 이 인물 형상의 전파에 영향을 주었다.

전형창조는 대조를 통해 이뤄지는데, 대립된 측면의 깊고 얕음은 전형의 성패에 직접적인 영향을 준다. 중국 당대문학 중 가장 성공한 부정적 인물로는 구화古華의 『부용진芙蓉鎭』의 왕추셔王秋赦를 최고로 꼽을 수 있을 것이다. 이 인물은 토지신과 곡식신을 모시는 사당에서 살고, 내력이 불분명한 아Q와 꽤 닮았다. 그러나 그가 우연히 만난 시대의 기회는 아Q보다 훨씬 좋았고, 토지 개혁 중 빈곤한 출신과 단단한 '바탕' 덕분에 역전, 해방되었으며 이후에도 '가난함' 덕분에 연달아 복을 얻어, '혁명의 중추運動根子'가 된다. 이 인물의 가치는 우리가 중국은 반세기 이래 운동이 끊임없었으며, 백성들이 마음 편히 살아가지 못했던 사회 원인 중 하나기 '내가 원하는 것은 다 내 것이고, 내가 좋아하는 것은 다 내 차지다'라는 아Q식의 혁명가와 왕추서 같은 '혁명의 중추' 때문이라는 것을 알게 해준 데 있다.

다시 위화의 허삼관으로 돌아가서, 우리가 앞서 허삼관에 대해 그렇게 높이 평가한 것은, 결코 그가 아Q에 필적할 만하다는 사실을 말하는 것이 아니라, 서로 비슷한 점이 있다는 것을 말한 것으로, 큰 차이도 여전히 있다. 가장 주요한 차이는 허삼관이 아Q와 같은 정신 철학의 경지에 도달하지 못했다는 것이다. 상술했듯, 허삼관의 몸속의 선혈을 판 '내부에서 구함'은 아Q의 정신 승리의 '내부에서 구함'과 비교했을 때, 더 구체적이며, 훨씬 잔혹하다. 그러나 바로 이렇게 과도하게 구체적이었기 때문에, 아Q의 정신 승리법처럼 고도로 철학적인 추상성을 얻기 어려웠고, 인학의 철학적 실체의 경지에까지 올라 사람의 정신 활동과 사유 논리를 더욱 심도 있게 표현하지 못했다. 이 때문에 허삼관은 아Q처럼 깊이 있고 무궁한 철학적 함의와 보편적이고 매우 넓은 전형적 의의를 지니기 쉽지 않았다.

차이의 주요 원인 중의 하나는 철학적 수양이 부족했기 때문이다. 위화는 자신이 실력 있는 작가이나, 수양은 아직 훨씬 부족하다고 말했는데,[5] 이는 대단히 정곡을 찌르는 자평이다. 위화 뿐만 아니라, 중국의 당대 작가 대부분은 거의 루쉰 세대의 작가들의 수양에 못 미친다. 여러 가지 분야의 수양 중에 철학서의 장기적 감화가 가장 부족한데, 루쉰이 그 당시 불경을 맹렬히 탐독한 것처럼, 종교 문화에 대해 심도 있는 탐구를 하지 못했기 때문에 인류 정신 현상을 탐색할 때 '깊이 있는 사유'로 전환할 수 없으며, 되돌아와 역사를 내려다볼 때에도 높고 심원한 통찰력을 드러낼 수 없다. 예를 들어 위화의 문화대혁명에 관한 반영은, 『인생』이든지 『허삼관 매혈기』든지 간에 모두 도식화, 단순화되었으며, 「아Q정전」의 신해혁명에 대한 깊은 통찰과 비교할 수 없다.


## 3. '인물 제일'-'서술 혁명'의 득실 - 인물에 '기대어' 쓰다

'인물 제일'은, 루쉰이 시작한 신문학 전통의 일관된 신조이다. 바로 인물을 묘사하고, 전형을 창조하는 이러한 자각적 의식과 부지런한 실천 덕분에 20세기 중국문학에는 아Q라는 세계적 수준의 예술 전형과 비교적 성공한 전형적 형상이 일부 출현했다.

그러나 최근 몇 년간 이 신조는 점차 일부 젊은 작가들에 의해 사라져 갔다. 1980년대 후반 이래 나타난 '신사실소설' 등등의 포스트모던적 추세는, 주목할 만한 '서술 혁명'을 불러일으켰고, '인물 제일'의 신조는 '서술 제일'로 변하여, 서술이 의미하는 추구와 형식의 감응, '서술 함정'의 설계를 소설가의 첫 번째 목적으로 삼았다. 의심할 바 없이, 이

---

5 「我相信自己的實力」, 『晨報』, 北京, 1999.3.14.

'혁명'은 서술 이론 연구, 서술 기교의 향상 및 정반 양면 서술 경험의 축적에 대해 모두 지울 수 없는 적극적 의의가 있으며, 이를 '서술 자각의 시대'라 칭해도 과하지 않다. 하지만 이 '혁명'도 날로 부정적 효과를 드러냈다. 문학 작품에서 가장 쉽게 사람들에게 기억되는 인물을 '서술 혁명'으로 '개혁'해버렸고, '서술 제일'의 작품은 이야기를 희생시켰으며, 더욱이 인물도 희생시켰다. 소설가들이 크게 심혈을 기울여서 구상한 서술의 구성은 세월이 흐르면서, 먼저 시간에 의해 여과되고 내버려졌다. 그러나 문학은 주로 인물 형상에 기대어 그 가치와 효능을 드러내는 것이다. 문학의 운무가 흩어져 사라진 후, 결국 사람들 기억에 남는 것은 역시 인물이다. 만약 한 시대의 문학이 한동안 변화한 후에 사람들이 잊기 어려운 예술 전형을 남기지 않고, 심지어 비교적 성공적인 인물형상도 창조해내지 못한다면, 후세에게 공백과 유감을 남길 것이다. 일찍이 사람들을 놀라게 했던 각종 '서술 함정', '서술 전략'이 가져온 것은 뜻밖에도 인물의 유실과 기억의 사라짐으로, 이로부터 얻은 교훈은 작가와 문학 이론가들이 깊이 사고할 가치가 없는 것은 아닐 것이다.

후에 진정한 성과를 얻고, 문학사에 가치 있는 작품을 남긴 것은, 당시 '서술 혁명'과 거리를 두었던, 이후 '인물 제일'의 의식이 더욱 선명해진 위화 등의 인물이었다. 위화는 선충원沈從文이 결론 내린, 소설은 반드시 '인물에 기대어 써야한다'는 창작 경험에 매우 찬성했으며,[6] 한 프랑스 출판업자의 말—중국문학은 "중국적 풍경과 인정으로 프랑스 독자의 환심을 살 수 없고, 정치상의 반대파를 통해서도 프랑스

---

6    『我只要寫作,就是回家』.

독자를 끌어들일 수 없다. 이러한 시대는 이미 지났으며, 중국 작가는 반드시 진정한 중국인을 써야 한다."—에도 매우 수긍했다. 왜냐하면, '이 세계에서 "사람"보다 더 보편적 의의를 지닌 것은 없기 때문이다.'[7] 착실한 노력을 거쳐, 그의 붓끝의 인물은 마침내 부호<sup>符號</sup>에서 자신의 목소리를 지닌 자주적인 사람이 되었으며, 더 풍부해졌다. 중국인을 잘 써내기 위해서, 위화는 『인생』 이후, 자신의 언어와 스타일을 더욱 순수히 하고, 더욱 중국화시켜, 현상에서는 전통에 대한 회귀가 나타났다. 실질적으로 위화는 결코 '선봉'을 포기하지 않았고, 선봉과 일부의 유익한 서술 방법을 인물 묘사에 운용했다. 이 점은 『허삼관매혈기』에서 더욱 뚜렷하게 반영되었는데, 서술이 간결하고, 담백하게 묘사하여, 자질구레한 설명이 없고, 때로 다만 몇 마디 유머러스한 대화에만 의지하여 시대 환경, 사건 과정 등등을 명확하게 밝혀, '사람의 마음과 의식'이 명백하게 드러나게끔 했다. 이는 순수한 전통적 글쓰기 방법으로 도달할 수 있는 것이 절대 아니다. 즉, '인물 제일'이라는 자각적 의식으로 인해 위화는 모든 예술 수단을 전형을 묘사하는 데 동원함으로써, 비로소 다크호스가 되어, 기성세대를 능가할 수 있었고, 중국 당대문학에서 선도적 지위로 도약할 수 있었다.

서로 비교해보자면, 원래 위화보다 앞섰던 일부 작가들은 '인물 제일' 의식이 다소 약했기 때문에 뒤처지기 시작했다. 예를 들어 1980년대 중기에 『아빠, 아빠, 아빠<sup>爸爸爸</sup>』를 쓴 한샤오궁<sup>韓少功</sup>은 1990년대 이래 장편 소설의 문체혁신에 주력했다. 『마교사전<sup>馬橋辭典</sup>』은 분명히

---

7    『我不喜歡中國的知識分子』.

높은 수준에서 이 꿈을 실현했으며, 문체 구조부터 문학 언어까지 모두 한샤오궁 식이어서, 그것이 다른 작품을 모방했다거나, 심지어 표절했다고 말하면 억울하다고 하지 않을 수 없는 정도였다. 그러나 예상했던 것보다 더 큰 반응은 얻지 못했는데, 그 주요 원인은 문체 형식이 외부의 영향을 받았는지의 여부에 있었던 것이 아니라 독자 마음속에 인상 깊은 인물을 세우지 못한 것에 있었다. 장웨이는 1980년대 중기에 장편 역작『고선』을 내놓아 수이바오퍄오 등의 생동감 있는 인물 형상을 만들었다. 1990년대 들어 심혈을 기울여『구월 우언九月寓言』을 창작했는데, 구상은 더욱 심오하고, 예술적으로도 더욱 숙련되어, 우언의 형식으로 깊고 넓은 철학적 이치를 담았다. 이 점에서는『아Q정전』의 우화적 의미와 꽤 비슷하다. 하지만 이러한 고품격의 당대 장편은 뜻밖에도『고선』보다 깊은 인상을 남기지 못했는데, 그 원인 중 하나는 아마 인물을 더욱 성공적으로 묘사해내지 못한 것에 있을 것이다. 자핑와는 1990년대 이후『폐도』부터『가오라오장高老莊』까지, 소설 관념부터 서술 방식에 이르기까지 전환과 승화가 모두 나타났지만, 오히려 진거우와 대등한, 강렬한 감동을 주는 인물을 만들어내지 못하여, 다시 정상에 설 수 없었다. 우리는 자핑와가 그의 문집 17권에서 24권 중에서 다시금 정점에 다다라, 진거우를 뛰어넘는 예술적 전형을 창조해내길 기대하고 있다. 류전윈劉震雲의 200만 자의 초장편『고향의 면과 꽃송이故鄕面和花朵』가 독자와 거리가 생긴 원인 중의 하나는 방대하고, 복잡한 구조가 독자, 적어도 당대 독자의 마음속에 인물을 세우기 어려웠기 때문인 듯하다. 이러한 현상은 발자크의 창작 역정에서도 존재한다. 발자크는 창작 첫 10년(1819~1829) 동안 완성한 작품 중 오직 『올빼미당』만을 이후 『인간희극』에 정식으로 실었는데, 나머지 작품은 그 자신마저도 실패했다고 여겨 싣지 않은 것이다. 중요한 원인은 이 시기 그가 창작 당시 맹목성을 지녀, 자각적으로 '인물 제일'의 원칙을 따르지 않았기 때문이다. 1833년, 그는 『외제니 그랑데』를 쓴 후, 바로 자각단계에 들어갔다. 그는 창작의 최대 비밀이 전형을 창조하는 것에 있음을 발견하고 능숙하게 전형 묘사의 법칙을 장악하여, 맹목성을 극복하고, 주도권을 획득하여, 다수의 우수한 작품을 창작해 『인간희극』이라는 예술 건물을 건설했다.

## 4. 철학적인 돌파 - 개성화된 생활 원형
### - '형이상학과 형이하학의 결합'

소설가 모옌은 "당대 소설의 돌파는 이미 형식상의 돌파가 아니며, 철학적 돌파이다"[8]라고 말했다. 이것은 전문가의 마음속에서 우러나온 말이라고 여겨진다.

루쉰 이전의 작가는 왜 아Q 같은 전형을 창조해내지 않았나? 현대 문학 운동과 루쉰 같은 문학 천재가 아직 나타나지 않았다는 것 이외에 주요 원인은, 당시 중국 사상계가 정신 승리법이라는 인류의 보편적 약점과 중국인에게서 두드러지는 행동에 대해 아직 철학 경지에까지 오른 통합적 인식을 하지 못했으며, 문학 표현 방법에서도 본질적

---

8    「清醒的說夢者」, 『會唱歌的墙』, 人民日報出版社, 1998.12.

인 돌파가 이뤄지지 않았기 때문이다.

카뮈는 "위대한 소설가는 모두 철학 소설가이다"[9]라고 말했다. 특정한 의의에서 말하자면, 루쉰은 카뮈, 카프카, 바로 도스토옙스키 등 사상형 작가와 서로 일치하는 철학 소설가이고, 「아Q정전」은 곧 우화식의 철학 소설이며, 아Q라는 전형의 창조와 루쉰의 심오한 철학 의식의 관계는 매우 밀접하다. 다시 말해서, 철학적 측면에서 독특한 발견과 날카로운 개괄이 없었더라면, 아Q 또한 없었을 것이며, 사람들은 정신 승리법과 같은 부정적 현상에 대해 경각심을 가지지도 못했을 것이다.

당대에 가장 우수한 작가들 중, 자핑와는 자신의 '철학 의식이 너무나도 부족한 것'을 절감하여,[10] 그것이 향상되기를 절박하게 바랐다. 그러나 세상 경험이 부족한 일부 청년 작가들은 오히려 이성을 제거하고, 철학을 버리고, 맹목적으로 '생존 본연의 상태'로 '환원'하자는 물결을 일으켰다. 이러한 요구가 등장한 것에는 원인이 있었는데, 과거 아주 긴 역사 시기 동안, '좌파'라는 교조적 감금과 이념의 속박이 너무나도 심각하여, 사람들이 이에 강렬한 반감을 가져, 일단 해금이 된 후에는 이로부터 깨끗이 벗어나고 싶었기 때문이다. 그래서 반이성주의 사조는 교조주의에 대한 하나의 반발이었다. 하지만 이러한 반발과 당시 속박을 받아들였던 것 사이에는 서로 약간 통하는 점이 있었는데, 동일하게 맹목성이 농후하고, 둘 모두 자각적 이성과 독립 철학적 태도가 부족했다는 점이다.

---

9     「清醒的說夢者」,『會唱歌的墙』, 人民日報出版社, 1998.12.
10    『浮躁』序言之二.

위화가 더욱 앞설 수 있었던 것은, '인물 제일' 관념이 날로 명확해진 것 이외에도, 이성에 대한 고집스러운 추구 때문이었다. 그는 1980년대 문학계가 '주제 선행'을 비판한 것에 대해 분개하며, '이치에 완전히 어긋난다'라고 생각했다. 1980년대 '문화대혁명'과 '좌파'의 문예 사상에 대한 비판은 확실히 단순화된 경향이 있었고, 학문적으로 심도 있는 분석이 없어, 일률적으로 모든 것을 부정하는 태도를 취했다. 그러한 교조와 이념에서 출발한 '주제 선행'은 분명히 창작 규율을 위반하는 것이었지만, 결코 그 때문에 작가가 창작하기 전에 생활에 대해 자각적인 이성 분석을 하고, 철학적 높이에까지 이른 어떤 주제 사상을 생산하며, 이로써 생활 소재의 선택과 제고를 통솔할 필요가 있음을 부정할 수는 없다. 만약 이후에 하나의 '주제 선행'도 부정한다면, 결국 반이성주의의 범람과 창작 무절제 경향이 만연해질 수밖에 없다.

당연히 단편적으로 철학을 강조하는 것 또한 틀렸는데, 소설은 철학 논문과 다르기 때문에, 인물 또한 주관 없이 남의 말만 따라하는 앵무새가 절대 아니다. 펑쉐펑이 아Q를 '사상적 전형, 아Q주의 혹은 아Q 정신의 기식자'로 본 것처럼, 이론상의 실수를 범할 수 있다. 왜냐하면 예술은 개별 형상에 근거한 것이지, 개념에 근거하여 드러난 것이 아니기 때문에, 어떠한 개념화 혹은 이념이 '기식'된 물건은 모두 예술과 무관한 것이다. 루쉰은 아Q라는 예술 전형을 창조할 때, 고향 샤오싱에 실제로 있던 셰아구이謝阿桂라는 인물을 중점적으로 사용하고, 거기에다 타인의 특징과 행동을 섞어, 다듬어 완성했다.

한 명만을 주로 사용한다든지 여러 명을 섞어 사용하는 것과 무관하게, 창조된 전형은 반드시 현실 생활 속에서 정상인이어야 하며, 정신병 환자 혹은 지적 장애인이어서는 안 된다. 아Q는 설령 어리숙하고, 어지럽긴 하지만 어쨌든 건강하고 온전한 사람이었고, 미쳤거나 바보는 아니었다. 어떤 연구자는 아Q의 성격 체계를 훌륭하게 분석한 후, 아Q를 미미한 정신병이 있는 환자로 보았는데, 이는 실수라고 말하지 않을 수 없으며, 실질적으로 아Q의 성격 분열이 만들어낸 심미적 가치를 부정한 것이었다. 도스토옙스키의 중편소설『이중 인격』의 주인공 골랴드킨처럼, 도스토옙스키는 마지막에 그가 미쳐서 정신병원에 들어가게 함으로써, 이 전형의 철학적 의미는 크게 줄어들게 되었다. 동일하게 한샤오궁의『아빠, 아빠, 아빠』중 기형아 빙자이丙崽는 그가 드러내는 함의가 얼마나 두터운지에 상관없이, 그가 사람 구실을 할 수 없는 백치였기 때문에, '인류 운명의 어떤 기형적 상태'라는 부호만 될 수 있었을 뿐, 전형은 될 수 없었다. 아라이阿來의『이미 결정된 一塵埃落定』중의 세습 족장의 바보 아들은, 독특한 시야를 가진 서술자라고 할 수 있지만, 그의 지능 부족으로 인해 전형이 될 수는 없었다. 왜냐하면 독자는 정상인에게서 교훈을 얻지, 미치광이 혹은 바보 및 자신과 다른 부류를 거울로 삼지는 않기 때문이다.

전형은 작가가 매우 익숙한 생활에서 나올 수밖에 없고, 주관적인 억측에서 나올 수는 없다. 이 법칙은 대단히 엄격하여, 어떤 사람도 뛰어넘을 수 없다. 천중스陳忠實는『백록원白鹿原』에서 바이자쉔白嘉軒과 그의 농가 정원과 벌판의 기름진 땅에 대해 쓸 때, 이를 사실적이고 풍부하며, 자유자재로 묘사했지만 백록 서원의 주선생을 묘사할 때는 오히려 곧 힘이 떨어졌다. '관중의 유학대사關中大儒'를 만들어야 한다면서, 작가 주관적인 의도대로 남의 말만 따라하는 앵무새를 만들었을 뿐이다! 동일하게, 류칭柳靑의『창업사創業史』의 량성바오梁生寶는 량산梁 三 노인만큼 성공하지 못했는데, 작가가 당시의 역사 환경에서 이탈하여, 인물을 이념화했기 때문이다. 이렇다 할지라도, 이 두 소설은 모두 당시 시대가 만들어낼 수 있는 가장 좋은 작품이었다. 특히『백록원』 중의 바이자쉔은, 작가가 협의 계급론의 관성적인 사유 형태를 깨버린 후, '인학'적 수준에서 만들어진 피와 살이 풍부한 중국 전통 농촌의 민족 족장의 전형적 형상으로, 인성과 역사의 풍부함을 반영하고 있어, 단지 계급 범주에서 해석한 황스런黃世仁, 평란츠馮蘭池 등의 지주 형상과는 비교할 바가 못 된다. 이러한 지점은 아Q의 전형 창조와도 서로 부합하는데, 루쉰은 아Q를 '인학'의 수준에서 묘사한 것이지, 협의 계급론이라는 기존의 틀에서 그를 묘사한 것이 아니다.

생활도 있어야 하며, 철학에도 능통해야 한다. 개성이 있어야 하며, 보편성도 필요하다. 이 양자를 모두 얻기가 얼마나 어려운지! 자핑와 는 그 어려움을 깊이 깨닫고, 자신이 '형이상과 형이하의 결합부 작업 을 아직 잘 하지 못하여' '형이하와 형이상이 어떻게 융합되도록 할 수 있는지' '열심히 찾고 있다'[11]라고 생각했다. 그가 여기서 말한 '결합 부'를 헤겔의 말로 이야기하자면 그것은 곧 '중개'이다. 루쉰은 아Q를 창조하던 중, 본보기도 만들어 냈다. 그는 아Q가 성에 들어가 도둑 무리들의 졸개 역할을 한 전기적인 경험을 긍정적으로 상세하게 묘사하지 않고, 오히려 아Q의 정신 승리법을 표현할 수 있는 세부사항을 세

---

11 『高老庄』後記,『關於『白夜』答陳澤順問』.

심하게 묘사하여, 형이하의 세부사항을 조합하여 전체적인 이미지로 만들고, 형이상의 우언적 함의와 상징적 의의를 드러내, 사람들이 독서를 통해 아Q 정신 승리법의 황당무계함을 깨닫고 더 나아가 경각심을 갖고 교훈을 얻도록 했다. '3돌출'원칙[12]에 따라 날조된 거듭 승리하는 '영웅'은 일어설 수 없고, 매번 실패하는 아Q가 오히려 불후의 예술 전형이 되었다. 그 속의 도리는 깊은 깨달음을 준다.

『문학평론』 2000년 제3기에 수록.

---

12 【역주】문화대혁명 시기의 문예이론 중 하나. 세 가지 돌출 원칙은 다음과 같다. 인물 중 긍정적 인물을 돌출시킨다. 긍정적 인물 중 영웅인물을 돌출시킨다. 영웅인물 중 주요 영웅인물을 돌출시킨다.

# 비교문화 대화 중에 형성된
## '동아시아 루쉰'

비교문화 대화는, 곧 이질적 문화 사이의 충돌과 교류이다. 이러한 종류의 충돌과 교류는 매우 중요한데, 만약 한 종류의 문화가 언제나 다른 문화와 대화하지 않고, 동질적으로만 번성한다면, 근친 교배처럼 정체되고 퇴보하여 위축되어, 저능의 기형아를 낳고 돌연변이가 발생할 것이다.

루쉰연구로 말하자면, 비교문화 대화를 위해 가장 편하고, 가장 직접적인 것은 한, 중, 일 삼국의 루쉰연구자들끼리 대화하는 것으로, 즉, 동아시아의 학술세미나를 말한다. 한, 중, 일은 긴밀하게 인접하고 있고, 루쉰이 동아시아 지역에서 가장 대표성을 지닌 작가라는 것은 이미 삼국의 공통된 인식이기 때문에, 이 삼국은 모두 매우 긴 루쉰연구 역사를 가지고 있으며, 매우 강한 루쉰연구팀이 있다. 또한 삼국의 연구 배경, 환경, 분위기는 큰 차이가 있어서, 매우 강한 이질성을 지니고 있다고 할 수 있다. 이러한 루쉰연구 분야의 이질성은 바로 충돌과 교류의 최적의 조건으로, 다른 성질의 연구과제, 연구 방향, 연구 방법, 연구 결과 사이의 절차탁마를 통해 더 높은 경지의 인지 성과를 승화, 주조할 수 있을 것이다. 사실상, 근 20년의 부단한 노력을 거쳐, 한, 중, 일 삼국은 이미 '동아시아 루쉰'이라는 참신한 루쉰 이미지를 형성해냈다.

그래서 '동아시아 루쉰'의 형성 과정 및 그 생성 원인을 연구하고, 더 나아가 '동아시아 루쉰'의 함의와 외연 및 실질적 특징을 논리성이 풍부한 과학으로 정의하여 더욱 성숙하도록 하는 것이, 한, 중, 일 삼국의 루쉰연구자들의 눈앞에 닥친 임무가 되었다.


## 1.

루쉰은 중국에서 성장했고, 그의 대부분 사업 또한 그의 조국에서 이루어졌다. 당연히 중국의 루쉰연구는 역사가 가장 길고, 가장 심도 있게 진행되었으며, 규모 역시 가장 크고 성과도 가장 풍부하다. 현재는 이미 성숙하고 독립된 인문학과─루쉰학으로 발전했다.

중국의 루쉰학은 아래와 같은 특징을 지니고 있다.

첫째, 사회 정치성이 매우 농후하다. 현재 중국 루쉰연구 분야와 사상 분야에서는 마오쩌둥의 루쉰론과 그 이전에 다른 한 중국공산당의 지도자이자 이론가였던 취치우바이의 루쉰관에 대해 부정적 태도를 고수하는 사람들이 꽤 있다. 나는 이에 대해 완전히 동의하는 것은 아니며, 이 문제에 대해서는 반드시 분석적 태도를 취해야 한다고 생각한다. 중국 사회의 정치적 토양 중에 매우 깊이 뿌리 내려, 거시적 역사 관점에서 루쉰의 가치를 지적한 것은 마오쩌둥, 취치우바이 루쉰론의 가장 큰 특징이자, 최고의 장점이다. 생각해보라, 만약 우리가 중국 사회, 중국 정치, 중국 역사를 떠나 추상적으로 루쉰의 정신을 말하고, 혹은 그를 단지 문학가와 고전문학 연구자라고만 한다면, 루쉰 본연의 모습과 부합하는 루쉰의 이미지를 얻어낼 수 있을까? 중화민족의 루쉰에 대한 이해는 향상될 것인가 아니면 퇴보할 것인가? 루쉰이 5·4 문학 혁명의 주력 인물이 되고, 나중에 또 좌익 작가 연맹의 주축이 되어, 많은 분야에서 마르크스주의를 받아들인 것은, 중국 사회 당시의 구체적인 국가 정세와 역사적 컨텍스트와 밀접한 관련이 있는 것으로, 그가 어려운 현실을 탄식하고, 모욕당하고 피해를 입고 억압받은 군중을 위해 큰 소리로 다급히 외치고, 정의의 양심과 본성을 지지한 것과도 밀접한 관계가 있으며, 그가 일본에서 흡수한 유럽 대륙성 동양문명의 배경 역시 이와 유관하다. 이러한 문제에 대해서는 구체적이고, 심도 있는 역사의 과학적 분석이 반드시 이뤄져야 하며, 간단하게 부정해서는 안 된다. 어떤 논자는 마오쩌둥, 취치우바이의 루쉰론을 부정하는 것을 영예로 삼아, 이를 통해 자신의 '선진'과 '혁신'을 표현했는데, 사실 이는 사상의 공허와 역사의 무지에 불과할 뿐이다. 루쉰은 일찍이 『삼한집·루쉰 역서, 저서 목록三閒集·魯迅譯著書目』에서 다음과 같이 말한 바 있다. "남을 말살하는 데만 힘써, 그를 자신처럼 텅 비게끔하지 말고, 반드시 그곳에 서있는 이전 사람을 뛰어 넘어 이전 사람보다 더욱 커져야한다." 우리는 역사를 단절하는 것과 이전 사람들을 부정하는 것에 열중하지 말아야 하고, 반드시 역사에 근거하여 끊임없이 역사를 뛰어넘어야 한다.

그렇다면 마오쩌둥, 취치우바이의 루쉰론은 부정적인 영향이 없고, 사회 정치성이 강한 것만이 단지 중국 루쉰연구의 장점이며, 부작용은 없는 것일까?

이렇게 말할 수 없다.

여기에서는 분석의 태도에 대해서 말해보겠다.

이른바 분석은 사물의 긍정적, 부정적 양쪽을 분리하여 인식하는 것이다. 우리는 먼저 마오쩌둥, 취치우바이의 루쉰론 그 자체의 긍정적, 부정적 측면을 나누어 해석해야 한다. 둘째, 마오쩌둥, 취치우바이의 루쉰론과 이후에 평범한 연구자들의 답습, 해석과 어색한 모방을 구별해내야 한다.

먼저 마오쩌둥, 취치우바이의 루쉰론 자체는 부정적인 한계가 있다. 그중 하나는 이것이 정치 집단의 입장에서 출발하여 등장한 판정이라는 것이다. 비록 이러한 판정이 풍부한 지혜와 매우 전략적인 시각을 지니고 있으며, 이 실천이 루쉰이라는 큰 깃발이 중국 공산당의 손에 쥐여졌음을 이미 충분히 증명하는 데 확실히 매우 유리했고, 매우 현명했음에도 말이다. 이와 비교해서, 루쉰을 공격하고 비방하는 몇몇 젊은 공산주의자들은 시야가 정말 상당히 좁다. 그러나 이것은 결국 한 쪽의 공리성에서 나온 일종의 전략으로, 결코 인류 전체 발전 과정에서 출발하여 나온 보편적 인지가 아니었기 때문에 '인학'의 시각에서 루쉰을 인지할 수 없고, 도리어 루쉰이 '개별의 자각', '노예가 되는 것에 저항하는' 인류 정신 해방 과정 중에 끼친 강렬한 영향과 거대한 작용을 인지하는 데 방해가 되었다. 비록 마오쩌둥의 루쉰론 중

'뼈가 가장 단단하다'거나 '비굴하게 알랑거리는 모습이 조금도 없었다'는 표현도 있었지만, 이 자체는 일종의 외부 규정(권위가 제정한)으로, '노예주'를 타도할 목적에서 나온 정치적 행동에 대한 해석에서 종종 사용된다. 때문에 보통은 루쉰 자체의 원리적 설명이 부족하다. 루쉰의 '혁명'은 주인과 노예 관계의 전도顚倒에 있지 않고, '주인'과 '노예' 이외 '사람'-주체 정신-의 확립에 있다. 그래서 루쉰연구가 인성의 심층, '노예가 되는 것에 저항하기', 주체 정신을 확립하는 데까지 깊이 파고 들 때, 만약 스스로를 제한하고, 마오쩌둥, 취치우바이 루쉰론의 범위를 완전히 고수하며, 모든 새로운 사상과 새로운 관점을 거절하고, 루쉰의 '인학' 사상에 대한 연구를 소위 자산 계급 인성론으로 본다면, 이는 루쉰연구에 장애가 될 수 있다. 그러나 거꾸로 마오쩌둥, 취치우바이의 루쉰론을 더 분석하지 않고 부정하면 역사를 단절시켜, 중국 루쉰연구가 허공에서 난처한 입장에 있게 될 것이다. 나는 분석의 융합이라는 과학적 태도를 취할 것을 주장하는데, 마오쩌둥, 취치우바이의 루쉰론의 합리적 역사 유전자와 중국 루쉰연구의 강한 사회 정치성이라는 이 큰 장점을 보고, 또 그중의 한계성과 부정적인 영향을 반성하면, 중국 루쉰연구는 건강하게 발전할 수 있을 것이다.

둘째, 마오쩌둥, 취치우바이의 루쉰론과 이후의 평범한 연구자들의 답습, 해석과 어색한 모방은 별개이며, 마오쩌둥, 취치우바이의 루쉰론은 비록 한계가 있지만, 또 간과할 수 없는 선구적인 역사의 공적을 가지고 있다. 그러나 이후의 많은 연구자들은 단지 그들의 관점에서만 모방, 해석, '보호'하고, 일정한 범위를 한 걸음도 넘으려 하지 않아, 중국 루쉰연구는 상당 시기 동안 정체 되어 악순환에 빠졌는데, 그 책임은 주로 마오쩌둥, 취치우바이의 루쉰론 자체에 있는 것이 아니라, 이 연구자들 자체의 평범함과 경직됨에 있다. 만약 깊이 파고들어 그 근본적인 원인을 찾아 본다면 중국의 오래된 유학의 영향에까지 거슬러 올라갈 수 있는데, 이것은 즉 타인의 학설을 기술할 뿐 자신의 새로운 의견을 더하지 않으며, 창의를 추구하지 않는 것이다.

사물의 발전이 극에 달하면 반드시 반전된다. 장점이 절정에 다다르면, 곧 부정적인 면으로 변하여, 매우 큰 결함이 된다. 강한 사회 정치성은 중국 루쉰연구의 큰 장점이지만 이 장점을 극단으로 끌어 올린 후에는, 도리어 가장 큰 단점이 되었다. 왜냐하면 루쉰에 대한 학습과 연구를 국가 정치적 행위와 정치 운동으로써 실천했고, 그 자체는 과학 법칙에 위배 되는 것이기 때문이다. 특히 한 전문가의 주장을 진리를 검증하는 유일한 표준으로 여기고, 일정한 범위를 한 발도 넘지 못하게 하여, 조금이라도 넘을라치면 엄하게 질책하고, 크게 토벌하니, 오히려 학술 발전에 더욱 방해가 되었다. 마오쩌둥의 루쉰에 대한 평가는 이후에 이미 그 개인의 평가가 아니게 되었고, 국가 이데올로기의 일종으로, 루쉰을 연구하는 몇 세대의 사람들 모두 이 이데올로기에 의해 만들어졌다. 한번 회상해 보자면, 1970년대 말 루쉰 사상 발전 노선과 세계관의 전환 문제에 대한 토론 중, 일부 연구자들은 루쉰의 대혁명 시기의 글과 연설 중에 계급과 계급 투쟁이라는 명사가 없기 때문에 루쉰이 이 시기에는 명확한 계급 관점을 갖지 않았다고 단정했다. 또한 무산계급 전제정치라는 단어를 사용하지 않았기 때문에, 루쉰은 무산계급 전제정치 사상이 없던 것으로 단정했으며, 이 때문에 루쉰 세계관의 전환 시기는 지연되었다. 반대로, 또 어떤 연구자들은 루쉰이 1926년에 쓴 「'페어 플레이'는 아직 이르다」가 계급 투쟁과 무산계급 전제정치 사상과 부합한다고 여겨, 루쉰이 이미 마르크스주의자가 되었다고 단정했다. 또 어떤 연구자들은 루쉰이 마르크스주의 간행물을 접촉한 시간을 집요하게 고찰하여, 마치 더욱 일찍 접촉할수록 사상이 더욱 선진적인 것처럼, 세계관의 전환도 더욱 빨라졌다. 이러한 경향은 틀림없이 인지 논리에 위배되는 것으로, 루쉰 및 그 저작을 일정한 역사 환경에 놓고 실천의 검증을 받으려는 것이 아니라, 교조와 교조 사이를 검증하는 것이자, 루쉰을 이용하여 어떤 교조의 정확성을 증명하는 것이다. 만약 루쉰의 관점이 부합한다면, 다시 말해서 루쉰 조차 인정했다면, 틀렸다고 말할 수 있을까? 만약 부합하지 않는다면, 이것이 곧 루쉰의 한계 혹은 약점이며, 나중에 극복되었다고 말한다. 이미 설치한 교조의 정확성을 증명하기 위해 루쉰을 왜곡하고 폄하하는 것을 마다하지 않는다. 이른바 진화론부터 계급론까지, 혁명 민주주의자로부터 공산주의자까지라는 루쉰 사상의 발전 공식은 사실 이미 만들어진 신념의 정확성을 증명하기 위해 이용된다. 이를 과학적인 루쉰연구라고 말할 수 있을까? 아니다. 일종의 나를 위해 사용되는 실용주의 행동, 일종의 전형적 노예근성의 표현밖에 될 수 없다. 이처럼 단지 해석만을 알고, 혁신을 모르는 노예근성이 넘치는 길을 따라 걸어가면 번거로운 고증과 무의미한 논쟁에서 다량의 시간과 정력을 낭비하고, 종종 진리 및 루쉰 자체와 점점 멀어지게 된다. 이로써 생겨난 다량의 글과 저작은 단지 쓰레기가 될 수밖에 없으며, 어떠한 학술적 가치도 없을 것이다. 매우 많은 루쉰연구자들이 자신의 청춘과 재능을 이러한 의미 없는 증명과 논쟁 중에 낭비하는 것은 진실로 절대적인 비극이다. 그러나 사람들은 또 장기간 이런 사유 모식에서 웅크린 상태로 스스로 벗어나지 못하여, '자신이 노예가 되었음을 깨닫지 못하고', 게다가 자신의 노예근성을 깨달은 자가 루쉰연구의 역사와 성과를 부정하는 것을 비난함으로써, 비극에 약간의 희극적 색채를 보탠다. 나는 이러한 연구자들의 노예근성의 일부가 교조와 교조 사이의 증명이자, 일종의 관점이 권위의 지위에 있는 것만 허락하고, 의심을 품은 이데올로기와 사유 모식이 만들어낸 어떠한 것도 허용하지 않는 것이라 여긴다. 그것은 루쉰에 대한 다른 해석의 가능성을 없애는 것이며 중국의 루쉰연구가 실패할 수밖에 없는 국면으로 향하도록 한다.

이 점을 고치는 것은 매우 어려워서, 중국 지식인은 루쉰연구 중에 고뇌와 갈등으로 가득하다. 이를 철저히 돌파하려면, 종종 외부의 힘의 맹렬한 충돌을 거쳐야 하는데, 이것이 즉 이질문화와의 충돌과 교류이다. 이 점은 남겨뒀다 아래에서 자세히 논의하도록 하겠다.

중국 루쉰연구의 두 번째 특징은 루쉰 저작의 집록, 교정, 주석, 편집과 루쉰이 중국에 있던 시기의 생애의 역사적 사실의 발굴, 고증, 분석이 이미 매우 정확하고 상세하고 완전하며 엄밀한 정도에까지 이르렀다는 것이다. 루쉰은 중국 작가로, 이러한 작업은 당연히 중국이 해야 하며, 다른 나라가 대체할 수 없는 것이다. 중국 루쉰 학계는 비록 극좌 경향이 떠들썩하던 '문화대혁명' 시기에도 이러한 기초적 성격을 띠는 업무를 느슨히 하지 않았기 때문에, 나는 중국의 루쉰 저작의 편집, 교정인들과 루쉰 역사학자들이 "루쉰연구 분야에서 가장 견고하고, 가장 과학적이고, 가장 신뢰할 만한 학자 집단이다. 그들의 루쉰 연구에 대한 공헌은 탁월하며, 사라질 수 없다"라고 말했다. 최근 새 버전의『루쉰전집』18권을 인민문학출판사人民文學出版社가 성대하게 출시했는데, 비록 출판 직후 얼마 되지 않아, 일부 착오와 실수를 발견하긴했지만, 그래도 이전의 판본과 비교해서 좋았으며, 중국 뿐만 아니라, 세계의 권위 있는 작가 전집과 비교해도, 흔치 않게 완비되고 정확한 책이라고 할 수 있다.

셋째, 루쉰 저작에 대한 분석과 연구는 이미 대단히 치밀하고, 심화된 경지에 이르러, 어떤 루쉰 작품 연구, 예를 들어 루쉰 소설『외침』, 『방황彷徨』의 종합 연구,『야초』연구,「아Q정전」연구, 루쉰 잡문 연구,『고사신편故事新編』연구 등등은 이미 루쉰학 중의 하위분과가 되었다. 한 작가의 작품 연구가 이처럼 세밀하고 심도 있는 것은, 아마 세계에서도 찾기 매우 어려울 것이다.

넷째, 루쉰의 사상, 작품의 중국 문화 함의와 배경에 관한 연구는 이미 매우 심화되고, 체계화 되었다. 특히 근 20년 이래, 그 성취가 탁월했는데, 예를 들면 린페이 선생의『루쉰과 중국 문화魯迅和中國文化』라는 책은 중국 루쉰 학자들 특유의 중국 문화의 식견과 중국 문화에 대한 독특한 이해를 충분히 드러냈으며, 이것은 아마도 중국 이외의 연구자는 해낼 수 없을 것이다.

다섯째, 루쉰의 '사람을 세우는' 사상에 대한 연구와 이해는 신시기 사상 해방운동이 진행됨에 따라 날로 심화되었고, 루쉰학의 각 주제 분야로까지 깊이 파고들었다. 이 문제는 한, 중, 일 삼국의 루쉰연구의 충돌과 회합에서 다시 상세히 말하겠다.

여섯째, 루쉰연구 학술사에 대한 반성과 연구는 이미 상당히 성숙하여, 루쉰연구 학술사 저작이 여러 권 나왔고, 일부 청년 학자들이 매우 식견 있는 몇 편의 글을 발표했는데, 이것은 한 학과의 성숙과 자각을 반영한다. 또한 루쉰학과 20세기 중국의 정신사는 밀접한 관련이 있기 때문에, 여기에서 중국 정신 해방의 역사적 발자취를 엿볼 수 있어, 중국의 루쉰학 역사의 연구는 더욱 특수한 의의를 지니게 되었으며, 중국 루쉰연구 자체의 특징이 더 두드러지게 되었다는 점을 특별히 주의할 필요가 있다. 여기에서 또 반드시 언급해야할 것은 중국사회과학원 문학연구소 루쉰연구실이 편찬한 다섯 권으로 분책된, 총 천만 자의 대형 자료집 『1913~1983 루쉰연구 학술 논저 자료 회편』으로 이 책은 현재 이미 세계 각 대형 도서관의 필수 소장 도서이자, 각 대학 중문과 루쉰연구 전공의 기초적인 필독 자료가 되었다. 이는 다른 어떤 나라의 루쉰연구 전공에서도, 심지어 어떤 한 작가 연구 영역에서도 없었던 것이었다. 더욱더 진귀한 것은, 중국사회과학원 문학연구소가 이 자료의 원본을 소장하고 있으며, 이는 1980년대 중국 각 대형 도서관에서 영인, 복사, 촬영한 자료 원본이라는 것이다. 모두 완전하게 수집되었으며, 당시 간행물에 실렸던 루쉰연구 원문을 수록했을 뿐만 아니라, 또한 그 간행물의 표지, 목록, 뒤표지도 복사했다. 만약 현재 이 작업을 한다면, 돈을 얼마를 쓰든지 간에 모두 불가능할 것이다. 게다가 그중 신문, 잡지 일부는 아마 이미 훼손되어, 존재하지 않아, 이 복사본이 이미 유일한 기록이 되었을 것이므로 더욱 귀중하다고 할 수 있다. 확실히 더 잘 보존하여, 국내외 학자들에게 열람과 연구의 기회를 제공함으로써 이 자료 원본이 그 역할을 발휘하도록 해야 하며, 절대 그대로 방치하거나 썩혀서는 안 된다.

중국 루쉰학은 또 다른 특징도 있지만, 여기에서는 우선 이것만 말하겠다.


## 2.

일본의 루쉰 역사 연구 역시 매우 길다. 일본 루쉰 학자 후지이 쇼조藤井省三 선생의 고증에 따르면, 1909년 5월 1일 출판된『일본 및 일본인日本及日本人』의 508호 '문예 잡사文藝雜事'란에 주 씨 형제가 번역, 출판한『역외소설집域外小說集』에 대한 소식과 논평이 있다.

루쉰이 공식적으로 중국 문학계에 등단한 후 일본의 중국 문학 연구자 아오키 마사루青木正兒는 1920년 9월부터 11월까지『지나학支那學』1권 113호에「후스를 중심으로 소용돌이치는 문학 혁명以胡適爲中心的潮涌浪旋着的文學革命」이라는 글을 발표 했는데, 루쉰을 '앞길이 원대한 작가'라고 칭하며, 그의「광인일기」를 "한 피해망상가의 공포스러운 환각을 묘사하여, 현재까지 중국 작가가 도달한 적이 없는 경지에 올랐다"라고 했다. 1931년 5월 하라노 쇼이치로原野昌一郎의 장문「중국 신흥 문예와 '루쉰'中國新興文藝與'魯迅'」은 중국에서 번역되었는데, 그 글은 루쉰 소설의 향토성을 상세하게 분석했으며, 당시 중국 마오둔이 쓴『루쉰론魯迅論』등 루쉰에 대한 최초 논평을 소개했다. 이러한 장편 논문이 다른 국가에서 아직 출현하지 않은 것을 통해 볼 때, 일본의 루쉰연구는 일찍부터 상당히 높은 경지에 이르렀음을 알 수 있다.

이후에, 또 사토 하루오佐藤春夫, 마스다 와타루가 루쉰 저작의 번역과 루쉰 생애에 대해 소개했다. 1937년, 루쉰이 사망한지 1년이 안되었을 때, 가이조사改造社가 곧 『대루쉰전집大魯迅全集』 전 7권을 출판했다. 오다 타케오小田嶽夫는 『루쉰전魯迅傳』을 썼으며, 이는 중국에서 번역되었다.

가장 중요한 것은 다케우치 요시미竹內好가 1943년 12월에 쓴 『루쉰魯迅』이다. 1940년대 이후의 일본 루쉰연구는 거의 이 책을 출발점으로한다. 이 책은 1986년에 저장문예출판사浙江文藝出版社에 의해 중역본으로 출판되었는데, 이는 '다케우치 루쉰' 그 자체가 직접적으로 중국에들어오기 시작한 것으로 볼 수 있다. 2005년 3월에는 중국의 생활 · 독서신지식 산롄서점生活 · 讀書 · 新知三聯書店이 리둥무李冬木 선생의 완벽에 더가까워진 중역본을 출판하여, 광범위한 주목을 끌기 시작했다. 2005년12월 25일부터 26일까지는, 베이징, 상하이 등지의 중점 고등교육기관과 연구 기구에서 온 백십 몇 명과 해외 학자, 대학원생들이 '루쉰과다케우치 요시미'라는 의제를 둘러싸고, 대형 국제 심포지엄을 개최했다. 중국 국내 매체도 관련 논문을 몇 편을 연이어 게재했다.

깊이 생각해 볼 필요가 있는 것은, 다케우치 요시미가 루쉰에 관해급히 쓴, 기술적인 실수도 적지 않은 이 작은 책이, 이후의 일본 루쉰연구에 왜 그렇게 큰 영향을 줄 수 있었을까, 반세기가 넘은 후에도 어떻게 중국의 루쉰 학계, 심지어 사상계의 높은 주목을 받을 수 있었을까하는 점이다.

나는 그 관건이 아래의 원인에 있다고 생각한다.

첫째, 이것은 한 사상가의 루쉰론이다. 즉, '사상의 방법에서 변혁을 시작한' 루쉰론이다. 중국이 단지 취치우바이, 마오쩌둥 모식에서 반복적인 해석만 할 줄 알고, 창의적인 루쉰연구가 나오지 못하는 정체된 상황에 있음을 마주하여, 자신의 방관자적 위치를 일종의 객관적 관찰이라는 우위로 변화시켜, 이미 설치된 기존의 사유틀에 끼워 맞추지 않고, 루쉰을 독특하게 이해하는 자신의 새로운 개념과 새로운 사유 모식을 단도직입적으로 제시하고, 문제를 발견하고 문제를 해결하는 새로운 사유 각도, 사유 모식, 인지 방식과 논리 구조를 제공하여, 사람들이 '자기가 노예라는 것을 인식하지 못하는 노예식 사고'로부터 놀라서 깨어나 참신한 사고방식으로 바꾸도록 했으며, 이를 통해 사고방식의 측면에서 루쉰연구를 변혁하고, 루쉰에 대한 인지 역사를 새로운 단계로까지 밀고 나아갔다.

둘째, 다케우치 요시미라는 이 일본의 사상가와 루쉰이라는 중국의 사상가는 대화 중 깊이 있는 마음의 일치에 도달했다. 다케우치 요시미는 그와 루쉰이 세 번 만난 적이 있다고 말했다. 한번은 진리를 인지하는 방식에서의 만남이다. 다른 한 번은 저항 상태에서의 만남이다. 세 번째는 '꿈에서 깨어난 후', 즉 인생 각성의 만남이다. 이는 그들이 근본적으로는 서로 통하고 있음을 설명하는 것이다.

셋째, 이러한 근본에서의 서로 통함은, 곧 함께 '노예가 되는 것을 거부하는 것이다.' 재일 중국인이자 루쉰 학자인 리둥무 선생이 말한 것처럼, "루쉰 자체가 노예가 되는 것에 저항하는 자율성을 지니고 있다면, 다케우치 요시미는 이에 근거하여 자신의 저항을 실행하는 것"으로, 이것이 곧 문제의 관건이다.

다케우치 요시미는 다음과 같이 말했다.

자신이 노예라는 사실을 자각했으면서도, 이것을 변화 시킬 수 없다면, 이것은 '인생에서 가장 고통스러운' 꿈으로부터 깨어난 후의 상태이다. 즉, 막다른 길에 이르렀음에도 반드시 앞으로 나아가야 하거나, 막다른 길에 이르렀기 때문에 비로소 반드시 앞으로 가야하는 상태인 것이다. 그는 스스로가 자신이 되는 것을 거절하는 동시에 자신 이외의 어떤 것이 되는 것 또한 거절한다. 이것이 바로 루쉰이 지니고 있는, 또한 루쉰이 성립될 수 있는, '절망'의 의미이다. 절망은 길 없는 길에서 저항하는 도중에 나타나고, 저항은 절망의 행동화로서 나타난다. 그것을 상태로 본 것이 곧 절망이고, 운동으로 본 것이 곧 저항이다.

무엇에 저항하는가? 바로 노예근성에 저항하는 것이고, 노예주의에 반대하는 것이다. "노예는 자신이 노예인 것을 인식하기를 거절한다. 그가 자신이 노예가 아니라고 생각할 때야말로 진정한 노예인 것이다. 노예 자신은 주인이 될 때, 철저한 노예근성을 발휘해낼 것이다. 왜냐하면, 그때 그는 주관적으로 결코 자신은 노예라고 여기지 않기 때문이다. 루쉰은 '폭군 통치하의 신민은 대개 폭군보다 더 폭력적이다'라고 말했다. 또, '주인 노릇을 할 때는 다른 모든 이들을 노예로 여기며, 주인이 생기면 반드시 노예를 자처한다'라고도 말했다. 노예가 노예의 주인이 되는 것, 이는 결코 노예의 해방과 다르지만, 노예의 주관에서, 그것은 해방이다." 이렇기 때문에 "오늘의 해방 운동 자체에는 노예근성이 배여, 이 운동은 노예적 성격을 완전히 벗어날 수 없다." 이는 "해방 운동의 주체가 자신이 노예라는 자각을 지니지 못하고 있기 때문이다. 자신은 노예가 아니라는 환상 속에 편히 머물면서 노예 신분인 열등한 인물들을 노예의 경지로부터 해방시켜주고 싶어 하고, 자신이 각성자의 고통을 완전히 느끼지 못하는 상황에서 상대를 일깨운다. 이로 인해 어떻게 하든지 간에 주체성을 생산할 수 없는 것이다. 다시 말해서, 각성할 수 없기 때문에 반드시 얻어야 하는 '주체성'을 외부에 가서 찾는 것이다."

20세기 이래부터, 모든 인류는 '노예가 되는 것을 거부'하는 정신 해방 운동에서 걸어왔다. 바로 이 점에서 다케우치 요시미와 일본 루쉰 학계가 함께 감응한 것으로, 중국 루쉰 학계도 한 차례 곡절을 겪은 후 사상 해방운동이 심화됨에 따라, '노예가 되는 것을 거부하고' 정신 독립을 실현해야 한다는 긴박감을 나날이 느끼게 되었다. 바로 이 때문에 다케우치는 이후 일본의 루쉰연구에 대해 그토록 큰 영향을 낳았으며, 반세기가 넘은 이후에도 중국 루쉰 학계, 심지어 사상계의 높은 주목을 받은 것이다.

다케우치 요시미는 전후戰後 일본 루쉰 학계의 출발점이 되었고, 많은 일본 루쉰 학자들 스스로가 다케우치 요시미에서 출발했음을 인정했다. 그중 다케우치 요시미의 '노예가 되는 것을 거부하는' 사상을 가장 투철하게 해석했으며, 또 다케우치 요시미의 오차를 합리적으로 조정한 사람은 이미 세상을 떠난 이토 토라마루伊藤虎丸 선생이라고 생각한다.

이토 토라마루가 쓰고, 리둥무가 번역한 『루쉰과 일본인 ─ 아시아의 근대와 '개인' 사상魯迅與日本人 ─ 亞洲的近代與'個'的思想』이라는 책은 2002년 5월 허베이교육출판사河北教育出版社에서 쑨위, 황챠오성黃喬生이 주편한 『루쉰을 회고하다回望魯迅』 총서의 하나로 출판되어, 중국 루쉰 학계

는 이 일본 루쉰 학자의 루쉰 사상에 대한 통찰력 있는 이해를 자세히
알 수 있게 되었다.

이토 선생의 루쉰 사상에 대한 날카로운 이해는 어느 방면에서 드
러났는가?

주로 아래의 다섯 개의 방면에서 나타났다.

첫째, '사람'을 꽉 움켜쥐고, 서구 근대의 '개인'의 사상이라는 더욱
과학적인 명제로 루쉰의 사상과 정신 발전사를 개괄하고 해석하였다.
리둥무 선생은『루쉰과 일본인』의 중역본 12쪽의 주석에서 이에 대해
대단히 날카로운 해석을 했다.

'개인' 사상, 이것은 본 책의 핵심 개념으로, 저자 이토 토라마루가 처
음으로 사용한 것이다. 일반적인 의의에서 이러한 한 개의 명제로 개괄
할 수 있는데, 즉, '사람은 자각적으로 개인으로 존재하고', '개인은 전
체(예로 부족, 당파, 계급, 국가 등)에 대해 부분의 관계가 아니다.' 다시
말해서 사람의 가치는 그가 진정한 독립을 획득한다는 의의에서만 나타
날 수 있다. 이토는 서구 근대 문화(사상, 제도, 문학, 도덕 등)의 전체
의의가 이 명제에 포함되어있어, 이 명제가 서구 근대 문화의 '기초' 혹
은 '정수'를 대표하고 있다고 여겼다. 그가 보기에, 루쉰의 서구 근대에
대한 이해와 수용이 곧 이러한 '기초'와 '정수'의 파악이며, 보편적 의의
와 새로운 정신을 지닌 동양의 개성을 체현하였다. 루쉰에게 있어서 '개
인'의 사상은 구체적으로 '개인의 자각' 과정을 의미한다. 우선, 루쉰이
유학 시기에 니체의 '개인주의'를 받아들여 '각성'(혹은 니체의 '개인주
의'를 통해 서구 근대의 '정수'를 파악)하여, 이 시각으로 전통적 가치관

(전통문화)을 비판했지만, 그는 이때 다만 새로운 '보편적 가치' 혹은 '진리' 한쪽에만 서서 진정한 '자유'와 '독립'은 얻지 못했다. 두 번째, 나중에 일련의 좌절을 겪고 루쉰은 자신을 상대화하여 보기 시작하고, 자신이 예전에 상상하고 동경하던 '영웅'이 아님을 인식했다. 이때, 그는 다시 새로운 사상과 새로운 가치로부터 분리되어 나와, 진리에 의해 차지된 것부터 진리를 점유하는 과정까지를 실현했고, 그 표지가 바로 소설 「광인일기」의 탄생이다. 이토는 루쉰의 가치는 그가 무슨 '주의' (예로 진화론, 개인주의, 마르크스주의)를 받아들인 것에 있는 것이 아니라, 그 '개인의 자각'이 민족문화(사람 혹은 개성)를 재건하고 발전시키는 방면에서 드러난 의의에 있다고 보았다. 그래서 그는 루쉰의 '개인'의 사상을 반복해서 강조하였고, 중일 양국의 오늘날의 문화에 공통의 과제를 제시했다.

리둥무 선생의 이 주석은 이토 토라마루의 루쉰관을 이해하는 열쇠라고 할 수 있다. '개인'이라는 말은 루쉰이 일찍이 「문화편향론」에서 이미 밝힌 바 있는데, 이는 당시 소위 '시대를 아는 지식인으로 불린 이들'이 미혹된 것처럼 '타인을 해하여 자신을 이롭게 한다는 뜻'이 아니라, 사람의 해방과 정신 자각의 근본이 있는 곳이다. 왜냐하면 '사람은 "개인"으로서, 자각되어 나온 것'이기 때문이다.

둘째, '개인'의 사상에서 출발하여, 다케우치 요시미의 '노예가 되는 것을 거부하는' 관념을 더욱 발전시켜, '진짜 사람'과 노예와 노예주를 엄격하게 구별했다. 이토 선생은 '진짜 사람(개인)'과 '노예=노예주'는 서로 대립되는 것으로, 이것이 루쉰이 제시한 '노예와 노예주는 상통한다'는 명제라고 명확하게 지적했다. 또한 노예가 노예주가 되고, 약자가 강자로 상승하는 것은 다만 과거 역사의 반복일 뿐으로, 인류 사회는 새로운 발전이 없을 뿐만 아니라 오히려 이 때문에 후퇴한다고 여겼다. 루쉰이 힘쓴 것은 바로 이러한 역사의 반복을 깨뜨려, 노예도 없고, 노예주도 없는 '제3의 시대'를 실현하는 것이었다.

셋째, 이에 근거하여 루쉰에 대해서도 강렬하고 적확한 비평이 있었다. 그는 루쉰이 '진짜 사람'에서 출발하여 '사람에 기초한' '사람을 세우는' 사상을 제시했다고 여겼다. '사람을 세우기' 위해서는 먼저 개인의 자립, 국민이 '각각 자기됨이 있는 것', 즉, 국민 주체성의 확립을 전제로 한다. 루쉰은 일본 유학 시기에 니체로부터 '개인의 자각'이라는 유럽 근대 사상의 핵심을 흡수했다. 그는 사람은 오직 '회심回心'하고 '반성'하며, '자신을 보아야만' 비로소 '자신 스스로가 될 수 있으며', '개인의 자각'에 도달할 수 있다고 여겼다. 그래서 '내면에 대한 반성은 깊이가 있다'는 것, 즉, '자신을 대면하여 반성하는 주관 내면성'은 자각을 실현하는 관건이다. 이토 선생은 바로 여기에서 착수하여 「광인일기」에 대해 멋진 분석을 펼쳤다. 그는 루쉰이 「광인일기」로 "중국인 영혼 내면의 자아 비판을 통해, 내부로부터 봉건사상과 봉건사회의 어둠을 비판했다. 만약 어떠한 비판이든 자아 비판을 매개로 해야만 비로소 진정한 비판이 될 수 있다면, 이러한 의의에서 「광인일기」는 곧 '문학 혁명'이 처음으로 실질적 내용을 채운 것이었다"라고 지적했다. 루쉰은 '전통에 대한 철저한 부정을 통해 민족의 개성을 전면적으로 회복할 수 있도록 힘썼으며', 이러한 민족주의는 '뛰어난 방법론적 의의'가 있다. 루쉰의 작업은 '「광인일기」를 주축으로 부채꼴 모양으로 외부를 향해 뻗어나간 것'이다. 이토 선생의 이런 뛰어난 방법론의 논단과 분석을 두고, 루쉰이 철저히 중국 문화 전통을 버린 급진주의자라고 비난한 논자들은 이에 어떻게 대답할지 궁금하다.

넷째, 이로 인해 이토 선생 또한 루쉰연구의 태도를 수정하였다. 그는 근대 일본이 유럽 근대 사상을 권위 혹은 교조로 삼아 수용했던 교훈을 흡수하려면, 봉건 의식으로 루쉰을 배워서는 안 된다고 여겼다. '소위 자유를 얻었다는 것은 사상과 문학의 활동을 개인에게 돌려주는 것이다. 다시 말해, 사상, 문학, 과학(학문)은 본래가 개인 행위이고, 개인으로서의 정신 자유의 산물이다. 어떠한 일반적인 교조를 기억하고, 어떤 보편성의 이론을 자세히 읽고, 그것들을 신봉하는 것은 결코 사상을 가지고 있는 것이 아니다.' 루쉰이 말하기를 "노예와 노예주는 같은 것이다." 때문에 숭배와 모욕 또한 같은 것이며, '모두 독립적인 결함을 드러내고 있다.' 이것에서 계발 받아 우리가 루쉰을 '신격화하거나', '추하게 묘사하거나', '속되게 묘사하는' 어떤 태도를 취하든, 이는 모두 다케우치 요시미가 말한 것처럼 '"노예"근성의 문화 상태'에 있는 것으로 주체성과 독립성이 부족한 것을 설명한다.

다섯째, 이토 선생은 다케우치 요시미를 이어받아 발전시켰을 뿐만 아니라, 그의 일부 오류도 바로 잡았다. 예를 들면 다케우치 요시미는 '루쉰은 직감이 있지만 구조가 없다'고 여겼는데, 이토는 루쉰 소설이 '고도의 구조성을 지닌다'고 여겼다. 다케우치 요시미가 『고사신편』을 '군더더기'로 보았다면, 이토는 『고사신편』을 '특히 중요하게' 보고 「부주산不周山」의 여와女媧, 「비공非攻」의 묵자墨子, 「이수理水」의 우왕大禹

에 대해 탁월하게 분석했으며, 여기에서 '루쉰의 니체(진화론)부터 마르크스까지의 사상 "발전"을 발견할 수 있다'고 생각했다.

결론적으로 나는 이토 토라마루 선생이 일본 루쉰 학계의 가장 대표성을 지닌 인물이라고 여긴다. 그는 '다케우치 루쉰'을 더욱 과학적인 경지로 발전시켰고, 일본 뿐만이 아니라, 한, 중, 일 삼국의 동아시아에서 루쉰에 대한 이해와 해석이 절정에 도달하였다. 우리는 확실히 그가 남긴 소중한 유산을 잘 계승하고, 그의 저작을 잘 읽어 보아야 한다. 나는 이토 선생의 저작을 너무 늦게 읽은 것과 그가 살아 있을 때 그와 교류하지 못한 것이 매우 후회스럽다.

이밖에 이토 선생의 일본 적군赤軍 등 세계적 '과격파'에 대한 반성역시 매우 중요하며, 중국의 청년들이 진지하게 사고할 만한 가치가 있다.

다케우치 요시미, 이토 토라마루 이후의 루쉰의 '노예가 되는 것을 거부하고', '개인의 자각'이라는 사상에 대한 깊고 철저한 해석 이외에, 일본 루쉰 학계가 가장 자부심을 갖는 것은 매우 엄격하고, 견고한 과학 실증으로, 그중에 양대 실증학자는 마루야마 노보루丸山昇와 키타오카 마사코北岡正子 이다.

마루야마 노보루 선생은 중국 현대문학의 1930년대 역사의 사회정치성 실증에 치중하였다. 2005년 11월, 베이징대학교출판사北京大學出版社가 출판한 왕쥔원王俊文 번역의 『루쉰·혁명·역사─마루야마 노보루 현대 중국문학논집鲁迅·革命·歷史─丸山昇現代中國文學論集』이라는 문집에서 볼 수 있듯, 일본 루쉰 학계의 대학자로서 마루야마 노보루 선생의 학문은 아래의 특징을 지니고 있다. 첫째, 독립 정신이다. 어떠한 권위, 압력과 기존의 결론에 굴복하지 않고, 각종 위압, 과장, 왜곡과 나태함에 '필사적으로 저항'하며, 유일하게 확신하는 것은 오직 사실 그 자체로, 1차 역사 문헌의 진실성에 고도로 충실하여, 냉정한 연구를 강인하고 착실하게 오래도록 지속했다. 둘째, 역사적 태도이다. 루쉰을 포함한 모든 연구 대상을 정말로 역사에 두어, 모든 것을 사료로부터 출발하여, '실증의 역사에 근거하여 다시 발굴'하는 것에 힘썼다. 역사로부터 문제를 해명하고 각자의 개성이 발휘하는 역사 작용을 고찰했다. 구체적인 역사 조건에서 벗어나, 반드시 이러해야 한다거나 그러해야 한다는 아무 의의도 없는 논쟁에 빠지는 것에 반대했다. 셋째, 실증의 방법이다. 마루야마 노보루 선생의 사유는 엄밀하고, 관점은 예리하여, 표면적인 시비 판단에 절대 만족하지 않았으며, '사실에서 이끌어낸 법칙의 예리한 관점과 그 배후의 문제의식'을 항상 지니고 있었다. 그런 까닭에 그는 탐색한 문제에 대해 늘 풍부한 역사감각을 지니고, 투철한 사고와 논술을 할 수 있어, 사람들에게 강렬한 시사점을 주었다.

키타오카 마사코 교수는 루쉰 문화 근원의 발굴과 고증에 치중했다. 그녀의 『「마라시력설」재원고「摩罗詩力說」材源考』는 일찍이 1980년대 초 중국에 들어와 광범위한 주목을 끌었다. 최근 간사이대학교출판부關西大學出版部는 그녀의 신간『루쉰, 일본의 이질적 문화 속에서-고분 학원에 입학한 후 '퇴학' 사건까지鲁迅在日本這一異文化當中-從弘文學院入學到'退學'事件』를 또 출판했으며, 2006년 3월 26일에 간사이대학교가 키타오카 마사코 선생을 위해 연 퇴임식에서는 그녀의 신간『루쉰-구망의 꿈의 행방鲁迅-救亡之梦的去向』을 내놓았다. 그 치밀함, 신중함, 바닥까지 파고

듦, 짜임새 있고 섬세한 고증과 분석은 감탄을 자아낸다. 마루야마 노보루 선생이 말한 것처럼, 정말로 "최근 키타오카 마사코의 연구는 획기적인 작업이다".

확실히 루쉰과 일본 관계에 대한 전체적 인식은, 증명할 수 있는 기본 사실史實의 견지와 떨어질 수 없다. 루쉰의 8년의 일본 생활이라는 이 역사적 발자취는 일본 루쉰 학계에게 귀중한 연구 과제를 제공했다. 일본 루쉰 학자들은 그들 특유의 실증 정신으로, 루쉰이 일본에 있던 시기의 역사적 족적에 대해 경탄할 만한 조사를 했다. 헤이본샤平凡社가 1978년 2월에 출판한 『루쉰의 센다이에서의 기록魯迅在仙臺の紀錄』이라는 책으로 말하자면, 이 책을 쓰기 위해, 일본 루쉰 학계는 1973년 10월 2일에 루쉰의 센다이에서의 기록 조사회를 전문적으로 설립했다. 이 조사회의 사무국 대표 아베 켄야阿部兼也는 이 책 「후기」에서 이 조사회가 주로 네 가지 항목의 내용을 둘러싸고 조사 활동을 전개했다고 소개했다. ① 같은 반 학생의 후손의 소재를 찾는다. ② 메이지 시기 현지의 신문을 조사한다. ③ 센다이 의학 전문학교의 옛날 공문을 조사한다. ④ 아라마치荒町, 쓰치토이土樋 지역에서 저우수런周樹人 두 번째 하숙집의 소재를 찾는다. 조사회 구성원은 162명, 자료 제공자는 22명, 지원 협조자는 425명으로 모두 609명이었다. 자료를 제공한 단체는 7개, 지원 협조 단체는 36개로 모두 43개였다. 이 책의 「후기」처럼, '본 책의 특색은 루쉰의 센다이에서의 기록을 최대한 수집했다는 점과 근거를 명시할 수 있는 객관 사실만을 한정하여 수록했다는 점이라고 할 수 있다.' 지금 사람들이 보는 이 400여 쪽의 보고서는, 루쉰과 센다이 관계의 가장 상세하고 확실한 기록일 뿐만 아니라, 개인과 학습 환경,

시대 환경 관계의 조사활동에 매우 좋은 모델을 제공했다.

일본 루쉰 학계가 실증에 중점을 두는 것을 강조한 것이 결코 그들이 이론적 사유를 경시했다는 것을 의미하는 것은 아니다. 사실 일본 루쉰 학자는 이론적 사유를 매우 중시하며, 기야마 히데오木山英雄 선생이 그중 뛰어난 대표적 인물이다. 그는 그야말로 시인 철학자로, 그의 루쉰연구 논저는 매우 깊이 있는 시인과 철학자의 정신 창작이다. 2004년 9월부터 베이징대학교출판사가 내놓은『문학 복고와 문학 혁명－기야마 히데오 중국 현대문학 사상 논집文學復古與文學革命－木山英雄中國現代文學思想論集』이라는 책은 이러한 점을 충분히 보여준다. 집중된 첫 번째 연구인『『야초』주체 건설의 논리와 그 방법－루쉰의 시와 철학의 시대『野草』主体構建的邏輯及其方法－鲁迅的詩與哲學的時代』는 '이미 설치된 체계로써 연구 대상에 임하는 것을 피하고', '논리적 연구를 고수하여', '표현으로서의 작품의 위도에서만 고찰을 한정한다.' 이에 따라 그가 찾아낸 것은 '일찍이 천성 혹은 외부 환경의 투영에 의해 침몰되어 거의 남지 않은, 루쉰이 창조한 루쉰, 즉 이러한 의의에서 가장 개성을 지닌 루쉰이다.' 글 중에 가장 뛰어난 것은 죽음에 대한 네 가지 형태에 관한 논리적 분석이다. 「행인」중 '그런 피동적인 달관과 반대되는, 철저한 주체적 능동성으로서의 순수한 자유의지의 죽음', 「죽은 불死火」중 '저자의 내적 반성능력에서 상상해낸, 더욱 사실적인 죽음', 「묘비명墓碣文」은 '「죽은 불」보다 더욱 내재화되고, 더욱 핵심으로 몰아넣는 방식으로 그 논리를 밀고 나아가', '잔혹한 고독이 고독의 논리에 따라 발전하지만, 마지막에는 그것이 고독의 경지가 되지 못하여 그곳에서 심판 받게 된다.' 「죽은 뒤死後」는 또 다른 죽음으로, '죽음의 죽음'이며, 사후의 관점으로 '죽음'을 자세히 살펴보다가 별안간 '자신이 죽어서는 안 된다는 것을 발견하고, 죽음의 무료함에 놀라 갑자기 일어나 앉았다'. 이 때문에 기야마 히데오 선생은 '「묘비명」에서 「죽은 뒤」까지의 도약은 『야초』 운동 발전 중 가장 놀라운 예라고 여겼다. 저자는 일련의 꿈의 세계에 의존한 죽음의 탐색을 완성했으며, 이 최후의 한 죽음의 형태는 운동하고 있는 삶의 일상적 세계 속에서 그 가치가 추정된, 인간 구체성을 매우 풍부하게 지닌 또 하나의 사건이다'. 이 죽음의 네 가지 형태는 '주객관이라는 각각의 매우 상반된 형식으로 조합되었으며', '뒤에 나온 한 쌍이 이전 한 쌍의 넓이와 깊이를 능가했음을 드러냈다'. 이 죽음과 관련된 일련의 탐색의 이치는 매우 강한 논리적 연관성을 지니고 있는데, '『야초』 중의 시가 생과 사의 긴장 중 가장 충실한 창작의 경지를 마주하고 있음'을 설명한다. 또한 기야마 히데오 선생의 시철학 식의 탁월한 분석 역시 눈부신 절정에 도달했다. 이 논문이 1963년에 쓰여진 것에 주의해볼 때, 1960년대를 한번 회상해보면, 우리 중국의 루쉰연구와 『야초』 연구는 어떤 상황에 놓여 있었나? 이와 비교하면, 우리는 기야마 선생처럼 '이미 설치된 체계로써 연구 대상에 임하는 것을 피하지' 못하고, 자신을 어떤 '이미 설치된 체계' 속에 정체되도록 했음을 통감하지 않을 수 없다. 경직된 사유 모식으로 당시 정치에 봉사하기 위한 '가짜 루쉰'을 '날조'한 것이 어떠한 나쁜 결과를 초래했던가? 이는 정말 중국 루쉰 학술사 분야의 깊은 반성을 불러일으킨다.

일본 루쉰 학계의 주목할 만한 다른 특징은, 연구의 가장 적당한 진입점을 찾는 데 능하고, 독특한 관점, 개성과 창의력이 풍부한 사고방식과 독서의 흥미를 자극하는 글쓰기를 활용하여, 독창적인 루쉰연구 논저를 끊임없이 내놓는다는 점이다.

신세계출판사新世界出版社가 2002년 6월 출판한 후지이 쇼조 저, 동빙웨董炳月 역의 『루쉰「고향」독서사－근대 중국의 문학 공간鲁迅『故鄕』閱讀史－近代中國的文學空間』은 독특한 문학사이다. 그것은 '작은 주제로 크게 이야기하고, 에둘러 말했는데', 루쉰 소설「고향」이 1921년에 발표된 후, 그것이 읽히고 논의된 것의 변천 상황을 통해서만 20세기 현당대의 중국문학 공간을 드러낸 것으로, 그중 많은 문학사가 아직 언급하지 않았거나 혹은 비교적 적게 언급한 학과 영역을 모두 포함하고 있다. 확실히 '작은 힘을 사용해 큰 성과를 얻었다!' 바로 전파 미학과 수용 미학 비평 방법을 활용한 덕분에 이 '독서사'는 참신한 문학사적 품격을 얻을 수 있었다. 이러한 특수한 문학사 연구 방법은 분명히 전통적인 문학사 구성에 대해 도전적인 것이었다. 게다가 이 '독서사'는 루쉰연구 학술사 글쓰기에 대해 새로운 방향을 제공하기도 했다. 루쉰의 어느 하나의 작품이 읽혀지고, 논의되고, 수용되는 역사를 통해 사회와 사상의 변천과 문화 공간의 변화를 본다는 이 방향은 아마 매우 의의 있을 것이다.

마루오 츠네키丸尾常喜의 『루쉰－'사람'과 '귀신'의 분쟁鲁迅－'人'與'鬼'的糾葛』은 '귀신'－'국민성의 귀신'과 '민속의 귀신'이라는 이 주선主線에 집중하여 고찰한 것으로, 이상적 '사람'을 표준 척도로, 루쉰 붓 끝의 쿵이지, 아Q, 상린 아주머니祥林嫂, 이 세 인물의 분석을 통해 국민성 개조 사상의 본질이 '귀신'이 '사람'으로 변하는 것이라 해석했으며, 이것이 중국 현대문학의 기본 주제라고 여겼다. 역시 글쓰기의 진입

지점을 매우 잘 찾았다. 1997년, 마루오 츠네키는 신작『루쉰『야초』연구魯迅『野草』研究』를 또 내놓았는데, 이 두꺼운 저작은『야초』중의 많은 글을 독창적으로 세세히 읽었다.

요시다 토미오吉田富夫의『루쉰 풍경魯迅點景』또한 연구 시작점을 매우 잘 찾았는데, 루쉰 생애 저작 중의 전형적 장면과 난제의 분석을 통해, 독자적으로 새로운 길을 개척한 학술 저서가 되었다. 그중 제1장『저우수런의 선택－환등기 사건周樹人的選擇－幻燈事件』은 이미 리둥무 선생이 중국에 번역하여,『루쉰연구 월간魯迅研究月刊』2005년 제2기에 실렸다. 이 논문의 가장 큰 특징은 선택권을 사람들이 후대에 이미 인정한 '위대한 루쉰'으로부터 당시의 '유학생 저우수런'에게로 환원한 것이었다. '유학생'이라는 관점에서 루쉰을 조사한 것에 대해 큰 계발을 받았다.

다케우치 미노루竹内實, 카타야마 토모유키片山智行, 야마다 케이조山田敬三의 루쉰연구 논저 역시 상당한 위치를 차지하며, 중국에도 소개되었다. 편폭의 한계로 인해, 하나하나 상술하지 않겠다.

특히 소중한 것은 일본 루쉰 학계의 잠재력이 매우 크고, 뒷심이 매우 좋다는 것이다. 최근 들어 신간이 끊임없이 출판되고 있는데, 예를 들면 2006년 1월, 큐우코쇼인汲古書院이 나고야대학교 국제언어문화연구과 교수 나카이 마사키中井政喜 박사의『루쉰 탐색魯迅探索』을 출판했다. 이 책은 주로 루쉰(1881~1936) 인생 전반부의 문학 활동(약 1927년까지)과 혁명 문학 논쟁 시기(1928~1929)를 대상으로 했으며, 루쉰의 음울함, 복수관, 인도주의와 무치無治의 개인주의, 자아를 기초로 하는 문학 주장 및 선전과 문학의 관계에 대한 일종의 시도적인 고찰로, 무게와 깊이가 있다.

언급할 만한 가치가 있는 것은 막 장년에 접어든 재일 중국인 학자 리둥무 선생으로, 그의 실증과 사변이 완벽하게 결합된 학문의 성격은 중일 양국 전통 학술의 정수를 집중적으로 구현했다. 그는 이토 토라마루의 『루쉰과 일본인―아시아의 근대와 '개인' 사상』, 다케우치 요시미의 『루쉰』, 카타야마 토모유키의 『루쉰『야초』전석魯迅『野草』全釋』을 번역했을 뿐만 아니라, 일본 루쉰 학계의 가장 좋은 저작을 중국에 소개했으며, 『루쉰과 오카 아사지로魯迅與丘淺次郎』 등 일련의 독창성과 개척의 의미가 풍부한 연구 논저를 내놓았고, 『중국인의 기질』의 시부에 타모츠澀江保의 일본어 번역본과 하쿠분칸博文館에 대해서도 매우 가치 있는 번역과 연구를 진행했다. 하지만 이 모든 것은 단지 방금 드러난 빙산의 일각일 뿐이며, 이후에 더욱 웅대한 기상과 원대한 앞길이 나타날 것이다.


3.


한국 지식계는 매우 일찍이 루쉰을 받아들였고, 루쉰의 문학과 사상에서 봉건 의식을 각성할 수 있는 자원과 반봉건 투쟁의 정신무기를 발견하고 나아가 제국주의 억압자 혹은 파시스트 권력 투쟁의 예리한 사상 무기를 발견했다. 반세기 남짓 사이에 루쉰에 대한 많은 논문이 발표되었고, 이는 정신 철학의 심원한 의미를 내포하고 있다. 한국인이 루쉰을 보는 것은, 식민화의 기억을 가지고서 노예에 반항하는 자유의 마음으로, 자각적으로 루쉰의 전통에 호응한 것이다.

이러한 역사적 배경과 정신적 이유로 인해, 한국의 루쉰연구는 유구한 역사, 풍부한 성과와 거대한 깊이를 지니고 있다. 일찍이 1920년, 한국 학자 양백화梁白華가 일본의 중국학자 아오키 마사루의 『후스를 중심으로 소용돌이치는 문학 혁명』을 한국어로 번역하고, 루쉰의 이 이름과 그의 작품 「광인일기」를 한국에 소개한지 지금까지 이미 85년이 되었다. 1925년 봄, 중국에 망명한 한국 지식인 유수인柳樹人은 루쉰의 동의를 얻어 「광인일기」를 한국어로 번역하여, 1927년 8월 서울에서 『동광東光』 잡지에 발표하였다. 이것은 루쉰 작품이 처음으로 외국인에 의해 해외에서 번역된 것으로, 1929년 소련인 왕시리王希禮가 번역, 출판한 「아Q정전」보다 2년 이르다. 이후에, 한국의 루쉰연구는 박재우朴宰雨 선생이 「한국 루쉰연구의 역사와 현황韓國魯迅研究的歷史與現狀」에서 귀납한 것처럼, '여명기', '암흑기', '짧은 등장기', '잠적기', '새로운 개척기', '급속 성장기', '성숙 발전기' 등 일곱 시기를 거쳐, 훌륭한 성과를 거뒀으며, 상당히 성숙한 루쉰학 학과의 규모가 이미 형성되었다.

어떻게 루쉰은 한국에서 이렇게 큰 영향을 낳을 수 있었을까? 그 이유는 중국 현대화의 필요성을, 루쉰보다 철저하고, 예리하고 정확하게 본 사람이 없었기 때문이다. 루쉰의 위대함은 곧 중국의 위대함이고, 그의 위대함은 또한 중국의 반일제국주의 투쟁과 밀접하게 연결된다. 이러한 원인 때문에, 한중 현대문학도 비로소 루쉰을 중심으로 긴밀한 관계가 만들어진 것이다. 이 관계는 매우 일찍이 시작되었는데, 김시준金時俊의 「중국에 망명했던 한국 지식인과 루쉰流亡在中國的韓国

<sup></sup>知識分子和魯迅」은 1920년대 이우관李又觀, 유수인, 김구경金九經 등 중국에 망명했던 한국 작가, 시인과 루쉰의 교제를 거슬러 올라가보았다. 김양수金良守의 「식민지 지식인과 루쉰殖民地知識分子與魯迅」은 역사를 서술했을 뿐만 아니라, 장기간의 '루쉰 열풍'이 동아시아 각국에 동일하게 존재하는 원인을 지적했다. 이는 루쉰이 여전히 식민지 국민에 의해 희망으로 받아들여져, 사회 약자의 생활을 형상화한 그의 작품과 '저항하는 문인'이라는 그의 원래 이미지에 식민지 독립의 욕망이 함께 결합되어 그의 새로운 이미지가 형성되었기 때문이다.

한국은 중국, 일본과 달리 추적, 고증할 수 있는 루쉰이 생활했던 역사적 흔적이 없어, 논저의 이론 사유 수준에서만 학과의 성숙도를 드러낼 수 있다. 고된 노력을 통해, 한국의 루쉰 학자들은 학술적으로 매우 뛰어난 논문을 발표하여, 한국 루쉰연구의 본보기를 국제 루쉰연구의 제일류의 수준까지 높였다. 박재우 선생이 주편한 『한국 루쉰연구 논문선韓國魯迅研究論文選』에서 명확하게 알 수 있다.

예를 들면, 전형준全炯俊의 「루쉰의 리얼리즘 이론에 대한 연구魯迅的現實主義理論」는, 한국 학자의 객관적인 시각에서 출발하여, 냉정하고, 뚜렷한 이론분석 능력으로, 중국의 루쉰, 후펑을 대표로 하는 리얼리즘과 비리얼리즘 사이의 복잡한 관계를 정리하여, 중국에서 진행 중인 '루쉰의 탈신화연구'에 조그마한 힘을 보탰다. 리얼리즘 사유와 깨어 있는 리얼리즘은 루쉰의 가장 주요한 특징이고, 그가 후세에 남긴 가장 귀중한 정신적 유산이기도 하다. 한국 학자가 이 지점을 포착하고 철저하게 연구했다는 것은 확실히 매우 대단한 것이다.

신정호申正浩의 「루쉰 '서사'의 '모더니즘' 성질魯迅'敘事'的'現代主義'性質」

은 서사 각도와 서사 구조에서 출발하며, 제1인칭 서사와 다중 서사 '관점' 등 루쉰 텍스트를 구성하는 가장 부각되는 모더니즘 특질을 토론했다. 특히 '서사 구조의 해체' 1절 중, 작가 루쉰과 서술자 '나' 혹은 특정한 서술자 사이의 투영 현상을 통해 이러한 현상이 모더니즘 미학의 작가 위장 수법임과 동시에 서술의 조작 수법임을 연상함으로써 다음과 같은 독특한 관점을 내놓았다. 이러한 시점 불일치 수법은 상당한 정도에서 루쉰이 평생 관심을 가졌던 한대 그림漢畵의 특질과 일치하며, 특히 '페이성 샤오탕산 꾸어 씨 석실 초상화肥城孝堂山郭氏石室画像'와 '자샹 우 씨 초상화嘉祥武氏寺画像' 시리즈 작품의 공간화 특질과 서로 일치한다는 것이다. 소설에서 한대漢代의 초상화를 연상하여, 루쉰 텍스트 공간화 수법과 이미지화 수법의 내재적 관계를 발견한 것은, 이 글의 저자가 루쉰연구를 넓게 섭렵했음을 반영할 뿐만 아니라, 저자의 민감한 예술 감각과 탁월한 안목을 드러낸다.

이주노李珠魯의 「루쉰 「광인일기」 다시 읽기 — 의미 소통 구조를 중심으로重讀魯迅的「狂人日記」—以意思溝通結構爲中心」는 루쉰이 한국과 한국인에 대해 의의를 지닌 이유가 루쉰과 그의 작품이 세계적 보편성을 지니고 있기 때문이라 여겼다. '루쉰의 「광인일기」에 대한 연구 역시 이러한 맥락에 있다. 「광인일기」는 특수한 시기(5·4 신문화운동 시대)와 특정 지역(중국)의 인류 생활과 사유 형태로만 봐서는 안 되고, 인류 역사상 야만적 폭력에 대한 기만적 허위 의식이 만든 반항과 실천의 텍스트로 봐야 한다. 이러한 방법으로 읽어야만, 비로소 세계적 보편성을 얻을 수 있다.' 그래서 이 글은 의미 소통 구조를 중심으로 「광인일기」의 구조 형식을 분석했다. 이야기 구조 이외의 서문을 외부 이야기라고 부르고, 이야기를 서술한 일기를 내부 이야기라고 불렀다. 의미 소통은 서술자와 독자 사이의 소통 관계를 가리키는 것으로, 「광인일기」는 바로 외부 이야기와 내부 이야기를 통해 서술자와 독자 사이의 반어적 풍자 효과를 만들어냈다. 또한 결말의 "아이를 구하라……"와 "아이를 구하라!"가 다른 것은 '결국 아이를 위해서 투쟁을 미래로 전개하는 것이 아니라, 미래를 구하기 위해서 지금 곧 현실을 직시하여 투쟁해야한다는 것이다. 이로 인해 이 점에서 표층적 의의에서의 의심과 곤혹 당함은 심층적인 견지와 결심으로 변화하여, 다시 한 번 반어적 풍자의 의미를 형성하게 된다.' 「광인일기」 구조 수법에 대한 연구는 중국 루쉰 학계에서 매우 일찍 시작되어, 1960년대에는 '기탁설寄寓說'이 출현한 적이 있고, 1990년대에 왕푸런王富仁의 「「광인일기」 자세히 읽기「狂人日記」細讀」도 나와, 매우 세심하게 텍스트를 해부 했다. 한국 연구자의 이 논문은, 더욱 간단명료하고 눈에 띄는 듯하여, 중국의 루쉰 학자들이 참고할 만하다.

임우경任佑卿의 「민족 서사와 망각의 정치 – 루쉰의 「상서」 재독民族敍事與遺忘的政治 – 從性別研究角度重讀魯迅的「傷逝」」은 「상서」를 '5 · 4 남성 계몽 지식인으로서의 루쉰이 "새 생명을 얻기" 위해 고통스럽게 분투하는 청년의 손을 통해 완성한 강렬한 자아해부'라고 보았다. 이 글은 이러한 관점에서 출발하여, 현대 민족 계몽 주체가 자신을 민족 건설 주체로 확립하는 과정 중 필연적으로 마주하게 될 타자와 망각의 문제를 기초로 이 작품을 다시 읽었다. 때문에 이 같은 관점을 얻었는데, '여기의 남성 계몽 주체는 민족의 딸을 창조해낸 창조주로, 그들은 자신이 보고 싶어 하는 것을 "혁명의 천사" 노라에 써넣었다. 설령, 중국 현대문학사에서 가장 냉정하고 고집스러운 자아 해부의 시각을 지닌 자로 평가받는 루쉰이라 하더라도 이러한 한계는 뛰어넘을 수 없었고, 이러한 한계가 「상서」라는 이 문학 텍스트를 부권 사유 질서에 깊숙이 낙인 시켰다'는 것이다. 「상서」는 많은 이들이 장기간 동안 연구한 명작으로, 연구논저가 매우 많기 때문에, 이 연구들을 돌파하기란 여간 쉽지 않다. 그러나 임우경 여사는 많은 논저에서도 독창적인 목소리를 냈으며, 「상서」 연구에서도 독특한 풍격을 이뤘을 뿐만 아니라, 전체 루쉰연구에 대해서도 깨달음을 주었다. 이런 성과를 거둘 수 있었던 것은 그녀가 이론의 높은 경지―인류 생존 발전의 높이―에 서서, 「상서」를 자세히 살펴보고, 쥐안성涓生을 자세히 살펴보고, 루쉰까지 자세히 살펴보았기 때문이다. 쥐안성의 남성 중심주의를 보았을 뿐만 아니라, '루쉰도 동일하게 극복할 수 없는 계몽 주체의 한계'를 꿰뚫어보았다. 비록 '루쉰은 자신의 한계에 대해 다른 모든 사람보다 자각한 상태였지만, 자각이 한계의 극복을 의미하는 것은 아니다'. 5·4 남성 계몽 주체 모두 부권 사유의 질서에서 벗어날 수 없으므로, 이로써 1980년대의 새로운 계몽주의 주체의 한계성―'루쉰이 고민했던 문제에 대한 반성이 부족하여', '루쉰이 이렇게 괴로워한 원인에 대해 응당 있어야 할 관심을 갖지 못했음'―을 발견했다. 역사주의의 관점으로 루쉰의 한계성을 지적하는 것은 절대로 루쉰을 깎아내리는 것이 아니라, 반대로 바로 루쉰연구가 성숙한 과학의 수준으로 향하는 중요한 표지이며, 이로 인해 루쉰은 더욱 견고하고 과학적인 역사적 위치를 얻게 된다. 또한 이렇게 해야지만 루쉰의 위대함과 심오함을 진정으로 인식할 수 있으며, 시대의 높이에서 역사의 거시적 전경을 조감할 수 있다. 이 점에서 한국의 루쉰 학자들은 우리들보다 앞서 있는데, 이는 그들이 우리보다 사상적 부담이 적기 때문이다. 우리는 반드시 그들에게서 배울 필요가 있으며, 사상의 굴레에서 최대한 철저히 벗어나, 자유로운 이성의 경지에 도달해야 한다.

김언하金彦河의 「루쉰『야초』의 시 세계 : 극단적 대립과 터무니없음의 미학魯迅『野草』的詩世界−極端對立與荒誕美學」은 '광기의 영역이라는 극단적으로 낯선 사상적 깊이 및 예술적 상상력이, 사람들이 이해하기 어렵고 독자들을 흥분시키는, 『야초』가 지닌 역량의 근본 원인이라고 여긴다. 이 글은 『야초』의 난해함과 충격의 근거를, 시인과 일반사람의 극단적 대립 및 이로 인해 빚어진 터무니없음의 미학의 각도에서 고찰했다.' 이로써 얻을 수 있는 결론은, '시인의 고민은 사회체제의 전환역시 풀 수 없는 어떤 것과 연계되어 있다. 바꿔 말하면, 시인은 어떤 종류의 사회 체제 속에서도 끝까지 견지할 수 있는 무언가를 지니고 있다고도 말할 수 있다.' 시인의 복수는 타인이 아닌 자신을 겨냥한 것으로, '스스로 심장을 도려내어 먹는다'는 자아해부가 그 근거다. '피해망상광에서 자기학대광으로의 전이와 광기에서 악몽으로의 전환은, 루쉰의 「광인일기」에서 『야초』까지의 정신 궤적일 수 있다.' 『야초』 역시 연구의 역사가 매우 길고, 성과가 매우 많은 분야로, 이를 돌파했다는 것은 쉽지 않은 일이다. 이 글은 극단적 대립과 터무니없음의 미학적 시각에서 고찰하여, 강렬하고, 예리한 인상을 주었으며 깊이와 독특함이 있다고 말할 수 있다.

한국 루쉰 학자들은 루쉰과 만해 한용운, 류중하, 김태준이라는 한국 작가들과 비교 연구를 진행하기도 했다. 그들은 모두 자신의 존재가 현실 세계에 깊숙이 근거하고 있다고 여겼으며, 반항과 부정의 근거로서의 '현실'에서, 창조와 전투의 근거로서의 '현실'에서 몸으로 싸웠다. 혁명의 가치는 일상생활에서의 실천에 있는 것이다!

때문에 나는 한국 루쉰연구에 대해 다음과 같은 소감이 있다.

① 한국 루쉰연구는 식민지 지식인이 제국주의 침략에 반항하는 각도에서, 루쉰을 '저항문인'의 정신적 모범으로 삼아 수용했다. 그래서 한국 루쉰연구는 처음부터 정신적 측면을 매우 강하게 지니게 되었다.

② 이에 따라 한국 루쉰연구는 거대한 정신 깊이에 이르렀고, 이론적 성격이 매우 강해, 루쉰 정신에 대해 매우 깊이 있게 이해했고, 일부 논문은 이미 국제 루쉰연구의 선두를 차지했다.

③ 이러한 선두의 위치에 있는 논문의 저자들은 매우 젊은데 어떤 이는 겨우 30여 세이다. 이는 한국 루쉰연구가 강력한 발전 상태를 유지할 것이고, 반드시 더욱 휘황찬란한 미래가 있을 것임을 의미한다.

④ 부족한 부분은 선두에 놓인 논문이 차지하는 주제 분야가 그다지 넓지 못하다는 것이다. 예를 들면 루쉰 잡문 연구가 비교적 취약한데, 사실 루쉰의 많은 심오한 사상은 잡문에 담겨 있다. 만약 연구과제를 널리 확장하고, 체계를 형성한다면, 한국 루쉰연구는 반드시 동아시아 루쉰학 중 새롭게 등장하는 정예 부대가 될 수 있을 것이다. 이외에, 일부 논문은 매우 깊은 사상을 내포하고 있음에도, 중국어 표현이 유창하지 못하여 조금 더 향상되길 기다린다.

4.

그렇다면 '동아시아 루쉰'의 형성 과정 및 그 생성 원인을 어떻게 볼 것인가?

'동아시아 루쉰'이 형성될 수 있었던 가장 우선적인 원인은, 내 생각으로 루쉰이 이미 한, 중, 일 삼국 모두가 인정하는 동아시아를 가장 잘 대표하는 작가가 되었기 때문이다. 이토 토라마루 선생이 『루쉰과 일본인』이라는 책에서 말했듯, '루쉰의 문학은 세계 문학에서, 일본 근대 문학의 어느 작가, 어느 작품보다도 더 동양 근대 문학의 보편성을 대표하는 것 같다.'

게다가 루쉰이 자아를 반성하고 노예근성에 반항하는 속마음의 본질은, 한, 중, 일 삼국 지식계의 내적인 요구와 서로 일치한다.

중국은 근대에 장기간 제국주의와 봉건주의의 침략과 억압을 받아, 절박하게 저항하고자 하던 환경에서, 노예근성을 가장 반대해야 했다. 그래서 마오쩌둥은 '루쉰의 뼈는 가장 단단하다. 그는 조금의 노예 얼굴과 아첨기도 없었는데, 이것은 식민지, 반식민지 국민의 가장 귀중한 성격이다'라고 여겼으며, 이 부분이 핵심을 찌른다고 생각한다. 그러나 이러한 주장은 한계도 지니고 있는데, 리둥무 선생이 "이 자체는 일종의 외부 규정(권위가 제정한)이고, 게다가 종종 '노예주'를 타도하기 위한 목적의 정치적 행동에 대한 설명 중에 사용된다. 때문에 보통은 루쉰 자체의 원리적 설명이 부족하다. 루쉰의 '혁명'은 주인과 노예 관계의 전도顚倒에 달려 있지 않고, '주인'과 '노예' 이외의 '사람' ―주체 정신―의 확립에 있다"고 말한 것과 같다. 중국 루쉰 학자들은 지난 세기 후반기의 20년간 사상해방운동을 전개한 이래, 줄곧 이 결함을 보충하고 있다.

한국은 중국처럼, 제국주의 침략의 억압에 처했었고, 때문에 그들 또한 노예근성에 반항하는 것에서 출발하여 루쉰을 수용했다. 다른 점은 그들은 결코 권위 혹은 정부가 제정한 것으로부터가 아니라, 온전히 내면의 요구로부터 말미암아 루쉰을 받아들였다는 점이다. 그래서 내면에서 나온 '노예가 되는 것을 거부하고자 하는' 요구와 이성적 사고가 처음부터 드러났다.

일본은 비록 한중 양국과 반대로 침략 당하지 않았을 뿐만 아니라 오히려 다른 나라를 침략하는 위치에 있었지만, 루쉰을 받아들인 다케우치 요시미와 그 이후의 일본 루쉰학자들의 마음 속 깊은 곳에는 오히려 반성과 반항이 있었다. 다케우치 요시미는 1943년 말에 어쩔 수 없이 입대하기 전에 『루쉰』을 썼는데, 이 책은 그에게 '유작'에 상당한다. 이 때문에 다케우치 요시미는 루쉰으로부터 다음과 같은 것을 발견했다. "'쩡자掙紮'라는 이 중국어 어휘에는 인내, 견뎌냄, 죽기 살기로 견뎌내다 등의 뜻이 있다. 나는 이것이 루쉰 정신을 이해하는 중요한 실마리라고 생각하여, 종종 원형 그대로 인용했다. 만약 지금의 어휘 사용법에 따라 억지로 일본어로 번역하자면, "저항"이라는 단어에 가깝다.' 그는 루쉰이 '첫째로 자신을 새로운 시대와 맞붙도록 하여, "쩡자"로 자신을 씻고, 씻어버린 후에는, 자신을 안으로부터 다시 끌고 나온다. 이러한 태도는 사람들에게 강인한 생활인이라는 인상을 남겼다'고 여겼다. 또 부록의 「사상가로서의 루쉰作爲思想家的魯迅」이라는 글에서는, '자신 스스로에 대한 불만인, 어두운 절망에 대한 저항심'이라고 해석했다. 이 뜻은 또한 '절망에 반항하는 것'이기도 하다. 이후에 곧 일본 패전과 중화인민공화국 성립이라는 역사의 도식이 완성되었고, 이 도식 아래, 루쉰은 중국의 '근대'를 대표하고, 중국의 '근대'는 또 일본의 '타락'한 '근대'와 완전히 다른 성공의 대안이 되었다. 다케우치 요시미와 그 이후의 일본 루쉰 학자들은 실질적으로 루쉰을 중국의 '근대'로 삼아, 일본의 근대를 반성하고 비판했다.

그러나 1970년대 말, 이러한 도식에 역전이 발생했는데, 이번에는 일본이 경제대국이 되었고, 중국은 오히려 문화대혁명의 실패를 겪은 것이다. 중국 지식인은 '문화대혁명'의 비통한 교훈으로부터 각성하여, 중국을 반성하고, 역사를 반성하고, 자신을 반성했다. 바로 이때에 중국 루쉰 학계는 일본 루쉰 학계와의 대화를 시작했다.

대화 초기에는 서로 간에 틈이 존재했다. 예를 들면, 1983년 류바이칭劉柏青 선생은 일본을 방문한 후에, 일본의 루쉰연구에 대해 상세하게 소개했는데, 그는 '다케우치 루쉰'의 일본 전후戰後 사상사에서의 선구적 의의를 높이 평가하는 동시에, 또 '다케우치 루쉰'에 대해 보류를 표하기도 했다. 이는 그가 '다케우치 루쉰'과 당시 중국현대문학 연구계, 특히 루쉰연구계가 루쉰 인식 상에서 거대한 차이가 있음을 명확하게 의식하고 있었기 때문이다. 그래서 그는 소개할 때, 의식적으로 다케우치 요시미 후의 일본 당대 루쉰연구로 이 차이를 '희석'시켰다. '"다케우치 루쉰"은 단지 신시기 루쉰연구의 출발점일 뿐이고, 그것의 많은 논점은 모두 이후의 루쉰론에 의해 극복, 수정, 초월되었다. 그래서 "다케우치 루쉰"의 진짜 가치는 이러한 그다지 정확하지 않은 학술 관점에서 표현되는 것이 아니라, 다른 곳에 있는 것이다.'

(『루쉰과 일본 문학魯迅與日本文學』, 지린대학교출판사吉林大學出版社, 1985년 12월 판) 교류한지 20년 후, 이토 토라마루 선생의 견해는 역시 당시와 별 차이가 없었다. 그는 생전 마지막 논문에서 다케우치 요시미의『루 쉰』에 대해 '중일 사상교류라는 방면에서 말하자면, 이 책은 중국의 루쉰관, 문학관과의 거리가 가장 멀다'고 지적했다. 다케우치 요시미 붓끝의 '루쉰 형상을 설령 문학관 본래의 문제로만 여긴다 하더라도, 중국의 종래의 루쉰 형상과 정면충돌이 발생할 것임은 말할 것도 없 고, 처음부터 대화의 접촉 지점을 찾아내기도 매우 어려웠다'(「전후 중 일 사상교류사 중의 「광인일기」」戰後中日思想交流史中的「狂人日記」,『신문학新文學』, 제 3집, '이토 토라마루 선생 기념 소집', 다상출판사大象出版社, 2005).

이토 토라마루는 중국 루쉰 학계가 루쉰의 가치를 판단하는 진리 표준에 문제가 있음을 발견했다. 인류 문화 발전의 보편원칙에 따라 판단하는 것이 아니라, '그와 이미 형성된 소위 "주의"의 거리 폭 및 공산당에 대한 충성 단계에 따라 그의 사상 위치를 확정한 것이다.'

앞글이 비판하는 중국 루쉰연구자의 노예근성은, 바로 이러한 경직 화된 판단기준이 초래한 것이다. 그것은 루쉰에 대한 다른 해석의 가 능성을 없애버렸는데, 창의성이 풍부한 루쉰연구가 리창즈李長之 선생 은 그가 젊을 적 쓴『루쉰 비판魯迅批判』이 이러한 판단 기준에 위배되 었다는 이유로 한 평생 고초를 겪었다. 1957년 반우파투쟁중에는 별 책에 별도로 실려, 글쓰기와 교학의 권력과 사람됨의 존엄을 잃었으 며, 또 1966년 문화대혁명이 시작되어 1976년 끝날 때까지는 꼬박 10년간 화장실을 청소했다. 그때의 중국에서, '다케우치 루쉰'은 절대 로 받아들여질 수 없었는데, 사실상 '다케우치 루쉰'은 바로 다케우치 요시미가 루쉰을 권위화하는 것을 반대한 결과였기 때문이다. 중국의 사상해방운동은 과거 루쉰의 평가에 대한 반성을 포함하고 있으며, 중국 루쉰학계 및 전체 사상계의 이러한 경직된 판단 기준과 자신의 노예근성에 대한 저항과 몸부림으로 가득했다.

이 점에서 사실 중국 루쉰학계는 1970년대 말에 이미 초보적으로 깨달았다. 그들은 루쉰 및 1930년대의 역사 현상을 평가할 때, 루쉰의 시비로 시비를 가릴 수 있는 것이 아니라, 인류 문화 실천과 당시의 역사 상황을 진리를 검증하는 유일한 표준으로 삼아야 함을 인식했다. 이것은 사상해방운동 중, 실천이 진리를 검증하는 유일한 표준이라는 토론이 루쉰연구 영역에 반영된 것이다. 중국 루쉰학의 발전 변화는, 지금까지 정치사상의 변동과 밀접하게 연결되는 것이다.

1980년대 말, 90년대 초에 이르러, 신예 루쉰 학자 왕후이와 다케우치 요시미의 『루쉰』 사이에 대화가 이뤄졌는데, 왕후이는 그 속에서 '절망에 반항하라'라는 주제의 핵심을 흡수하여, 이미 정해져서 굳어진 중국 루쉰 학계의 사유방식을 전환시켰다. 왕후이는 이후에 이 일본 사상가가 자신의 연구 사고방향에 매우 중요한 깨달음을 주었다고 솔직하게 인정했다.

이와 동시에 중국 루쉰 학자들도 신시기부터 루쉰의 '사람을 세우는' 사상을 꽉 '물고' 깊숙한 곳으로 진군하고 있다. 현재 중국 루쉰 학자들은 보편적으로 루쉰의 일생이 사람의 개인 정신 자유를 억압하는 모든 것에 대해 반항하고 있다고 여기는데, 다시 말해서 모든 분야, 모든 형식에서 생겨난 노예(특히 정신 노예) 현상은 모두 루쉰이 반대하는 쪽에 있다는 것이다. 그의 최저 기준은 곧 "노예가 될 수 없다!"로 루쉰의 저작에서 거듭 표명되었으며, 그가 강조한 것은 '개인'이지 '인류'가 아니었으며, '자기'이지 '다수'가 아니었다. 만약 '개인'과 '자기'를 '군중'과 '국민'으로 바꾸면, 바로 루쉰이 강조한 '매 하나'의 구체적 생명인 '개체'의 의의와 가치를 벗어나, 루쉰 사상의 출발점과 멀어지는 것이다.

한국의 루쉰 학자들 또한 루쉰의 '노예가 되는 것에 저항하는 것'과 '개인'의 자각이라는 사상의 정수를 계속적으로 연구 토론하고 있으며, 자신의 이론 사고 능력을 끊임없이 향상시키고 있다.

베버의 견해에 따르면, 교사가 교실에서 자신이 속해 있는 관점만을 강의하는 것은 일종의 직무 유기와 낮은 자질의 표현으로, 그는 반대측의 관점을 제공할 의무가 있음과 동시에 진위를 판단할 수 있는 권리를 학생에게 돌려줘야 한다. 비슷하게 학술의 발전이 단지 자신 쪽의 관점만을 지속하는 것 역시 직무 유기와 낮은 자질의 표현이며, 모든 입장은 반대쪽의 관점을 제공할 의무가 있는 동시에 진위를 판단할 수 있는 권리를 학계에 돌려줘야 한다. 바로 한, 중, 일 삼국의 루쉰 학계의 찬성 측, 반대 측, 다방면의 비교문화 대화중에 '동아시아 루쉰'이 형성된 것이다.


## 5.


그렇다면, 도대체 어떻게 '동아시아 루쉰'의 내포와 외연 및 그 실질적 특징을 정의 내려야 하는가?

① 한, 중, 일 삼국의 루쉰 학계가 형성한 '동아시아 루쉰'은 냉정하고, 심오하고, 이성적인 '노예가 되는 것에 저항한다'는 저항을 기초로 삼는다. 이러한 저항은 구체적인 사회역사 환경에 처해있는 노예 현상을 겨냥한 것이자, 또 자신의 노예근성에 대한 저항이기도 하다. 이것이 루쉰 자체의 정수로, 몇 년 동안 루쉰 학자들이 인류 전체 발전 과정에서 출발하여 만들어낸 보편적인 인지이자, '인학'의 시각에서 루쉰이 획득한 참된 지식을 인식한 것이다.

② '노예가 되는 것을 거부한다'라는 정수의 형성은 '개인'의 사상, '개인의 자각'을 전제로 한다.

③ '개인의 자각'은 자아 반성 중 생겨나는 것이다. 내적 반성이 없으면, 자각도 없으며, 본능적으로 노예 혹은 노예주의 상태에 처해 있는 노예근성의 사람들은 자각적인 '진정한 사람'으로 상승할 수 없다. 이것은 인성 발전이 반드시 거쳐야 할 길이자, 노예가 노예주가 되고, 약자가 강자가 되는 역사의 반복을 타파하는 유일한 방법이다. '동아시아 루쉰'은 곧 동아시아 지역의 인성 발전의 척도와 모범이며, 그것이 내포한 '개인의 자각', '노예가 되는 것에 저항하는' 정수는 인류 정신 해방의 역사적 과정에서 강렬한 영향과 거대한 역할을 발휘하고 있다.

'동아시아 루쉰' 핵심으로서의 '인학' 사상은 대부분 루쉰이 일본에서 유학하던 시기에 일본으로부터 흡수한 것이고, 일본 또한 서구 구미로부터 번역하여 소개한 것이다. 그러면 오늘날 구미의 시선으로 '동아시아 루쉰'을 보는 것은 어떠한 것일까? 세계적 시야에서의 '동아시아 루쉰'은 대단히 재미있는 연구과제일 것이다. 전 세계 시야와 세계 문화 원류의 각도에서 루쉰과 그의 사상, 저작 및 그가 처했던 시대를 다시 자세히 살펴보는 것은 미래 루쉰학 발전의 주요한 추세가 될 것이다.

상품의 큰 물결이 사회에 충격을 주고, 세속에 영합하고, 작위적이고 거짓된 바람에 흙먼지가 휘날릴 때, 사람들이 금전, 위엄, 직명, 물욕 등등에 의해 나날이 노예화되어, 새로운 노예가 된 이 시점에서, '동아시아 루쉰'은 특히 더 소중해 보인다. 이것은 바로 루쉰이 지난 세기 초에 불러낸 '정신계의 전사'의 당대 체현이다! 한, 중, 일 삼국의 사상계의 중요한 정신 자원과 정신 원동력이다.

『중국, 동아시아에서의 루쉰학魯迅學在中國在東亞』, 제19강,

광둥교육출판사, 2007년 8월.

# '행복하게 살아가고, 도리에 맞게 사람 노릇 하는 것'

**루쉰 근원 사상의 탐구**

## 내용 요약

오랫동안, 루쉰의 형상은 무턱대고 투쟁하는 정치 도구로 왜곡되어 그의 근원 사상을 가렸다. 사실 루쉰의 근원 사상은 「지금 우리는 아버지 노릇을 어떻게 할 것인가」에서 제기한 '행복하게 살아가고, 도리에 맞게 사람 노릇 하는 것'이다. 루쉰은 생존을 '도리에 맞게 사람 노릇 하는 것'의 기본 표준으로 삼았다. 그의 생존, 따뜻하고 배부름溫飽, 발전관이 곧 행복이자 합리적 견해이다. 만일 진정한 행복을 얻고 싶다면, '단지 "나"만 있고, 단지 "타인을 취할 것"만을 생각'하여, 오직 '순수하게 야만적 측면에서의 욕망만을 만족시키려 하면' 안 되고 반드시 '도리에 맞게 사람 노릇해야 한다.' 자타의 관계를 정확하게 처리하는 것은 자타 모두에 이롭다. 후반기에 루쉰의 사상에는 확실히 전환이 발생했으며, 정치적으로 중국공산당을 동정하고 그들에게 쏠렸다. 이러한 전환이 발생한 근본 원인은 '행복하게 살아가고, 도리에 맞게 사람 노릇 하는 것'이라는 근원 사상에서 나온 것으로, 당시의 위정자가 '개별적인, 다시 새로 만들어낼 수 없는 생명과 청춘을 더욱 소중하게 여기지 않아' 멋대로 마구 살해하고, '멸종시켰기' 때문이다. 그러나 "무산계급 전제정치는 미래의 무계급 사회를 위한 것이 아니었던가?"라는 말에는 오히려 이론상의 실수가 존재한다. 이것은 당시의 역사적 한계 외에도, 그가 수용한 유럽 대륙성의 동양문명 배경과 유관하며, 중국 전통문화의 양극 사유 및 중국에 전해진 헤겔 철학과도 연관 있다. 그러나 이것이 결코 그의 근원 사상을 가릴 수는 없다. 무턱대고 투쟁하는 루쉰의 왜곡된 이미지를 '행복하게 살아가고, 도리에 맞게 사람 노릇 하는 것'이라는 근본 사상으로 환원시키는 것은, 현재 소강생활과 조화사회를 건설함에 있어서 중요한 현실적 의의를 가진다.

루쉰 자체 본질의, 외부세계가 강요했거나 혹은 왜곡한 사상이 아닌 것은 도대체 무엇인가? 이것이 루쉰학 연구의 근본 과제이다.

나는 『중국 루쉰학 통사』 서론에서 '루쉰연구의 과학적 형태는 루쉰 자체에 접근하는 환원이다'라는 관점을 제시했다. 또한 '일종의 인학과 정신학으로서의 루쉰학 역사는, 사실 매 시대의 루쉰 학자가 이 학과의 선배학자의 연구를 되돌아보는 과정 중, 사람의 본질, 정신의 본질, 루쉰은 누구인가, 루쉰연구는 도대체 무엇을 위함인가, 루쉰학은 도대체 어떤 학문인가, 학문 역사상 도대체 어떠한 득실이 있었나,

도대체 역사의 경험을 어떻게 종합적으로 평가해야하는가라는 이러한 일련의 문제에 대한 이성적 추궁과 정신 체험이다. 이러한 근본을 규명하는 연속적인 추궁을 통해, 우리는 비로소 맹목에서 자각으로, 몽매함에서 깨어남으로, 어둠에서 광명으로 점차 나아갈 수 있으며, 끊임없이 "가려진 것을 없애는" 중에 "맑고 깨끗한 경지"로 승화한다'. 역사의 회고와 반성을 통해, 우리는 이미 중국 루쉰학 역사가 매우 긴 우여곡절을 겪었음을 알았으며, 매우 긴 역사 시기동안 '루쉰 자체에 접근하는 환원'을 추구한 것이 아니라, '내가 육경¹에 주석을 달거나 육경이 나에게 주석을 다는' 방법을 이용하여, '이미 형성된 사상 체계' 내에서 '루쉰을 빌어 사건을 이야기하고', 나를 위해 이용했다. 예를 들어 10년의 '문화대혁명' 중 루쉰은 그들에 의해 '문화대혁명' 노선을 관철하기 위해 '헤어날 수 없는 궁지에 몰아넣어져' 완강하고 지속적으로 용감하게 싸우는 정치투쟁의 도구로 만들어졌다가, 또 '매우 순종하며 기꺼이 무산계급혁명을 하길 바라는 "앞잡이"와 "졸병"'² 이라는 정치적 노예로 변하기도 했다. 루쉰에 대한 왜곡과 개조는 그 야말로 더할래야 더할 수 없을 정도에까지 이르렀다. 루쉰 자체의 실질적인, 외부세계가 강요했거나 왜곡한 사상이 아닌 것은 이미 '감춰져서', 어떤 것은 선전하는 자가 자신의 정치적 필요에서 빚어 만든 사상적 점토 인형일 따름이었다. 일부 대중의 루쉰에 대한 오해와 반감의 대부분은 이러한 왜곡식 선전과 중국 루쉰 학계의 루쉰에 대한 단

---

1    【역주】유가(儒家)의『시(詩)』·『서(書)』·『예(禮)』·『악(樂)』·『역(易)』·『춘추(春秋)』의 여섯 경전.

2    『紅旗』雜誌 14期, 社論, 1966.

편적 해석에서 기인한 것으로, 루쉰 자체의 근원 사상에서 나온 것이 아니다.

'문화대혁명'이 끝난 후, 사상해방운동이 전개됨에 따라, 중국 루쉰 학계는 이미 만들어진 사상적 속박과 사유모식에서 있는 힘껏 벗어나, 루쉰 자체로 회귀하고 있다. 루쉰의 '사람을 세우는' 사상에 대한 발견과 진일보한 해석은, 20세기 후 20년 동안 중국 루쉰학의 가장 큰 수확이라고 말할 수 있다. 새로운 세기에 우리는 이 사고방식을 따라 더욱 심도 있고 구체적으로 루쉰 사상의 핵심 — 루쉰은 초기에 '사람을 세우는' 사상을 제시하였고, 중기, 즉 '5·4' 시기에는 이를 더욱 명확하게 개괄했으며, 이후 일생동안 이 뜻을 견지했다. — 을 발굴할 필요가 있다.

그렇다면 루쉰의 개괄과 뜻은 도대체 무엇인가?

나는 루쉰이 「지금 우리는 아버지 노릇을 어떻게 할 것인가」에서 제시한 두 마디 말에 있다고 생각한다.

행복하게 살아가고, 도리에 맞게 사람 노릇 하는 것

이것이 곧 루쉰의 근원 사상으로, 진지하게 한 번 탐구해볼 필요가 있다.

# 1. '행복하게 살아가고, 도리에 맞게 사람 노릇 하는 것' 을 제기한 배경

루쉰은 1919년 11월, 「지금 우리는 아버지 노릇을 어떻게 할 것인 가」라는 글에서 '행복하게 살아가고, 도리에 맞게 사람 노릇 하는 것' 이라는 관점을 제기했다. 전체 말은 이와 같다.

> 우선 각성한 사람부터 시작하여 각자 자신의 아이들을 해방시킬 수밖 에 없다. 스스로 인습의 무거운 짐을 짊어지고 암흑의 수문을 어깨로 걸 머메고 그들을 넓고 밝은 곳으로 가도록 놓아준 후, 그들이 행복하게 살 아가고 도리에 맞게 사람 노릇을 하도록 해야 한다.

글은 시작한 지 얼마 되지 않아 이 말을 언급했는데, 마지막에 또 다 시 거듭 표명하여, 모두 두 번 이야기 했다. 이것은 일관되게 정제됨을 중시하는 루쉰의 글 중에서 흔치 않은 것이다. 이를 통해 볼 때, 이 관 점을 중시했음을 알 수 있다.

루쉰은 도대체 어떠한 정신문화적 배경에서 이 관점을 제기했는가?

근본을 찾아내려가 보면, 루쉰은 청년 시기 의학을 관두고 문학의 길을 가면서 '사람을 세우는' 사상을 제기했을 때, 이미 이 관점을 포 용했다. 루쉰은 「문화편향론」 중에서 '근본은 사람에 있고', '먼저 사 람을 세우고, 사람이 세워진 후에 모든 일을 할 수 있다'고 여겼다. 그 리고 '사람을 세우기' 위해서는 반드시 '내면에 대한 반성이 깊고', '내부의 생활이 강해져야, 인생의 뜻이 더욱 심오해진다.' 다시 말하자면 '자각적인 정신'을 지녀야만, 비로소 '인류의 존엄을 점차 깨닫고', '개성의 가치를 알게 되고', '도리에 맞게 사람 노릇을 할 수 있다'는 것이다.

1918년 5월, 루쉰의 첫 번째 외침—「광인일기」는 중국의 역사를 '식인'으로 개괄했다. 사실, 이른바 '식인'은 극단적으로 도리에 맞지 않게 사람 노릇하는 것이다. 또한 이른바 '진짜 사람'은 '도리에 맞게 사람 노릇 하는' 자들이다. 소위 "아이들을 구하라……"는 곧, 후손이 다시는 '식인'하지 말고, '도리에 맞게 사람 노릇 해야 함'을 뜻한다.

같은 해 8월 발표한 「나의 절열관」은 루쉰의 「광인일기」의 함의에 대한 해석이자 '행복하게 살아가고, 도리에 맞게 사람 노릇 하는 것'의 사상적 준비다. 그는 다음과 같이 지적했다.

사회적으로 다수의 옛사람들이 애매하게 전해 준 도리는 실로 억지스럽기 짝이 없는데도 역사와 숫자의 힘으로 마음에 들지 않는 사람들을 죽음에 몰아넣을 수 있다. 이름도 없고 의식도 없는 이러한 살인 집단 속에서 예부터 얼마나 많은 사람들이 죽었는지 모른다. 수절(節烈)한 여자도 여기에서 죽었다.

중국 역사의 '식인'은 사실 '다수의 옛사람들로부터 모호하게 전해 내려온 도리'로, '역사와 숫자의 힘을 사용하여', '이름 없고, 의식 없는 살인 집단 속'에서 이뤄진, 일종의 사람이 사람을 먹는 행위이다. 그러므로 루쉰은 불행하게 '역사와 숫자의 무의식적인 덫'에 씌어, '이름 없는 희생을 한' 사람들에게 큰 추도식을 열어줘야 한다고 주장한다. '또한 자신과 다른 사람이 모두 사심 없이 총명하고 용맹하게 전진하고, 허위의 가면을 벗어던지고, 자신과 남을 해하는 세상의 몽매와 폭력을 제거하기를 빌어야 한다.' '또한 인생에 조금의 의의도 없는 고통을 제거하고, 다른 사람의 고통을 만들어내고 즐기는 몽매와 폭력을 제거하기를 빌어야 한다.' '인류는 모두 정당한 행복을 누려야 한다.'

이른바 '자신과 다른 사람이 사심 없이 총명하고 용맹하게 전진하고', '인류가 모두 정당한 행복을 누려야 한다'는 것이 바로 '행복하게 살아가고, 도리에 맞게 사람 노릇 하는 것'이다.

이 사상은 이 글 이후, 1918년에 쓴 「수감록」에서도 일관된다.

「수감록 25隨感錄二十五」는 태어난 아이에 대해 교육을 강화하여, 그가 '완전한 사람'이 되도록 하고, 아버지 노릇하는 자는 '"사람"의 아버지'가 되어야 함을 강조했다.

「수감록 36隨感錄三十六」, 중국인이 현재 세계에 발붙이려면, '반드시 상당히 진보적인 지식, 도덕, 품격, 사상이 있어야 한다'. 그렇지 않으면, '"세계인"으로부터 밀려날 것이다'. 이 또한 '도리에 맞게 사람 노릇 하는 것'을 강조하고 있는 것이다.

이렇게 1919년 11월이 되어서는, 바로 「지금 우리는 아버지 노릇을 어떻게 할 것인가」라는 글을 통해, '행복하게 살아가고, 도리에 맞게 사람 노릇 하는 것'이라는 사상을 명확하게 제기했다. 이후에 루쉰은 소설 창작, 사회 비평과 무관하게, 시종일관 이 사상을 관철했다.

확실하게 말할 수 있는 것은 '행복하게 살아가고, 도리에 맞게 사람 노릇 하는 것'이야말로, 루쉰의 본질적인 사상이라는 것이다.

# 2. '행복하게 살아가고, 도리에 맞게 사람 노릇 하는 것' 이 담고 있는 의미

'행복하게 살아가고, 도리에 맞게 사람 노릇 하는 것'이라는 이 루쉰의 본질 사상은 도대체 어떠한 의미를 담고 있을까?

'행복하게 살아가고, 도리에 맞게 사람 노릇 하는 것'의 기초는 '사람 노릇 하는 것'이고, 관건은 '도리에 맞는' 것이다. 사람이 없다면 어떻게 행복을 논할 수 있을까? '사람 노릇 하는 것'이 '도리에 맞지' 않다면, 행복은 또 어디에서 오겠는가?

그러면 무엇이 도리에 맞는 것인가? 이것은 중국 및 외국 철학이 줄곧 탐구한 문제이다.

루쉰도 줄곧 탐구하고 있었다. 그는 "개는 개의 도리가 있고, 귀신은 귀신의 도리가 있다. 중국은 다른 나라와 달라서, 자연히 중국의 도리가 있다. 도리란 각각 다른 법인데, 무조건 이상理想이라고 하니 심히 원통하다"라고 말했다.[3] 중국의 권세가는 일을 할 때, 모두 '이理' 자를 지니고 있는데, 이 '영리한 자'는 무엇을 하든 '상황에 맞춰 태도를 바꾸어',[4] 자신이 '가는 곳마다 성인의 도聖道와 부합되지 않는 것이 없도록' 한다.[5] 그러나 루쉰은 항상 '기린 가죽 아래 말 다리가 드러나도록' 하고,[6] 이러한 '공자교 신도가 어떻게 "성인의 도"를 자신의 무소불위에 맞도록 변화시켰는지'를 폭로하기를 원했다.[7]

---

3  「隨感錄三十九」, 『熱風』.
4  「忽然想到四」, 『華蓋集』.
5  「我還不能"帶住"」, 『華蓋集續編』.
6  「我還不能"帶住"」, 『華蓋集續編』.

동시에 루쉰은 자신이 판단 일이 합리적인지 아닌지를 판단하는 기본 표준을 명확하게 거듭 반복하여 설명했는데, 이것이 곧 생존이다. 어떠한 궤변과 마주하든지 간에 동요하지 않아야 한다. 이후에 그가 「통신通信(웨이멍커에게 답하다復魏猛克)」에서 이야기한 바와 같이, "만약 우리가 '배가 고프면 어떻게 해야 하는가?'라는 제목을 두고, 옛사람을 끌어내 질문했을 때, 만약 '배가 고프면 반드시 쟁탈해서 먹어야 한다'라고 말했다면, 설령 이 사람이 진회秦檜[8]라 하더라도 나는 그에게 찬성할 것이다. 만약, '따귀를 때려야 한다'라고 말했다면 그가 바로 악비岳飛[9]라 하더라도 반드시 반대해야 한다. 만약 제갈량諸葛亮이 나와서 설명하길, '음식을 먹는 것은 단지 온열을 발생하도록 하기 위함으로, 지금 따귀를 때린 것은 마찰로 인해 온열이 발생하므로, 이는 음식을 먹는 것과 같다'라고 한다면, 우리는 반드시 그의 가짜 과학의 표면을 찢어 버리고, 예전의 품행이 어떠한 지는 고려할 필요가 없다".

　　바로 이러한 확고부동한 명확한 관점에 근거하여, 그는 1925년 4월 22일에 「문득 든 생각 6忽然想到六」에서 결연하게 말했다.


　　　현재 우리의 급선무는, 첫째는 생존이고, 둘째는 배불리 먹고 따뜻이 입는 것이며, 셋째는 발전이다. 이러한 앞길을 가로막는 자가 있다면, 옛 것이든 지금의 것이든, 사람이든 귀신이든, 『삼분(三墳)』이든 『오전(五典)』[10]이든, 백송(百宋)과 천원(千元)[11]이든, 천구(天球)와 하도(河

---

7　　「馬上支日記」,『華蓋集續編』.

8　　【역주】중국 남송(南宋) 시기의 간신. 명장 악비에게 누명을 씌워 죽도록 했다.

9　　【역주】중국 남송 시기의 장군. 무능한 고종과 진회의 모함으로 죽게 되었다.

10　【역주】『삼분(三墳)』은 복희(伏羲), 신농(神農), 황제(黃帝)의 책을 뜻하고, 『오전(五

圖)<sup>12</sup>든, 금인(金人)과 옥불(玉佛)이든, 대대로 전해내려 온 환약과 가루약이든, 비법으로 만든 고약과 단약이든, 모조리 짓밟아 버려야 한다.

한 달이 안 되어, 즉 1925년 5월 8일, 루쉰은 「베이징 통신北京通信」에서도 거듭 표명했다.

첫째는 생존이고, 둘째는 배불리 먹고 따뜻이 입는 것이며, 셋째는 발전이다. 감히 이 세 가지를 방해하는 자가 있다면, 누구든지 간에 우리는 그에게 반항하고, 그를 박멸해야 한다!

이를 통해 알 수 있는 것은 생존은 루쉰이 시종일관 바꾸지 않은, 일이 이치에 맞는지의 여부를 판단하는 유일한 표준이다. 일찍이 1918년 11월 그는 「수감록 35隨感錄三十五」에서 "우리를 보존하는 것이 확실히 첫 번째 뜻이다. 그가 우리를 보존할 수 있는 역량이 있는지 없는지를 묻기만 한다면, 그가 국수國粹인지 아닌지는 관계없다"라고 말했다. 이를 통해 알 수 있듯 루쉰은 생존을 첫 번째 뜻으로 하고, 그가 어떤 명의인지에 대해서는 관여치 않는다.
　「베이징 통신」에서도 루쉰은 설명했다.

---

　典)』은 소호(少昊), 전욱(顓頊), 제곡(帝嚳), 요(堯), 순(舜)의 책을 뜻한다. 즉, 전설속에 등장하는 중국에서 가장 오래된 서적을 의미한다.

11　【역주】 백송(百宋)과 천원(千元)은 각각 청대의 장서가 황비열(黃丕烈), 오건(吳騫)의 장서를 뜻한다. 송대의 판본 백여 권, 원대의 판본 천여 권을 가리킨다.

12　【역주】 천구(天球)는 전설 속의 아름다운 옥이며, 하도(河圖)는 황하에서 떠오른 용마(龍馬)의 몸에 그려진 그림이다. 복희가 이를 보고 팔괘(八卦)를 만들었다고 한다.

내가 말하는 생존이란 그럭저럭 되는대로 살아가는 것이 아니다. 배불리 먹고 따뜻하게 입는 것이란 결코 사치한다는 것이 아니다. 발전 또한 방종이 아니다.

때문에 루쉰의 생존, 따뜻하고 배부름, 발전관, 다시 말해서 행복, 합리적 견해는 행복하고 도리에 맞게 생존하고 발전하는 것으로, 그럭저럭 되는대로 살아가는 것도 아니고, 사치하고 방종하는 것도 아니다.

그러면 도대체 무엇이 행복인가? 동서고금에 모든 사람은 자신의 행복을 추구하고 있었고, 각기 다른 행복관을 가지고 있었다. 러시아 작가 아르치바셰프Mikhail Petrovich Artsybashev는 소설 『행복』에서 매춘부 사쉬카에 대해 썼는데, 육체로 사람들에게 즐거움을 줬지만, 코가 썩게 되자 거리로 내몰려 생활할 수 없게 된 것으로 그녀를 묘사했다. 한 색정광이 만약 자신이 그녀를 눈밭에서 세 번 흠씬 두들겨 패도록 허락해주면 그녀에게 금 다섯 루블을 주겠다고 했다. 사쉬카는 동의했고, 그녀는 비록 매우 참혹하게 맞았지만, 금루블을 받은 후에 '밤 찻집의 밝은 등이 눈앞에 빛나는' 것을 보고는 눈밭에서 구타당한 것을 바로 잊고 행복함을 느꼈다. 루쉰은 1920년대에 이 소설을 중국어로 번역하고, 번역자 후기에서, 이러한 행복은 '행복한 자만 일생동안 제멋대로 구는 것이 아니라, 불행한 자 역시 다른 측면에서 자신의 생애를 모욕한다'[13]라고 지적했다. 이것은 행복이 절대 아니고, 일종의 비

---

13    「現代小說譯叢」, 「『幸福』譯者附記」, 『譯文序跋集』.

극이라고 여길 수밖에 없다. 도대체 무엇이 행복인가? 중국과 외국의 철학자들은 줄곧 이 문제를 연구하고 있다. 스피노자는 가장 완벽한 지식으로 감정을 제압하여, 사람의 최고 행복에 도달하는 것을 그의 철학의 근본 취지로 여겼다. 그가 『신, 인간 및 그 행복에 대한 간단한 토론』[14]이라는 책에서 반복해서 자세히 설명한 핵심은 다음과 같다. 가장 완전한 지식은 최고 존재, 즉 신에 대한 지식으로, 모든 영예, 부와 감각기관의 즐거움은 최후에 우리를 파멸토록 할 수밖에 없고, 신의 지식과 신에 대한 사랑만이 우리가 영원히 구원받고 자유롭고, 행복할 수 있는 기초이기 때문에 신에 대한 사랑과 연결되어 존재하고 계속 존재하는 것이 비로소 우리의 진정한 자유이고, 최고의 행복이다. 루쉰은 무신론자이고, 그는 어떤 신의 행복도 믿지 않으며, 물질적 기초를 벗어난 허황된 정신 독립 또한 믿지 않는다. 그는 젊은이에게 '돈은 중요하다'며 타이르며 반드시 무뢰한 정신으로 '경제권을 요구해야 한다'라고 말했다.[15] 오늘의 사회는, '일부일처가 가장 합리적이고', '다처주의는 실로 사람들을 타락하게 할 수 있다'[16]고 여겼다. 독신 역시 인성을 위배하는 것이므로, '어쩔 수 없이 독신생활을 하는 자는, 남녀를 불문하고 정신적인 면에서 변화가 발생하는 것을 종종 피할 수 없어, 집요하고, 근거 없이 의심하고, 음흉한 성격을 지닌 자가 다수다.' '특히 성욕을 억누르기 때문에, 다른 사람의 성 생활에 민감하고 의심이 많으며, 부러운 마음에 질투한다.'[17] 그 자신이 주안朱安과

---

14 洪漢鼎,『孫培祖譯』, 商務印書館, 1987.

16 「我們現在怎樣做父親」,『墳』.

17 「寡婦主義」,『墳』.

사랑 없는 무성無性의 결혼생활을 하여 깊은 고통을 느꼈기 때문에, 젊은이들이 사랑에 대해 부르짖을 때, 이를 크게 동정하여, 이것이 '사람의 아들이 깨어난 것'이라고 여겼으며, '그는 인류 사이에는 반드시 사랑이 있어야 함을 알게 되어', "우리의 아이들을 완전히 해방하라!"라고 큰 소리로 호소했다.[18] 생활 속에서 루쉰은 또한 여유를 중시하여, 팽팽하게 잡아당긴 듯 긴장할 것을 주장하지 않았다. 왜냐하면 그는 '사람들이 여유로움을 잃어버리거나, 혹은 여지를 남기지 않는 마음을 자기도 모르게 가득 안고 있을 때, 이 민족의 장래는 아마 염려할 만하다'라고 생각했기 때문이다. 그래서 중국 책도 서양 책의 모양을 배워, 모든 책 전후에 늘 한, 두 장의 빈 쪽이 있어야 하며, 위아래의 여백 부분 역시 넓어야함을 주장했다. 일부 중국 책처럼 매우 빽빽하게 만들어, '압박과 난처한 마음'이 들게끔 하여, '독서의 즐거움'을 감소시키고, '마치 인생에 이미 "여유"와 "여지가 없는 것" 같다'는 생각이 들게 해서는 안 된다. 학술 문예의 책을 서술할 때도, 한담 혹은 우스갯소리를 뒤섞어 넣어 문장에 활기를 더하고, 독자들이 특별히 흥미를 느껴 쉽게 지치지 않도록 한다.[19] 루쉰은 일본의 대작가 나쓰메 소세키가 '곱씹는 재미'가 풍부한 '여유가 있는 문학'이라는 점을 특히 마음에 들어 했는데, 이처럼 침착하게 음미할 수 있는 '여유'가 있어야 '생기발랄한 인생이다'라고 여겼다.[20] 때문에 그의 작품은 나쓰메 소세키와 모리 오가이森鷗外의 영향을 많이 받아, 많은 소설과 산

---

18　「隨感錄四十」, 『熱風』.
19　「忽然想到二」, 『華蓋集』.
20　「現代日本小說集」, 『譯文序跋集』.

문이 깊이 새겨볼 만하고, 재미가 있어, 사람들에게 한적한 느낌을 준다. 심지어 가장 격렬한 전투 중에서도, 그는 '참호전'을 높이 평가했는데, '전사는 참호 안에 있을 때, 때로는 흡연하고, 노래도 부르고, 카드놀이도 하고, 술도 마시며, 또한 참호에서 미술 전람회를 열기도 하지만, 때로는 갑자기 적을 향해 총을 몇 발 쏘기도 한다'. 다만 궁지에 몰려 방법이 없을 때가 되어서야 '백병전을 한다'.[21] 왜냐하면 '유혈이 곧 개혁과 같은 것은 아니기' 때문이다. 우리가 '결코 생명에 인색하지 않다는 것은 즉, 생명을 헛되이 버리기를 원치 않는 것으로, 전사의 생명은 귀중한 것이기 때문이다'.[22] '중국을 위해서, 각성한 청년들은 반드시 죽음을 가볍게 여겨서는 안 된다'.[23] 그래서 그는 청년 학생의 '청원'에 거듭 반대했다.[24]

물론 루쉰은 향락을 일삼는 보신주의자가 절대 아니며, 그는 순전히 명예, 재물과 감각기관의 쾌락을 추구하고, 정신적 신앙이 부족한 사람들을 줄곧 멸시해왔다. 그는 1919년 5월 「수감록 59 '성무[25]'隨感錄五十九'聖武」에서 이러한 행복에 대해 강렬하게 비난했다. 유방, 항우는 진시황이 매우 호화롭고 사치스러운 것을 보고, '대장부는 이래야지!', '내가 그에게서 빼앗아서 그를 대신할 수 있다!'라고 생각하며, 그들도 '성무'를 통해 '이러한 것'에 도달하고 싶어 했다. 하지만 '순

---

21 『兩地書二』.
22 「空談三」, 『華蓋集續編』.
23 「死地」, 『華蓋集續編』.
24 루쉰은 「空談三」, 「死地」, 『華蓋集續編』과 후의 「"題未定"草(六至九)」에서 여러 차례 '청원'을 반대했다.
25 【역주】 제왕의 무공을 칭송하여 부르는 말.

전히 야만적 방면의 욕망의 만족—위세, 자녀, 옥과 비단—뿐이었다.' 몸이 피폐해져 죽음이 다가왔을 때, 어쩔 수 없이 신에게 생명을 유지해달라고 기도할 수밖에 없었다. 신에게 빌었지만 이뤄지지 않자, '무덤을 만들어 시체를 보존하여 자신의 시신으로 한 조각의 땅을 영원히 차지하고 싶어 했다. 이것은 중국에서도 어쩔 수 없는 최고의 이상이었다.' 루쉰은 이러한 행복관이 현재의 사람들을 줄곧 지배하고 있다고 여겼다. 때문에 자유, 평등과 상호 공존의 분위기를 지닌 외래 사상은 '"나"만 존재하고, "타인에게서 빼앗을" 생각만 하고, 나만이 모든 시공간의 술을 다 마셔버리려 하는 우리의 사상계에, 사실상 발을 들여놓을 여지가 없다.'

때문에 진정한 행복을 얻고 싶다면, '단지 "나"만 존재하고, "타인에게서 빼앗을" 생각만으로' '오직 순수하게 야만적 측면에서의 욕망만을 만족시키려 하면' 안 되고, 반드시 '도리에 맞게 사람 노릇을 해야' 한다.

이렇게 다시 '도리에 맞는 것'으로 거슬러 돌아온다. 이 점에 집중하면, 소위 '도리에 맞는 것'은 곧 자타의 관계를 정확하게 처리해야 하는 것이다.

루쉰은 「나의 절열관」에서 다음과 같이 강조했다. '도덕이란 반드시 보편적이어야 한다. 사람마다 반드시 해야 하고, 사람마다 할 수 있고, 또한 자타에게 모두 이로워야 존재 가치가 있다.' '자타에게 이롭지 않고 사회, 국가에 무익하고, 인생의 미래에 조금의 의의도 없는 행위는 현재 이미 존재의 생명 가치를 잃었다.' 이는 곧, 도리에 맞는 도덕을 수립하기 위해서는, 반드시 자타 모두에게 이로워야 하고, 지나치게 이기적이고, 남에게 손해를 끼치고 자기의 이익만 차리는 것은 도리에도 맞지 않고, 부도덕하다는 것이다. 루쉰의 자신에 대한 요구는 더욱 높은 경지였는데, 그것은 곧 아이를 위해서, 타인을 위해서, '인습의 무거운 짐을 짊어지고 암흑의 수문을 어깨로 걸머메고', 거대한 자기희생을 하는 것이다.

또한 이것을 해내기 위해서는 반드시 '본능적 인간'을 '자각적 인간'으로 승화시켜야 한다. '순전히 야만적 측면에서의 욕망의 만족'에 머무르는 사람은 해낼 수 없다. 아Q처럼 우매한 사람도 하지 못하고, '스스로 인간답게 살아가고자 노력하지 않음은 근심하지 않으면서 오히려 금지된 "사티"[26]에 분노하는' 어떤 인도 사람들 같은 자들도 해내지 못한다. 이러한 사람들은, '비록 적이 없어도, 여전히 바구니 속의 "비천한 노예"인 것과 같다.'[27] 루쉰은 「아Q정전」을 써서 아Q라는 전형적인 인물을 만들었는데, 그 목적은 사람들이 '본능적 인간'으로부터 '자각적 인간'으로 승화되는 것을 재촉하는 데 있었다.

그래서 '행복하게 살아가고, 도리에 맞게 사람 노릇 하기' 위해서는, 먼저의 사람의 의식이 있어야 하고, 자신 스스로를 '사람'으로 대해야지만, 타인을 '사람'으로 대할 수 있다. 왜 '모든 주인은 쉽게 노예로 변하는가?' '왜냐하면 그의 한 면은 주인이 될 수 있음을 인정하고, 한 면은 당연히 노예가 될 수 있음을 인정하기 때문에', '위세가 떨어지면, 죽을 때까지 새로운 주인 앞에 고분고분 순종했다.'[28] 그래서 루쉰은

---

26  【역주】 남편이 죽으면 아내를 함께 태워 죽이는 인도의 풍습.
27  「『狹的籠』譯者附記」, 『譯文序跋集』.
28  「論照相之類」, 『墳』.

'중국인은 줄곧 "사람"의 값을 쟁취해 보지 않아 기껏해야 노예일 뿐이고, 지금까지도 그러하다. 하지만 노예보다 못한 때는 오히려 헤아릴 수 없이 많았다'라고 크게 외쳤다. 그는 노예가 없고, 노예주도 없는 '제3의 시대'를 창조하기 위해 분투할 것을 청년들에게 호소했다![29]

노예근성을 제거하고, 정신해방을 실현하기 위해, 루쉰은 중국인의 정신에 대해 깊이 반성하여, '국민성 개조'를 주장했으며, '정신을 바꾸기에 능한'[30] 문예라는 무기를 사용하여, 중국인이 '반성의 길을 개척하도록' 일깨웠다.[31] 「쿵이지」의 쿵이지부터 「흰 빛白光」의 천스청陳士成까지, 「축복祝福」의 상린 아주머니, 「술집에서在酒樓上」의 뤼웨이푸呂緯甫, 「고독자孤獨者」의 웨이롄수魏連殳, 「상서」의 쥐안성, 즈쥔子君, 「이혼離婚」의 아이구愛姑…… 사실 모두 도리에 맞지 않고 행복하지 않은 생활의 희생양들이다. 그래서 그는 「고향」에서 다음과 같이 말했다. 후대의 젊은이들이 모두 자신처럼 '고생스럽게 살기'를 원치 않으며, '그들이 룬투閏土처럼 고생하면서 마비된 삶을 사는 것도 원치 않고, 다른 사람들처럼 고생하면서 제멋대로 사는 것도 바라지 않는다.' 그들은 반드시 '새로운 삶', 자신의 세대가 '경험해보지 못한 삶'을 살아야 한다.

사람들이 '행복하게 살아가고, 도리에 맞게 사람 노릇'하도록 하기 위해서는, '자신과 남을 해하는 세상의 몽매와 폭력을 제거해야 한다.' 루쉰은 중국이 예로부터 투쟁해온 역사적 경험에 근거하여, 그의 동

---

29    「燈下漫筆」, 『墳』.
30    「自序」, 『吶喊』.
31    「答「戱」周刊編者信」, 『且介亭雜文』.

년배와 그보다 어린 청년들의 피로, 「'페어 플레이'는 아직 이르다」를 써서, '물에 빠진 개를 때린다'라는 유명한 주장을 제기했다. 이 주장은 '문화대혁명' 중 당시의 권력자가 자신을 위해 이용했으며, 정치적 대립파와 그들의 방법에 동의하지 않는 대중들을 공격하는 데 사용되었다. 이로 인해 루쉰의 형상은 왜곡되어, 많은 군중들이 루쉰을 무턱대고 투쟁하고, 단호하게 논적을 사지로 모는 급진파로 오해했다. '문화대혁명'이 끝난 후, 누군가가 루쉰의 이 글과 '물에 빠진 개를 때린다'라는 주장에 대해 이의를 제기했다. 이를 위해 매우 유명한 작가 한 명은 「반드시 '페어 플레이' 해야 한다費厄潑賴'應該實行」를 쓰기도 했다. 사실 여기에는 역사적 상황과 마주친 대상이라는 문제가 있는데, 만약 평화로운 환경에 있다면, 직면한 것이 결코 '자신과 남을 해하는 몽매와 폭력'이 아니며, 자기 편 혹은 잘못을 저지른 친구이기 때문에, 당연히 '페어 플레이' 해야 한다. 만약 투쟁이 심각한 환경에 있다면, 파시즘, 악의 세력 등 '자신과 남을 해하는 몽매와 폭력'과 직면한 것이므로, 악을 철저히 제거하고, '물에 빠진 개를 때리고', '페어 플레이'를 반드시 뒤로 미룰 수밖에 없다. 국민을 보호하는 것이든, 친구에 대해 '페어 플레이'하는 것이든, 아니면 '자신과 남을 해하는 몽매와 폭력'에 대해 단호하게 투쟁하는 것이든, 이 모두는 중국인이 '행복하게 살아가고, 도리에 맞게 사람 노릇'하도록 하기 위함이다. 우리는 반드시 역사주의의 태도를 견지하고, 자신의 논리 분석력을 강화해야 하며, 역사적 상황과 마주친 대상에서 벗어나 고립적으로 루쉰의 몇몇 말과 주장을 이해하여 간단하게 부정해서는 안 된다.

# 3. '행복하게 살아가고, 도리에 맞게 사람 노릇 하는 것' 의 후반기의 확장

루쉰은 사상의 변화가 발생한 후반기에도 '행복하게 살아가고, 도리에 맞게 사람 노릇 하는 것'이라는 본질적 사상을 견지했을까?

대답은 그러하다.

1927년 4월의 정치학살 이후, 루쉰의 사상은 분명히 바뀌었는데, 정치적으로 중국공산당을 동정하고 그에 기울었다. 그러나 이러한 변화의 근본 원인은 '행복하게 살아가고, 도리에 맞게 사람 노릇 하는 것'이라는 본질적 사상에서 나온 것으로, 당시의 위정자가 이미 다른 의견을 지닌 자와 노동자들이 '행복하게 살아가고, 도리에 맞게 사람 노릇 하는 것'을 허용하지 않았으며, 생존권까지 박탈하려 했기 때문이다. 1927년 10월 루쉰이 「유형 선생에게 답함答有恒先生」에서 말한 것처럼, 그들은 '개별적인, 다시 새로 만들어낼 수 없는 생명과 청춘을 더욱 소중하게 여기지 않고', 멋대로 마구 살해하고, '멸종시켰다.' 이것이 루쉰 사상이 변한 근본 원인이다.

이때, 루쉰은 더욱 자각적으로 '행복하게 살아가고, 도리에 맞게 사람 노릇 하는 것'이라는 본질적 사상에서 출발하여 역사를 평가하고 혁명의 성패를 분석했다. 1928년 4월, 그는 「태평가결太平歌訣」[32]에서 당시 난징 시민들이 혁명 정부를 풍자한 동요童謠인 '사람을 불러도 대답하는 이 없으니, 스스로 돌무덤을 머리에 이어라'가 '많은 혁명가의 전

---

32 【역주】 가결(歌訣) : 외우기 쉽도록 노래 형식으로 만든 운문이나 글귀.

기와 중국 혁명의 역사 일부를 포함했다'고 여겼다. 이는 다음과 같은 뜻이다. 만약 국민들이 행복을 도모할 수 있도록 하지 못한다면, 어떠한 혁명이라도 국민의 지지를 얻을 수 없고, 국민들은 결코 상대해주지 않을 것이다. 혁명가라고 불리는 이들 또한 대중들이 낙후되었다느니, 오직 눈앞의 이익에만 열중한다고 원망할 필요가 없다. 다수의 사람들이 이러하며, 당신이 무슨 깃발을 내걸든지, 당신이 무슨 주의를 논하든지 상관없다. 사회주의든 자본주의든지 간에, 민주든지 전제정치든지 간에, 집권을 하든 재야에 있든지 간에, 당신이 대중들에게 실제적인 이익을 가져다줄 수 있고, 그들이 안정되고 행복한 생활을 할 수 있도록 해주며, 비교적 공평하고 합리적인 대우를 해줄 수만 있다면, 그들은 당신을 지지할 것이다. 그렇지 않다면 당신을 상대하지 않을 뿐만 아니라 심지어 반대할 것이다.

냉혹한 환경에서 루쉰은 스스로를 잘 보호하기도 했다. 1927년 7월 광저우廣州의 4·15 학살 후, 누군가가 루쉰에게 강연을 청하며, 그가 자신의 정치적 경향이 박해를 받았음을 드러내기를 바랐다. 루쉰은 슬기롭게 「위진 풍격과 문장 및 약과 술의 관계魏晉風度及文章与藥及酒之關係」에 대해 이야기하며, 집정자들에 대해 완곡하게 폭로하고 풍자하면서도, 그들이 꼬투리를 잡을 수 없도록 했다. 1929년 1월 13일 『하이펑 주보海風週報』 제3호에 실린, 리바이위李白裕라고 서명된 「루쉰 선생의 사람 노릇 하는 비결을 소개함介紹魯迅先生的做人秘訣」이라는 글은 루쉰의 사람 노릇하는 비결 중 하나는 '압박이 올 때, 당신은 다시 계속해서 할 필요가 없으며, 가장 적당한 방법은 "죽은 체하는 것"이다!', 두 번째는 '상황이 당신에게 불리할 때, 당신은 곧 그 성을 떠나 삼십

육계를 놓고, 나 몰라라 하고 가는 것을 상책으로 한다.' 세 번째는 '정치 상황이 열악할 때, 사람과 대화를 하든지 혹은 공개 강연을 하든지 간에 가장 좋은 것은 정치에 대해 말하지 않는 것이며, 문을 닫은 채 독서하며, 어떤 것에든 관여하지 않는 것이다'라고 보았다. 이 글쓴이는 루쉰을 풍자하려는 것이었는데, 사실 이것이 곧 루쉰이 노련한 점으로, 깊이와 얕음을 모르고, 대책 없이 날뛰는 젊고 경솔한 사람들과 비교해서 자연히 위아래의 구별이 있다. 물론 발 벗고 나서지 않으면 안 될 때에는 루쉰 또한 두려움이 없었다. 1933년 양싱포楊杏佛가 통치자에 의해 암살되자, 루쉰은 의연하게 안위를 신경 쓰지 않은 채 그의 장례식에 참석했으며, 집을 나서면서 열쇠를 챙기지 않았다는 사실은 돋보이는 지점이다.

1931년 7월 20일 사회과학연구회社会科學研究會에서의 '상하이 문예의 일별上海文藝之一瞥' 강연에서 루쉰의 혁명에 대한 분석은 매우 명확했다. '혁명은 사람이 죽는 것을 가르치는 것이 아니라, 사람이 사는 것을 가르치는 것이다.' 이것은 사실, '행복하게 살아가고, 도리에 맞게 사람 노릇 하는 것'의 근본사상을 다시 이야기한 것이다. 왜냐하면 살기 위해서, 그리고 행복하게 살기 위해서 혁명을 하는 것이기 때문이다. 하지만 일부 사람들은 오히려 '일반인들이 혁명을 대단히 두려운 일로 이해하도록 하고, 일종의 극좌적인 흉악한 면모를 드러낸 채로 혁명이 시작되면 모든 비혁명가는 바로 모두 죽어야 하는 것처럼, 사람들이 혁명에 대해 단지 공포심만 갖도록 한다.' 혁명 문예에 대해서는, 루쉰이 1934년 6월 2일, 정전둬에게 보낸 편지에서 이야기한 것처럼, '모두 반드시 큰 칼, 도끼를 휘두르며, 마구 찍고 베고, 무시무시한 눈과, 큰 주먹이어야 하며, 그렇지 않으면 바로 귀족'이라고 오해한다. 사실 혁명 문예도 반드시 섬세하고 재미가 있어야 한다. 루쉰은 후반기에 전투로 긴장한 이외의 시간에, 정전둬와 함께 우아하고 정교한 「스주자이 편지十竹齋箋譜」를 흥미진진하게 합인했다.

중국인은 종종 논리적 사고가 부족하지만 루쉰의 논리 분석력은 수술칼처럼 예리하고 정확하다. 그는 혁명을 찬성했는데, 1927년 6월 황푸군관학교黃埔軍校에서 '혁명 시대의 문학革命時代的文學'을 강연할 때 '사실"혁명"은 결코 희귀한 것이 아니다. 이것이 있어야만 비로소 사회를 개혁할 수 있고, 비로소 인류가 진보할 수 있다. 원생동물에서 인류까지, 야만에서 문명까지 도달할 수 있었던 이유는 한 순간도 혁명이 없었던 적이 없었기 때문이다'라고 지적했다. 그는 특히 '사상 혁명'에 찬성했으며, 심지어 '"사상 혁명"을 준비할 수 있는 전사는 현재의 사회와 무관하다고 여겼다. 전사가 양성될 때까지 기다린 후 다시 승부를 가린다'. 그러나 그는 일찍부터 혁명에 대해 분석의 태도를 취했고, 일찍이 '오로지 "같은 편끼리 싸우는 것"을 업으로 삼는' 소위 혁명가들에 대해 경계심을 유지했다. 1927년 12월 「소잡감」에서는 '혁명하고, 혁명을 혁명하고, 혁명을 혁명한 것을 혁명하고, 혁명을 혁명한 것을……'의 악순환에 대해 신랄하게 풍자했다. 1928년 4월에는 한 청년을 훈계하면서 "혁명은 여러 종류가 있다"라고 말했다. 1930년대 접어들어서는, 혁명에 대한 분석이 대단히 성숙해져서, '혁명은 사람이 죽는 것을 가르치는 것이 아니라, 사람이 사는 것을 가르치는 것'이라는 과학적 정의를 내렸다. 1932년 12월에 저우양周揚에게 쓴 편지 「욕설과 공갈은 결코 전투가 아니다辱罵和恐嚇決不是戰鬪」에서는 '무산계급의 혁명은, 자신의 해방과 계급의 소멸을 위해서지 사람을 죽이기 위함이 아니다'라고 거듭 표명했다. 1936년 8월, 임종 2개월 전, 「쉬마오융에게 답함, 아울러 항일 통일전선 문제에 관하여答徐懋庸幷關於抗日统一戰線問題」에서는 '몰락한 집안의 작은 일로 인한 다툼과 시동생과 형수의 암투 방법을 문단으로 옮겨온' 이른바 혁명 작가들에 대해 분개했다. 이는 루쉰이 후반기에 '행복하게 살아가고, 도리에 맞게 사람 노릇 하는 것'이라는 근본 사상을 바꾸지 않았을 뿐만 아니라, 확대, 발전시켰음을 설명하는 것이다.

루쉰은 후반기에 어떻게 도리에 맞게 사람 노릇 할 수 있는지에 대해서도 더욱 자세히 해석했다. 「가져오기주의拿來主義」 중에서 '새로운 주택'의 '새로운 주인'은 먼저 '침착하며, 용맹스럽고, 분별력이 있고, 이기적이지 않아야 한다.'라고 말했다. 「문 밖의 글 이야기門外文談」에서는 '자각한 지식인'은 '반드시 연구하고, 사색할 수 있고, 결단력과 굳센 의지가 있어야 한다'라고 말했다. 1934년 6월 9일에 양지윈楊霽雲에게 쓴 편지에서는 '지금 급선무 중의 하나는 용감하고 분별력 있는 투사를 양성하는 것에 있다'라고 말했다. 또한 '행복하게 살아가고, 도리에 맞게 사람 노릇 하기' 위해서는 또한 반드시 '가져오는 것'을 배워야 하고, '머리를 굴리고 통찰력을 갖고, 스스로가 가져와야 한다!' 배회하며 문 안으로 못 들어가고 있으면 안 되고, 불을 놓아 모두 태워버려 자신의 결백을 보존하는 셈 쳐서도 안 되고, 천천히 침실에 들어가서 남은 아편을 크게 들이마셔서는 더욱 안 된다. 반드시 잘 '점유하고 선별'해야 하며, 어떻게 사용하고, 보관하고 파괴할지를 분명히 해야 한다. 결론적으로, 국수國粹 혹은 외국의 것 중 무엇을 대하든지 간에, '행복하게 살아가고, 도리에 맞게 사람 노릇 하는 것'에 이로 운지의 여부에 따라 결정해야 한다.

합리의 이면은 불합리로, 루쉰은 각종 도리에 맞지 않는 사람됨에 대해서도 무정하게 비평했다. 루쉰은 후반기에 아진이라는 한 여자에 대해 쓴 적이 있는데, 이 멍청하고, 어리숙하고, 이기적인 상하이 여종, 외국인의 하녀가 바로 부정적 인물의 전형이다. 이후에 『고사신편』의 「고사리를 캔 이야기採薇」에서는 말이 많고, 사람됨이 인색한 계집종 아진을 형상화했다. 홍콩산위도서문구공시香港三育圖文具公司의 1967년판 차오쥐런曹聚仁이 쓴 『루쉰 연보魯迅年譜』의 기록에 따르면, 루쉰은 일찍이 차오쥐런에게 "그가 아진을 창조한 것은 '아Q'를 창조한 것과 같으며, 아진 또한 아Q처럼 널리 퍼져 살아가고 있다"라고 말한 적이 있었다. 그래서 루쉰은 '아진 또한 중국 여성의 표본이 아니기를 바란 것이다'.[33] '도리에 맞게 사람 노릇 하기 위해서는' 절대로 아진 같아서는 안 된다.

루쉰은 이기적인 행위에 대해 가장 반감을 가졌다. 1935년 4월 23일 샤오쥔蕭軍, 샤오훙蕭紅에게 쓴 편지에서 "내 보기에 중국에는 각종 학설과 도리를 입에 달고서 이것으로 자신의 행위를 꾸미는 지식인이 많은데, 이는 사실 오히려 자신 한 명의 편리함과 편안함만 생각하는 것이다. 무릇 그가 마주친 것은 모두 생활의 재료로 쓰는데, 줄곧 먹어 치운 후, 흰개미처럼 남겨놓은 것은 오히려 한 줄의 배설물뿐이다. 이러한 것들이 사회에 많아진다면 사회는 엉망이 될 것이다"라고 말했

---

33    「阿金」, 『且介亭雜文』.

다. 1936년 5월 23일 차오징화曹靖華에게 쓴 편지에서는 "너무 이기적인 청년에 대해서, 미래에도 한 번 바로 잡아야 비로소 좋아진다"라고 썼다. 1935년 8월 24일 샤오쥔에게 쓴 편지에서는 자신이 "사상이 비교적 새롭고, 항상 다른 사람과 미래를 생각하기 때문에, 비교적 지나치게 이기적이지 않을 뿐이다"라고 말했다. 1934년 5월 22일, 양지원에게 쓴 편지에서는 "수십 년간 자문하며, 자신의 보존 이외에 항상 중국과 미래를 생각했다. 모두를 위해서 미력이나마 조금 내기를 바랐음을 자백할 수 있다"라고 말했다. 때문에 그는 임종 얼마 전 병중에 「이것도 생활이다」에서도 여전히 '한 없이 먼 곳, 무수한 사람들이 모두 나와 연관되어 있다'라고 느꼈다.

루쉰은 자신이 '지나치게 이기적이지 않을 뿐이라고' 겸손하게 말하고, 자신에 대해서도 어느 정도 남겨뒀는데, 이것은 '자기에게 조금도 이롭지 않고, 오로지 타인을 이롭게'를 제창하는 것보다 훨씬 이치에 맞다. 왜냐하면 도덕은 자타가 모두 이로울 때만 진정으로 실행될 수 있기 때문이다. 마치 그가 5·4문단에 오를 때 쓴 「나의 절열관」에서 말했던 것처럼, "도덕이란 반드시 보편적이어야 한다. 사람마다 반드시 해야 하고, 사람마다 할 수 있고, 또한 자타에게 모두 이로워야 존재의 가치가 있다". 때문에 루쉰은 결코 모든 사람이 혁명을 하고, 전사가 되기를 요구하지 않았다. 1928년 4월, 대혁명이 실패한 후에 실망에 빠진 청년 한 명이 루쉰에게 편지를 써서 의문을 제기하며, 루쉰의 독에 해를 입었다고 원망했다. 루쉰은 화내지 않고, 이 청년에게 '먼저, 생계를 도모해야 하고', '둘째, 배우자를 사랑해야 한다'라며, '잠시 놀면서', '입에 풀칠할 계획을 세울 것'을 권했다. 또한 자신은

'더욱 취미활동을 중시하고, 여가를 찾으려 했다'. 그가 가장 반대한 것은 '자신은 수중에 많은 돈을 모아 놓고, 안전지대에 살면서, 다른 사람은 반드시 희생해야 한다고 주장하는 것'이었다.[34] 린위탕 같은 학자에 대해서도 루쉰은 '그가 혁명하고 목숨을 걸기를 주장하지 않았으며, 단지 그가 영국문학 명작을 번역하기를 권했다'. 루쉰은 '그의 영어 실력 정도면 번역본이 오늘날에도 유용할 뿐만 아니라, 미래에도 아마도 유용할 것'이라고 여겼다.[35] 루쉰 자신은 용감히 싸우며, 아무것도 두려워하지 않았지만 오히려 다른 사람에게는 주의하여 숨을 것을 권했다. 1934년 12월 23일, 양지원에게 쓴 편지에서, 『집외집』 편집자의 머리말은 좋으나 "결말 부분이 너무 격앙된 것 같아, 감정을 좀 덜 드러내는 식으로 바꾸는 게 바람직할 것 같다. 왜냐하면 나는 문자로 소인에게 원한을 사는 것은 가치가 없다고 생각하기 때문이다. 나는 사실 이미 화살이 시위에 올려진 형국이라 쏘지 않을 수 없다"라고 말했다.

루쉰 자신은 언제나 아무것도 두려워하지 않으면서 최전선에서 싸웠으며, 용맹스럽게 어둠에 반항하고, 모든 불합리한 현상과 강인하게 투쟁했다. 1933년 5월, 국민당 정부는 황푸黃郛를 행정원 주 베이핑行政院駐北平 정무정리위원회政務整理委員會 위원장으로 임명했으며, 15일 황이 난징에서 북상하여, 17일 아침 전용차로 막 톈진天津 플랫폼에 들어가자마자 누군가가 폭탄을 투척했다. 전해지는 바에 의하면 폭탄을 던진 류쿠이성劉魁生을 잡았으며, 그는 17세, 산둥 차오저우山東曹州

---

34  「通信」, 『三閑集』.
35  「340813致曹聚仁」, 『書信』.

사람이며, 천자거우陳家溝 류싼 비료 공장劉三糞廠에서 일했다. 당일 정오에 류는 '일본인의 사주를 받은 것'이라 모함당하여, 새로운 역 밖에 효수되어 대중들에게 공개되었다. 사실상 류는 다만 철로를 건넜을 뿐이며, 심문할 때 완강하게 폭탄투척을 인정하지 않았다. 국민당 정부는 그를 살해하고, 여론까지 만들어, 이로써 황푸를 북쪽으로 파견하여 일본에 강화를 요청했다는 진실을 감췄다. 루쉰은 이에 대해 매우 분노하여, 「유보保留」, 「유보에 관해 다시 말하다再談保留」라는 두 편의 글을 연달아 써서 폭로했으며, "우리의 어린이와 소년의 머리 위에 뿜어진 개의 피를 씻어내자!"라고 호소했다. 글을 신문사에 투고했으나 실리지 못하자, 루쉰은 그것을 자신의 잡문집 『거짓자유서僞自由書』에 실었다. 이러한 예는 일일이 열거 할 수 없을 정도로 많다. 루쉰은 항상 개인의 안위를 신경 쓰지 않고 중국의 진짜 소리를 외쳤다. 중국의 미래와 국민이 '행복하게 살아가고, 도리에 맞게 사람 노릇'할 수 있도록 하기 위해 루쉰은 큰 자기희생을 했다.

마지막으로 특히 중점적으로 강조해야 하는 것은, 루쉰은 후반기에 문자옥과 혹형에 대한 연구를 통해, 중국 봉건 전제제도의 불합리성에 대해 논리가 투철하고 깊이 있는 강렬한 비판을 했다. 「격막」, 「『소학대전』을 산 이야기買『小學大全』記」에서 쓴 것은 봉건 전제자인 황제의 잔혹함과 불합리성 및 중국 지식인의 '자신이 노예임을 깨닫지 못함'이고, 「병후잡담」, 「병후잡담의 남은 이야기」에서 쓴 것은 중국의 '가죽을 벗기는' 혹형으로, 중국 봉건 전제제도 하의 역사적 순환에 대해 다음과 같이 개괄했다. '대명大明의 아침은 가죽을 벗기는 것으로 시작하여, 가죽을 벗기는 것으로 끝나 언제나 변하지 않았다고 말할 수 있다.' '어떤 일은 정말 인간 세상 같지 않아, 모골이 송연해지고, 이로 인해 심리적인 상처를 입어 영원히 완쾌되지 않는다.' 이러한 깊고 철저한 개괄적 분석은 전반기에는 해내지 못한 것이었다. 이는 '행복하게 살아가고, 도리에 맞게 사람 노릇 하는 것'이라는 본질 사상에서 출발하여 점차 심화되어 나온 것이다.

사람들은 아마도 약간의 의문이 들 것이다. 루쉰은 노년에 소련의 10월 혁명을 대단히 추종했지만, 당시의 소련 사회는 '행복하게 살아가고, 도리에 맞게 사람 노릇'할 수 없었는데, 이는 루쉰의 본질 사상과 서로 모순되는 것이 아닌가?

루쉰이 노년에 소련 혁명을 매우 추종했음은 확실하다. 그는 1932년 6월 「린커둬의 『소련견문록』 서문林克多『蘇聯聞見錄』序」에서 소련은 "새로운, 진실로 전례가 없었던 사회 제도가 지옥에서 한꺼번에 나타나, 몇 억의 대중이 스스로 자신의 운명을 지배하는 사람이 되었다"라고 말했다. 1934년 4월에는 「국제 문학사의 물음에 답하다答國際文學社問」에서 "소련의 존재와 성공으로 인해 나는 무계급 사회가 반드시 나타나야 한다고 확실히 믿게 되었다"라고 명확하게 말했다. 1936년 2월 임종 8개월 전, 「소련 판화 전시회를 기록하다記蘇聯版畫展覽會」에서는 소련의 판화가 그에게 준 감동이, "바로 굳건한 보법으로 한걸음 한걸음씩, 견실하고 넓은 흑토를 밟으며 건설의 길을 향해 나아가는 우군大軍 대대의 발걸음 소리와 같았다"라고 말했다. 지금의 접근 방식에 따라 루쉰을 위해 '변명'하기 위해서 루쉰이 소련을 추종한 사실을 부정하는 것은 헛수고다.

우리는 여전히 '행복하게 살아가고, 도리에 맞게 사람 노릇 하는 것'

을 표준으로 이 문제를 숙고해야 한다. 소련 10월 혁명의 발생은 어느 정도의 합리성이 있는 것으로, 그렇지 않으면 발생할 수 없었으며, 발생했더라도 성공하지 못했을 것이다. 그 합리성은 주로 당시의 차르 통치가 이미 극도로 부패하여, 많은 노동자, 농민 대중이 극한의 고통에 빠져, 인터내셔널 노래에서처럼 '굶주림과 추위에 시달리는 노예'가 되어, '행복하게 살아갈 수' 없었을 뿐만 아니라, 심지어 생존조차도 보장받기가 쉽지 않았던 사실에 있었다. 생존하기 위해, 국민은 비로소 혁명을 지지했다. 이때 또 볼셰비키당의 지도자, 특히 레닌의 지혜가 있었기 때문에, 이 자본주의가 약했던 지대는 사회주의의 승리를 실현했다. 1930년대 이후, 정권이 점차 안정화되어, 국가가 정상적인 건설 시기에 들어서자, 사회주의의 우월적인 면도 발휘되기 시작했다. 경제가 신속하게 성장했으며, 국민 생활도 다소 개선되었다. 그러나 자본주의 세계에서는 오히려 전대미문의 경제 위기가 발생했고, 기업이 대량 도산하고, 노동자는 실업하여, 국민이 안심하고 생활할 수 없게 되었다. 이때, 파시즘이 일어나기 시작하고, 제국주의는 연합하여 신생의 소련을 공격하려고 한다. 이 특수한 역사적 상황 속에서, 사회주의 소련은 더 많은 진리를 차지하고, 더 큰 합리성을 가졌으며, 많은 우수한 지식인들, 예를 들면 프랑스의 로맹 롤랑Romain Rolland, 앙리 바르뷔스Henri Barbusse, 칠레의 파블로 네루다Pablo Neruda, 미국의 시어도어 드라이저Theodore Dreiser 등등은 모두 사회주의 소련과 국제 공산주의 운동에 경도되었다. 루쉰은 제국주의 침략과 봉건 매판 계급에 의해 크게 억압 받은 중국에 있었으며, 이러한 경향이 나타난 것은 매우 필연적이고, 매우 이치에 맞는 것이었다. 물론 만약에 루쉰이 로맹 롤랑처럼 소련에 가서 한 번 실제로 체험해봤다면, 아마도 불합리한 다른 면을 발견할 수 있었을 것이다. 사실 루쉰은 당시에는 비록 중국 공산당을 지지했지만, 미래의 전망에 대해서 경계하고 걱정하기도 했었다. 그는 마오쩌둥의 징강산井岡山 시에 대해 가짜山寨 왕의 기질이 있다고 말했었으며, 펑쉐펑에게 "당신들이 오면 나를 죽일 겁니까?"라고 걱정하며 말했었다. 또한 그는 '황금 세계'에 다다르면, 반역자는 사형에 처해질 수 있다고 여러 번 말한 적이 있다.

그렇다면 루쉰의 후반기 사상의 관점은 모두 정확하고, 결점이 없을까?

나는 이렇게 생각하지 않는다.

루쉰연구가 루쉰학이라는 이러한 독립적인 한 인문학과로 발전할 수 있었던 이유는, 루쉰의 시비를 가리는 상투적인 틀로 여기는 것을 초월하기 위해, 보편적 세상의 옳고 그름이 인류 생존 발전에 유리하다는 과학적 각도에서 자세히 살펴보았기 때문이다. 이러한 시각에서 고찰하면, 루쉰이 당시 소련을 추종한 것은 어느 정도 합리성이 있지만, 「우리는 더 이상 속지 않는다我們不再受騙了」는 글에서 말한 "무산계급 전제정치는 미래의 무계급 사회를 위한 것이 아닌가?"라는 말에는 이론상 실수가 존재한다. 역사가 이미 증명하기를, 무계급 사회는 물론 매우 좋긴 하지만, 아마도 실현하기 매우 어려운 유토피아일 것이다. 게다가 무산계급 전제정치의 길을 통과하는 것은 실현하기 매우 어려울 뿐만 아니라, 오히려 상반되는 결과를 초래할 수도 있다. 나는 어떠한 계급의 전제정치, 무산계급 전제정치든지 자산계급 전제정치든지 간에 모두 행복하고 합리적인 사회를 이룩할 수 없다고 생각한다. 행복하고 합리적인 사회는 오직 법치와 관리만 있을 수 있고, 계급적 전제정치는 있을 수 없다. 루쉰은 많은 공산주의자들처럼 아름다운 이상이 있었지만, 오히려 이 이상을 실현하는 방법에 대해서는 과학적 인식이 부족했다. 루쉰은 1933년 11월 15일 야오커姚克에게 보내는 편지에서 "나를 계발하는 것은 사실로, 외국의 사실이 아니라, 중국의 사실, 중국의 비'비적 지역匪區³⁶'의 사실이다"라고 말했다. 그의 사실을 근거로 한 판단과 이로 인한 창작은 무산계급 전제정치 이론과 서로 어긋나는 것이다. 예를 들면 「아Q정전」에서는 아Q가 봉건계급의 억압과 착취 아래 반드시 혁명을 해야 한다는 필연성에 대해서도 썼고, 또 아Q식 혁명의 터무니없음과 불합리성 — 혁명이 성공한 후에는 물건을 좀 가졌을 뿐이고, 샤오D를 괴롭혔다 — 에 대해서도 썼다. 아Q 전제정치는 자오 나리의 전제정치와 본질적으로 차이가 없으며 심지어 더하면 더했지 못하지는 않다. 1931년 7월, 그는 '상하이 문예의 일별' 연설에서도, "상하이의 노동자가 돈 몇 푼을 벌어 작은 공장을 열게 되면, 노동자를 대하는 것이 오히려 흉포하기 그지없다"라고 말했다. 이것은 루쉰의 본질 사상이 무산계급 전제정치 이론과 상통하지 않음을 설명하는 것이다. 다만 1932년 이후에 소련 문제를 언급할 때만 찬성했다. 이는 당시의 역사적 한계성 이외에 그가 수용한 유럽 대륙성 동양문명의 배경과 연관 있으며, 중국 전통문화의 양극단적 사고 및 중국에 전해진 헤겔 철학과도 연관 있다. 예를 들어 「우리는 더 이상 속지 않는다」에서는 "우리의 독창毒瘡은 그것들의 보

---

³⁶ 【역주】 1949년 후, 타이베이로 천도한 중화민국정부가 중국 공산당이 통치하는 중국 대륙 지역을 적대적으로 지칭한 말.

배이다. 그렇다면 그것들의 적은 당연히 우리의 친구인 것이다"라고 말했다. 이것은 절대화를 면할 수 없으며, '문화대혁명' 중의 '맞받아치는 것'과 동일한 사유 방식이다. 왜냐하면 적이 반대한 것을 우리가 반드시 옹호해야 하는 것은 아니고, 적이 옹호한 것 역시 우리가 반드시 반대해야 하는 것은 아니기 때문이다. 상황은 매우 복잡해서, 절대화할 수 없다. 이것과 상관되어 생겨난 다른 하나의 극단은 '제3종인'의 존재를 허용하지 않는 것으로, 이는 마치 대립의 양극만 있을 수 있고, 크고 넓은 중간 지대는 있을 수 없는 것과 같다. 이러한 관점과 방법은 '행복하게 살아가고, 도리에 맞게 사람 노릇 하는 것'이라는 본질적 사상에 부합하지 않는다. 사실 세계의 사물은 하나를 둘로 나눈 것이 아니라, 하나를 셋으로 나눈 것이다. 만일 사회가 장기적으로 안정되고, 조화롭고 행복하기를 바란다면, 반드시 중간의 군중을 확대해야 하고, 중산계급이 사회 전체를 주도하고 사회의 기초가 되도록 해야 한다. 루쉰은 「'제목 미정'의 초고(6~9)<sup>'題未定'草(六至九)</sup>」라는, '문장을 발췌하고', '모아서 엮은 것'을 예로 들어 과학적 사유 방식을 전면적으로 상세히 밝힌 이 장편의 잡문에서 "'최상의 경지<sup>極境</sup>'를 설정하다가는 '궁지<sup>絶境</sup>'에 빠지게 된다"라는 과학적 명제를 제기했다. 그러나 실질적인 문제에서는 극단으로 치닫는 것을 피할 수 없었다. 이러한 생각은 여기에서는 관점만 간단하게 표명할 수밖에 없고, 이후 『루쉰 한계성 연구<sup>魯迅局限性硏究</sup>』라는 책에서 상세히 설명할 것이다.

우리가 루쉰의 한계성을 연구하는 것은, 절대로 루쉰을 비하하는 것이 아니고, 그 전체를 부정하는 것은 더욱 아니다. 루쉰의 공적은 지난 세기 공산주의 이상을 위해 고통 속에서 투쟁하고, 생명까지 바친

인자하고 지조 있는 사람들처럼, 영원히 사라지지 않는다. 공적을 긍정하는 것과 역사 경험을 최종 평가하는 것은 다른 일이며, 끊임없이 과학적으로 역사의 경험을 최종 평가하고 이러한 경험을 철학의 높이까지 발전시켜 인식해야지만, 비로소 이전 사람들을 초월하여, 역사를 전진시킬 수 있다.

## 4. '행복하게 살아가고, 도리에 맞게 사람 노릇 하는 것' 의 현재 의의

엥겔스는 『루트비히 포이어바흐와 독일 고전철학의 종말』에서 무엇에 대한 것이 합리적인지 매우 투철하게 분석했다. 그는 헤겔의 유명한 명제인 "무릇 현실적인 것은 모두 합리적인 것이고, 무릇 합리적인 것은 모두 현실적인 것이다"를 말하여 근시안적인 프로이센 정부의 감격과 똑같이 근시안적인 자유파의 분노를 불러일으켰다. 사실 이것은 마치 현존하는 모든 신성화된 명제가 표면적으로는 보수적이지만, 내포하고 있는 것은 오히려 혁명이라는 것 같다. 왜냐하면 '무릇 현존하는 것이 결코 무조건적으로 현실의 것은 아니기 때문이다.' '현실의 속성은 단지 그 동시에 필연적인 것에 속할 따름이다.' 게다가 '발전 과정에서 이전의 모든 현실의 것은 모두 비현실이 될 수 있고, 자신의 필연성, 자기 존재의 권리, 자기의 합리성을 모두 상실할 수 있다. 새롭고, 생명력이 풍부한 현실의 것은 쇠망하고 있는 현실의 것을 대체할 수 있다.' '이러한 변증 철학은 최종적인 절대 진리와 이에 상응하는 인류의 절대적 상태에 관한 생각을 모두 뒤집었다. 그것 앞에는 어떠한 최종적이고, 절대적이며, 신성한 것도 존재하지 않는다. 그것은 모든 사물의 일시성을 지적한다. 그것 앞에는 발생, 소멸, 끝없이 저급에서 고급으로 상승하는 부단한 과정 외에 아무것도 존재하지 않는다.'

루쉰의 사상은 변증법적 철학에 부합한다. 그의 「『무덤』 뒤에 쓰다寫在『墳』後面」라는 글에는 다음과 같은 명언 한 단락이 있다. "모든 사물은 변화 중에 항상 얼마간의 중간물이라는 것을 가진다고 생각한다. 동식물 사이, 무척추와 척추동물 사이에는 모두 중간물이 있다. 혹은 아예 진화의 사슬에서는 모든 것이 중간물이라고도 말할 수 있다." 그는 지금까지 자신을 무슨 굳어진 절대적 권위로 본 적이 없었고 더욱이 자신을 신성화하지도 않았으며, 언제나 젊은이와 후발자가 그를 초월할 수 있다고 굳게 믿고 희망했다. 그 또한 모든 것이 정확하지 않고, 일부 관점은 확실히 이미 유행이 지났거나 틀렸음을 역사가 증명했다. 그러나 그의 많은 기본 사상, 특히 '행복하게 살아가고, 도리에 맞게 사람 노릇 하는 것'이라는 이 본질 사상은 영원한 가치를 지니고 있다. 보편 세상의 옳고 그름이 인류 생존 발전에 유익하다는 과학적 각도에서 자세히 살펴보면, 그 거대한 의의가 나날이 분명하게 드러날 것이다.

중국 사상계는 20세기 중국과 세계의 역사 발전과정에 대해 반성하고 있다. 만약 이러한 반성이 철저할 수 있기 위해서는 우선 우리 사고의 대전제를 반성해야 한다.

정확한 반성의 대전제는 무엇인가? 책인가? 이미 확정된 이론 개념인가? 모두 아니다. 인류의 생존 그 자체이다. 보편 세상의 옳고 그름이 인류 생존 발전에 이롭다는 과학적 각도에서 반성해야 한다. 사회주의든지 자본주의든지 간에 모두 각각의 합리적인 측면이 있고, 각각의 불합리적인 측면도 있으며, 절대적인 합리는 존재하지 않는다. 현재의 발달한 자본주의 국가는 종종 많은 사회주의적 요소를 갖고 있기 때문에 국민의 생활이 비교적 안정적이고, 부유하다. 이러한 국면이 형성될 수 있었던 이유는 바로 국민 대중의 장기간의 투쟁과 떼어놓을 수 없다. 노동운동으로 인해 자본가는 어쩔 수 없이 양보하게 되었고, 정부도 어쩔 수 없이 국민생활과 권리를 보장하는 각종 법률과 제도를 점점 완전하게 했다. 또한 사회주의 중국이 경제가 급속도로 성장하고, 국민 생활이 개선된 것은, 자본주의의 합리적 측면을 흡수하여 개혁개방하고, 사회주의 시장경제를 구축했기 때문이다. 우리는 성이 '사'씨인지 '자'씨인지에 구애될 필요가 전혀 없으며, '행복하게 살아가고, 도리에 맞게 사람 노릇 하는 것'이라는 기본 표준을 반드시 견지해야 한다. 대다수 사람이 '행복하게 사는 데' 이로운 것은 합리적인 것으로 이를 지지하고, 이롭지 못한 것에는 반대한다. 예를 들어 개혁개방 이후의 국가경제와 국민생활에 유익한 일련의 정확한 정책 덕분에 국민의 생활이 날로 행복해진 것은 곧 합리적인 것으로, 우리는 이를 반드시 결연히 지지해야 한다. 부정부패, 빈부 격차, 양극화, 도덕적 타락, 뇌물 수수, 범죄 집단 횡행 등의 현상은 국가와 국민에게 유해한 것으로, 불합리한 것에 속한다. 이러한 어두운 현상은, 근원을 캐보면 '단지 "나"만 있고, 단지 "타인의 것을 취할" 생각만 하는', 단지 '순전히 야만적 측면의 욕망 만족'이라는 인생관과 법률 체제의 불

완전함이 초래한 것이다. 우리는 루쉰 정신을 발휘하여 법률과 민주의 원칙에 따라 이러한 불합리적인 현상과 케케묵은 사상에 대해 강인하게 싸워야 하고, 법률 체제를 점차 완전하게하기 위해서 노력해야 한다.

이 외에, 민주도 매우 좋은 일이다. 그러나 한 국가에서 민주를 실행하는 것은 절차가 있어야 하고 단계를 나눠야 한다. '행복하게 살아가고, 도리에 맞게 사람 노릇 하는 것'에 이로운지의 여부를 기준으로 하여, 민주적이어야 할 때 민주적이지 않고 전제적이면 국민이 '행복하게 살아가고, 도리에 맞게 사람 노릇 하는 것'에 불리하다. 바꾸어 말하면, 조건이 미성숙한 때에 과도한 민주를 실시하면 사회의 혼란을 초래하고, 역시 마찬가지로 국민이 '행복하게 살아가고, 도리에 맞게 사람 노릇 하는 것'에 무익하다. 그러나 우리는 또 민주의 단계성 때문에 전제정치를 숭상할 수도 없으며, 민주가 현대 사회의 미래 발전의 필연적 결과라는 점을 보고, 단계적으로 민주를 전개해나가야 한다.

루쉰은 도대체 어떠한 사람인가? 그는 후손이 '행복하게 살아가고, 도리에 맞게 사람 노릇'할 수 있도록 '암흑의 수문을 어깨로 걸머메고', 거대한 자기희생을 한 사람이다. 중국인이 '도리에 맞게 사람 노릇'할 수 있도록 중국인 정신에 대해 깊이 반성한 위대한 사상가이다. 대다수 사람이 '행복하게 살아'갈 수 있도록, '자신과 남을 해하는 세상의 몽매와 폭력'에 대해 자고이래로 가장 용맹하고 가장 강인하며 가장 힘 있게 투쟁했던, 두려움이 없는 투사였다. 이 때문에 루쉰은 투쟁을 위해 투쟁하는 투쟁광이 절대 아니었고, 전략을 중시하지 않는 경솔한 사나이도 아니었으며, 노동자 셰빌로프처럼 '모든 것에 복수하고, 모든 것을 파괴하는'[37] 반항자, 장헌충처럼 '자신의 물건이 아니거나 혹은 자신의 소유가 되지 않을 물건들은 모두 파괴해야지만 즐거운', '그래서 죽이기 시작하고, 죽이고……'[38] 하는 봉기자, 그리고 '일종의 극좌적인 흉악한 면모를 뽐내며, 혁명이 시작되면 모든 비혁명가는 죽어야 한다고 여기는 듯한'[39] 좌경 기회주의자는 더욱 아니었다. 그는 인민 대오 속의 가장 노련한 선봉 전사로, 그의 반항은 깊은 반성을 거친 반항이다. 인생에 대해서도 그는 행복과 도리에 맞는 것을 가장 중요시했다. 비록 후반기에 다소 고집스러웠지만, 결코 그의 본질 사상을 가릴 수는 없었다. 루쉰은 대다수 사람이 '행복하게 살아가고, 도리에 맞게 사람 노릇 하는 것'을 목적으로 삼았기 때문에, 그는 '일시적으로 간담을 서늘케 하는 희생은 깊이 있고 끈질긴 전투보다 못하다'[40]라고 여겼으며, '무엇을 사랑하든지 간에 ─ 밥, 이성異性, 국가, 민족, 인류 등등 ─ 오직 독사처럼 뒤엉키고, 원귀처럼 집착하며, 하루 종일 쉼 없이 노력하는 자만이 희망이 있다. 그러나 너무 피곤하다고 느낄 때는 잠시 쉬어도 괜찮다. 그러나 쉬고 난 후에는 곧 다시 한 번 하고, 두 번, 세 번……. 혈서, 장정章程, 청원, 강의, 통곡, 전보, 회의, 만련, 연설, 신경쇠약, 이 모든 것은 쓸모없다'[41]라고 주장했다. 유망한 청년은 반드시 루쉰의 '끈질김', '실력 중시'[42]라는 가르침을 명심

37  「記談話」,『華蓋集續編』.
38  「晨凉漫記」,『准風月談』.
39  「上海文藝之一瞥」,『二心集』.
40  「娜拉走後怎樣」,『墳』.
41  「雜感」,『華蓋集』.
42  「對於左翼作家聯盟的意見」,『二心集』.

하고, 흔쾌히 '나무 하나, 돌 하나'가 되어,[43] 자신과 타인에게 진정으로 이익이 되는 실효성 있는 일을 하여 '행복하게 살아가고, 도리에 맞게 사람 노릇'해야 한다.

　맹목적으로 투쟁하는 루쉰의 왜곡된 형상을 본질 사상으로 되돌려 놓는 것은 현재 소강생활과 조화사회를 건설하는 데 중요한 현실적 의의를 지닌다.


　　　　　　　　　　　2006년 9월 홍콩중문대학의 강연으로,
　　　　　홍콩 『도시문예城市文藝』(제5기)에 최초로 수록.


---

43　「寫在『墳』後面」, 『墳』.

# 문화적 함의와 '사람'에 대한 외침

린페이林非 선생의 『루쉰과 중국 문화鲁迅和中国文化』를 재판한 때 쓰다

루쉰연구 저작은 현재 출판되기 매우 어렵고, 재판되기는 더욱 어렵다. 그러나 린페이 선생이 저술한 『루쉰과 중국 문화』는 출판된 지 9년 만에, 새롭게 제본되어 재판되었다. 나는 린 선생이 9년 전에 서명 후 증정한 구판본을 갖고 있지만, 이는 진작에 닳아서 너덜거려 신간 도서만큼 보기 좋지 않은 상태며, 또 새판본은 큰 글씨라서 이미 전과 크게 달라진 내 시력에 적합하기도 했다. 하지만 신간이 좋음에도 불구하고 나는 차마 린 선생에게 신간을 달라고 요구할 수 없었는데, 왜냐하면 그가 나와 수많은 청장년 학자를 위해서 바친 것이 실제로 너무나도 많고, 자신이 얻은 것은 오히려 매우 적으며, 대다수 지식인처럼 공평하지 못한 대우를 받고 있기 때문에, 나는 의연하게 서점에서 재판본을 구매했다. 한여름의 혹서 속에 다시 세심하게 정독했더니 옛 친구를 다시 만나, 새로운 지식을 얻게 된 느낌이 들었다.

린의 저작이 이처럼 시간의 시험과 반복된 독서를 견뎌낼 수 있었

던 이유는, 린 선생의 이 책에는 무겁고, 두터운 역사의 누적물이 있고, 예리하고 투철한 사상의 예봉과 노련하고 통달한, 활기 넘치는 논리적 분석과 원숙한 문체가 있어, 이 덕분에 사람들이 되풀이해서 자세히 읽고, 음미하길 원하기 때문이다.

가장 되새겨볼 만한, 깊은 깨달음을 준 것은 린의 저작이 심오하고, 풍성한 문화적 함의에서 내뿜는 '사람'에 대한 외침과 루쉰의 '사람을 세우는' 사상에 대한 설명이다. '사람을 세우는 것'은 루쉰 자신의 독립적 사상의 핵심으로, 루쉰의 '사람을 세우는' 사상에 대한 자세한 해석과 발전은 신시기 루쉰연구의 가장 중요한 수확이다. 린페이 선생은 이순이 다 되어서도 여전히 학술적 활기를 간직하고 있어 이 선도적인 과제의 연구에 주력한 것 자체만으로도 이미 매우 대단한 것인데, 린의 저작과 유사한 과제의 청장년학자들의 논저를 조금 더 비교해보면, 린의 저작 자체가 독자적으로 지니고 있는 노련함과 깊이를 발견할 수 있으며, 대단히 깊이 있는 문화적 함의와 곰곰이 생각해 볼 만한 영원한 학술적 가치가 분명히 드러난다.

린의 저작의 노련함과 깊이는 우선 역사에 대해 정통하다는 점에서 드러난다. 린 선생은 이 책의 부록인 「나와 루쉰연구我和魯迅硏究」에서 다음과 같은 그의 일관된 주장을 다시 강조했다. '루쉰의 사상은, 그가 처했던 광활한 시대 배경 앞에서 관찰해야 한다', '또한 중국의 근대 사상사라는 큰 강에 놓고 관찰해야 하고, 중국 근대사상사에서 그것이 지닌 계승 발전이라는 중요한 역할을 연구해야 한다', '루쉰이 봉건 전통 사상을 비판한 특별한 공헌에 대해서는 당시 각종 사회 사조 연구를 기초로, 세밀하고 심도 있게 분석해야 한다. 동시대 반봉건적 사상 관점과의 비교는 물론, 사상사에서의 각종 반봉건적 사상 관점과도 비교함으로써, 그것의 역사와 현실의 의의를 명백히 밝히고, 사상사에서의 역할과 가치를 명백히 밝힌다.' 『루쉰과 중국 문화』는 린 선생의 다음과 같은 주장―동서고금을 관통하고, 통시성과 공시성을 통과하며, 종횡으로 교차하고, 위아래로 모두 훑고, 같은 것에서 다름을 찾고, 다른 것에서 같음을 찾아, 역사에 대해 정통함, 깨달음의 심오함, 분석의 정밀함으로써 루쉰의 독특한 점을 부각시켜, 루쉰 및 그가 처했던 역사 시대와 깊이 부합되도록 한다―을 가장 대표적으로 관철시키고 있다.

예를 들어 옌푸嚴復, 량치차오梁啓超와의 역사 비교 중에, 린의 저서는 먼저 루쉰과 옌푸, 량치차오의 역사적 계승성을 지적했다. '량치차오의 "신민", 옌푸의 "백성의 힘을 북돋우고, 백성의 지혜를 열리게 하고, 백성의 덕성을 새롭게 하는 것"부터 시작해서, 루쉰의 "사람을 세우는 것"까지, 이는 실질적으로 모두 "사람"의 사상 문화적 소양을 높이는 것이라는 각도에 치중하여 얻어낸 결론이다.' 또한 '루쉰의 이 분야에서의 공로는 짐작하기 어려운 거대한 의의를 지니고 있으며, 이는 사상이 나선형으로 전진하는 과정 중의 하나의 새로운 정상이다.' 그들 사이에는 차이도 존재하는데, 옌푸, 량치차오는 사회 집단의 각도에서 출발하여 민족의 각성 촉구라는 문제를 사고했고, 이러한 사회 집단을 봉건 전제주의라는 겹겹의 질곡으로부터 어떻게 해방시키는가의 문제에 대해서는 명확하고 구체적인 대답을 내놓지 않았다. '이 출중한 답은 루쉰이 완성한 것으로, "사람을 세운 이후에야 모든 일이 일어난다. 사람을 세우기 위한 방법으로는 반드시 개성을 존중하고 정신을 발양해야 한다".(『무덤』「문화편향론」) 사람의 개성을 존중하고 발양하여, 개성 해방의 길을 가고, 이렇게 끊임없이 확대되고 합쳐져야지만 비로소 "국민"이라는 사회 집단이 각성의 과정을 진실로 완성하도록 할 수 있다.' '그래서 루쉰이 설명한 "사람은 자기됨이 있어야, 사회의 큰 각성이 이루어진다"(『집외집습유보편集外集拾遺補編』・「파악성론破惡聲論」)는 천만 번 지당한 이치이다.' 그래서 옌푸, 량치차오는 더 나아가 어떻게 '백성을 개화'하고, '백성을 새롭게 하는가'의 문제에 대해 연구할 때, 루쉰처럼 정확하고 치밀한 답이 없었고, 문학 법칙에 대한 이해와 파악도 루쉰보다 훨씬 못했다. 이렇게 루쉰이 옌푸와 량치차오 사상의 역사적 맥락을 이어받았음을 풀어내고, 루쉰 자체의 특수한 공헌을 드러냈다.

루쉰과 장타이옌章太炎은 더욱 직접적인 사제관계였는데, 린의 저서는 루쉰의 '사람은 자기됨이 있어야, 사회의 큰 각성이 이루어진다'와 장타이옌의 '대독大獨은 반드시 군群이 되고, 군은 반드시 독獨으로 이뤄진다' 사이의 근원 관계를 풀어내고, 장타이옌의 중국 근대사상사에서의 개척의 공로를 긍정했다. 또한 장타이옌이 '다소 오래되고 심오한 색채를 지니고 있으며, 루쉰의 "개성을 존중하고 정신을 발양한다"와 같은 구호의 선명한 근대적 함의가 부족하여, 펼쳐낸 사상 논리도 루쉰처럼 명쾌하지 않으며, 입론의 태도에서도 루쉰처럼 결연하고 기세가 세지 못하다'라고 지적했다. 때문에 '중국 근대사상사에서 개성 해방을 퍼뜨린 주장은 분명히 루쉰으로부터 비로소 전면적으로 제기된 것이다'. 이러한 구체적인 역사 범주에서 루쉰의 독특한 가치를 드러내는 방법은 과학적인 것으로, 설득력이 있다.

루쉰과 동시대인의 비교에서도, 린의 저서는 그 힘을 드러냈다. 후스가 국민 사상 능력의 향상을 주장했음을 긍정하는 동시에, 또 '그의 중점은 루쉰과 달라서, 그는 루쉰처럼 "사람"의 정신 분야 전체의 철저한 해방을 강조하지 않았으며', '루쉰처럼 봉건전제제도의 속박 아래의 "사람"이 완전히 "정치가 적막하니, 천지가 막혔다"라는 참혹한 상황에 처하여, 급선무가 반드시 그러한 질곡과 올가미를 돌파하는 것이라는 점을 통절히 느끼지도 않았다.(『집외집습유보편』·「파악성론」)' 때문에 후스도 루쉰 같은 예리하고 깊이 있는 체험이 부족했으며, 개척의 기백과 혁신의 정신을 잃었다. 천두슈陳獨秀, 리다자오李大釗가 사회 정치를 중시했음을 긍정하는 동시에, 또 그들의 정신 독립과 개성 해방의 명제에 대한 연구는 루쉰처럼 집중적이고, 광범위하며, 깊이 있지 못함을 지적했다. 또한 루쉰이 '집단의 큰 깨달음'이라는 사회 정치 문제에 대한 사고를 포기하고, 개성 해방의 추구를 인본주의를 향한 방법으로 전환시켜, 추상적이고 공허하고 막연한 상태에 빠져 천두슈와 리다자오만큼 실질적이지 못함도 지적했다. 이러한 역사 비교는 진실되며 전면적이다.

린 선생이 책에서 말한 이 말은 주목할 만하다. '역사 연구에는 확실히 이 두 가지 정신 ― 구체적인 발전과정에 대한 세심한 분석 능력과 역사 의의에 대해 전체적으로 파악하는 능력 ― 이 결합되어야 한다. 이와 같아야 거시적인 것과 미시적인 것이 서로 어우러진 정확한 결론을 더 잘 도출할 수 있다.' 린의 저서는 역사 연구에 대한 이러한 정신을 관철한 것이다.

린의 저서는 중국 근대사상사의 인물 비교에 한정되어있지 않으며,

중서 인물의 자각과 정신 해방 과정의 역사 비교까지 시야를 확대시켜, 명 중엽 이후 리즈李贄[1]부터 황종시黃宗曦[2]까지 100년에 달하는 기간 동안, '정신 해방을 요구하고 과학 지식을 추구하는 문화 현상은, 유럽 르네상스의 인문주의 사조와 매우 비슷하며, 그 생산된 물질과 정신 동기 또한 르네상스와 대체로 유사하다'라고 지적했다. 역사에 정통한 린 선생은 명 이후의 사상 문화사에 대해서는 더욱 조예가 깊었다. 그는 이러한 심오한 역사 문화 내용에 기대어, 귀가 번쩍 뜨이는 관점을 제기했다. 명 중엽 이후 정신 해방의 거대한 사조에 대해 응당한 주의를 기울이지 않은 점은 루쉰이라는 위대한 사상가의 중요한 실수라는 것이다.

역사주의의 관점으로 루쉰의 한계성을 지적하는 것은 절대로 루쉰을 비하하는 것이 아니고, 정확히 반대로 루쉰연구가 성숙한 과학의 경지로 나아가는 중요한 표지이며, 이로써 루쉰은 더욱 안정되고 과학적인 역사적 위치를 지니게 된다.

과거의 루쉰연구는 종종 루쉰의 시비를 시비 판단의 기준으로 삼는 단일적 사유의 틀에 빠져 루쉰의 말을 유일한 진리로 여겼으며, 노예적인 해석만을 했을 뿐, 감히 일정한 범위를 넘지 못했으며, 더구나 감히 이를 역사의 시금석에서 검증하지 못했는데, 이러한 연구는 과학의 경지에까지 도달할 수 없다. 루쉰은 여태까지 자신을 구체적인 역

---

1    【역주】 명대의 관리, 사상가, 문학가. 개성해방, 사상의 자유를 주장하고, 인류 평등과 혼인의 자유를 제창했다.
2    【역주】 명말 청초의 경제학자, 역사학자, 사상가. 백성이 국가의 주인이라는 민본주의 관점에서 군주전제제도를 비판했다.

사 환경에서 벗어날 수 있는 신으로 여긴 적이 없었으며, 그는 자각적인 '중간물' 의식을 가지고 자신의 한계성을 끊임없이 반성했다. 우리가 만약 특정한 역사 범주에서 출발하지 않은 채로, 루쉰의 역사적 공헌을 긍정하는 동시에 실사구시적으로 그의 역사적 한계를 분석하는 것은 그 자체로 루쉰 정신을 위배하는 것으로, 반드시 오류에 빠지게 될 것이다.

역사주의 관점 이외에 사유 방식의 문제―단방향성의 일극화된 단편적 사유를 할 것인가 아니면 다각도의 다극화된 변증적 사유를 할 것인가?―도 있다. 사물은 본래 복잡한 것이고, 역설로 가득하며, 루쉰은 더욱 그러한데, 어떻게 단순화된 사유 방식으로 루쉰을 연구할 수 있겠는가? 루쉰의 시비를 시비 판단의 기준으로 삼아, 루쉰이 옳다고 한 것은 모두 옳고, 루쉰이 아니라고 한 것은 모두 아닌 것이라고 하거나, 혹은 이전 사람의 평가로 자신의 분석을 대체하여, 루쉰을 신처럼 받들어 모든 것을 옳다고 여기거나 아니면 루쉰을 지옥으로 떨어뜨려 모든 것이 틀렸다고 하는 것, 이 모두는 어찌 과학적 루쉰연구와 거리가 매우 멀지 않겠는가?

린의 저서는 그렇지 않다. 루쉰 정신으로써 루쉰 자체의 모순을 직시하고, 루쉰을 그가 처한 역사 환경에 놓고 전면적이고 변증적이고, 구체적으로 분석 했으며, 모든 것을 과학적 검증을 통하여 이율배반적 사유 논리로 루쉰 자체에 객관적으로 존재하는 각종 역설을 전면적으로 해석했고, 깊이 있고 정확하게 내재된 모순 운동을 밝혀, 사람들이 진실하고, 복잡하면서도 깊이 있는 루쉰을 볼 수 있도록 했으며, 인류 정신 현상의 복잡성과 모순성을 깨닫도록 했다. 이는 린의 저서가 노련하고 깊이 있음을 다시 한번 보여주는 것이다.

예를 들어, 루쉰의 자산계급 민주 정치를 부정한 극단적인 태도를 비판함과 동시에 루쉰의 '사람'과 과학 계몽의 근본 문제에 대해 온 힘을 다한 사고를 충분히 긍정하는 것은, '동쪽에서 잃은 것을 서쪽에서 찾는다'라고 일컬을 수 있고, 득실 사이에서 완전하고 정확한 결론을 상세히 밝혔다. 루쉰의 '개성을 존중한다'는 주장을 매우 긍정하는 동시에, 또 그의 '많은 수를 배척한다'는 명제가 사상의 확장을 제한하고, '의무를 거절하는' 무정부주의 관점으로까지 발전하게 된 것을 지적하고, 이를 통해 '루쉰은 정확한 시작점에서 출발했으나, 오히려 몇몇 오류가 있는 결론을 내놓았으며 이것이 곧 그의 당시 사상이 성숙하지 못했음을 드러내는 것'이라고 설명했다. 이 분석은 실제에 부합하는 것으로, 루쉰은 당시 겨우 27세로 어떻게 몇몇 사람들이 말한 것처럼 이미 성숙한 체계적인 사상을 형성할 수 있었겠는가? 그는 당시의 시대 환경에서 벗어날 수 없었고, 당시 일부 잘못된 사조의 영향을 받지 않을 수 없었으며, 린의 저서에서 여러 번 지적한 것처럼, 소규모 농업경제라는 근거지를 벗어날 수 없었다. 이는 '결코 단지 그의 개인적인 비극이 아니라, 강렬한 역사와 시대적 원인 때문이었다.' 루쉰처럼 시종일관 자신이 주시한 '사람'이라는 정신 동기의 궤적을 따라 앞으로 나아가고, 중도에 포기하지 않고 한 측면의 심층에 깊이 있게 파고드는 것은 이미 매우 대단한 것이다! 린의 저작에서 긍정한 것처럼, '루쉰은 대단히 예리하고 깊이 있는 사상가로, 그처럼 전통문화에 대해 맹렬한 비판과 심오한 분석을 한 이는 중국문화사에서 거의 드물다고 말할 수 있다'. 세상에는 여태까지 선천적으로 완벽하고, 100% 옳은 신은 없었으며, 전지전능하고 모든 것에 뛰어난, 이른바 만능인도 없었다. 루쉰은 미리 알고 깨달아 모순과 실수가 생기지 않도록 할 수 없었을 뿐만 아니라, 또한 전문 학자처럼 모든 문제에 대해 '세밀하고 조리 있는 학술적 해석을 해낼 수도 없었다. 그가 출중한 부분은 중국 전통문화의 극단적인 불합리성을 거시적으로 드러낸 측면에서 사람들이 그것에 대해 분명히 알도록 일깨우고 고무한 것이다'. 그는 다만 '자신이 그것에 대해 예리하게 관찰하고 심오하게 느낀 각도에서 거시성과 계발성이 풍부한 적지 않은 견해를 내놓을 수 있었을 뿐이다'. 이렇게 실사구시적으로 루쉰을 평가하고, 그의 모순과 한계를 회피하지 않고, 그가 정말 출중한 부분을 부각시키면서도, 그를 신과 만능인이라고 말하지 않은 것은, 오히려 루쉰의 역사적 공로를 인정하고, 루쉰 및 그가 처한 시대와 심도 있게 부합하는 데 유리하다. 이러한 과학적 평가는 공고하고, 견고하고, 곰곰이 헤아려볼 수 있기 때문에, 루쉰을 신단 위에 받들어 올리는 것처럼 공허하지 않다. 있을 법한 신화로 가짜 루쉰을 날조하여 자신을 위해 봉사하도록 하면, 진상을 모르는 대중은 반감을 루쉰에게 전가시킨다. 이러한 과학적 평가는 루쉰을 지옥에 밀어 넣는 것처럼 가혹하지도 않다. 전지전능한 잣대로 사람을 평가하고, 적절하지 않으면 크게 비하하는데, 사실 그들이 요구하는 이상적인 사람은 아예 존재하지도 않는다. 과학은 곧 실제에 맞아야 하는 것이고, 실제에 부합되어야만 비로소 믿고 따를 수 있다.

린의 저서는 루쉰과 유가儒家 관계에 대한 분석에서도 변증적 사유 방식의 과학성을 동일하게 드러낸다. 과거 연구자는 종종 루쉰을 유가 문화와 철저하게 결별했다고 말했었는데, 린의 저서는 투철하고,

전면적인 분석을 통해, 루쉰이 정통 유가의 존비 관념, 귀천 원칙에 격렬히 반대하는 동시에, 유가 학설 중 실제를 중시하고, 진취를 추구하는 등의 건강하고 합리적인 요소를 흡수하기도 했다는 과학적 결론을 내렸다. 또한 '중국의 뿌리는 모두 도교에 있다'는 루쉰의 명언에 대해서 린의 저서는 오히려 이미 결론 난 찬성의 목소리에 동조하지 않고, '이러한 견해는 틀림없이 지나치게 과장된 것으로, 도교는 중국 사상문화사와 민간 풍속 습관에는 확실히 비교적 큰 영향을 끼쳤지만, 전체 민족에 대해 야기된 사상적 속박과 구속의 영향은 사실상 유가 학설에 훨씬 미치지 못한다'라고 지적했다.

　루쉰과 량스치우의 '인성'과 '계급성' 논쟁에 대한 분석은, 린의 저서의 사유방식의 과학성을 더 검증해낼 수 있으며, 더욱 분명한 현실적 의의를 지니고 있다. 1930년대 초, 량스치우는 막 일어난 무산계급 혁명문학운동에 대해 도전장을 던지며, 일련의 인성론 관점을 널리 알렸다. 루쉰과 혁명 문학논쟁을 거친 후 점차 함께 모이게 된 청년 전우들은 량스치우에 대해 격렬한 반대비평을 펼쳤는데, 이것이 바로 중국 현대문학사상 꽤 유명한 신월파新月派에 대한 투쟁이다. 몇십 년 동안 우리는 당시 량스치우의 각종 관점에 대해 여전히 날카롭게 비판해왔다. 그러나 20년 만에 상황이 변하여, 계급투쟁에 대한 이론이 폐기되고, 개혁개방 이후 량스치우 등 타이완 작가의 작품이 대륙에서 출판되고 환영 받음에 따라, 반대되는 관점이 나타나기 시작했는데, 어떤 청년들은 량스치우의 당시 이론이 맞고, 루쉰 등 좌익 작가의 그에 대한 비판은 틀린 것이라고 여겼다. 이 문제를 도대체 어떻게 봐야 할까? 분명히 명확하게 설명하기 쉽지 않다. 어떤 학자들은 여전히 과거를 답습한 단순화 된 극좌적 방법을 취하여, 량스치우와 당시 그의 관점에 동의한 청년들 모두를 비난했는데, 결과적으로 역효과가 나서 사람들을 납득시키기 어려웠다. 린의 저서는 이와 달리 '어떠한 과학적 전제도 필요하지 않는 것으로 여겨지는 비평 인성론은 모두 마르크스주의 원칙을 견지한 인식으로, 실제로 상당히 유치한 견해임에도, 우리는 오랫동안 항상 이러한 수준에서 머물러왔다'라고 지적했다. 린의 저서는 바로 이 점에서 중요한 돌파구를 마련했는데, 더 이상 단순화하여 모조리 부정하거나 모조리 긍정하지 않았으며, 루쉰과 량스치우의 같은 점과 다른 점에서부터 착수하며, 전면적이고 과학적인 깊이 있는 분석을 강구했다. 당연히 이러한 분석은 대단히 어려운 것이다. 린 선생은 "이러한 역사의 비교와 분석을 진행할 때 상술한 몇몇 명제와 논리의 중국 근대사에서의 상대적인 합리성에 충분히 주의하고, 중국 근대사상사 전체의 연계성에 충분히 주의한다면, 고립적이고 절대적으로 비평하는 것보다 더 분명한 과학적 가치를 지닐 수 있을 것이다. 그러나 오랫동안 지속되어온 이러한 단순화된 사유 습관과 구분되는 새로운 종합적 분석을 내놓는 것은 틀림없이 비교적 어려우며, 이러한 문제를 정확하고 과학적으로 파악하기 위해서 우리는 이 어려운 길을 반드시 넘어 그것이 사상의 탄탄대로가 되도록 해야 한다"라고 말했다. 린의 저서는 분명히 어려운 과학의 길을 걷고 있다.

우선 린의 저서는 루쉰과 량스치우의 몇몇 관점의 유사성을 긍정한다. '량스치우를 비판할 때, 우리는 「'경역'과 '문학의 계급성'<sup>硬譯'與'文學的階級性'</sup>」의 통찰력 있는 적지 않은 발언을 인용하면서도 오히려 량스치우의 일부 논점이 뜻밖에도 루쉰의 많은 글 중 관련 논술과 매우 유사하다는 것을 잊어버린다. 예로, 존재하고 있는 "인성"에 대한 문제, "천재"와 "대다수"를 배척하는 것에 관한 문제 등이다.'

그러나 이러한 유사성은 절대 량스치우의 관점이 옳다는 것을 의미하지 않는다. 루쉰이 세기 초에 '보편적 인성'을 사상 무기로 활용하여 '사람은 각자 자기됨이 있다'라는 개성 해방의 주장을 제기한 것은, 봉건 전제주의의 속박에 충격을 주고 이를 벗어나 중화민족의 각각의 구성원이 모두 자각적인 개성을 가질 수 있도록 하기 위함이었다. 이와 동시에 루쉰은 분명히 '다수를 배척하는' 편향성도 드러냈는데, 이는 그의 당시 사상 논리의 모순과 불일치를 반영하는 것으로, 이것은 그의 사상이 아직 충분히 성숙하고 정형화되지 않았음을 보여준다. 하지만 루쉰은 사상의 발전에 따라 점차 이러한 치우침을 바로 잡고, 1925년 정도에 이르러서는 '세계는 오히려 어리석은 사람들愚人에 의해 만들어졌다'라고 명확하게 밝혔다.(『무덤』 「『무덤』 뒤에 쓰다」) 사회 실천에 대한 사고 중 유물 사관의 맹아가 생겼고, 이후 또 '인성을 사고하는 것에서 나아가 계급성을 사고하고, 무산계급을 통한 혁명 투쟁을 사고함으로써 더욱 철저한 인성 해방을 완성했다. 이는 바로 일반적 의미에서의 계몽주의가 마르크스주의 사상계몽으로 승화했음을 보여주는 것이다'. '바로 루쉰이 자신의 이러한 편파성을 교정할 때, 량스치우는 오히려 "모든 문명은 모두 극소수의 천재가 창조한 것", "대다수는 문학이 없으며, 문학은 대다수의 것이 아니다"라는 명제를 다시 제기했다.' 이것은 그의 주장 전체가 분명히 귀족화의 경향을 침투 및 관철하고 있다고 설명할 수밖에 없으며, 무산계급과 노동대중에 대한 천시를 드러내고 있다. 그러므로 그가 비록 자유주의자의 모습으로 중국의 1920년대 문단에 등장했음에도, 오히려 계몽주의 요소가 부족하고, 봉건주의의 낙후된 사상이 여전히 머릿속에 잔존했기 때문에, 어빙 배빗Irving Babbitt의 뉴 휴머니즘 사상의 수용에만 열중하여 자신의 보수주의 경향을 끝까지 바꿀 수 없었고, 결국 '근대 문명사회 사이에 객관적으로 존재하는 계급성을 말살하고, 이 사회 단계의 문학예술에 반드시 존재하는 계급성의 현상과 본질을 말살했으며, 인성과 계급성 사이의 변증적 관계를 분리하는' 데까지 이르렀다. 심지어 ""사람ㅅ"이라는 글자를 근본적으로 사전 속에서 영원히 말소하거나 혹은 정부가 집행 금지를 명령해야한다고 여겼는데, 왜냐하면 "사람"이라는 글자의 의의가 너무 모호하기 때문이다. 매우 총명한 사람의 경우, 우리는 그에게 사람이 되라 하고, 미련한 것이 소 같은 사람에게도 사람이 되라고 한다. 몸이 매우 연약한 여자에게도 사람이 되라고 하고, 건장하고 강한 남자에게 또한 사람이 되라고 한다. 사람에게는 9등급이 있는데 사람이 아닌 자는 하나도 없다'. 이는 마치 그가 비천하게 여기는 무산계급과 노동대중들을 '사람' 이외의 것으로 배제하려는 것 같다. 이러하기에 루쉰은 그의 견해가 '모순되고 공허하다'고 비판했으며, 이것이 곧 량스치우가 오류를 범한 부분으로, 루쉰과 그의 중대한 차이이자, 그들 사이의 주요하게 상이한 부분이기도 하다.

이러한 사변성이 충만한 역사 비교와 분석은, 몇몇 명제와 논리의 중국 근대사상사에서의 상대적인 합리성과 불가피한 한계성에 충분히 주의하고 있기 때문에, 중국 근대사상사의 전체적인 연계성을 충분히 반영해내는 것은 고립적이고 절대적인 비평보다 틀림없이 더욱 과학적인 가치를 지닐 수 있으며, 사람들을 충분히 납득시킬 수도 있다. 이와 같은 오랫동안 이어져온 단순화된 사유습관과 구분되는 새로운 종합적 분석은 당연히 비교적 어려운 것이며, 린 선생은 이를 위해 비할 바 없이 고생스러운 노동을 지불한 것이었다.

단순화된 사유 습관의 타파는 린의 저서 어디서나 볼 수 있다. 예를 들면 최근 루쉰을 폄하하는 태도를 견지하는 몇몇 사람들은 「광인일기」가 중국의 수천 년 역사를 '식인'으로 개괄한 것에도 반대를 표하며, 이것이 편파적이라고 여긴다. 린의 저서는 이러한 '편파성'을 결코 단순화하여 부정하지 않으며, 반대로 오히려 이것이 '편파적'임을 인정한다. 그러나 말투를 바꿔, 그 속의 참뜻을 다음과 같이 밝히기도 했다.

하지만 공교롭게도 이러한 분하고 비통한 목소리는 중국 전통 사상 문화가 국민 사상 자유의 본질적 특징을 말살했음을 말한 것으로, 때문에 이러한 지적은 확실히 매우 핵심을 찌르는 것이다. 이는 편파와 정확이라는 이율배반적 현상을 내포하고 있으며, 혁신과 전진을 도모하려는 사람들에게 매우 거대한 계발과 고무의 역할을 했다. 그의 중국 전통 사상 문화에 대한 비난과 비판은 이로부터 끊임없이 순조롭게 발전했다.

이러한 '편파와 정확을 담고 있는 이율배반 현상'에 대한 발견과 지적은 확실히 린의 저서의 큰 공헌으로, 그 의의는 아마도 저작 그 자체를 초월할 것이다.

이와 같은 변증적 사유 방식과 과학적 분석이야말로 전면적이고 합리적이며, 또 풍부한 독창성을 지니는 것으로, 친궁秦弓 박사는 서평에서 다음과 같이 언급했다. "루쉰의 세계는 모순의 세계이다. 이 세계에는 시대정신이 가장 격앙된 외침이 있고, 전통이라는 무거운 멍에 아래에 가장 무거운 탄식도 있다. 오래도록 충분히 납득할 수 있는 정확한 인식과 투철한 견해가 있고, 또한 후세의 눈으로 쉽게 발견할 수 있는 '치기어린 말'도 있다. 핵심을 찌르는 것이 골수에까지 이르는 투철한 심오함도 있으며, 예리하게 한 마디로 정곡을 찌르는 단편적인 면도 있다. 전통문화의 전제주의의 기본 틀과 주요한 실마리에 대한 가장 단호한 부정도 있으며, 또한 전통문화의 합리적 요소에 대한 가장 너그럽고, 가장 주도면밀한 설명도 있다. (…중략…) 루쉰의 모순을 직시해야지만 비로소 정확하고 완전하게 루쉰을 파악할 수 있고, 루쉰과 깊이 있게 부합할 수 있다. 그러한 현실적 공리에서 출발하여 루쉰의 어떤 방면을 포착하고 오늘은 루쉰이 전통문화의 가장 철저한 비판자라고 말하고, 내일은 또 루쉰이 전통문화를 가장 위대하게 선양한 자라고 말하는 이 같은 것들은, 공중제비를 넘는 기교는 출중하지만, 인식의 과학성은 부족하다고 말할 수밖에 없다."(「루쉰과의 심도 있는 부합을 추구하다—린페이의 『루쉰과 중국문화』를 평함追求與魯迅的深度契合—評 林非『魯迅和中國文化』」, 1991년 『루쉰연구월간魯迅研究月刊』 제4기)

린의 저서의 과학적 사변성은 책 전체의 빈틈없는 논리성에서도 드러난다. '루쉰이 중국 전통문화를 논하다', '루쉰이 계몽주의를 논하다', '루쉰이 "사람"의 명제를 논하다', '루쉰이 국민성을 논하다', '루쉰이 중국 신문화 건설을 논하다'라는 이 다섯 개 장으로 루쉰의 문화관과 '사람을 세우는' 사상의 전체 틀을 포괄하고, 논리적으로 긴밀하게 연결하여, 차례대로 나아가 흠잡을 데 없는 완전한 체계를 형성했다. 책의 일부 분석 중에서도 세밀한 논리성이 드러난다. 예를 들어 루 쉰이 분석한 국민성의 약점에 대한 귀납 속에서 다음과 같은 내재적 연관성을 드러냈다. '그것의 최초의 근원은 ① 전제주의 등급 특권 사 회 구조에서 반드시 생길 수 있는 "독재자"와 "노비" 정신의 복합체. 따라서 파생된 ② "겁약"과 "탐욕"이라는 이기적인 습성. 그리고 이 이 기적인 정신 왕국에서 또 반드시 유행하는 ③ "숨기고 속임". 그래서 필연적으로 형성되는 ④ "체면"과 "연기". 이것이 또 반드시 결국 초래 하는 것은 ⑤ "지조 없음". 실제로 온갖 나쁜 짓을 저지르면서도 그 표 현의 형식은 오히려 타협과 절충의 "중용"의 길로, 정신적인 가장 큰 위로는 ⑥ "정신 승리법"이다.' 예로부터 루쉰의 국민성 개조를 연구 한 저작은 매우 많았지만, 린의 저서처럼 이렇게 논리적으로 정리한 것은 확실히 으뜸으로 손꼽을 수 있다. 중국 신문화 건설을 서술할 때 는 루쉰이 사고하고 바랐던 사상 문화의 성격을 여섯 개 분야로 귀납 했다. 첫째는 독립심이다. 둘째는 진실을 추구하는 것이다. 셋째는 넓 고 웅장한 것이다. 넷째는 사상이 심오한 것이다. 다섯째는 풍부하고 다채로운 것이다. 여섯째는 개척하고 창조하는 것이다. 전면적이고, 논리적인 힘으로 가득한 이러한 개괄 역시 전에는 없던 것이다.

무엇이 핵심을 찌르는 것인가? 린의 저서는 '이른바 "핵심을 찌르 는 것"은 바로 표상을 통과하여, 배후에 담겨 있거나 심층에 있는 함 의를 간파하는 통찰력, 분석 능력과 개괄 능력이다'라고 지적한다. 린 의 저서 자체가 이러한 능력의 구체적 표현이다.

린의 저서가 담고 있는 사유 논리는 성공적으로, 이것은 결코 책 한 권 혹은 한 학자만의 성공이 아니며, 전체 루쉰연구가 성숙으로 향하는 중요한 표지이다. 향후 루쉰연구가 과학의 경지까지 상승하려면, 이와 같은 사유 방식을 반드시 열심히 운용해야 한다.

린의 저서가 이러한 입장, 관점과 방법을 지니고 있는 이유는, 저자의 심오한 학문적 수양 및 얻기 힘든 예지 등의 요소 이외에, 린페이 선생 자신의 전제주의의 잔혹성에 대한 깊이 있는 생명 체험과 살을 에는 고통과 뗄 수 없다. 이 같은 인생 경험은 젊은 세대는 닿을 수 없는 것으로, 이 또한 린의 저서가 노련하고 깊이 있음을 보여주는 세 번째 표현이다.

내가 가장 깊은 감명을 받은 것은 린의 저서가 '5·4 이래 작은 개혁' 중의 '작은小'이라는 글자에 대해 철저하게 분석했다는 점이다. 이 '작은'이라는 글자는 5·4 이래 어떤 개혁 방안과 목표도 모두 아직 잘 완성되지 못했음을 의미한다. 이 '작은'이라는 글자는 5·4 계몽 운동의 영향이 작고도 작음을 설명한다. 이 '작은'이라는 글자는 민주주의가 시종일관 철저히 실행되지 못하여 결국 '문화대혁명'의 비극이 발발했음을 깨닫게 한다. 린의 저작은 루쉰이 언급한 적 있는 '『홍루몽紅樓夢』 중의 작은 비극'이라는 주제도 분석했는데, 왜 모든 기쁨, 슬픔, 이별, 만남, 생사, 아픔을 묘사한 이 걸출한 리얼리즘 작품에 '작은'이라는 글자를 붙였을까? 이에 대해 린페이 선생은 다음과 같이 여겼다. 대략적으로 그것은 한 상층 귀족의 가정에서 벌어진 이야기의 줄거리에 치중하고 있고, 또한 남녀 사이의 애정과 결혼의 우여곡절을 서술하는 데 치중하고 있기 때문으로, 이것은 루쉰이 소설 창작에 종사할 때 많은 민중들의 고난의 생애 및 정신적 괴로움과 유린에 대한 해부에 깊은 관심을 가진 것과는 분명히 다른 이유가 존재한다. 만약 더욱 자세하고 심도 있게 탐구해본다면, 자바오위는 남녀평등, 자유결혼의 추구를 내포하고 있으며, 추악한 벼슬길에 오르는 것 부정한다는 이상을 명확하고 강렬하게 표현하고 있는데, 이는 당시 전제체제의 관례를 초월한 것이며, 미래 세계를 지향하는 더욱 합리적이고 아름다운 경지라고 할 수 있다. 루쉰은 『홍루몽』의 가치'를 매우 높이 평가했으며, 그가 『중국소설의 역사변천中國小說的歷史變遷』에서 말한 것처럼, "『홍루몽』이 나온 이후, 전통적 사상과 글쓰기 방법이 모두 타파되었다". 그러나 전체 인류 사회의 큰 비극과 비교하면, 『홍루몽』은 다만 '작은 비극'이라 할 수 있을 뿐이다.

린페이 선생은 이 신중하고 엄밀하고, 심오한 역사 문화 저작에서 그의 현실에 대한 따뜻한 관심을 쏟아붓고, 마음 깊은 곳과 문화 함의로부터 '사람'에 대한 진지한 고함을 외쳤다. 그는 학자의 역사적 책임감과 상처로 가득한 마음으로 중국 신문화와 신인의 도래를 갈망하고 있으며, 그 깊고 진지한 정으로 인해 나는 독서 후 눈물을 줄줄 흘렸다. 이처럼 깊이 있는 사색, 뜨거운 열정은 수려하고, 매끄러운 산문의 풍격과 완벽하고 조화로운 논저의 문체로써 표현되어, 사람들은 이성의 깨우침과 깊은 정에 의해 감화되던 중에 미문에 의해서도 정화된다.

작가, 학자의 성과는 주로 그의 저작으로, 저작이 불후하면, 저자역시 불후하고, 이것은 어떤 사람이 어떠한 수단을 쓰더라도 모두 없앨 수 없는 것이다. 『루쉰과 중국 문화』는 틀림없이 중국 루쉰학 역사상 후세에 전해질 불후의 저작으로, 현재 재판에 그치지 않고, 몇십 년 후에 반드시 다시 출판될 것이다. 그때의 사람들이 루쉰과 중국 문화의 관계를 이해하려면, 반드시 이 깊이 있고, 무게감 있는 필독서를 봐야할 것이며, 이 심혈을 기울여 완성된 후세에 전해질 작품과 루쉰연구의 뒤를 이을 역량 배양을 위해 수많은 피땀을 흘린 린페이 선생에 대해 깊은 존경심을 갖게 될 것이다.

『중국사회과학원 대학원 학보中國社會科學院研究生院學報』

2000년 제1기에 최초로 수록.

후에 『중국 루쉰학 통사』 상권에 수록.

중국 대륙의 루쉰연구사는 단순히 루쉰 문학 연구의 역사가 아니다. 현대 중국의 지성사이자 정치사이기도 하다. 중국 현대사의 전개에 루쉰연구가 강하게 영향 받았다는 의미이다. 마오쩌둥 사회주의 시대에 루쉰 작품은 마오쩌둥 선집과 더불어 중국인 모두의 정치적 경전으로서 신민주주의 혁명의 시각에 따라 연구가 이루어졌고, 개혁개방 이후에는 당시 시대 조류이자 국가적 목표이기도 했던 반봉건 현대화나 계몽주의 시각에 따라 연구가 이루어졌다. 물론 주류적 연구 분위기가 그러했다는 것이지, 모든 루쉰연구가 그러했다는 것은 아니다. 오히려 그 시절 가장 뛰어난 루쉰연구는 그런 지배적 흐름에 비판적 시각을 견지한 연구에서 나오기도 하였다. 그래서 중국에서 루쉰연구사가 중국 현대 지성사나 정치사와 불가분의 관계를 지니고 있다는 것은 루쉰연구사에 특정 시대의 지배 이데올로기적 시각이 그대로 투영되어 있다는 차원만이 아니라 그것에 저항하고 해체를 시도하는 시각도 함께 스며들어 있다는 것을 의미한다. 루쉰 이해나 문학 차원을 물론이고, 현대 중국 지성사를 이해하는 데, 나아가 현대 중국을 이해하는 데 루쉰연구사가 중요한 것은 이런 배경에서다.

애초에 장멍양의 루쉰 저작 번역을 제안 받고서 번역 소개할 의미가 있다는 생각 못지않게 번역을 주저하는 마음이 들었던 것도 중국 대륙에서 루쉰연구사가 지닌 이런 의미 때문이었다. 장멍양은 한 시대 루쉰연구를 대표하는 학자이다. 그래서 그의 글을 통해 루쉰연구의 시대적 특정을 엿본다는 측면에서는 번역 소개할 필요가 있다고 생각했지만, 그의 루쉰연구가 지닌 한계도 분명해서, 지금 굳이 번역 소개할 필요가 있는지를 두고 회의가 든 것이다. 그는 문혁 때 학자의 길에 들어서서 그 시대의 훈도 속에서 루쉰을 연구하였고, 중견학자로서 개혁개방 시기 루쉰연구를 주도하였다. 이런 까닭에 그의 루쉰연구에는 시대의 흔적이 강하게 남아 있다. 이 책은 장멍양의 루쉰연구가 지닌 그러한 특징을 여실히 보여준다. 장멍양이 손수 고른, 자신의 루쉰연구를 상징하는 대표적인 논문들이 들어있고, 더구나 서문을 대신하여 자신의 사상 여정과 루쉰연구의 길을 회상하는 긴 글도 들어 있어서 장멍양 루쉰연구의 개성만이 아니라 그의 루쉰연구의 개인사적 배경과 인간적 면모도 넉넉히 확인할 수 있을 것이다. 그리고 장멍양 루쉰연구가 지닌 시대적 특징과 그 한계도 분명하게 확인할 수 있을 것이다. 개인적으로 번역하는 내내 장멍양의 관점 가운데 많은 부분에 동의할 수 없는데다 그의 연구가 지닌 한계가 뚜렷하여 매우 불편하기도 했지만, 보는 관점에 따라서는 그 불편함 자체도 그의 연구가 갖는 시대성이자 중국 특정 시대와 특정 세대 루쉰연구자를 대변한다고 이해할 수도 있을 것이다. 물론 장멍양의 루쉰연구로 지금 현재 중국 대륙 전반의 루쉰연구 수준과 경향을 단정하거나, 심지어 폄하하는 일은 없어야 할 것이다. 지금 현재 중국 대륙의 루쉰연구는 장멍양 세대의 루쉰연구보다 훨씬 다양하고 훨씬 깊이가 있기 때문이다.

이 책은 장멍양의 『魯海夢游』를 번역한 것인데, 원래 중국 독자를 위해 쓴 글이거나 분량의 문제 등을 고려한 저자의 뜻에 따라 한국어판에서는 「루쉰의 현재 가치魯迅的當代價値」 등이 빠졌다. 학술연구서여서 원문의 뜻을 살리기 위해 최대한 직역하려고 하였다. 번역은 권도경이 「아Q와 중국 당대 문학의 전형 문제」, 「비교문화 대화 중에 형성된 '동아시아 루쉰'」, 「'행복하게 살아가고 도리에 맞게 사람 노릇 하는 것'」, 「문화적 함의와 '사람'에 대한 외침」을 번역했고, 이욱연이 「서문－황무지에서 '행인'을 쫓다」, 「루쉰과 취치우바이 잡문 비교」, 「아Q와 세계문학 속의 정신 전형 문제」「루쉰 잡문과 영국 수필의 비교 연구」를 번역했다.

2021년 5월
권도경 · 이욱연